L'ETOILE POLAIRE

L'ÉTOILE POLAIRE

DU MÊME AUTEUR

CHEZ POCKET

LE VOL NOIR
BLUES POUR UN TSIGANE
REQUIEM POUR UN TSIGANE
PARC GORKI

MARTIN CRUZ SMITH

L'ÉTOILE POLAIRE

ÉDITIONS ROBERT LAFFONT

Titre original
POLAR STAR

Traduit de l'anglais par Dominique Defert

ISBN 2-266-08487-9

pour EM

SOMMAIRE

EAU

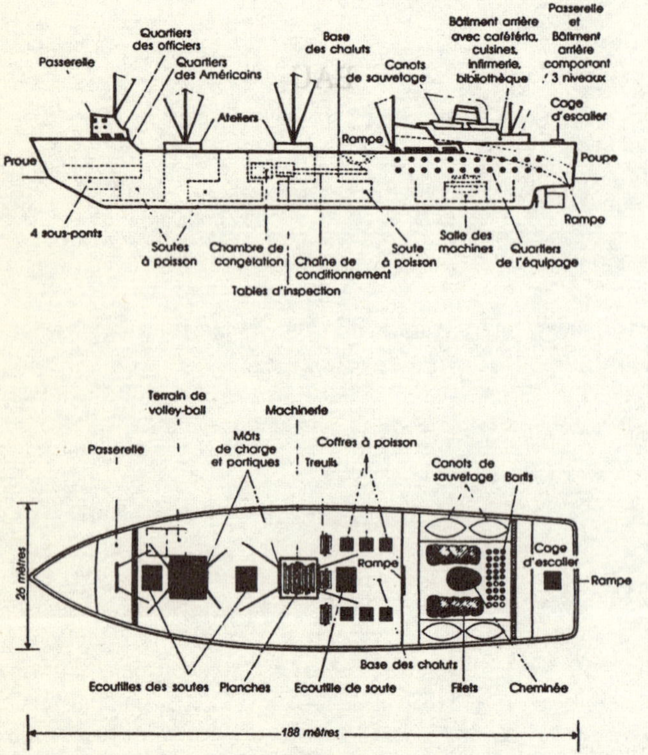

L'ETOILE POLAIRE

1

Comme un gros animal, le chalut fumant monta la rampe du pont et pénétra dans le halo des lampes à sodium. Comme une peau luisante, un paillet fait de bandes rouges, bleues et orange entourait le filet : une « natte » en plastique destinée à faciliter le passage du filet sur les fonds rocheux de la mer. Dans la nuit embruinée, le froid de la mer exhalait un souffle fétide qui enveloppait le paillet d'un nuage scintillant de vapeur coloré.

L'eau sortait de la natte de plastique en chuintant et ruisselait sur le plancher du pont. De petits poissons, des éperlans, des harengs, s'échappaient des mailles du filet. Des étoiles de mer pleuvaient comme des pierres. Emportés par le chalut, des crabes, pourtant morts, retombaient sur leurs pattes. Au-dessus, des mouettes et des macareux planaient à la lisière du cercle lumineux des lampes. Des bourrasques de vent contrariaient de temps en temps leur vol et soulevaient un tourbillon d'ailes blanches dans leurs rangs.

D'ordinaire, on vidait la première moitié de la prise sur le toboggan avant, et l'autre moitié sur le toboggan arrière. Les deux extrémités du filet étaient fermées par une corde de nylon tressée dans les mailles du filet. Des hommes, pelles en main, se tenaient déjà à proximité, prêts à travailler, mais le chef de bordée leur fit signe de s'écarter et pataugea dans l'eau qui dégouttait de la natte de plastique. Il regarda fixement le filet, ôtant son casque qui lui barrait la vue. Les bandes de couleur ruisselaient comme de la peinture fraîche. Il ouvrit la natte, libérant le filet, puis scruta l'obscurité, cherchant à distinguer les feux plus faibles qui dansaient sur l'océan ; mais la brume avait déjà avalé le chalutier qui avait apporté ce filet. Le chef de bordée sortit de sa ceinture un couteau à double tranchant et, se frayant un passage à travers le paillet dégoulinant d'eau, il sectionna le ventre du filet. Quelques poissons commencèrent à tomber. Il donna alors un coup de couteau énergique et s'écarta rapidement.

Un flot de lieus argentés s'échappa du filet et apparut dans la lumière, un banc entier retenu par les mailles du chalut comme un tas de pièces scintillantes. Il y avait de gros chabots écrasés, des rangs serrés de poissons plats, rouge sang du côté des yeux, blancs sur la face aveugle, des callionymes à tête de dragon, des morues, certaines gonflées comme des ballons de baudruche par leurs vessies natatoires, d'autres éclatées, lambeaux de chairs molles et bouillie rosée, des araignées de mer aussi poilues que des tarentules. La moisson d'une nuit de pêche.

Ainsi qu'une fille. Elle semblait nager sur le flot de poissons qui s'échappait du filet. Elle roula doucement sur le pont, les bras en croix, et s'immobilisa contre un monticule de soles, un pied nu disparaissant sous des crabes. Une jeune femme plutôt, et non une fille. Elle avait des cheveux courts, et sa chemise et son jean trempés étaient fripés, saturés d'eau et de sable. On l'avait arrachée subitement au monde du silence. Le chef de bordée lui souleva une mèche de cheveux qui masquait ses yeux, révélant un regard figé de surprise, comme si la brume qui nimbait le pont était de l'or et qu'elle venait d'embarquer sur un bateau en partance pour le paradis.

2

Lorsque l'*Étoile Polaire* avait descendu la rampe de lancement à Gdańsk, ses superstructures étaient d'un blanc éclatant, ses portiques et ses mâts d'un jaune citron. Les ponts étaient propres et nets ; des chaînes argentées s'enroulaient sur les winches ; le revêtement des roufs était élégamment travaillé. En un mot, l'*Étoile Polaire* ressemblait alors à un bateau.

Vingt ans d'eau de mer l'avaient recouvert de rouille. Les ponts supérieurs étaient encombrés de planches, de fûts, certains pleins d'huile lubrifiante et d'autres vides pour recueillir l'huile de poisson, de filets et de flotteurs mis au rebut. Une cheminée noire, cerclée de la bande rouge de l'Union soviétique, vomissait la fumée grasse d'un vieux diesel souffreteux. Aujourd'hui, avec sa coque bosselée par les chalutiers venant décharger par gros temps leur cargaison contre ses flancs, l'*Étoile Polaire* ressemblait moins à un bateau-usine qu'à une décharge flottante, avançant péniblement dans la houle.

Nuit et jour, cependant, l'*Étoile Polaire* continuait à prendre du poisson. Prendre n'est pas le bon terme ; des chalutiers plus petits attrapaient le poisson et transbordaient leurs filets sur le bateau-usine afin que le poisson soit conditionné : étêté, vidé, congelé.

Depuis quatre mois, l'*Étoile Polaire* suivait les bateaux de pêche américains dans les eaux américaines comprises entre la Sibérie et l'Alaska, du détroit de Béring aux îles Aléoutiennes ; une collaboration internationale très étroite. En deux mots, les Soviétiques conditionnaient le poisson et le gardaient pour leur consommation intérieure, tandis que les Américains fournissaient les chalutiers, les traducteurs et prenaient l'argent, toute cette opération étant placée sous l'égide d'une compagnie de Seattle, mi-soviétique, mi-américaine. L'équipage de l'*Étoile Polaire* avait peut-être vu deux fois le soleil depuis le début de la campagne, mais ce n'était pas par hasard que l'on avait baptisé la mer de Béring « la zone grise ».

Le second lieutenant longea la chaîne de conditionnement tandis que les ouvriers triaient le poisson : les lieus partaient sur un tapis roulant vers les scies, les maquereaux et les raies vers le hachoir. Certains poissons avaient littéralement explosé du fait de la dilatation de leur vessie natatoire pendant la remontée du chalut et des morceaux de chair molle s'accrochaient comme de la morve aux bonnets, aux tabliers cirés, aux cils et aux lèvres.

Il dépassa la scie circulaire et se dirigea vers « la pataugeoire », un atelier où les ouvriers se tenaient de part et d'autre du tapis roulant. Comme des robots, la première paire d'ouvriers ouvrait le ventre des poissons jusqu'à l'anus ; le second binôme retirait le foie et les entrailles avec une buse aspirante ; le troisième groupe nettoyait avec un jet d'eau de mer la peau, les branchies et les parois internes des poissons pour en chasser l'humeur visqueuse ; le dernier groupe parfaisait l'évidage des poissons, puis les disposait soigneusement sur un tapis roulant menant aux congélateurs. En huit heures, les projections d'eau et les viscères formaient dans l'atelier une brume rouge sang qui recouvrait le tapis, les ouvriers et les postes de travail d'une pulpe sanguinolente. Les ouvriers ne ressemblaient guère aux Héros du travail, et encore moins l'homme au visage blême cerné de cheveux noirs qui rangeait les poissons à la fin de la chaîne.

— Renko !

Arkadi aspira une eau rosée dans le ventre d'un poisson évidé, puis le lança sur le tapis roulant du congélateur, et s'empara du suivant. Les lieus n'avaient pas une chair ferme. Si on ne les vidait et congelait pas rapidement, ils seraient impropres à la consommation et serviraient de nourriture pour les visons ; si ceux-ci n'en voulaient pas, le poisson serait alors envoyé en Afrique dans le cadre de l'aide internationale. Il avait les doigts tout engourdis à force de manipuler des chairs froides comme la glace, mais il était heureux cependant de ne pas travailler au poste de coupe, comme Kolia. Par gros temps, lorsque le bateau se mettait à rouler, maintenir le lieu à la chair gluante contre la lame de la scie était une opération délicate qui exigeait toute l'attention de l'ouvrier. Arkadi avait appris à coincer ses orteils sous les barreaux de la table afin de ne pas glisser sur les caillebotis. En début et en fin de campagne, toutes les chaînes étaient nettoyées et désinfectées à l'ammoniaque, mais pour l'heure l'atelier avait quelque chose d'organique, un antre humide et chargé d'odeurs. Les cliquetis du tapis roulant, le gémissement de la scie, tous les sons du bateau, jusqu'aux longues plaintes monotones de la coque, évoquaient ceux d'un Léviathan avalant avidement la mer.

Le tapis roulant s'immobilisa.

— C'est bien vous le marin Renko ?

Il fallut quelques instants à Arkadi pour reconnaître le second lieutenant, qu'on ne voyait guère sur les ponts inférieurs. Israel, le chef des ateliers, se tenait à côté du tableau d'alimentation. Il portait une série de chandails, et une mèche de cheveux noirs qu'il relevait avec impatience lui tombait sur les yeux. Natacha Tchaïkovskaïa, une forte jeune femme engoncée dans un lourd ciré, le visage toutefois rehaussé d'un trait féminin de rouge à lèvres, se pencha discrètement pour admirer les Reeboks et le jean tout propre du second lieutenant.

— C'est bien vous ? répéta Slava.

— Ce n'est un secret pour personne, répondit Arkadi.

— On n'est pas dans un cours de danse des *komsomols* ici, lança Israel à Slava. Si vous le voulez, emmenez-le.

Le tapis roulant se remit en branle tandis qu'Arkadi emboîtait le pas à Slava, franchissant les rigoles où la pulpe visqueuse et l'huile de foie des poissons se déversaient directement dans la mer par les trous de fond de cale des flancs du bateau.

Slava s'arrêta et dévisagea Arkadi avec insistance, comme s'il cherchait à faire tomber un masque.

— C'est vous l'inspecteur Renko ?

— Je ne le suis plus.

— Mais vous l'avez été, dit Slava. C'est amplement suffisant.

Ils montèrent l'escalier jusqu'au pont principal. Arkadi supposait qu'on l'emmenait voir l'officier politique de bord, ou bien qu'on le conduisait à sa cabine, pour la fouiller, quoique cela pût se faire sans sa présence. Ils longèrent la coquerie où l'on cuisait des macaronis, bifurquèrent sur la gauche devant un panneau scandant « Augmentons la production du secteur agro-industriel ! Offrons au pays une nourriture plus riche en protéines ! », pour s'arrêter finalement devant la porte de l'infirmerie.

La porte était gardée par deux mécaniciens portant le brassard rouge des « Volontaires de l'Ordre Public ». Skiba et Slezko étaient deux informateurs — des « mouchards » aux yeux du reste de l'équipage. Lorsque Arkadi et Slava franchirent le seuil de l'infirmerie, Skiba sortit son bloc-notes.

L'*Étoile Polaire* possédait un centre de soins que bon nombre de petites villes auraient envié : un cabinet médical, une salle d'examen, une infirmerie avec trois lits, une chambre de quarantaine et une salle d'opération où Slava conduisit Arkadi. Sur les murs, il y avait des étagères avec des boîtes d'instruments plongés dans l'alcool, une armoire rouge fermée à clé contenant des cigarettes et des médicaments, un chariot avec une bouteille verte d'oxygène et une bouteille rouge de protoxyde d'azote, un pied fumeur et un crachoir en cuivre. Des planches anatomiques étaient épinglées aux murs et une odeur d'antiseptique planait dans l'air. Un fauteuil de dentiste sommeillait dans un coin. Une table d'opération en acier trônait au milieu de la pièce, recouverte d'un drap blanc. Le linge détrempé suivait les contours d'un corps féminin. Les sangles de sécurité pendillaient sous le drap.

Les hublots de la pièce renvoyaient la lumière comme des miroirs, car il faisait nuit au-dehors. 6 heures, encore une heure de travail avant l'aube, et, comme toujours quand son service tirait à sa fin, Arkadi était sidéré par la quantité de poissons que recelait l'océan. Ses yeux étaient pareils à ces hublots.

— Qu'est-ce que vous voulez ? demanda-t-il.

— Quelqu'un est mort, annonça Slava.

— Je le vois bien.

— L'une des filles de la coquerie. Elle est passée par-dessus bord.

Arkadi jeta un coup d'œil vers la porte, songeant à Skiba et Slezko qui se tenaient de l'autre côté.

— Et en quoi cela me concerne-t-il ?

— C'est évident. Le syndicat doit avoir sur son bureau un rapport pour chaque décès, et je suis le délégué du syndicat à bord. Vous êtes le seul sur ce bateau qui ayez quelque habitude des morts violentes.

— Et aussi des résurrections, lança Arkadi. C'est comme une réhabilitation, mais c'est censé durer plus longtemps.

Slava battit des paupières...

— Laissez tomber, c'est sans importance.

Arkadi regarda les cigarettes dans l'armoire ; c'étaient des papirossy, des bourres de tabac dans des tubes en carton. Mais les portes étaient verrouillées.

— Où est le docteur ? demanda Arkadi.

— Veuillez regarder le corps.

— Vous avez une cigarette ?

Pris de court, Slava fouilla quelques instants dans ses poches avant de sortir un paquet de Marlboro. Arkadi eut un choc.

— Dans ce cas, annonça-t-il, je vais me laver les mains.

L'eau du robinet était marron, mais elle ôta le jus visqueux et les écailles qui maculaient ses doigts. Les réservoirs d'eau douce étaient rouillés et on reconnaissait un marin de longue date à ses dents décolorées par l'ingestion de cette eau souillée. Il y avait un miroir au-dessus du lavabo. C'était la première fois depuis un an qu'il pouvait se regarder dans un miroir digne de ce nom. « Résurrection » était une jolie image. Mais « exhumation », selon lui, aurait été plus proche de la vérité. Les services de nuit sur un bateau-usine avaient emporté le peu de couleur que sa peau avait jamais eue. Une ombre semblait couvrir en permanence ses yeux. Même les serviettes étaient propres ici. S'il pouvait tomber malade de temps en temps...

— Où étiez-vous donc, inspecteur ? demanda Slava en allumant la cigarette d'Arkadi.

— Ils ont des cigarettes à Dutch Harbour ? demanda-t-il après avoir inspiré une longue bouffée.

— De quel genre de crimes vous occupiez-vous ?

— Pas étonnant qu'à Dutch Harbour les piles de

cigarettes montent jusqu'au plafond. Comme les fruits frais. Et les radiocassettes.

Slava perdait patience.

— Quelle espèce d'inspecteur étiez-vous donc ?

— Je travaillais à Moscou, répondit Arkadi en soufflant un nuage de fumée.

Pour la première fois, il porta toute son attention sur la table d'opération.

— Et je ne m'occupais pas des accidents, poursuivit-il. Si elle est tombée par-dessus bord, comment l'avez-vous récupérée ? Je n'ai pas entendu les machines s'arrêter pour la repêcher. Comment ce corps s'est-il donc retrouvé ici ?

— Il n'est pas nécessaire que vous le sachiez.

— Lorsque j'étais inspecteur, lança Arkadi, on me demandait de regarder des cadavres. Maintenant que je ne suis qu'un simple ouvrier soviétique, mon boulot consiste à regarder uniquement des cadavres de poissons. Alors au revoir et bonne chance.

Il fit un pas vers la porte. Ce fut comme s'il avait déclenché une sonnette d'alarme.

— On l'a retrouvée dans le filet, lâcha Slava.

— Vraiment ?

Son intérêt s'éveillait malgré lui.

— Comme c'est curieux.

— S'il vous plaît.

Arkadi revint vers la table d'opération et souleva le drap.

Même avec ses bras étendus derrière la tête, la femme paraissait petite. Sa peau était très blanche, comme décolorée. Froide. Sa chemise et son pantalon humides l'enveloppaient comme un linceul. Sur un pied, une chaussure rouge en plastique. Deux yeux marron s'ouvrant sans vie sur son visage triangulaire. Des cheveux blonds et courts, mais avec des racines noires. Un grain de beauté au coin de la bouche. Il lui souleva la tête et la laissa retomber mollement sur la table. Il palpa son cou, ses bras. Ses coudes étaient brisés, mais son corps n'était pas trop abîmé. Ses jambes étaient raides. Plus encore que les poissons, son corps était imprégné de l'odeur âcre de la mer. Il y avait du sable dans sa chaussure ; elle avait touché le fond. Ses paumes de main et ses avant-bras étaient griffés, sans doute par les mailles du filet pendant la remontée du chalut.

— Zina Patiachvili, dit Arkadi. Elle travaillait à la cafétéria. C'est elle qui servait les pommes de terre, les choux, la compote.

— Elle paraît changée, observa Slava. Ce n'est plus la même.

Elle a changé à double titre, pensa Arkadi. La mort transforme un être, mais la mer aussi.

— Quand l'a-t-on retrouvée ? demanda-t-il.

— Il y a deux heures, répondit Slava.

Le second lieutenant s'approcha de la table et annonça d'un air d'autorité :

— Elle devait se trouver contre le bastingage et elle est passée par-dessus lorsque le filet a été hissé à bord.

— Quelqu'un l'a vue ?

— Non. Il faisait sombre. Il y avait beaucoup de brouillard. Elle s'est probablement noyée aussitôt. Soit elle est morte sur le coup, soit elle n'a pas pu nager à cause du froid.

Arkadi palpa de nouveau les chairs détendues du cou et dit :

— Sa mort date de plus de vingt-quatre heures. La rigidité *post mortem* commence par la tête avant de gagner le corps jusqu'aux pieds, et elle disparaît de la même manière.

Slava chancela légèrement sur ses jambes, mais ce n'était pas dû à une oscillation du bateau.

Jetant un regard furtif vers la porte, Arkadi demanda à voix basse :

— Il y a combien d'Américains à bord ?

— Quatre. Il y a trois représentants de la compagnie. Et le quatrième est un délégué des pêcheries américaines.

— Ils sont au courant ?

— Non, répondit Slava. Deux d'entre eux étaient encore dans leur cabine. L'autre représentant se trouvait en poupe. C'est trop loin du pont. L'envoyé des pêcheries prenait un thé à l'intérieur. Heureusement, le chef de bordée a réagi intelligemment ; il a dissimulé le corps avant que les Américains ne puissent s'apercevoir de quoi que ce soit.

— Le filet venait bien d'un bateau américain. Et ils n'ont *rien vu* ?

— Ils ne savent jamais ce qu'il y a dans leur filet avant que nous ne leur disions. C'est vrai, admit Slava, nous devrions préparer une explication qui se tienne, au cas où.

— Ah oui, une explication. Elle travaillait aux cuisines, n'est-ce pas ?

— Oui.

— Dites-leur alors qu'il s'agit d'un empoisonnement alimentaire.

— Ce n'est pas à cela que je faisais allusion, dit Slava en rougissant de colère. De toute façon, le médecin l'a examinée dès son arrivée et a dit que sa mort datait de deux heures seulement. Si vous étiez un aussi bon enquêteur que cela, vous seriez encore à Moscou.

— Exact.

Le service d'Arkadi était à présent terminé ; il prit donc le chemin de sa cabine qu'il partageait avec Obidine, Kolia Mer, et un électricien nommé Gouri Gladki. Aucun d'eux ne ressemblait aux marins des images d'Épinal. Gouri était étendu sur la couchette du bas et feuilletait le catalogue de Sears. Obidine avait accroché son ciré dans la penderie et lavait les lambeaux visqueux qui pendaient sur sa barbe comme une toile d'araignée sur un plumeau. Une croix orthodoxe démesurée barrait sa poitrine. Sa voix était un grondement sourd ; si un homme pouvait parler naturellement dans des sonorités aussi graves, il aurait alors la voix d'Obidine.

— C'est contraire à la Bible, disait-il à Kolia qui observait Gouri. C'est l'œuvre de l'antéchrist.

— Et il n'a pas encore vu The Sharper Image, lança Gouri tandis qu'Arkadi grimpait sur la couchette du haut.

Durant les repos, Gouri portait des lunettes de soleil et une veste de cuir noir, comme un aviateur à terre.

— Tu sais ce qu'il va faire à Dutch Harbour ? Aller à l'église.

— Le peuple en a préservé une, dit Obidine. C'est le dernier vestige de la Sainte Russie.

— La Sainte Russie ? Le peuple ? Tu parles des Aléoutiens, ces putains de sauvages ! lança Gouri.

Kolia comptait ses pots. Il possédait cinquante pots en carton, mesurant chacun cinq centimètres de diamètre. Il avait reçu une formation de botaniste et, lorsqu'il parlait du port de Dutch Harbour et de l'île d'Unalaska, on avait l'impression que le bateau allait accoster au paradis et qu'il allait pouvoir se promener dans son jardin.

— Un peu de farine de poisson dans la terre servira d'engrais, dit-il.

— Tu penses vraiment qu'elles vont tenir le coup jusqu'à Vladivostok, supporter tout le voyage de retour ? demanda Gouri.

Une pensée lui traversa l'esprit.

— Au fait, quelle sorte de fleurs comptes-tu rapporter ?

— Des orchidées. Elles sont plus résistantes qu'il n'y paraît.

— Des orchidées américaines ? Elles ne vont pas

passer inaperçues et tu vas avoir besoin d'aide pour les vendre.

— Elles sont rigoureusement semblables aux orchidées des tourbières de Sibérie, dit Kolia. C'est ça l'intérêt.

— La Sainte Russie, voilà ce qu'était l'Alaska, lança Obidine prenant la nature à témoin.

— Arkadi, aide-moi, gémit Gouri. « C'est ça l'intérêt », tu l'entends ! Nous sommes à un jour de mer d'un port américain et Kolia va passer son temps à chercher ses foutues fleurs de Sibérie, et Obidine veut aller prier avec les cannibales ! S'il te plaît, explique-leur. Toi, ils t'écouteront. Nous avons passé cinq mois sur cet océan de merde pour une journée à terre. Je peux cacher sous ma banquette cinq radiocassettes et environ une centaine de cassettes. Ou bien des disquettes de programme. Il paraît que toutes les écoles de Vladivostok vont s'équiper en Yamaha. C'est ce qu'on raconte du moins. Mais ça va arriver, c'est sûr. Alors tout ce qui sera compatible vaudra une fortune. Lorsque nous rentrerons au pays, je ne compte pas descendre la passerelle et m'écrier : « Regardez ce que j'ai rapporté d'Amérique ! » en brandissant mes pots de fleurs de Sibérie.

Kolia s'éclaircit la gorge. Il était le plus petit des quatre hommes et il se sentait dans cette cabine aussi peu à l'aise que le plus petit poisson d'un aquarium.

— Qu'est-ce que te voulait Boukovski ? demanda-t-il à Arkadi.

— Ce type-là me donne envie de gerber, lança Gouri en étudiant une télévision couleurs sur le catalogue. Vise un peu ça : « Écran de quarante-huit centimètres ». Un vrai monstre ! J'avais avant une télé couleurs *Foton* dans mon appart'. Elle a explosé comme une bombe.

— Les tubes ont un défaut, dit Kolia avec douceur. C'est connu.

— C'est pourquoi j'avais laissé un seau plein de sable à côté du poste, Dieu merci.

Gouri se pencha et regarda Arkadi.

— Alors, qu'est-ce que te voulait le second lieutenant ?

Il y avait juste la place au-dessus de la couchette supérieure pour pouvoir se redresser sur un coude. Le hublot ouvert laissait entrevoir une faible ligne grise à l'horizon : le jour se levait sur la mer de Béring.

— Tu connais Zina à la coquerie ?

— La blonde, fit Gouri.

— Celle qui vient de Vladivostok, dit Kolia en rangeant ses pots.

Gouri sourit, découvrant ses incisives de porcelaine et d'or ; œuvre autant décorative qu'utilitaire.

— Boukovski en pince pour Zina ? Elle lui étranglerait bien le robinet avec un lacet en lui demandant s'il aime les bretzels. Et il serait capable d'aimer ça en plus.

Arkadi se tourna vers Obidine qui allait évidemment se référer au jugement de l'Ancien Testament.

— C'est une traînée, dit Obidine en examinant les grands bocaux qui encombraient le fond de l'armoire.

Les couvercles en liège étaient traversés par un tuyau de caoutchouc. Il en souleva un, et une odeur douceâtre de raisins fermentés emplit la cabine, puis il examina un bocal de pommes de terre.

— C'est dangereux ? demanda Gouri à Kolia. Toi qui es un scientifique... ces gaz, ils peuvent exploser ? Il peut donc faire de l'alcool avec n'importe quel légume, avec n'importe quel fruit ? Tu te souviens des bananes ?

Arkadi s'en souvenait parfaitement. Une odeur de pourriture avait infesté le placard.

— Avec de la levure et du sucre, tout, ou presque tout, peut fermenter, répondit Kolia.

— Il ne devrait pas y avoir de femmes sur un bateau, dit Obidine.

Dans le fond du placard, une petite icône de saint Vladimir était suspendue à un clou. Joignant son pouce à ses deux doigts, Obidine toucha son front, sa poitrine, son épaule droite puis son épaule gauche, et finalement son cœur, avant d'accrocher une chemise au clou.

— Je prie pour notre délivrance.

Curieux, Arkadi demanda :

— Pour nous délivrer de qui ?

— Des Jean-Baptiste, des juifs et des francs-maçons.

— Quoi qu'il en soit, il est dur d'imaginer Boukovski et Zina ensemble, dit Gouri.

— J'aimais bien son maillot de bain, dit Kolia. Cette fameuse journée au large de Sakhaline...

Une enclave d'eau chaude était remontée de l'équateur et avait réveillé pour quelques heures un faux été.

— ... Oui, ce string qu'elle avait mis.

— Un homme juste dissimule son visage sous sa barbe, annonça Obidine à Arkadi. Une femme respectable ne s'exhibe pas en public.

— Elle ne s'exhibera plus maintenant, dit Arkadi. Elle est morte.

— Zina ? lança Gouri en s'asseyant sur sa couchette.

Il retira ses lunettes noires et se leva pour être à la hauteur d'Arkadi.

— Morte ? répéta Kolia en détournant les yeux.

Obidine se signa de nouveau.

Arkadi supposait que ses trois compagnons connaissaient mieux Zina Patiachvili que lui. Il se souvenait tout au plus de cette journée invraisemblable où elle avait paradé en maillot de bain sur le terrain de volley-ball. Les Russes adoraient le soleil. Chacun cherchait à porter le plus petit maillot de bain possible afin que leur corps pâle profite au mieux des rayons. Mais le maillot de Zina était plus que mince. Elle avait un corps d'Occidentale, voluptueusement charpenté. Sur la paillasse de l'infirmerie, elle ressemblait plus à une serpillière mouillée ; ce n'était pas la Zina qui allait et venait sur le pont, qui posait devant le bastingage, ses lunettes noires dissimulant ses yeux comme un loup de bal.

— Elle est tombée par-dessus bord. Elle a été remontée par le chalut.

Ses trois compagnons le fixèrent, incrédules. Ce fut Gouri qui rompit le premier le silence.

— Pourquoi Boukovski voulait-il te voir ?

Arkadi ne savait trop que dire. Chaque homme avait son passé. Gouri avait été dans les *affaires,* dans le cadre de la loi, mais aussi à sa périphérie. Kolia avait quitté les campus pour les camps de travail, Obidine oscillait entre l'alcool et l'église. Arkadi avait vécu avec des hommes de cette trempe depuis son départ de Moscou ; rien n'élargissait plus les relations d'un homme qu'un exil dans son propre pays. Moscou était une petite ruche d'*apparatchiks* comparée à la société multiforme de Sibérie. Mais il fut néanmoins soulagé d'entendre frapper à la porte de la cabine et de voir entrer Slava Boukovski, même si le second lieutenant s'adressa à lui avec une condescendance méprisante :

— Camarade inspecteur, le capitaine veut vous voir.

3

Victor Sergeïvitch Martchouk n'avait nul besoin d'uniforme ou de galon doré pour montrer qu'il était capitaine. Devant la Maison de la Marine de Vladivostok, Arkadi avait aperçu son visage parmi les portraits géants des grands capitaines des bâtiments de pêche d'Extrême-Orient. Mais la dureté de ses traits avait été atténuée et, avec sa veste et sa cravate revêtues pour la circonstance, on avait plus l'impression qu'il commandait un service administratif qu'un navire. Le véritable Martchouk avait un visage anguleux taillé à la machette, souligné par une méticuleuse barbe noire d'individualiste. Il commandait son bateau en pull-over et en jean comme un homme de terrain. Il avait du sang asiatique et cosaque dans ses veines, mais il appartenait à cette nouvelle génération d'hommes de Sibérie — économistes de Novossibirsk, écrivains d'Irkoutsk, et marins de Vladivostok des temps modernes.

Le capitaine semblait toutefois embarrassé tandis qu'il contemplait le fouillis qui encombrait son bureau : le dossier d'un marin, un livre de codes, une table de calcul, une feuille couverte de nombres, certains cerclés d'un trait rouge, et une autre à côté noircie de lettres. Il releva la tête de ses papiers et fixa longuement Arkadi. Slava Boukovski s'écarta respectueusement du centre d'intérêt du capitaine.

— Il est toujours intéressant de rencontrer les membres de son équipage, annonça Martchouk en désignant le dossier sur son bureau. Un « ancien inspecteur ». J'ai joint le ministère par radio pour avoir plus de détails. Et il y a effectivement des détails, marin Renko.

Son doigt tapotait le texte décodé.

— Un inspecteur principal du procureur de Moscou radié pour manque de conscience politique. On vous retrouve dans la petite ville de Norilsk, avec la police aux trousses. Il n'y a pas de honte à ça, beaucoup de nos meilleurs citoyens sont venus à l'est, chaînes aux pieds. Le temps qu'ils reviennent dans le droit chemin. À Norilsk, vous étiez veilleur de nuit. Pour un ancien Moscovite, les nuits ont dû vous paraître plutôt fraîches, non ?

— J'allumais trois barils de goudron chaque nuit et m'asseyais au milieu. Cela ressemblait à un sacrifice humain.

Pendant que Martchouk allumait une cigarette, Arkadi jeta un coup d'œil dans la pièce. Il y avait un tapis persan par terre, un sofa épousant un coin de la pièce, des livres de marine sur des rayonnages, une télévision, un poste de radio, et un antique bureau de la taille d'un canot de sauvetage. Au-dessus du sofa, une photo de Lénine s'adressant à des marins et à des cadets. Trois pendules donnaient respectivement l'heure locale, celle de Vladivostok et celle du méridien de Greenwich. Le bateau vivait à l'heure de Vladivostok mais le journal du bord était tenu à l'heure GMT. Dans l'ensemble, la pièce du capitaine ressemblait au bureau d'un appartement privé qui aurait vu ses murs remplacés par des cloisons d'acier vert pomme.

— Licencié pour détérioration des biens de l'État, je lis ici. Le goudron, je suppose. Vous trouvez alors une place dans un abattoir.

— Je conduisais les rennes sur le tapis électrique.

— Mais là encore, je lis que vous avez été congédié pour activités subversives.

— Je travaillais avec deux Bouriates. Ils ne parlaient pas un mot de russe. Peut-être que les rennes parlaient, eux.

— Puis vous réapparaissez sur un bateau de pêche côtière à Sakhaline. Et maintenant, marin Renko, voilà ce qui m'étonne vraiment. Le travail sur ces vieux chalutiers n'a rien d'une sinécure. Le plus sale boulot pour une paye de misère. L'équipage est un ramassis d'hommes fuyant leur femme et leurs devoirs conjugaux, poursuivis pour des petits crimes, voire même des meurtres. Tout le monde ferme les yeux, parce que nous avons besoin de main-d'œuvre sur le Pacifique. Et pourtant, je lis encore une fois : « Congédié pour manque de conscience politique. » Alors expliquez-nous ça ; qu'est-ce que vous avez donc fait à Moscou ?

— Mon boulot.

Martchouk chassa impatiemment un nuage de fumée bleue.

— Renko, vous êtes sur l'*Étoile Polaire* depuis presque dix mois. Vous n'êtes même pas descendu à terre quand nous sommes revenus à Vladivostok.

Lorsqu'un marin débarquait, il devait passer au poste frontière, où se trouvaient les gardes du KGB.

— J'aime la mer, répondit Arkadi.

— Je suis le responsable de toute la flotte d'Extrême-Orient, dit Martchouk. J'ai été décoré comme Héros du travail socialiste, et pas même *moi* je n'aime la mer à ce point. Passons. Je voulais en fait vous féliciter. Le médecin est revenu sur son diagnostic. Zina Patiachvili est bien morte la nuit dernière, et non cette nuit même. En tant que représentant à bord du syndicat, le camarade Boukovski se chargera naturellement de faire un rapport sur cette affaire.

— Le camarade Boukovski est sans nul doute l'homme de la situation.

— Il est plein de bonne volonté. Toutefois, un second lieutenant n'est pas un enquêteur. Et vous êtes le seul que nous ayons à bord.

— C'est un jeune homme qui sait se débrouiller. Il a déjà réussi à trouver l'atelier. Tous mes vœux sont avec lui.

— Soyons réalistes. L'équipage de l'*Étoile Polaire* se compose de deux cent soixante-dix personnes, hommes de pont, mécaniciens et ouvriers comme vous. Cinquante d'entre elles sont des femmes. Nous sommes comme un village soviétique sur les eaux américaines. La nouvelle d'une mort inhabituelle est déjà tombée dans certaines oreilles. Je ne veux en aucun cas qu'on puisse nous accuser de chercher à étouffer l'affaire, ou de nous en désintéresser.

— Alors les Américains sont déjà au courant ? s'enquit Arkadi.

Martchouk ne chercha pas à se défiler.

— Leur représentant est venu me voir. La situation se complique encore du fait que cette pauvre fille est morte il y a deux nuits. Vous parlez anglais ?

— Il y a longtemps que je n'ai pas pratiqué. De toute façon, les Américains qui sont à à bord parlent russe.

— Et vous ne dansez pas non plus ?

— Pas ces derniers temps, non.

— Nous avons organisé un bal, l'autre nuit, lui rappela Slava. En l'honneur des pêcheurs de tous les pays.

— J'étais encore en train de nettoyer les poissons. J'ai juste jeté un coup d'œil en passant, avant de prendre mon service.

Le bal se déroulait dans la cafétéria. De la porte, Arkadi n'avait aperçu que des silhouettes sautillant dans les rais de lumière renvoyés par une boule à facettes.

— Vous jouiez du saxophone, dit-il à Slava.

— Nous avions des invités, lui apprit Martchouk. Deux chalutiers étaient arrimés à l'*Étoile Polaire*, et des marins américains se trouvaient sur la piste de danse. Il est possible que vous désiriez les interroger. Ils ne parlent pas russe. Bien sûr, il ne s'agit pas véritablement d'une enquête ; elle sera menée, comme on dit, par les services autorisés, à notre retour à Vladivostok. Mais nous pourrions déjà rassembler quelques informations, tant que les mémoires sont encore fraîches. Boukovski a besoin à ses côtés de quelqu'un d'expérience en la matière et qui maîtrise l'anglais. Juste pour aujourd'hui.

— Sauf votre respect, dit Slava, je peux poser des questions tout à fait claires et précises sans l'aide de Renko. Il ne faut pas oublier que ce rapport sera examiné par la marine, par les différents bureaux du ministère, par les...

— Souvenez-vous plutôt de cette réflexion de Lénine, l'interrompit Martchouk : la bureaucratie c'est la chienlit !

Puis il se tourna vers Arkadi :

— Le marin Patiachvili était au bal la nuit dernière, peu avant l'heure présumée de sa mort. Nous avons la chance d'avoir à bord de l'*Étoile Polaire* quelqu'un de votre trempe, et nous espérons que vous serez heureux d'avoir l'occasion de servir votre bâtiment.

Arkadi considéra les feuillets étalés sur le bureau.

— Et qu'en est-il de ma conscience politique ?

Le sourire qui se dessina dans la barbe noire de Martchouk fut plus inquiétant encore que ses paroles.

— Nous avons un spécialiste en ce qui concerne votre conscience politique. Vous savez, Slava, le marin Renko suscite particulièrement l'intérêt de notre ami, le camarade Volovoï. Et nous comptons bien tenir

Volovoï au courant des moindres déroulements de cette affaire.

Des films étaient diffusés deux fois par jour dans la cafétéria. De l'entrée, Arkadi ne distinguait sur l'écran que des silhouettes confuses. Le poste était installé sur l'estrade où, la veille, Slava et son groupe avaient joué pour animer le bal. Un avion atterrissait sur la piste d'un aéroport futuriste — quelque part donc à l'étranger. Des voitures se faufilaient vers le terminal : des limousines, datant peut-être de quelques années et quelque peu cabossées, mais résolument américaines. Avec un fort accent américain, les personnages s'interpellaient avec des « Monsieur machin » par-ci et des « Monsieur bidule » par-là. La caméra s'arrêta sur des mocassins étrangers.

— *Espions étrangers,* lança quelqu'un en passant. C'est sur la CIA.

Il s'agissait de Karp Korobetz. Avec son torse bombé, ses cheveux qui prenaient naissance à un millimètre de ses sourcils, le chef de bordée ressemblait à ces gigantesques statues qu'on avait érigées après la guerre — le soldat levant son fusil, le marin faisant feu avec son canon — comme si la victoire avait été remportée par des hommes primitifs. Il était le parfait modèle de l'ouvrier travaillant sur l'*Étoile Polaire.*

D'ailleurs, on affichait dans le hall les résultats de la compétition entre les trois équipes de travail. Chaque semaine, les vainqueurs recevaient un pennon d'or. On récompensait la quantité de poissons attrapée, la qualité du conditionnement, le pourcentage atteint du tout-puissant quota. Et l'équipe de Karp raflait tous les pennons, mois après mois. Comme l'équipe d'Arkadi, à l'usine, se trouvait sur le même roulement que Karp, elle remportait également les pennons. « Vous construisez le communisme en nourrissant le peuple soviétique ! » disait l'oriflamme au-dessus du panneau d'affichage. Ils construisaient le communisme... lui et Karp !

Le chef de bordée jeta sa cigarette. Les hommes de pont ne prêtaient guère attention aux ouvriers qui travaillaient sous leurs pieds. Il jeta à peine un regard sur Slava. Sur l'écran, des sachets de poudre blanche passaient d'un agent secret à un autre.

— C'est de l'héroïne, annonça Karp.

— Ou du sucre en poudre, dit Arkadi — ce qui n'était pas plus facile à trouver.

— C'est le chef de bordée Korobetz et ses hommes qui ont retrouvé Zina, dit Slava en changeant de sujet.

— Quelle heure était-il ? demanda Arkadi.

— Environ 3 heures, répondit Karp.

— Il n'y avait rien d'autre dans le filet ?

— Non. Pourquoi vous me posez des questions ? Pourquoi *vous* ? demanda Karp en retour.

Quelque chose dans son regard avait changé, comme si la statue avait ouvert les yeux.

— Le marin Renko, dit-on, a quelque expérience dans ce genre d'affaire, expliqua Slava.

— Une expérience dans les gens qui passent par-dessus bord ? demanda Karp.

— Vous la connaissiez ?

— Je ne la voyais qu'ici. Elle était serveuse.

La curiosité de Karp ne faisait que croître. Il répéta le nom d'Arkadi comme pour réveiller en lui quelque souvenir.

— Renko, Renko. D'où êtes-vous ?

— Moscou, répondit Slava.

— Moscou ? Karp poussa un sifflement impressionné. Vous avez dû vraiment foutre la merde pour vous retrouver ici.

— Mais nous y sommes tous ensemble, nous les fiers marins de la flotte d'Extrême-Orient, lança Volovoï en rejoignant les trois hommes.

Il surveillait du coin de l'œil un jeune Américain qui traversait le hall avec circonspection. Le visage du jeune homme était couvert de taches de rousseur et surmonté d'une épaisse chevelure bouclée.

— Venez, Bernie, je vous en prie, entrez donc, le pressa Volovoï. C'est un film d'espionnage. Une superbe histoire.

— Où c'est nous les méchants, c'est ça ?

Bernie avait l'air intimidé, mais il s'exprimait en russe presque sans accent.

— Ce ne serait pas un film d'espionnage autrement, lança Volovoï en riant.

— Dites-vous que c'est une comédie, suggéra Arkadi.

— C'est ça, acquiesça Bernie.

— Venez, venez vous amuser, dit Volovoï, qui avait toutefois perdu son sourire. Le camarade Boukovski va vous trouver une bonne place.

Le second entraîna Arkadi vers la bibliothèque du bateau, une pièce si exiguë qu'il fallait se mettre de profil pour passer entre les étagères. Il était intéressant de voir quelle littérature était proposée dans une collection aussi limitée. Jack London était populaire, comme les récits de guerre, la science-fiction, et ce qu'on appelait les histoires de camionneurs. Volovoï fit sortir la bibliothécaire et s'assit à son bureau, repoussant sur le côté son chauffe-théière, ses pots de colle et quelques livres à la reliure cassée pour pouvoir poser sa serviette. Arkadi avait fait de son mieux pour éviter l'officier politique, restant au fond de la salle pendant les conférences et évitant d'assister aux spectacles. C'était la première fois qu'il se retrouvait face à lui.

Bien que Volovoï fût le second du bateau et portât habituellement un ciré de pêche et des bottes, il n'avait jamais touché une barre, un filet ou une carte de navigation de sa vie. Il était l'officier politique à bord et le second pour des affaires plus subtiles ayant trait à la pêche et à l'équipage. Cela restait très flou. Le second s'occupait de discipline et de moralité ; mais aussi des panneaux peints à la main dans les coursives qui proclamaient : « La troisième équipe remporte le pennon d'or dans la compétition socialiste ! » Il rédigeait les nouvelles annoncées tous les midis sur la station de radio interne, les télégrammes de félicitations aux membres d'équipage pour la naissance de leur bébé à Vladivostok et les articles sur la révolution au Mozambique, mais il se chargeait aussi de la diffusion des films et de l'organisation des tournois de volley-ball. Cependant, sa tâche la plus importante, c'était le rapport politique qu'il rédigeait sur chaque membre d'équipage, du capitaine à l'OS, et qu'il remettrait à la section maritime du KGB à son retour.

Volovoï n'était pas pour autant un maigrichon. Il était le champion d'haltérophilie à bord ; un grand rouquin avec des yeux toujours rouges, des paupières et des lèvres pleines d'eczéma, des grosses mains couvertes d'un duvet blond. Les marins surnommaient les officiers politiques les « invalides », parce qu'ils ne mettaient jamais la main à la pâte, mais Fédor Volovoï était l'invalide le plus en bonne santé qu'Arkadi eût jamais vu.

— Renko, lut Volovoï à haute voix, comme s'il se débattait avec l'énoncé d'un problème. Inspecteur principal. Radié. Expulsé du Parti. Rééducation psychiatrique. Vous voyez, j'ai le même dossier que le capitaine. Envoyé dans les camps de travail dans la partie orientale de la République russe.

— En Sibérie, précisa Arkadi.

— Je sais où se trouve la partie orientale. Je vois aussi que vous avez le sens de l'humour.

— C'est comme ça que j'ai tenu le coup ces dernières années.

— Tant mieux, parce que j'ai un rapport encore plus complet sur vous.

Volovoï posa sur le bureau un gros dossier.

— On parle d'un meurtre à Moscou, poursuivit-il. Vous avez tué le procureur de la ville, un geste malheureux, dit-on... Qui est le colonel Priblouda ?

— Un officier du KGB. Il m'a défendu devant la commission d'enquête et elle a décidé de ne pas m'inculper.

— Vous avez été néanmoins chassé du Parti et gardé en observation psychiatrique. Est-ce une façon de traiter un innocent ?

— L'innocence n'a rien à voir là-dedans.

— Et Irina Assanova, qui est-ce ? fit Volovoï en se reportant au dossier.

— Une ancienne citoyenne soviétique.

— C'est la femme que vous avez aidée à passer à l'Ouest, vous voulez dire, et qui depuis propage des bruits infâmants et mensongers quant au sort qui vous est réservé ici.

— Et quels sont ces bruits ? demanda Arkadi. Ils sont aussi faux que cela ?

— Vous êtes entré en contact avec elle depuis ?

— D'ici ?

— On vous a déjà interrogé, je vois.

— Un nombre incalculable de fois.

Volovoï feuilleta le dossier.

— « Infidélité politique »... « infidélité politique ». Je vais vous dire, moi, ce qui m'amuse en tant que second officier. Dans un jour ou deux, nous allons arriver à Dutch Harbour. Tout le monde va descendre du bateau pour faire des achats sur le port, à l'exception d'un seul : vous. Parce que tous ici ont un visa de marin de classe 1, à une seule exception : vous encore. J'imagine qu'ils ne vous ont délivré qu'un visa de classe 2, parce que ces gens qui vous connaissent savent qu'on ne peut vous laisser seul avec des étrangers ou dans un port étranger. Malgré tout, le capitaine veut que vous aidiez Boukovski à mener son enquête, et il vous autorise à interroger les Américains se trouvant à bord ou sur les chalutiers. Voilà qui est cocasse, ou pour le moins très curieux.

Arkadi haussa les épaules.

— À chacun son sens de l'humour.

— Mais pour être chassé du Parti quand même...

L'Invalide aimait enfoncer le clou. En particulier celui-ci, se disait Arkadi. Qu'il eût perdu son poste et été exilé n'attirait guère l'attention de Volovoï ; la véritable punition, la peur de tout *apparatchik*, était de perdre sa carte du Parti. On savait que Molotov, par exemple, recopiait les listes des milliers de victimes de Staline, mais il n'eut de réel problème que lorsqu'il perdit sa carte du Parti.

— Être membre du Parti était un trop grand honneur. Je n'en étais pas digne.

— C'est ce qu'il semble, effectivement.

Volovoï examina de nouveau le dossier. Peut-être les mots étaient-ils trop douloureux. Il leva alors les yeux vers les étagères, comme si aucun livre au monde ne pouvait raconter d'histoire aussi déplaisante.

— Le capitaine, évidemment, est un membre du Parti, dit finalement Volovoï. Mais, comme beaucoup de capitaines, c'est un homme d'action qui aime prendre des risques. Il se montre adroit pour la pêche ou pour éviter les icebergs, en virant simplement sur tribord ou bâbord. Mais la politique et les hommes sont des domaines plus complexes et plus dangereux. Certes, il veut savoir ce qui est arrivé à cette fille. Comme tout le monde ici. Rien n'est plus important. C'est pourquoi il est crucial que toute enquête se fasse sous le contrôle des autorités.

— J'ai déjà entendu ça quelque part, reconnut Arkadi.

— Et vous n'en avez fait qu'à votre tête. Vous étiez alors un membre du Parti, un haut fonctionnaire, un homme respecté. Je vois sur votre dossier que vous n'êtes pas descendu à terre depuis presque un an. Renko, vous êtes prisonnier de ce bateau. Lorsque nous rentrerons à Vladivostok, alors que vos compagnons vont retrouver leurs amies et leurs familles, vous allez être accueilli par le poste frontière, une branche de la Sécurité de l'État. Vous le savez très bien, sinon vous seriez descendu à terre la dernière fois que nous sommes rentrés chez nous. Vous n'avez plus de pays, vous n'avez plus nulle part où aller. Votre seul espoir c'est que l'*Étoile Polaire* fasse à votre sujet un rapport particulièrement positif. Il se trouve justement que je suis l'officier qui rédige ces rapports.

— Qu'est-ce que vous voulez ?

— J'entends, annonça Volovoï, être tenu informé, de façon précise et discrète, avant que le moindre résultat de l'enquête ne parvienne au capitaine.

— Ah, fit Arkadi en baissant la tête. Mais ce n'est pas vraiment une enquête. Il s'agit simplement de poser quelques questions durant une journée. À titre tout à fait officieux.

— Puisque Slava Boukovski parle très mal anglais, il est évident que vous allez poser certaines questions vous-même. Il faut mener l'enquête, s'assurer de la vérité, avant de pouvoir établir une conclusion appropriée à cette affaire. Il ne faut en aucun cas que la moindre information parvienne aux oreilles des Américains.

— Je ferai ce que je pourrai. Vous préférez une mort accidentelle ? Nous avons envisagé un empoisonnement alimentaire. Un homicide peut-être ?

— Il faut aussi préserver la réputation du bateau.

— Un suicide est toujours possible.

— Et celle aussi de cette pauvre ouvrière.

— Écoutez, vous pouvez déclarer qu'elle est encore en vie et qu'elle est nommée Meilleure Ouvrière du jour, si cela vous chante. Faites tout ce que vous voulez. Ecrivez-le et je signe tout de suite.

Volovoï referma lentement le dossier, le glissa dans sa serviette, puis repoussa sa chaise et se leva. Ses yeux semblaient plus rouges que de coutume, plus durs aussi. C'était la réaction instinctive d'un homme reconnaissant un ennemi naturel.

Arkadi soutint son regard. *Je vous connais aussi.*

— Je peux me retirer ?

— Allez-y, fit Volovoï d'une voix rauque... Renko ! ajouta-t-il dans son dos.

— Oui ?

— Le suicide, j'ai l'impression que vous êtes un spécialiste en la matière.

4

Zina Patiachvili gisait sur la table, la tête posée sur un billot de bois. Elle avait été jolie, avec ce profil hellénique qu'avaient parfois les filles de Géorgie. Des lèvres ourlées, un cou et des membres gracieux, une toison pubique noire et des cheveux blonds. À qui cherchait-elle à ressembler ? À une Scandinave ? Elle était tombée dans l'eau, avait touché le fond de la mer et était remontée apparemment inchangée des profondeurs, mis à part l'absolue immobilité de son corps. Après la raideur *post mortem*, les chairs se ramollissaient : les seins s'affaissaient sur les côtes, la bouche et la mâchoire se détendaient, les yeux s'enfonçaient derrière les paupières entrouvertes, la peau prenait une coloration laiteuse. Quant à l'odeur... La salle d'opération n'était pas une morgue avec une réserve de formol, et le corps suffisait à emplir la pièce d'une odeur âcre de lait caillé.

Arkadi alluma une autre Belomor avec le mégot de la première et aspira une longue bouffée. Plus fort était le tabac russe, meilleur il était. Il dessina quatre silhouettes sur le dossier médical de Zina : son corps vu de face, de dos, et sous les deux profils.

Zina semblait flotter sous les coups de flash de Slava, puis redescendre sur la table lorsque son ombre s'évanouissait. Au début, le second lieutenant ne voulait pas assister à l'autopsie, mais Arkadi avait insisté, afin que Slava, déjà hostile, ne puisse prétendre que certains indices avaient été dissimulés ou falsifiés. Si c'était de sa part un accès de conscience professionnelle, il ne savait s'il devait en rire ou en pleurer. Les aventures d'un videur de poisson ! Pour l'heure, Slava prenait des photos comme un grand reporter de l'agence *Tass,* tandis qu'Arkadi avait des haut-le-cœur.

— Dans l'ensemble, disait le Dr Vainou, ce voyage aura été très décevant. J'avais à terre un supercréneau avec les calmants. Valerianka, Pentalginum, et même des médicaments étrangers. Mais les femmes sur ce bateau sont de véritables amazones. Quelques avortements, pas plus.

Vainou était un jeune poitrinaire qui recevait ses malades en robe de chambre et en mules, mais, pour l'autopsie, il avait revêtu une blouse dont la poche de revers était maculée d'encre. Comme d'habitude, il enchaînait cigarette sur cigarette, et ne s'arrêtait de fumer que pour avaler un cachet d'antistormine contre le mal de mer. Il tenait sa cigarette entre l'annulaire et le petit doigt, de sorte que chaque fois qu'il portait la cigarette à la bouche, sa main couvrait son visage comme un masque. On avait disposé sur une desserte des instruments de chirurgie : scalpels, écarteurs, clamps, et une petite scie circulaire pour les amputations. Sur le plateau du bas, un bassinet d'acier contenait les vêtements de Zina.

— Désolé pour l'heure de la mort, ajouta Vainou d'un ton léger, mais qui aurait pu se douter qu'un chalut la remonterait presque un jour après qu'elle fut passée par-dessus bord.

Arkadi essayait de fumer tout en dessinant. À Moscou, c'était un médecin légiste qui se chargeait de ce travail, et l'enquêteur n'avait qu'à attendre en faisant les cent pas. Il y avait là-bas des laboratoires d'analyses, des équipes d'experts, une structure professionnelle rompue à tous les cas de figure. L'idée qu'il n'aurait plus jamais à s'occuper de cadavres — et certainement pas de celui d'une fille arrachée à l'océan — avait été son seul réconfort durant ces dernières années. Une odeur d'iode se mêlait aux relents de la mort. C'était l'odeur des milliers de poissons qui arrivaient sur la chaîne de conditionnement ; c'était désormais l'odeur de cette fille qui avait séjourné avec eux dans le filet, avec ses cheveux poisseux, ses bras, ses jambes et ses seins marbrés de taches indigo.

— En plus, estimer l'heure du décès d'après la raideur *post mortem* est très hasardeux, particulièrement sous basse température, poursuivit Vainou. Ce n'est qu'une contraction musculaire provoquée par des réactions chimiques après la mort. Savez-vous que, si vous coupez un filet de poisson avant la raideur *post mortem*, la chair va se contracter et devenir aussi dure que du bois ?

Le stylo d'Arkadi lui échappa des mains, et il le heurta du pied lorsqu'il voulut se pencher pour le récupérer.

— On croirait que c'est votre première autopsie, lança Slava en ramassant le stylo.

L'officier considéra la table d'opération froidement et se tourna vers le médecin :

— Elle semble pas mal amochée. Vous pensez qu'elle a touché l'hélice ?

— Non ; ses vêtements ne sont pas déchirés. D'après mon expérience, ce sont des coups de poing, et non une hélice, dit Vainou.

Quelle expérience ? Il s'occupait d'ordinaire de bras cassés et d'appendicectomies. Le reste était traité avec du liniment vert ou de l'aspirine car l'infirmerie, comme le disait Vainou, avait surtout fort à faire avec l'alcool et les drogues. C'est pourquoi la table d'opération était équipée de sangles de sécurité. L'*Étoile Polaire* était à court de morphine depuis un mois.

Arkadi lut l'en-tête du dossier médical : « Patiachvili, Zinaïda Petrovna. Née le 28/ 6/ 61, Tbilissi, RSSG. Taille : 1, 60 m. Poids 48 kg. Cheveux noirs (teints en blond). Yeux : marron. »

Il donna la planchette à Vainou et commença à tourner autour de la table. Tout comme un homme qui a peur du vide monte un à un les barreaux d'une échelle, Arkadi parlait très lentement, abordant un seul détail anatomique à la fois.

— Docteur, voulez-vous noter que les coudes sont brisés. La petite taille des hématomes semble indiquer que les fractures ont eu lieu après la mort, lorsque la température du corps était déjà tombée.

Il prit une longue bouffée et fléchit les jambes du cadavre.

— Notez la même chose pour les genoux.

Slava s'approcha, régla la mise au point et prit plusieurs clichés, variant les angles de prise de vue comme un réalisateur mettant en scène son premier film.

— C'est de la couleur ou du noir et blanc ? demanda Vainou.

— De la couleur, répondit Slava.

— Sur les avant-bras et les mollets, poursuivit Arkadi, on remarque un épanchement de sang, sans marque de coup, probablement apparu suivant la position de son corps après la mort. Notez la même chose pour les seins.

Sur sa poitrine, les taches de sang ressemblaient à une deuxième paire d'aréoles. Arkadi avait du mal à tenir le coup. Il aurait dû refuser, songeait-il.

— Sur l'épaule gauche, et sur le flanc gauche de la cage thoracique jusqu'à la hauteur de la hanche, on trouve de petits hématomes régulièrement espacés.

Il prit une réglette sur la desserte.

— Dix hématomes visibles en tout, à environ cinq centimètres les uns des autres.

— Vous pouvez arrêter de faire trembler cette règle, se plaignit Slava avant de prendre une autre photo.

— Je crois que votre ancien inspecteur a besoin d'un remontant, dit Vainou.

Arkadi hocha la tête en silence. Les mains de la fille ressemblaient au toucher à de l'argile froid.

— Les ongles ne sont pas cassés et on ne distingue aucun lambeau de peau coincé dessous. Le docteur prélèvera un échantillon et fera un examen au microscope.

— Vous voulez un verre d'alcool ou un calmant ?

Arkadi tira une longue bouffée sur sa Belomor avant d'ouvrir la bouche de Zina.

— Les lèvres et les dents semblent intactes.

Il referma la bouche et pencha la tête en arrière pour examiner les narines. Il palpa l'arête du nez, puis souleva les paupières, découvrant deux iris ovales.

— Il y a une rétention de sang dans le blanc de l'œil gauche.

— Cela signifie quoi ? demanda Slava.

— Aucune trace de coup sur la face, poursuivit Arkadi. Possibilité d'un choc reçu sur l'arrière du crâne.

Il fit rouler Zina sur le côté et souleva ses cheveux poisseux de sel qui masquaient la nuque. Il y avait un gros hématome noir. Il prit la planchette des mains de Vainou :

— Ouvrez là, dit-il.

Le médecin choisit un scalpel et, une cigarette aux lèvres dont la cendre menaçait de tomber, il pratiqua une incision le long des vertèbres cervicales. Arkadi tenait la tête de Zina dans ses mains, pendant qu'opérait le médecin.

— Vous êtes décidément verni, lâcha le médecin avec aigreur. Notez une fracture de la première cervicale et de la base du crâne. C'est votre jour.

Il regarda Arkadi puis la scie circulaire.

— On pourrait sortir le cerveau par sécurité, dit-il. Ou ouvrir la cage thoracique et chercher des traces d'eau de mer dans les voies respiratoires.

Slava prit un cliché de la nuque et se redressa en chancelant sur ses jambes.

— Non, dit Arkadi en reposant la tête sur le billot de bois avant de lui fermer les yeux.

Il essuya ses mains sur sa veste et alluma une nouvelle Belomor avec le mégot de la précédente, aspirant impatiemment la fumée, puis il inspecta les vêtements entassés dans le bassinet. Si elle s'était noyée, il y aurait des vaisseaux éclatés dans son nez et sa bouche ; il y aurait autant d'eau dans son estomac que dans ses poumons et, en la déplaçant, elle goutterait comme une éponge mouillée. En outre, Vladivostok comptait assez d'inspecteurs et d'experts qui seraient trop heureux de la débiter en morceaux et d'analyser jusqu'au dernier de ses atomes. Le bassinet contenait une chaussure rouge en plastique de fabrication soviétique, un pantalon bleu clair, une culotte, une chemise blanche en coton portant une étiquette de Hong Kong et un badge « I♡LA ». Une fille mondialiste. Dans une poche du pantalon, il trouva un morceau détrempé de carton bleu ; un ancien paquet de Gauloises. Ainsi qu'une carte à jouer, une dame de cœur. Une fille romantique, Zina Patiachvili. Et un robuste préservatif soviétique. Une fille réaliste aussi. Il étudia de nouveau son visage au teint cireux, puis ses cheveux blonds repoussés par des racines brunes. Elle était morte, laissant derrière elle une vie fantasque. Les autopsies le rendaient toujours malade — que ce soit celles des victimes ou celles des meurtriers. Pourquoi les gens ne se tiraient-ils pas une balle dans la tête dès le jour de leur naissance ?

L'*Étoile Polaire* vira de bord pour se mettre dans le sillage des chalutiers. Arkadi se raidit instinctivement. Slava, surpris, se cramponna à la table d'examen.

— Alors, on n'a plus le pied marin, lança Vainou.

Le second lieutenant le foudroya du regard.

— Ça va très bien.

— On pourrait au moins retirer les viscères, dit Vainou avec un ton affecté.

Arkadi examina les vêtements. Ils étaient imprégnés de sang de poisson, déchirés çà et là par leurs épines dorsales, rien que de très normal après un séjour prolongé dans un filet de pêche. Il semblait y avoir une tache d'huile sur une jambe du pantalon, au niveau du genou. En étalant la chemise, Arkadi remarqua un curieux accroc sur le devant ; le tissu n'était pas déchiré cette fois, mais plutôt coupé.

Il revint auprès du corps. Il y avait des marbrures marron sur les membres, les seins et autour du nombril. Il ne s'agissait peut-être pas uniquement d'épanchements de sang sous-cutanés ; peut-être avait-il affirmé cela trop vite, parce qu'il voulait s'éloigner d'elle. C'était effectivement le cas, car en inspectant son ventre au-dessus du nombril, il remarqua une blessure, une petite entaille d'environ deux centimètres de long. Exactement le genre de marque que laisserait le couteau d'un pêcheur. Tout le monde sur l'*Étoile Polaire* portait un couteau avec un manche en plastique blanc et une lame à double biseau longue de vingt centimètres, pour vider les poissons ou ouvrir les filets. Partout sur le bateau, des écriteaux rappelaient : « Soyez toujours prêts. Ne vous séparez jamais de votre couteau. » Celui d'Arkadi était dans son armoire.

— Laissez-moi faire ça, dit Vainou en poussant Arkadi du coude.

— Vous avez trouvé une bosse et une coupure, dit Slava. Et alors ?

— Cela dépasse un peu ce à quoi on pourrait s'attendre, même après un séjour au fond de l'eau.

Vainou s'écarta soudain de la table en titubant. Arkadi crut que le médecin avait incisé la blessure parce qu'un petit morceau d'intestin, violacé et luisant, sortait à présent de l'entaille. Mais l'intestin en question semblait doué d'une vie propre et continuait à sortir du ventre de la fille dans un gargouillis d'eau salée et de jus blanchâtre.

— Un ver-anguille !

Un ver-anguille ou une myxine. Quel que soit le nom qu'on lui donnât, c'était un animal primitif particulièrement efficace. Parfois le chalut remontait un flétan de deux mètres de long, un monstre pouvant peser un quart de tonne et qui n'était plus qu'un sac de peau et d'os rempli de vers-anguilles. L'enveloppe externe du poisson pouvait être intacte ; les anguilles rentraient par la bouche ou l'anus et se frayaient un chemin à l'intérieur du corps. Lorsqu'un ver-anguille apparaissait sur les chaînes de l'atelier, les femmes reculaient d'horreur le temps que les hommes le tuent à coups de pelle.

La tête de l'anguille, un moignon dépourvu d'yeux d'où saillaient deux cornes de chair et une bouche fripée, oscillait de droite à gauche sur l'estomac de Zina Patiachvili. Puis l'anguille entière, longue comme un bras humain, semblant vouloir soudain quitter définitivement le corps de Zina, se tortilla dans le vide et atterrit aux pieds de Vainou. Le médecin abattit son scalpel, qui se brisa en deux en heurtant le sol. Il repoussa l'anguille d'un coup de pied, et s'empara d'une autre lame. L'animal se débattait furieusement, roulant à travers la pièce. Sa principale défense était ses sécrétions visqueuses qui le rendaient insaisissable. Une anguille pouvait remplir tout un seau de cette salive gélatineuse ; et en se nourrissant elle pouvait recouvrir sa pitance d'un cocon visqueux qui aurait coupé l'appétit même à un requin. La pointe du scalpel se brisa encore et sauta au visage de Vainou, lui entaillant la joue. Il tomba à la renverse et atterrit sur le dos, regardant avec horreur l'anguille se diriger vers lui en se tortillant.

Arkadi se précipita dans le couloir et revint avec une hache d'incendie qu'il abattit sur le ver, le côté arrondi en avant. À chaque coup l'anguille se tordait, inondant le sol de salive. Arkadi glissa sur le jus visqueux, se rattrapa de justesse, tourna sa hache, lame en avant, et coupa l'animal en deux. Les deux moitiés continuèrent à se tortiller dans la pièce jusqu'à ce qu'il les tranche de nouveau en deux. Enfin, les quatre tronçons de l'animal s'immobilisèrent dans une mare de sang et de salive.

Vainou se dirigea en titubant vers l'armoire, ôta ses instruments du récipient stérilisateur et vida l'alcool dans deux verres, un pour lui, un autre pour Arkadi. Slava Boukovski avait disparu. Arkadi avait le vague souvenir d'avoir vu le second lieutenant se précipiter vers la porte peu après que l'anguille fut apparue.

— C'est mon dernier voyage, marmonna Vainou.

— Pourquoi personne n'a remarqué son absence ? s'enquit Arkadi. Elle était souvent malade ?

— Zina ? dit Vainou en tenant son verre à deux mains. Pas elle, sûrement pas.

Arkadi vida le sien d'un trait. Un petit arrière-goût d'antiseptique, mais pas mauvais.

Quel genre de médecins, se demanda-t-il, travaillent généralement sur ces bateaux ? Certainement pas ceux qui sont intéressés par tout l'éventail des dysfonctions humaines, ni par les accouchements, les maladies infantiles, ou la gériatrie. Sur l'*Étoile Polaire,* on ne risquait même pas d'attraper une maladie tropicale, cas pourtant assez commun dans la marine. Le travail d'un médecin dans le Pacifique Nord était d'un ennui mortel, c'est pourquoi il attirait les ivrognes ou les jeunes diplômés des écoles de médecine, envoyés là contre leur gré. Vainou n'était ni l'un ni l'autre. C'était un Estonien, originaire d'une république baltique où les Russes étaient considérés comme des troupes d'occupation. Ce n'était pas un homme qui suscitait beaucoup de sympathie parmi l'équipage de l'*Étoile Polaire*.

— Aucun étourdissement, mal de tête ou vertige ? Elle ne touchait pas non plus à la drogue ? Elle n'est jamais venue vous voir pour quoi que ce soit ?

— Vous avez son dossier médical sous les yeux. Vierge. Absolument vierge.

— Mais alors pourquoi personne ne s'est donc inquiété de l'absence de cette ouvrière à la santé de fer ?

— Renko, j'ai l'impression que vous êtes le seul sur ce bateau à n'avoir pas connu Zina.

Arkadi hocha la tête. Il avait également cette impression.

— N'oubliez pas votre hache, lança Vainou alors qu'Arkadi se dirigeait vers la porte.

— J'aimerais savoir si elle a eu des rapports sexuels avant sa mort. Relevez également ses empreintes digitales et un échantillon de son sang pour analyse. Je crains malheureusement que vous ne deviez vider son abdomen.

— Et si..., avança le médecin en désignant l'anguille du regard.

— C'est juste, répondit Arkadi. Gardez la hache.

Slava Boukovski était penché sur le garde-fou. Arkadi se tenait à côté de lui, comme s'ils prenaient l'air. Sur le pont arrière, une montagne de soles jaunes attendait d'être pelletée dans le toboggan menant à l'usine de conditionnement. Un chalut américain en nylon était tendu entre deux bômes, et une aiguille à ramender — une navette à l'extrémité dédoublée —

oscillait encore après une réparation. Arkadi se demanda s'il s'agissait du filet qui avait remonté Zina. Slava scrutait l'océan.

Parfois le brouillard pesait sur la mer comme une nappe d'huile. La surface était étale, noire, quelques mouettes suivaient un chalutier qu'on parvenait à distinguer dans la brume parce que les bateaux américains brillaient comme des leurres de pêche. Celui-ci était rouge et blanc, avec un équipage vêtu de cirés jaunes. Il montait et descendait derrière la poupe de l'*Étoile Polaire*. La coque rouillée du bateau-usine s'élevait à quinze mètres au-dessus du chalutier. Bien sûr, les campagnes des Américains ne duraient que quelques semaines, tandis que l'*Étoile Polaire* restait en mer pendant six mois. Le bateau américain semblait un jouet sur l'eau ; l'*Étoile Polaire* était un monde à lui tout seul.

— Ce genre de choses n'arrive habituellement pas durant les autopsies, dit doucement Arkadi.

Slava s'essuya la bouche avec un mouchoir.

— Pourquoi quelqu'un lui aurait-il donné un coup de couteau alors qu'elle était déjà morte ?

— L'estomac contient des bactéries. L'incision a été faite pour permettre aux gaz de s'échapper, pour ne pas qu'elle remonte à la surface. Je peux continuer tout seul pour l'instant ; pourquoi ne pas revenir lorsque vous vous sentirez mieux ?

Slava se raidit et replia son mouchoir.

— Je suis chargé d'un travail. Nous ferons tout en bonne et due forme, comme pour une enquête normale.

Arkadi haussa les épaules.

— Lors d'une enquête normale sur un homicide, lorsque vous retrouvez le corps, vous passez le lieu du crime au peigne fin, avec une loupe et un détecteur de métaux. Regardez autour de vous. Laquelle de ces vagues voulez-vous examiner ?

— Cessez de parler d'homicide. C'est de la pure fabulation.

— Pas avec ces blessures.

— Elles ont pu être causées par une pale de l'hélice, dit Slava.

— Oui, si quelqu'un s'est chargé de la lui abattre sur le crâne.

— Il n'y a aucun signe de lutte, vous l'avez dit vous-même. C'est votre attitude qui pose un sérieux problème. Je ne vais pas laisser votre instinct antisocial me compromettre.

— Camarade Boukovski, je ne suis qu'un ouvrier qui travaille à l'usine. Vous êtes le symbole du grand avenir soviétique. Comment pourrais-je vous compromettre ?

— Ne me faites pas le coup du pauvre ouvrier, vous voulez bien ! Volovoï m'a parlé de vous. Vous avez foutu un beau bordel à Moscou. Le capitaine Martchouk est fou de vous avoir fait quitter la chaîne de conditionnement.

— Pourquoi l'a-t-il fait, selon vous ?

Arkadi était sincèrement intéressé.

— Je n'en sais rien.

Slava semblait aussi perplexe que lui.

La cabine de Zina Patiachvili était identique à celle d'Arkadi, tant en volume qu'en agencement. Quatre personnes vivaient dans une pièce qui n'était guère plus confortable qu'une chambre de dépressurisation : quatre couchettes, une table, un banc, une armoire et un lavabo. Mais l'air y était différent que dans sa propre cabine. À la place de l'odeur de sueur des hommes, il flottait dans l'air un mélange entêtant de parfums contraires. À la place des pin-up de Gouri et de l'icône de Obidine, la porte de l'armoire était ornée de cartes postales de Cuba, de cartes de vœux naïves pour la journée internationale de la femme, de photos d'enfants emmitouflés dans des écharpes de pionniers, des posters de vedettes de cinéma ou de musiciens. Il y avait également une photo bon enfant de Stass Namine, la rock-star dodue d'Union soviétique. Et une photo d'un Mick Jagger à l'air menaçant.

— C'était celle de Zina, dit Natacha Tchaïkovskaïa en montrant du doigt la photo de Mick Jagger.

Les deux autres occupantes de la cabine étaient « Madame » Malzeva, la doyenne des ouvrières travaillant sur la chaîne d'Arkadi, et une fille menue originaire d'Ouzbékistan, nommée Dynama en l'honneur de la récente électrification de son pays. Sa famille avait fait là un cadeau empoisonné à la jeune fille innocente, parce que, dans des régions moins reculées de l'Union soviétique, une « dynama » était une fille qui se fait inviter au restaurant par un homme, puis s'en va aux toilettes et disparaît à tout jamais. Par gentillesse, ses amis l'appelaient Dynka. Ses yeux noirs s'agitaient anxieusement au-dessus de deux gigantesques pommettes. Ses cheveux se terminaient par deux couettes qui encadraient son visage d'une paire d'ailes noires.

Pour une aussi triste occasion, Natacha s'était abstenue de mettre du rouge à lèvres, se contentant d'orner ses cheveux d'une grande barrette. On la surnommait dans son dos « La Tchaïka », en référence à l'énorme limousine du même nom. Elle aurait pu étouffer le malheureux Stass Namine d'un seul bras ; Jagger, quant à lui, n'aurait pas eu une chance d'y survivre. Elle avait le physique d'une lanceuse de poids olympique avec l'âme d'une Carmen.

— Zina était une brave fille. Tout le monde l'aimait, c'était le petit rayon de soleil du bateau, dit Madame Malzeva.

Comme si elle recevait Arkadi et Slava dans son salon, elle portait un châle à houppes et s'employait à décorer un coussin de satin avec des vagues brodées et l'invitation « Visitez Odessa ».

— Chaque fois qu'on entendait rire, disait-elle, c'était notre Zina.

— Zina était gentille avec moi, dit Dynka. Quand elle venait à la laverie, elle m'apportait un sandwi.

Comme la majorité des Ouzbeks, elle n'arrivait pas à prononcer les « ch », et n'essayait même plus. Elle les sautait purement et simplement.

— C'était une honnête ouvrière soviétique qui va beaucoup nous manquer, dit Natacha.

Elle était membre du Parti et, comme tous les gens du Parti, on avait l'impression qu'elle n'ouvrait la bouche que pour réciter quelque slogan appris par cœur.

— Vos témoignages nous sont précieux, dit Slava.

L'une des deux couchettes supérieures était défaite. Dans un carton destiné à recevoir trente kilos de poisson congelé, Arkadi trouva des vêtements, des chaussures, un magnétophone, quelques cassettes, des bigoudis, des brosses, un carnet gris, un polaroïd de Zina en maillot de bain, un autre avec Dynka, et un coffret à bijoux d'Asie orientale paré de morceaux de tissu coloré et d'éclats de miroir. Au-dessus de la couchette, un écriteau vissé à la cloison indiquait le poste que devait rejoindre son occupant en cas d'alerte. Celui de Zina était la brigade anti-feu de la coquerie.

Arkadi pouvait dire d'instinct qui occupait les trois autres couchettes. L'aînée avait toujours une couchette du bas, et celle-ci, en l'occurrence, était couverte de coussins venant de divers ports — Sochi, Tripoli, Tanger — de sorte que Madame Malzeva pouvait s'étendre sur un moelleux atlas. La couchette de Natacha était ornée de pamphlets tels que « Connaissons les conséquences du déviationnisme de la social-démocratie » ou « Ensemble vers la transparence ». Peut-être l'un découlait-il de l'autre. Ce serait alors une erreur de la propagande. Sur l'autre couchette du haut, Dynka avait posé un chameau en peluche. Plus encore que les hommes, elles avaient fait de cette cabine un véritable foyer, et Arkadi avait l'impression d'y être un intrus.

— Ce qui nous intéresse, dit Arkadi, c'est pourquoi personne n'a remarqué l'absence de Zina. Vous partagez la même cabine. Comment avez-vous pu ne pas noter son absence pendant un jour et une nuit ?

— C'était une fille très indépendante, dit Malzeva. Et nous avons des roulements différents. Vous savez, Arkacha, nous travaillons de nuit, elle travaillait de jour. Nous passions parfois des journées entières sans voir Zina. J'ai du mal à croire que je ne la reverrai plus.

— Vous devez être toute retournée.

Arkadi avait vu Madame Malzeva pleurer devant des films de guerre où des Allemands se faisaient tuer. Tout le monde aurait crié « Prends ça, sale Fritz ! » mais Malzeva pleurnichait dans son fichu.

— Elle m'a emprunté mon bonnet de douche et ne me l'a jamais rendu.

La vieille femme releva des yeux parfaitement secs.

— Il serait bon de recueillir les avis de ses autres compagnons, suggéra Slava.

— Elle avait des ennemis ? demanda Arkadi. Est-ce que quelqu'un pouvait lui vouloir du mal ?

— Non ! lancèrent les trois femmes en chœur.

— Cette question n'a aucune raison d'être, intervint Slava.

— Oubliez ce que je viens de dire. Que savez-vous d'autre à propos de Zina ? demanda Arkadi en contemplant les photographies sur la porte de l'armoire.

— C'est son neveu, dit Dynka en montrant du doigt la photo d'un petit garçon aux cheveux bruns, tenant une grappe de raisins gros comme des figues.

— C'est son actrice préférée, expliqua Natacha en désignant un poster de Mélina Mercouri, l'air boudeuse sous les volutes de fumée d'une cigarette. Zina se prenait peut-être pour une vamp grecque.

— Elle avait quelqu'un ? demanda Arkadi.

Les trois femmes s'interrogèrent du regard pendant un moment, puis Natacha répondit :

— Personne en particulier, du moins pas à notre connaissance.

Dynka gloussa.

— Non, personne en particulier.

— Tisser des relations fraternelles avec son entourage est la plus sage des attitudes, dit Slava.

— Vous l'avez vue durant le bal ? Vous y étiez ? leur demanda Arkadi.

— Non, Arkacha, ce n'est plus de mon âge, répondit Malzeva, sortant de sa réserve. Et vous oubliez que les chaînes continuaient de tourner pendant le bal. Tu étais malade, toi, Natacha ?

— Oui, répondit-elle.

Puis elle ajouta lorsque Slava, musicien durant le bal, voulut intervenir :

— J'ai à peine jeté un coup d'œil à l'intérieur.

En robe de bal tout de même, sourit secrètement Arkadi.

— Et vous, Dynka, vous y êtes allée ? demanda-t-il.

— Oui. Les Américains se dandinent comme des singes. Zina était la seule à pouvoir danser comme eux.

— Elle a dansé avec eux ?

— Il y a quelque chose de malsain quand les Américains dansent, dit Madame Malzeva.

— Le bal a été organisé pour créer des liens amicaux entre les travailleurs de nos deux nations, répondit Slava. Que nous importe de savoir avec qui elle dansait puisque l'accident s'est produit plus tard dans la nuit ?

Arkadi vida sur la couchette les effets personnels de Zina. Les vêtements étaient de facture étrangère et usés jusqu'à la trame. Rien dans les poches. Il y avait des cassettes des Rolling Stones, de Dire Straits. Le magnétophone était un Sanyo. Aucun papier d'identité, mais il ne s'attendait pas en trouver ; son livret de solde et son visa étaient gardés dans le coffre du bateau. Des bâtons de rouge à lèvres et des flacons de parfum avaient roulé dans le creux du matelas ; pendant combien de temps le parfum de Zina flotterait-il dans la cabine ? Sa boîte à bijoux contenait un collier de fausses perles et un demi-jeu de cartes ; rien que des dames de cœur. Une liasse de « petits roses », des billets de dix roubles, retenue par un élastique. Il lui faudrait examiner toutes ses affaires plus en détail ; il n'en avait pas le loisir pour le moment. Il remit les effets dans le carton.

— Tout est là ? demanda-t-il. Toutes ses cassettes ?

Natacha renifla avec humeur.

— Ses précieuses cassettes... Elle mettait toujours ses écouteurs. On n'a jamais pu les entendre.

— Que cherchez-vous au juste ? demanda Slava. J'en ai assez d'être tenu à l'écart.

— Je ne vous tiens pas à l'écart, répondit Arkadi, mais vous savez déjà ce qui s'est passé. Je suis simplement moins vif d'esprit que vous ; je procède par étapes.

— Je vous remercie, dit-il aux trois femmes.

— C'est tout, camarades, dit Slava avec un ton d'autorité.

Il prit le carton contenant les affaires de Zina.

— Je vais m'occuper de ça.

Sur le seuil, Arkadi s'arrêta pour demander :

— Elle s'est bien amusée au bal ?

— C'est possible, dit Natacha. Camarade Renko,

vous devriez peut-être assister une fois à un bal. L'intelligentsia devrait de temps en temps se mêler aux travailleurs.

Pourquoi Natacha lui collait-elle cette étiquette ? se demanda Arkadi. La pataugeoire n'était pas à proprement parler le rendez-vous des philosophes. Il y avait quelque chose de menaçant chez Natacha, aussi se tourna-t-il vers Dynka.

— Est-ce qu'elle avait l'air étourdie ? Malade ?

Dynka secoua la tête, de sorte que ses deux couettes fouettèrent l'air autour de son visage.

— Elle semblait heureuse lorsqu'elle a quitté le bal.

— À quelle heure ? Pour aller où ?

— Elle est allée vers la poupe. Je ne sais pas quelle heure il était ; les gens dansaient encore.

— Elle était avec quelqu'un ?

— Non, elle était seule, mais elle semblait heureuse, comme une princesse dans un conte de fées.

C'était une vision des choses qui dépassait de loin tout entendement masculin. Ces femmes croyaient naviguer sur les mers, avec toutes les intrigues de la vie courante d'une femme à terre, comme si elles ne pouvaient passer par-dessus bord et être simplement avalées par l'immensité de l'océan. Pendant ces dix mois passés à bord, Arkadi s'était peu à peu rendu compte que la mer était un vide, un néant où les gens pouvaient disparaître à tout moment. Elles feraient mieux de s'accrocher à leur couchette, et de veiller sur elles lorsqu'elles traversaient le pont.

Lorsque Slava et Arkadi remontèrent à l'air libre, ils retrouvèrent Vainou penché par-dessus le bastingage, sa blouse maculée de salive et de sang. La hache gisait à ses pieds. Il leva deux doigts.

— Il y en avait deux autres, lâcha-t-il avant de tourner son visage vers le vent marin.

Un néant ou un gouffre foisonnant de vie. À chacun de choisir.

5

Arkadi suivit avec joie Slava jusqu'à la poupe. La vue qui s'offrit à lui était à couper le souffle : une silhouette contre la lisse, un chalutier à mi-distance, une mer d'encre se perdant dans une brume grise. Cela le changeait des cabines et des ateliers étouffants d'exiguïté.

— Regardez autour de vous, dit Slava. Paraît que vous êtes un spécialiste.

— C'est juste.

Arkadi s'arrêta et se tourna comme on le lui avait ordonné, bien qu'il n'y eût rien de particulier à voir : treuils et taquets éclairés par trois lampes qui, même à midi, luisaient comme de petites lunes falotes. Au milieu du pont s'ouvrait une cage d'escalier qui menait à une passerelle donnant directement sur la rampe. Les rampes arrière étaient une caractéristique des bateaux de pêche modernes : celle de l'*Étoile Polaire* prenait naissance au niveau de la mer et passait sous le bâtiment de poupe, pour remonter jusqu'à l'aire de réception des chaluts, de l'autre côté. Il ne voyait de la rampe que la partie sous la cage d'escalier, et de l'aire de réception que le haut des bômes et des portiques derrière la fumée de la cheminée. Autour de celle-ci, il apercevait des barils d'huile, des câbles de rechange et des aussières. Sur le pont, des canots de sauvetage se balançaient sur leurs portemanteaux. Sur un bord se trouvait un équipement d'urgence : des haches d'incendie, une pioche, une gaffe, une pelle, comme si le feu pouvait être combattu comme des soldats ennemis.

— Alors ? demanda Slava. Selon cette fille, c'est là que se serait rendue Zina. Comme une princesse dans un conte de fées...

Il s'arrêta brusquement et souffla à l'oreille d'Arkadi :

— Voilà Susan.

— Soussan, répéta Arkadi.

Certains noms se prêtaient parfaitement à la prononciation russe.

— Chut ! souffla Slava en devenant cramoisi.

La silhouette accoudée à la lisse portait un caban à capuche, un pantalon sans forme et des bottes de caoutchouc. Arkadi avait toujours cherché à éviter les Américains. Ils descendaient rarement à l'usine, et lui se savait observé lorsqu'il montait sur le pont. Tout le monde s'attendait à ce qu'il cherche à entrer en contact avec les Américains, ce qui les compromettrait, eux, à défaut de le compromettre lui-même.

— Elle prend un filet, annonça Slava en arrêtant Arkadi à distance respectueuse.

Susan Hightower leur tournait le dos, et parlait dans un talkie-walkie. Ils l'entendaient alternativement répondre à l'*Eagle* en anglais et donner des instructions en russe à la passerelle de l'*Étoile Polaire*. Le chalutier approchait, se mettant face aux vagues. Un grincement retentit sous leurs pieds. Arkadi regarda dans la cage d'escalier et aperçut une ligne de vieilles bouées rouges et blanches descendre la rampe ocre rongée de rouille.

— Puisqu'elle est occupée, on n'a qu'à aller interroger les autres Américains.

— C'est la responsable du groupe. Par politesse, nous devons lui parler en premier, insista Slava.

Par politesse ? Ils grelottaient de froid et on les ignorait ostensiblement, mais Slava se perdait dans les affres des convenances.

Sur l'eau, le câble se déroulait peu à peu ; vingt-cinq mètres, cinquante, cent mètres de ligne gagnaient la mer, tandis que les bouées ondulaient sur la houle. Pendant que le filin se déployait sur toute sa longueur, le chalutier américain s'approcha par bâbord et cala sa vitesse sur celle de l'*Étoile Polaire*.

— C'est tout à fait étonnant, lança Slava avec enthousiasme.

— Ah oui ? fit Arkadi en tournant le dos au vent.

À cette longitude, il n'y avait aucune terre entre les deux pôles de la planète et le vent pouvait forcir brusquement.

— Vous savez à quel point les chalutiers de la flotte soviétique s'approchent tout près pour transférer le poisson, poursuivit Slava. Les coques sont alors mises à rude épreuve.

— C'est vrai, on reconnaît les bateaux soviétiques à leurs coques cabossées, acquiesça Arkadi.

— Les Américains nous ont appris cette nouvelle manœuvre, le « sans-contact ». C'est plus élégant, mais c'est aussi plus délicat et cela nécessite une grande adresse.

— Comme les rapports sexuels chez les araignées, lança Susan sans se retourner.

Arkadi admira un moment la technique mise en œuvre. Sur le chalutier américain, un pêcheur au bras puissant attrapait la ligne à l'aide d'une longue gaffe. Un autre faisait glisser le câble le long du plat-bord jusqu'à la poupe, où un chalut débordant de poissons remplissait l'étroit pont arrière du bateau.

— Ils sont accrochés, annonça Susan en russe par radio.

Comme les rapports sexuels chez les araignées ? Une amusante comparaison, songea Arkadi. La ligne flottante était d'une section relativement fine. Non seulement les bateaux étaient à distance, mais ils n'étaient pas fixes l'un par rapport à l'autre. Si les bâtiments s'écartaient trop, le câble se romprait sous la tension ; si au contraire elle n'était pas suffisante, le chalut ne quitterait pas la rampe arrière ou coulerait à pic dans la mer, et la contrainte verticale casserait le filin ; chalut et poissons, pour une valeur de cent mille dollars, seraient perdus à tout jamais.

— Amenez, lança Susan tandis que le filet glissait sur la rampe du chalutier. Aussitôt le poids du chalut fit tomber la vitesse de l'*Étoile Polaire* d'un demi-nœud. Le chalutier s'écarta, tandis que les treuils derrière eux, sur l'aire de réception du bateau-usine, commençaient à enrouler le câble.

Susan eut à peine un regard pour Arkadi lorsqu'il s'approcha de la lisse. Il supposa qu'elle devait porter plusieurs chandails et pantalons sur elle pour gommer à ce point ses formes, car son visage était long et fin. Elle avait des yeux marron et le regard concentré d'une fillette sur une balançoire, pour qui le reste du monde n'a soudain plus la moindre existence.

— Cinquante mètres, annonça-t-elle en russe.

Un essaim de mouettes commençait à se former. Cela restait toujours un mystère pour lui. Un instant plus tôt, il n'y avait pas un oiseau en vue, et soudain ils apparaissaient par dizaines, sortant de la brume comme de la cape d'un magicien.

Derrière son avant-garde de bouées, le filet et son enveloppe ruisselante orange et noir glissaient vers l'*Étoile Polaire*. Derrière eux, le chef de bordée traversa le pont et descendit l'escalier pour prendre position sur la plate-forme dominant la rampe. Le filin détrempé glissait sur le plan incliné, tendu au maximum. Les bouées rebondissaient sur le tablier. Tiré par sa bride d'acier, le filet sortit de l'eau et grimpa sur la lèvre inférieure de la rampe.

— Coupez tout, lança Susan en russe.

L'*Étoile Polaire* ralentit, presque jusqu'à dériver sur l'eau. C'était une précaution nécessaire pour hisser trente tonnes de poissons à bord, qui perdaient leur flottabilité et doublaient de poids en quittant l'eau. La moindre tension exercée sur le treuil par la marche du bateau pouvait rompre le câble. En revanche, un arrêt total aurait fait couler le filet vers l'hélice. Patiemment le câble hissa sur la rampe la moitié du chalut alors que le bateau ralentissait. Puis le filet s'immobilisa, comme s'il reprenait son souffle après cet effort, tandis que l'eau dégouttait entre les mailles dans une averse de crabes et d'étoiles de mer.

— Vous venez de l'usine ? demanda Susan en se tournant vers Arkadi.

— Oui.

— L'homme mystérieux des grandes profondeurs.

Slava attira Arkadi vers la rambarde de l'escalier.

— Ne la distrayez pas maintenant.

Du haut de l'escalier, ils regardèrent le grillage métallique de la rambarde de sécurité se relever au milieu de la rampe, tandis que deux hommes équipés de casques, de gilets de sauvetage et de cordes de sécurité nouées à la ceinture, descendaient vers le filet un lourd tournevire. Plus ils s'approchaient de la gueule du chalut, plus la rampe s'inclinait vers l'eau. Une lampe dans la cage d'escalier éclairait le ventre du filet, là où la rampe tombait presque verticalement dans la mer.

L'homme de tête poussa un cri, dérapa et s'accrocha à sa corde de sécurité. C'était un matelot nommé Pavel ; ses yeux étaient devenus blancs de terreur.

De la passerelle, le chef de bordée se moqua de lui.

— T'es comme un ivrogne sur une piste de danse. Tu veux une paire de patins !

— C'est Karp, dit Slava avec admiration.

Les larges épaules de Karp tendaient son chandail. Il tourna sa grosse tête vers eux et leur sourit, découvrant ses dents en or. Lui et son équipe faisaient des heures supplémentaires, c'était aussi pour cela qu'ils étaient les favoris du second.

— Attendez un peu que nous arrivions sur la banquise, lança-t-il, Pavel fera alors vraiment du patin sur la rampe !

Arkadi se souvint du filet à moitié ramendé qu'il avait vu un peu plus tôt sur le débarcadère.

— C'est vous qui avez sorti Zina ? lança-t-il à Karp.

— Ouais. Le sourire doré disparut de son visage. Et alors ?

— Alors rien, répondit Arkadi.

C'était simplement étonnant que Karp Korobetz, le plus exemplaire des chefs de bordée, ait choisi de détériorer le précieux filet américain plutôt que de vider normalement le chalut de son contenu et d'attendre que le cadavre sorte tout seul.

En contrebas, Pavel luttait pour dénouer les sangles de ce nouveau filet afin que son coéquipier puisse fixer les crochets de la tournevire et soulager ainsi la ligne flottante. C'était déjà impressionnant lorsqu'un câble cassait et se mettait à voler en tous sens sur un pont ; mais, dans le tunnel de la rampe, le câble fou faucherait tout sur son passage.

— Vous étiez au bal ? demanda Arkadi en haussant la voix.

— Non, cria Karp en retour. Hé, Renko, vous ne m'avez toujours pas répondu. Pourquoi vous ont-ils épinglé ?

Arkadi perçut dans sa voix une trace d'accent moscovite.

Susan se retourna.

— Il y a un problème ?

Pavel tomba de nouveau ; cette fois il glissa

jusqu'au bas du filet avant que sa corde de sécurité ne le sauve. Une vague déferla sur la rampe et souleva le filet qui roula avec indolence sur le pêcheur. Arkadi avait déjà vu plusieurs hommes mourir de cette manière. Le poids du filet étouffait le malheureux, d'autant plus qu'une fois sur deux le chalut était dans l'eau. Le coéquipier de Pavel poussa un cri et tira sur la corde de sécurité, mais avec vingt tonnes de poissons sur le corps, la corde de Pavel ne bougea pas d'un pouce. Les cris n'étaient d'aucune aide. Une autre vague souleva le filet et le fit rouler encore un peu plus sur Pavel, comme un morse écrasant un bébé phoque. En se retirant, la vague tenta d'entraîner le filet dans l'eau, et la corde de sécurité se rompit sous la tension.

Karp sauta de la passerelle sur le filet — qu'importait cent kilos de plus comparés à ces tonnes ? Lorsque la vague suivante déferla, il était plongé dans l'eau glacée jusqu'à la taille, se tenant d'une main au filet afin de pouvoir tirer Pavel de la natte de plastique qui s'aplatissait comme une masse de varech. Karp riait. Tandis que Pavel toussait et grimpait se réfugier sur le dos du chalut, le chef de bordée défit la bride du sac et fixa les crochets de levage. Tout fut terminé en un instant. Ce qui étonna Arkadi, c'est que Karp n'avait pas hésité une seconde ; le chef de bordée avait réagi avec une telle vivacité que le fait d'avoir sauvé la vie d'un homme semblait moins chez lui un acte de bravoure qu'une démonstration d'adresse, comme s'il venait d'effectuer devant tout le monde un soleil à la barre fixe.

Le chalutier s'éloigna dans la traîne de l'*Étoile Polaire,* attendant le résultat de la pêche de la nuit — quel tonnage ; combien de soles, de crabes. Des mouettes voletaient devant la gueule de la rampe, prêtes à fondre sur le moindre poisson glissant entre les mailles du filet.

— Un gars de la pataugeoire n'a vraiment rien à faire ici, lança Susan. Conduisez-le à ma cabine.

Dès que les crochets furent fixés, Karp et son matelot remontèrent rapidement la rampe, se hissant tous les deux avec la même corde de sécurité. Le filet derrière eux commençait à bouger. L'*Étoile* Polaire avait un « plan de campagne », un quota de cinquante mille tonnes de poisson. Autant de filets congelés, autant de farine et d'huile de poisson pour une nation privée de protéines voulant nourrir les muscles qui construisaient le communisme. Environ dix pour cent de la pêche étaient perdus à bord dans les congélateurs, dix pour cent s'abîmaient au port, dix pour cent encore tombaient dans les poches du directeur du port et du commandant de la flotte, dix pour cent se répandaient sur les routes défoncées qui menaient aux villages où se trouvait peut-être un congélateur en état de marche pour sauver les ultimes filets qui avaient réchappé du voyage.

Slava conduisit Arkadi à l'avant, dépassant la base des chaluts et le bâtiment blanc de la machinerie des treuils.

— Vous avez entendu cet accent incroyable ? Il est absolument parfait, dit Slava. Susan est une femme fantastique. Elle parle tellement mieux le russe que cette fille ouzbek — comment s'appelle-t-elle déjà ?

— Dynka.

— Ah oui, Dynka. Plus personne ne sait parler le russe maintenant.

C'était la vérité. La nouvelle génération de Russes parlait « l'ukrainien politburo », langue de plus en plus populaire. Depuis Khrouchtchev, les dirigeants du pays d'origine ukrainienne parlaient un russe sommaire et hésitant, où l'on substituait les « w » aux « v », tant et si bien que tout le monde au Kremlin, qu'on fût de Samarkand ou de Sibérie, commençait à s'exprimer comme un enfant de Kiev.

— Dites votre nom, pour voir, demanda Arkadi.

— Slawa.

Slava dévisagea Arkadi d'un œil suspicieux.

— Je ne sais pas encore de quoi il retourne, mais vous semblez toujours avoir une idée derrière la tête.

Sur la ligne sombre que dessinait le brouillard sur l'horizon luisaient les feux d'un autre bateau tirant son chalut.

— Combien de bateaux travaillent avec nous ? demanda Arkadi.

— Généralement une flottille de quatre bâtiments nous accompagne : le *Miss Alaska,* le *Merry Jane,* l'*Aurora* et l'*Eagle.*

— Ils étaient tous présents au bal ?

— Non. *Le Miss Alaska* avait une relève à faire et l'*Aurora* avait un problème de timonerie. Comme nous avions cessé de pêcher pour la nuit et étions sur le point de rallier Dutch Harbour, ils ont préféré rentrer au port avant nous. Il n'y avait que deux bateaux présents durant le bal, les deux qui sont là en ce moment.

— L'orchestre est bon ?

— Il y a pire, répondit prudemment Slava.

Le pont avant se composait d'un terrain de volley-ball à tribord et d'une aire de chargement à bâbord que traversaient justement Arkadi et Slava. Un filet entourait le terrain de volley, mais un ballon tombait néanmoins parfois à l'eau ; le capitaine alors faisait faire demi-tour à l'*Étoile Polaire* pour aller récupérer la petite balle qui dansait sur les vagues, manœuvre aussi délicate que de vouloir diriger une grosse truie dans une mare de boue. Les balles de volley étaient rares sur la mer de Béring.

Les Américains à bord vivaient dans le bâtiment avant, sous les quartiers des officiers et la passerelle.

Susan n'était pas encore arrivée, mais ses trois compatriotes s'étaient déjà rassemblés dans sa cabine. Bernie était le garçon aux taches de rousseur qu'Arkadi avait rencontré devant la cafétéria en compagnie de Volovoï. Son ami Day portait des lunettes à monture d'acier qui renforçaient son air sérieux d'écolier. Ils portaient tous deux un jean et un pull-over ; des vêtements fatigués qui restaient, malgré leur usure, plus seyants que n'importe quel vêtement soviétique. Lantz était le représentant des Pêcheries américaines ; il s'assurait que l'*Étoile Polaire* ne prenait que des poissons de taille, de sexe et d'espèce autorisés. Il allait bientôt prendre son service et portait une combinaison cirée, une chemise écossaise à manches en caoutchouc et un gant de plastique à une main ; un autre gant, de chirurgien cette fois, sortait de sa poche comme une pochette. À demi endormi, il était affalé sur la banquette encastrée, un peu voûté du fait de sa grande taille, une cigarette plantée au coin de la bouche. En attendant l'arrivée de Susan, Slava bavardait en russe avec les trois hommes, avec l'aisance bon enfant d'amis et de frères d'âmes.

La cabine de Susan n'était guère plus luxueuse que les quartiers de l'équipage. Deux couchettes au lieu de quatre. Mais, comme elle était la seule femme américaine à bord, elle avait donc cette cabine pour elle seule. Il y avait un petit réfrigérateur Zil dans un coin, et un arôme métallique de café instantané flottait dans l'air. Une machine à écrire et un paquet de feuilles étaient posés sur la banquette supérieure, ainsi que des cartons de livres — Pasternak, Nabokov, Blok. Arkadi aperçut des éditions en langue russe qui se seraient vendues dans la seconde dans une librairie soviétique ou pour des centaines de roubles au marché noir à Moscou. C'était comme s'il venait de tomber sur des cartons pleins de pièces d'or. Susan pouvait donc lire ces livres ?

— Réexplique-nous ça, demanda Day à Slava. Qui c'est ?

— Nos ouvriers ont de nombreux talents. Le marin Renko travaille à l'usine, mais il a quelque habitude des enquêtes dans ce genre d'accident.

— C'est terrible ce qui est arrivé à Zina, dit Bernie. C'était une fille super.

Lantz souffla un rond de fumée et demanda dans un anglais languissant :

— Vous la connaissiez ?

— Qu'est-ce qui lui est arrivé ? s'enquit Day.

Arkadi fulminait intérieurement tandis que Slava répondait :

— Il semble que Zina ait été malade et qu'elle soit sortie sur le pont. Peut-être est-elle passée par-dessus bord.

— Et le chalut l'aurait remontée ? demanda Lantz.

— Exactement.

— Quelqu'un l'a vue tomber ? s'enquit Bernie.

— Non, répondit Slava.

C'était l'erreur que faisaient tous les débutants, cette tendance à répondre aux questions plutôt qu'à en poser.

— Il faisait sombre, vous savez, il y avait du brouillard, et elle était toute seule. Cela se produit parfois en mer. Voilà où nous en sommes pour l'instant, mais si vous avez quelque information qui...

Assister Slava, c'était comme suivre un lemming. Les trois Américains répondirent évidemment à l'unisson :

— Non, nous ne savons rien.

— Nous comptions attendre Susan, mais je ne pense pas que nous ayons d'autres questions, annonça Slava en se tournant vers Arkadi.

— Non, aucune, répondit Arkadi.

Puis il dit en anglais :

— Votre russe est impressionnant.

— Nous sortons tous de l'université, dit Day. Nous avons signé pour pouvoir améliorer notre russe.

— Je suis étonné également que vous connaissiez aussi bien les membres de notre équipage.

— Tout le monde connaissait Zina, répondit Bernie.

Day ajouta :

— Zina était très populaire.

Arkadi voyait que Slava faisait des efforts pour suivre ce qui se disait.

— Elle travaillait à la coquerie, dit Arkadi à Day. Elle vous servait aussi à manger ?

— Non, nous mangeons au mess des officiers. Elle y travaillait au début du voyage mais elle a été transférée.

— En fait, nous voyions souvent Zina sur le pont — en poupe, contre la lisse, pour être exact, dit Bernie.

— Là où se trouve votre poste de travail ?

— Exact. Il y a toujours deux représentants de la compagnie lors du transbordage d'un chalut. Zina nous rejoignait et regardait la manœuvre avec nous.

— Souvent ?

— Oui, souvent.

— Et vous, votre poste se trouve...

Arkadi se tourna vers Lantz par politesse.

— Sur l'aire de réception.

— Vous étiez de service lorsque le filet renfermant Zina est arrivé à bord ?

Lantz chassa une cendre de cigarette de son chandail et s'assit. Comparée à sa taille, sa tête semblait étonnamment petite, avec des cheveux peignés avec un soin tout narcissique.

— Il faisait froid. J'étais à l'intérieur, en train de prendre un thé. Les matelots doivent nous prévenir quand un filet arrive sur la rampe.

Même sous le pont, dans le fracas des chaînes de

conditionnement, Arkadi savait lorsqu'un chalut arrivait à bord ; par le gémissement qu'émettait le treuil hydraulique et le changement de régime des machines du bateau qui passaient de « demi-vitesse » à « vitesse réduite » pendant que le chalut sortait de l'eau. Même dans son sommeil, il savait quand de nouveaux poissons arrivaient à bord. Personne n'avait besoin de prévenir Lantz pendant qu'il prenait son thé.

— Vous vous êtes bien amusés au bal ? demanda Arkadi.

— C'était super, dit Bernie.

— En particulier l'orchestre de Slava, ajouta Day.

— Vous avez dansé avec Zina ?

— Zina était plus intéressée par le gang des motards, répondit Lantz.

— Le gang des motards ?

— Ce sont les pêcheurs, expliqua Bernie. Les pêcheurs américains. Pas les vôtres.

— Dites donc, votre anglais n'est pas mauvais du tout, dit Day. Vous êtes de l'usine ?

— De la pataugeoire, lança Susan en entrant.

Elle jeta son ciré sur une couchette, ôta son bonnet de laine, délivrant ses cheveux blonds courts et drus.

— Vous avez commencé sans moi, dit-elle à Slava. Je suis le représentant en chef, ici. Vous savez que vous ne devez pas parler à mes gars hors de ma présence.

— Je suis désolé, Susan.

Slava était contrit.

— C'est pourtant assez clair.

— Oui.

Susan avait repris les commandes, c'était évident, à la manière autoritaire dont font preuve parfois les gens de petite taille pour s'insérer au centre des débats. Son regard acéré parcourait la cabine.

— On parlait de Zina et du bal, dit Bernie. Ce

marin Renko, avec Slava, nous disait qu'il n'avait plus de questions, mais je crois qu'il en a encore quelques-unes à poser.

— En anglais, dit-elle. J'ai entendu.

Elle se tourna vers Arkadi.

— Vous voulez savoir qui a dansé avec Zina ? Comment savoir ? Il faisait sombre et tout le monde se trémoussait dans tous les sens. À un moment vous dansiez avec quelqu'un, et l'instant d'après vous dansiez avec trois personnes. Vous dansiez avec des hommes, des femmes, ou les deux. C'est comme du water-polo, mais sans eau dans la piscine. Parlons maintenant un peu de vous. Slava m'a dit que vous aviez l'habitude des accidents.

— Le camarade Renko était un inspecteur du procureur de Moscou, dit Slava.

— Et sur quoi enquêtiez-vous ? demanda-t-elle à Arkadi.

— Sur de très vilains accidents.

Elle l'étudia un moment, comme si elle lui faisait passer un test d'embauche, et que les réponses ne la satisfaisaient pas.

— Quelle heureuse coïncidence que vous vous soyez retrouvé sur ce bateau-usine, à laver des poissons. Un inspecteur qui nous vient directement de Moscou, voyez-vous ça ? Sachant parler anglais et vider des poissons ?

— L'Union soviétique garantit l'emploi, dit Arkadi.

— Parfait, dit Susan. Je vous suggère à l'avenir de garder toutes vos questions pour vos concitoyens soviétiques. Zina est un problème russe. Si j'apprends que vous tournez de nouveau autour d'un Américain en poste ici, je vais directement voir le capitaine Martchouk.

— Nous en avons terminé, dit Slava en poussant Arkadi vers la porte.

— J'ai une dernière question, dit-il.

Il se tourna vers les hommes :

— Dutch Harbour, c'est pour bientôt, hein ?

Cela réduisit un peu la tension.

— Dans deux jours, répondit Bernie. Je vais aller à l'hôtel, prendre la meilleure chambre, m'installer sous une bonne douche, avec un pack de six bières bien fraîches.

— Soussan ?

Arkadi aimait bien prononcer son nom ainsi, en le soviétisant.

— Encore deux jours et je m'en vais, répondit-elle. Vous aurez un autre représentant en chef à Dutch. Je vais prendre l'avion, et quitter ce brouillard pour le soleil de Californie. Vous pouvez donc me dire adieu tout de suite.

— Nous autres, on reste, annonça Day pour rassurer Slava. Nous avons encore deux mois de pêche.

— Et nous ne ferons plus que cela, promit Slava. Plus de questions. Nous ne devons jamais oublier que nous sommes des coéquipiers et des amis.

Arkadi se souvenait qu'en quittant Vladivostok l'*Étoile Polaire* avait organisé des exercices de camouflage et de lutte contre les radiations. Tous les marins soviétiques savaient que dans le coffre du capitaine se trouvait une enveloppe cachetée devant être ouverte lors de la réception d'un signal codé de déclaration de guerre ; à l'intérieur il y avait des instructions expliquant comment éviter les sous-marins ennemis, où trouver assistance, que faire des prisonniers.

6

Arkadi n'aimait pas particulièrement les manèges de chevaux de bois, mais celui-ci lui plut. Son cheval n'avait pourtant rien de féerique : c'était une cage de transbordement toute simple, munie d'une chaîne faisant office de porte et d'un pneu fixé sous la plaque inférieure pour amortir l'appontage ; mais elle quitta le pont de l'*Étoile Polaire* avec une plaisante secousse quand le câble de la grue se tendit, puis elle se balança joyeusement au-dessus de l'eau ; pendant un moment, elle ressembla à une cage à oiseaux démesurée qui prenait son envol. Puis elle décrivit un mouvement circulaire et redescendit vers le *Merry Jane.* À côté de la coque gigantesque du bateau-usine, n'importe quel chalutier paraissait petit, bien que le *Merry Jane* mesurât quarante mètres de long. Sa proue avait cette étrave surélevée caractéristique des chalutiers du Béring, un kiosque de timonerie et une cheminée à l'avant, un mât hérissé d'antennes et de projecteurs, un pont en bois équipé d'une grue, une rampe arrière et un portique avec trois chaluts soigneusement roulés. La coque était bleue, bordée de bandes blanches, la timonerie blanche bordée de bleu, et le bateau rutilait comme une maquette de modélisme tandis qu'il se frottait au paillet noir de l'*Étoile Polaire.* Trois pêcheurs en ciré maintinrent la cage pendant l'appontage. Slava retira la chaîne et sortit le premier. Arkadi descendit à son tour ; pour la première fois depuis près d'un an, il quittait le bateau-usine. Il descendait de l'*Étoile Polaire* pour aller sur un bateau américain. Les pêcheurs se bousculaient pour lui serrer la main en demandant :

— Falha portugues ?

Deux hommes s'appelaient Diego et le troisième Marco ; des hommes râblés à la peau sombre, avec des yeux agités de naufragés. Aucun d'eux ne parlait le russe, ni beaucoup l'anglais. Slava entraîna Arkadi vers l'escalier qui menait à la timonerie, pour aller saluer le capitaine Thorwald, un Norvégien au visage rose, fort comme un auroch.

— C'est incroyable, non ? dit Thorwald. C'est tout le portrait de l'Amérique, ça ! Les Portugais passent dix mois de l'année à pêcher ici, mais leurs familles sont au Portugal. Ils se font beaucoup d'argent, comparé à ce qu'ils pourraient gagner chez eux. C'est pareil pour moi. Je rentre chez moi pour pelleter la neige sur le trottoir et eux pour faire griller des sardines. Mais deux mois à terre nous suffisent amplement.

Le capitaine du *Merry Jane* portait un pyjama ouvert sur une chaîne en or nichée dans son poitrail roux. Les Russes, disait-on, descendaient des Vikings ; « Russ » signifiait roux, dans la langue des anciens conquérants. Seul un pillage viking semblait pouvoir tirer Thorwald de sa léthargie.

— Ils ne parlent pas anglais ? dit Arkadi.

— C'est leur façon à eux d'éviter tout problème. Ils savent ce qu'ils ont à faire, et ils n'ont donc pas beaucoup besoin de parler. C'est peut-être des petites crapules, mais ils valent bien mieux que les Norvégiens.

— Bel éloge, dit Arkadi. Et bien beau bateau.

Rien que la passerelle était impressionnante de luxe. La table des cartes était en teck verni et brillait comme de l'agate ; le sol était recouvert d'un épais tapis digne d'un membre du comité central ; de part et d'autre de la grande console de navigation s'élevaient deux barres et deux chaises pivotantes capitonnées. Le siège de tribord était entouré d'écrans de contrôle, réceptions radar, échos des bancs de poissons, données radios.

Thorwald glissa la main sous son pantalon de pyjama pour se gratter.

— Oui. C'est du solide, c'est ce qu'il faut pour le Béring. Attendez qu'on arrive sur la banquise. Mener un bateau comme l'*Eagle* là-haut, pour moi, c'est de la folie pure. C'est comme prendre des femmes à bord.

— Vous connaissiez Zina Patiachvili ? demanda Slava.

— Quand je pêche, je pêche. Quand je baise, je baise. Je ne mélange pas les deux.

— Sage précaution, dit Arkadi.

Imperturbable, Thorwald poursuivit :

— Je ne connaissais pas Zina et je ne suis pas allé au bal, parce que j'étais au carré des officiers avec Martchouk et Morgan en train d'essayer de leur montrer où lâcher nos chaluts. J'ai parfois l'impression que les Russes et les Américains se contrefichent totalement de la pêche.

Slava et Arkadi descendirent à la coquerie, où l'équipage prenait une petite collation : morue salée et vin ; à peine ce qu'ils avaient eux pour déjeuner sur le bateau-usine. La pêche était un rude travail, mais une fois encore Arkadi fut surpris par l'équipement du *Merry Jane* : le grand fourneau avec des barres coulissantes pour éviter que les casseroles ne tombent par gros temps, la table recouverte d'une toile antidérapante, les banquettes capitonnées, la machine à café avec son pot dessous, maintenu par des sangles. On avait même fait des efforts de décoration pour rendre la salle plus conviviale : un petit bateau à voiles en bois se balançait sous une lampe, avec deux yeux peints sur l'étrave ; le poster d'un petit village blanc sur une plage ornait un mur. L'aspect de cette salle contrastait avec celle des chalutiers de Sakhaline où avait servi Arkadi pendant un temps. Les pêcheurs soviétiques n'avaient pas même la place d'ôter leur ciré pour manger, et toute la nourriture — les gruaux d'avoine, les pommes de terre, les choux, le thé — avait un goût de poisson et de moisi.

Tout en mangeant, les pêcheurs portugais regardaient une cassette vidéo. Après un vague hochement de tête à leur entrée, ils ne montrèrent plus aucun intérêt pour les deux nouveaux venus. Arkadi comprenait cette attitude. Si quelqu'un voulait converser avec eux, il n'avait qu'à parler leur langue. Après tout, lorsque les Russes longeaient encore les côtes dans de grosses barques, les Portugais avaient un empire qui faisait le tour du monde. Sur l'écran, on découvrait les images mortelles d'ennui d'un match de football, tandis que des commentaires hystériques fusaient du haut-parleur.

— Zina Patiachvili ? demanda Slava. Est-ce que quelqu'un ici connaît Zina ? Oui ? Non ?

Il se tourna vers Arkadi.

— Nous perdons notre temps.

— Football ? dit Arkadi en s'asseyant.

Le Diego assis à côté d'Arkadi lui versa un verre de vin rouge.

— Campeonato do Mundo. Et vous ?

— Goal.

Cela faisait vingt ans de cela, s'aperçut Arkadi.

— Moi, avant, dit le pêcheur en se désignant du doigt.

Puis il montra le second Diego et Marco.

— Lui avant. Et lui arrière.

Il tourna le doigt vers la télévision :

— Portugal en blanc, Anglesh en rayé. Mauvais.

Les trois pêcheurs froncèrent les sourcils. Une silhouette en maillot rayé perça la défense adverse et marqua un but. Combien de fois avaient-ils regardé ce match enregistré, se demanda Arkadi. Dix fois, cent fois ? Pendant un long voyage, les hommes ont tendance à raconter sans cesse les mêmes histoires. Ces hommes se torturaient d'une façon plus subtile avec la technologie moderne.

Puisque les yeux de Diego n'étaient plus rivés à l'écran, Arkadi en profita pour lui montrer la photo de Zina et Dynka.

— Vous avez volé ça ? dit Slava,

— Zina, précisa Arkadi tandis que Diego regardait les deux femmes en plissant les yeux.

Le pêcheur haussa les épaules. Arkadi montra alors la photo aux deux autres hommes, et n'obtint pas plus de succès. Mais le premier Diego lui demanda à revoir la photo.

— No baile, expliqua-t-il à Arkadi. A loura da Rússia. A mulher com os americanos.

Il haussa la voix :

— Entende ? Com americanos.

— Elle a dansé avec les Américains, je m'en doutais, dit Arkadi.

— Beba, beba, lança Diego en remplissant le verre d'Arkadi.

— Merci.

— Muito obrigado, l'avertit Diego.

— Muito obrigado.

— Meo pracer.

Arkadi se tenait au montant central tandis que la cage de transbordement descendait vers le deuxième chalutier américain. Slava paraissait encore plus malheureux, comme un oiseau en cage en compagnie d'un chat.

— Cela bouleverse tout mon emploi du temps.

— Prenez cela comme des vacances, répondit Arkadi.

— Bah !

Slava regarda discrètement une mouette qui planait devant un sabord de fond de cale de l'*Étoile Polaire*, prête à fondre sur les déchets qui en sortaient.

— Je sais à quoi vous pensez, ajouta-t-il.

— Pardon ? fit Arkadi, surpris.

— Puisque j'étais sur l'estrade, vous vous dites que je sais avec qui dansait Zina. Eh bien, vous avez tort. Lorsqu'on joue sur la scène, on a les spots en plein dans les yeux. Demandez aux autres musiciens ; ils vous diront la même chose. On n'y voit rien.

— C'est vous qui posez les questions, dit Arkadi. C'est vous le responsable.

L'*Eagle* était plus petit que le *Merry Jane*. Il était rouge et blanc, et plus bas sur l'eau, équipé d'une grue et d'un portique à un seul tambour. Une autre différence, c'était que personne n'était venu les accueillir. Ils sautèrent sur un pont désert, jonché des déchets du dernier virage : quelques poissons plats, quelques carcasses de crabes.

— Je ne comprends pas ce qui se passe, dit Slava. D'ordinaire, ils sont tout à fait amicaux.

— Vous sentez vous aussi quelque chose d'anormal ? demanda Arkadi. Une certaine froideur. Quelle langue parle-t-on ici, au fait ? Le suédois ? L'espagnol ? À quelle sorte d'Américains avons-nous affaire cette fois ?

— Vous cherchez à me mettre mal à l'aise, n'est-ce pas ?

Arkadi considéra Slava.

— Vous avez des chaussures de jogging, un jean. Vous êtes l'image même de la jeunesse communiste. Je pense que nous sommes parés pour rencontrer le capitaine.

— Et j'ai comme assistant un exilé politique.

— Pire encore ; quelqu'un qui n'a plus rien à perdre. Après vous.

La passerelle de l'*Eagle* était plus petite que celle du *Merry Jane*. Ni tapis moelleux, ni table en teck. Mais elle ressembait assez à l'idée que se faisait Arkadi d'une passerelle américaine : une rangée de moniteurs couleurs digne d'un vaisseau spatial entourait le fauteuil du capitaine ; un cercle d'écrans radar avec les tubes verts des sondeurs qui faisaient apparaître en orangé les bancs de poissons. Les radios étaient logées en surplomb, affichant leurs nombres rouges qui balayaient le champ des canaux autorisés. Le capot chromé du compas et du répétiteur étincelait comme du cristal. En un mot, le kiosque de navigation brillait comme un diamant, sans être tape-à-l'œil.

L'homme installé dans le fauteuil du capitaine collait parfaitement au décorum. Les pêcheurs étaient généralement exposés aux coupures d'arêtes ou de couteaux, aux brûlures des cordes rêches, à la morsure du froid et des embruns, mais Morgan semblait avoir été attaqué par quelque chose de plus rude encore. Il était d'une maigreur maladive, avec des cheveux prématurément gris. Malgré sa casquette et son sweat-shirt, il émanait de sa personne et de cette pièce quelque chose de monacal, un homme qui aimait s'isoler et être seul aux commandes de son destin. Lorsqu'il se leva de son fauteuil, Slava s'inclina respectueusement en signe d'obéissance, et Arkadi se rendit compte que le second lieutenant avait tout d'un bon petit chien.

— George, voici le marin Renko. Vous pouvez l'appeler Arkadi.

Slava se tourna vers Arkadi :

— Capitaine Morgan.

Le capitaine lui serra rapidement la main.

— Nous sommes désolés pour ce qui est arrivé à Zina Pichvili.

— Patiachvili, rectifia Slava en haussant les épaules comme si ce nom était ridicule ou n'avait aucune importance.

— Pachvili ? Pardon.

Morgan regarda Arkadi.

— Je ne parle pas russe. Les communications entre nos deux bateaux se font par l'intermédiaire des représentants de la compagnie sur l'*Étoile Polaire*. Peut-être devriez-vous demander à l'un d'eux de nous rejoindre, parce qu'en ce moment nous perdons du temps, et que le temps c'est de l'argent pour la compagnie. Vous prenez quelque chose ?

Sur la table de navigation se trouvait un plateau avec trois gobelets et une bouteille de vodka russe. Une vodka de bien meilleure qualité que celle que les Soviétiques avaient chez eux ; celle-ci était réservée à l'exportation. Il souleva à peine la bouteille du plateau, montrant le juste minimum d'hospitalité.

— Ou êtes-vous pressés ?

— Non, merci, répondit Slava, ayant compris le message.

— Pourquoi pas ? répondit Arkadi.

Slava siffla entre ses dents.

— D'abord du vin, et maintenant de la vodka ?

— C'est un peu la fête, non ? dit Arkadi.

Morgan lui offrit un demi-verre puis, troublé, se versa un verre entier pour lui. Slava s'abstint.

— Nazdrovïa, dit Morgan, c'est comme ça qu'on dit ?

— À la vôtre, fit Arkadi.

Arkadi but son verre en trois gorgées, Morgan d'un seul trait, qu'il ponctua par un sourire aux dents régulières.

— Vous ne voulez donc pas de représentants de la compagnie ? dit-il.

— Nous essaierons de nous débrouiller sans eux.

Voir Susan se mêler à leur conversation était bien la dernière chose qu'il désirât.

— OK, Arkadi. Allez-y, posez vos questions.

Morgan semblait si sûr de lui qu'Arkadi chercha instinctivement ce qui pourrait le mettre mal à l'aise.

— Ce bateau est sûr ?

— Renko, ce n'est pas..., commença Slava.

— Laissez, dit Morgan. C'est un bateau du Golfe de vingt-cinq mètres de long, gréé pour les mers du Nord. Initialement, c'était un bateau d'assistance pour les plates-formes de forage dans le golfe du Mexique, puis il a été équipé pour le Nord lorsque la pêche aux crabes battait son plein. Quand les crabes ont disparu, on a installé un portique à chalut et renforcé la coque contre les bancs de glace. Mais le gros de l'argent a été là où il faut, dans l'électronique de bord. Nous n'avons pas la grande tradition de notre ami viking et ses trois nains du *Merry Jane,* mais nous prenons plus de poissons qu'eux.

— Vous connaissiez Zina ?

— Juste de vue. Elle nous faisait toujours des signes amicaux.

— Et au bal ?

— Je n'ai pas eu le plaisir de danser avec elle. J'étais au carré des officiers avec mes camarades, les capitaines Martchouk et Thorwald, penché sur des cartes.

— Vous aimez cette collaboration ?

— C'est passionnant.

— Passionnant ?

Arkadi n'aurait jamais pensé à cette association en ces termes...

— Comment ça ?

— Après Dutch, nous monterons vers la banquise. Les capitaines soviétiques sont intrépides. L'an passé, vous autres, vous avez eu toute une flotte de pêche prise par les glaces au large de la Sibérie, et vous avez pratiquement perdu cinquante bateaux. Vous y avez même laissé un bateau-usine et, si tous les membres de l'équipage n'ont pas coulé avec lui, c'est parce qu'ils ont réussi à traverser la banquise à pied.

— C'étaient des bateaux soviétiques, dit Arkadi.

— C'est vrai, et je ne veux pas finir comme eux. Ne vous méprenez pas, j'aime bien les Russes. C'est la meilleure collaboration que nous ayons en ce domaine. Les Coréens volent la moitié de chaque filet. Les Japonais sont trop fiers pour voler, mais ils sont plus froids encore que les poissons.

Morgan était du genre à sourire tout en analysant une situation avec le plus grand sérieux.

— Arkadi, je ne me souviens pas vous avoir rencontré sur l'*Étoile Polaire* ? Vous êtes un officier de la flotte, un envoyé du ministère ou quoi ?

— Je travaille à l'usine.

— La pataugeoire, précisa Slava.

— Vous parlez anglais, et vous enquêtez sur les accidents ? Vous me semblez bien qualifié pour vider des poissons.

Il y avait dans les yeux bleu clair de Morgan une distance montrant aux deux hommes qu'il ne croyait pas un traître mot de leur histoire.

— D'après vous, il s'agit d'un accident ?

— Cela ne fait aucun doute, répondit Slava.

Morgan n'avait pas quitté des yeux Arkadi. Son regard se tourna alors vers le chalut vide suspendu au portique, puis suivit les deux marins en ciré qui montaient l'escalier de la passerelle, avant de revenir se poser sur Arkadi.

— Très bien. C'est donc une sympathique visite de convenance. Mais souvenez-vous d'une chose, vous êtes sur les eaux américaines.

La petite passerelle devint bondée dès que les pêcheurs entrèrent. C'était les Américains qu'Arkadi avait hâte de rencontrer depuis que Lantz les avait décrits comme le « gang des motards ». En Union soviétique, où deux roues reliées à un moteur à explosion étaient le symbole de la liberté individuelle, les motocyclistes étaient appelés « les Rockers ». Les autorités s'évertuaient à canaliser ces Rockers sur des circuits autorisés, mais les gangs s'égayaient comme des Mongols sur les steppes, déferlaient dans les villages et s'évanouissaient dans la nature avant que les patrouilles de police n'arrivent sur les lieux.

Le plus grand d'entre eux avait un visage olivâtre, des yeux cachés derrière d'épaisses paupières et les bras robustes d'un homme qui a passé son temps à soulever des nasses à crabes ou des filets. Ce n'était pas un tendre. Il regarda Arkadi de bas en haut.

— Qu'est-ce que c'est que ce bordel ?

— Ça, Coletti, expliqua Morgan, c'est la collaboration internationale. Le gars à côté de notre vieil ami Slava parle mieux anglais que toi. Nous allons faire vite, mais bien.

— Renko, voici Mike, dit Slava en désignant le plus jeune, un Aléoutien avec des traits fins d'Asiatique ornant son large visage.

— Mike est le diminutif de Mikhaïl.

— Un nom russe ? demanda Arkadi.

— Il y a là-haut beaucoup de noms russes.

Mike avait une voix douce, presque fluette.

— Il y avait jadis beaucoup de ces terribles Cosaques là-bas.

— À une certaine époque, les Aléoutiennes et tout l'Alaska appartenaient aux tsars, expliqua Morgan à Arkadi. Vous devriez le savoir.

— Vous parlez russe ?

L'un d'eux pouvait avoir parlé à Zina.

— Non, juste quelques mots, dit Mike, quelques expressions sans savoir vraiment ce qu'elles veulent dire. Comme lorsqu'on se donne un coup de marteau sur le doigt, vous voyez. Ou quand on va à l'église. Ce genre de choses en russe.

— Il y a encore une église russe à Dutch Harbour, dit Slava.

L'Aléoutien jeta un coup d'œil à Coletti avant de dire :

— Nous sommes vraiment tristes pour Zina. On n'arrive pas à y croire. Chaque fois qu'on apportait un filet, elle se tenait au garde-fou arrière et nous faisait de grands signes. Qu'il pleuve ou qu'il vente, la nuit, le jour, elle était là.

— Vous avez dansé avec elle ? demanda Arkadi.

— Tout le monde l'a fait, intervint Coletti.

— Et après le bal ?

— Quand nous sommes partis, le bal n'était pas terminé.

Coletti penchait la tête, et ne cessait de fixer Arkadi.

— Zina était encore sur la piste ?

— Elle était partie avant nous.

— Paraissait-elle malade ? Ivre, étourdie, nerveuse, inquiète, effrayée ?

— Non.

Coletti répondait à ses questions comme un milicien moscovite, le type qui, par principe, ne savait rien.

— Avec qui est-elle partie ? demanda Arkadi.

— On sait pas, répondit un nouvel arrivant en débouchant de l'escalier.

Ce troisième pêcheur haussait deux sourcils pointus avec amusement, comme si une petite fête avait commencé sans lui. Un anneau ornait son oreille gauche ; une lanière de cuir nouée dans sa nuque retenait une queue de cheval. Sa barbe était clairsemée, duveteuse, comme celle d'un jeune homme. Il ne leur serra pas la main, car il avait dans les siennes un chiffon plein de graisse.

— Je m'appelle Ridley, je suis le mécano, dit-il.

Je voulais exprimer aussi mes condoléances. Zina était une chouette gosse.

— Vous lui avez donc parlé au bal ? demanda Arkadi.

— Eh bien...

Ridley eut une hésitation.

— Votre capitaine nous a offert un somptueux repas lorsque nous sommes montés à bord. Saucisses, bières, cognac. Et puis, nous sommes passés voir les Américains, Susan et ses gars. Ce sont de vieux amis, et on a donc ouvert d'autres bouteilles de bière et de vodka. Je crois que c'est contraire à votre règlement d'avoir de l'alcool à bord, mais cela coule comme d'une fontaine chaque fois que l'on va sur l'*Étoile*. En plus, il y a l'heure qui a joué. L'*Étoile* est réglée sur l'heure de Vladivostok, qui a trois heures d'avance par rapport à nous. Quand le bal a commencé à neuf heures du soir, il était minuit pour nous. À cette heure-là, on se laisse aller beaucoup plus vite.

— C'était bien ?

— Vous avez le meilleur groupe de rock and roll de la mer de Béring.

Slava secoua la tête, touché par le compliment.

— En vérité, ajouta Ridley sur le ton de l'aveu, je crois que nous nous sommes mal tenus sur l'*Étoile Polaire*. Nous étions saouls et n'avons pas failli à notre mauvaise réputation.

— Mais non, mais non, dit Slava.

— Si, si, fit Ridley. Les Russes sont si hospitaliers. Nous étions complètement ivres et vous restiez tout sourire en nous ramassant sur la piste. J'avais tellement picolé que j'ai dû rentrer plus tôt.

Tout équipage avait évidemment son chef. Malgré l'exiguïté du kiosque de timonerie de l'*Eagle*, Coletti et Mike s'étaient ostensiblement rapprochés du mécanicien.

— On s'est déjà vus, non ? demanda Arkadi.

— Ridley a passé deux semaines à bord de l'*Étoile Polaire,* dit Slava.

Ridley hocha la tête.

— Durant la campagne précédente. La compagnie voulait que nous nous familiarisions avec les techniques soviétiques. Et je peux vous dire qu'après avoir travaillé avec le matériel russe l'estime que je porte aux pêcheurs soviétiques est plus haute que jamais.

Arkadi se souvenait maintenant de Ridley.

— Vous parlez russe ?

— Non. On se débrouillait par gestes. Les langues ne sont pas mon fort. Écoutez, j'avais autrefois un oncle qui vivait avec nous. Il étudiait l'espéranto, cette nouvelle langue universelle. Il a rencontré, je ne sais trop comment, une femme qui étudiait également l'espéranto. Dans tout l'État de Washington, ils doivent pouvoir se compter sur les doigts de la main. Bref, elle arrive un jour chez nous, et nous attendons tous dans le salon ce grand moment d'histoire : deux personnes conversant en espéranto. C'était comme une fenêtre qui s'ouvrait sur les temps futurs. Au bout de dix secondes, on s'est aperçu qu'ils ne se comprenaient pas du tout. Elle demandait du vin, et il lui donnait l'heure. Voilà comment c'est entre les Russes et moi. J'en suis au regret.

— Juste par curiosité, vous avez été envoyé en Afghanistan ?

— J'étais trop vieux pour faire mon « service international », répondit Arkadi. Et vous, vous avez fait le Viêt-nam ?

— Trop jeune. Enfin, quoi qu'il en soit, je ne me souviens même pas avoir dit au revoir à Zina. Qu'est-ce qui s'est passé ? Elle a disparu ?

— Non, elle est revenue.

Ridley apprécia la réponse d'Arkadi, comme s'il avait trouvé enfin quelqu'un à sa mesure.

— Elle est revenue d'où ?

— Si j'ai bien saisi, dit Morgan, tentant de remettre la discussion dans le droit chemin, son corps a été pris dans notre chalut et on l'a découvert en ouvrant le filet sur l'*Étoile Polaire*.

— Mon Dieu, lâcha Ridley. Ça a dû vous faire un sacré choc. Elle est tombée par-dessus bord ?

— Oui, répondit Slava.

Coletti tendit le doigt vers Arkadi.

— Je veux qu'il le dise aussi, lui.

— Il est encore trop tôt, répondit Arkadi.

Coletti explosa :

— Bordel ! Nous ne savons pas ce qui est arrivé à Zina. Nous ne savons pas si elle a fait le saut de l'ange ou quoi, mais nous étions partis de ce putain de bateau avant que quoi que ce soit n'arrive !

— Coletti, fit Morgan en s'interposant. Un de ces jours, je t'ouvrirai le crâne, rien que pour voir la petitesse du pois chiche qui te sert de cerveau !

Ridley calma Coletti d'une petite tape dans le dos.

— Hé, les gars, on est tous potes. Allez-y doucement avec Arkadi. Visez un peu comment il nous regarde.

— C'est vrai, remarqua Morgan en se tournant vers Arkadi. Nous vous présentons nos excuses. Ce qui est arrivé à Zina est un drame, quoi qui ait pu se passer, mais nous espérons que cela n'affectera pas notre coopération. Nous y croyons tous, ici.

— Nous nous retrouverions à la rue si ce n'était pas le cas, dit Ridley. Et nous aimons nous faire de nouveaux amis, et écouter Slava jouer du sax ou nous parler de la perestroïka, de ce mouvement qui ébranle toute l'Union soviétique et qui commence à changer les mentalités.

« Changer les mentalités » était le mot d'ordre des nouveaux hommes du Kremlin, comme si le cerveau des Soviétiques pouvait être recâblé tel un circuit électrique.

— Et vous, votre façon de penser a changé ? demanda Ridley.

— Je m'y emploie, répondit Arkadi.

— Un homme de votre trempe se doit d'y arriver, dit Ridley.

— Ce n'est qu'un ouvrier de l'usine, dit Slava.

— Non, lança Coletti, comme s'il détenait quelque information secrète. J'étais un flic avant et je sais reconnaître un autre flic. Ce type est un flic.

La cage remontait le long de la coque de l'*Étoile Polaire,* comme devant un grand rideau d'acier rongé de rouille.

Slava était furieux.

— Vous nous avez rendus ridicules. C'est une affaire soviétique. Cela n'a rien à voir avec eux.

— Apparemment, oui, concéda Arkadi.

— Alors pourquoi êtes-vous aussi joyeux ?

— Oh, je pense à tous les poissons que je n'ai pas vus aujourd'hui.

— C'est tout ?

Arkadi regarda à travers les barreaux de la cage le chalutier qui oscillait sous eux.

— La coque de l'*Eagle* n'est vraiment pas haute. Je ne voudrais pas me trouver à bord au milieu de la banquise.

— Qu'est-ce que vous en savez ? demanda Slava.

Il avait travaillé sur un chalutier à Sakhaline. Un bateau japonais pris pendant la guerre. C'était un petit harenguier, une coque de bois poreuse autour d'un vieux diesel. Sous la peinture écaillée, les signes japonais réapparaissaient comme par enchantement. Il n'y avait pas de problème pour trouver une place sur un bateau risquant à tout moment de couler, en particulier lorsque le capitaine avait un quota très simple à assurer : remplir les cales de saumons jusqu'à ce que le bateau embarque de l'eau. En tant que nouvelle recrue, Arkadi se retrouvait accroupi dans le puits aux chaînes ; lorsque le filet était hissé à bord, il devait courir en rond, plié en deux, pour enrouler le câble hérissé de brins d'acier effilochés. À mesure que le câble comblait le puits, il tournait au fond du trou comme un rat dans un cercueil, puis il grimpait sur le pont pour aider à vider le filet. Le second jour, il ne pouvait plus lever les bras, mais, lorsqu'il eut pris le tour de main, il retrouva les puissantes épaules qu'il avait perdues depuis l'armée.

La seule leçon qu'il retira de son séjour sur cet horrible petit bateau était que les pêcheurs devaient être capables de vivre dans un lieu confiné pendant de longues périodes. Tout le reste — savoir comment tenir une gaffe ou ramender un filet — ne servait à rien si un marin mettait ses compagnons sur les nerfs. Arkadi n'avait jamais vu autant de tension sur un bateau de pêche que celle qui régnait sur la passerelle rutilante de l'*Eagle*.

La cage oscillait sous les mouvements brusques de Slava.

— Vous avez eu un jour de congé, c'est tout ce que vous vouliez finalement.

— C'était tentant, admit Arkadi. Ça m'a changé les idées de rencontrer les Américains.

— Eh bien, je peux vous assurer que vous ne quitterez plus l'*Étoile Polaire* de sitôt. Qu'est-ce que vous allez faire maintenant ?

Arkadi haussa les épaules.

— Il y avait beaucoup de gens qui travaillaient pendant le bal. Je vais voir si personne n'a vu Zina sur le pont, ou aux étages inférieurs. Essayer de savoir quand les Américains ont effectivement quitté le bateau. Interroger les gens présents au bal. Interroger également les femmes qui travaillaient avec elle à la coquerie. Et je veux parler de nouveau à Karp.

— Lorsque nous aurons parlé aux femmes, nous

nous séparerons, dit Slava. Je parlerai à Karp et vous parlerez avec les hommes des ponts inférieurs, c'est davantage dans vos cordes.

La cage dépassa le bastingage tribord et amorça sa descente vers le paysage familier du pont scrofuleux avec ses barils abandonnés au pied de la cheminée, comme des algues mortes vomies par la marée.

— Vous les avez fait sortir de leurs gonds, dit Slava. D'ordinaire, les gars de l'*Eagle* sont des gens charmants. Et Susan est habituellement adorable. Pourquoi sont-ils tous aussi nerveux ? Nous sommes sur les eaux américaines, pourtant.

— Un bateau soviétique est territoire soviétique, dit Arkadi. Ils ont de quoi s'inquiéter.

7

Dans une fanfare de trompettes, des lignes blanches jaillirent d'une étoile rouge. Natacha poussa le bouton d'avance rapide jusqu'à l'image d'une horloge blanche sur un fond bleu. Avance rapide de nouveau, jusqu'à l'image muette d'un homme présentant des nouvelles surannées devant deux microphones ; puis encore avance rapide, finalement jusqu'à ce qu'une fille élancée en body nylon apparaisse sur l'écran de télévision. Elle avait des taches de rousseur sur le nez, des boucles d'oreilles et des cheveux tressés rouge cuivre. Elle commença par se courber comme un roseau ployant sous le vent.

Dans la cafétéria du bateau, face à l'écran tremblotant du système vidéo, vingt femmes de l'*Étoile Polaire,* vêtues de sweat-shirts et de tenues d'aérobic, se penchaient maladroitement comme de vieux chênes rétifs. Lorsque la fille touchait ses genoux du nez, elles parvenaient tout juste à arrondir le dos, et quand la fille se redressait avec souplesse, le groupe chaotique poussait des soupirs de bêtes fourbues. Bien que l'ouvrière Natacha Tchaïkovskaïa eût le gabarit le plus imposant, elle était suivie de peu par Olimpiada Bovina, la massive maîtresse-coq de la cantine de l'équipage. Tel un fin ruban sur un paquet cadeau démesuré, un bandeau bleu clair ornait le front d'Olimpiada. Des gouttes de sueur ruisselaient sous le bandeau, tombaient dans ses orbites et coulaient pathétiquement de ses petits yeux comme des larmes, tandis qu'elle tentait de mimer la gracieuse et infatigable contorsionniste sur l'écran.

Lorsque Slava l'appela, Olimpiada cessa de sautiller et souffla bruyamment, avec le regret d'une masochiste arrachée à son bourreau. Ils l'entraînèrent vers le fond de la salle pour lui parler. Elle avait une voix mélodieuse de mezzo-soprano.

— Pauvre Zina. On a perdu un sourire à la coquerie.

— Elle était courageuse dans son travail ? demanda Slava.

— Et gaie. Elle était si pleine d'entrain. Si taquine. Elle détestait remuer les macaronis et nous en faisons souvent, vous savez.

— Je sais, oui, dit Arkadi.

— Alors, elle me disait : « Hé, Olimpiada, viens voir, voilà un bon exercice pour toi. » Elle nous manquera beaucoup.

— Merci, camarade Bovina, dit Slava, vous pouvez...

— C'était une fille pleine de vie ? demanda Arkadi.

— Oui, bien sûr, dit Olimpiada.

— Jeune et jolie. Un peu remuante, aussi ?

— Elle ne tenait pas en place.

— Le lendemain du bal, elle n'est pas venue travailler, dit Arkadi. Vous avez envoyé quelqu'un la chercher ?

— J'avais besoin de tout le monde en cuisine. Je ne peux laisser mes filles s'égayer dans tout le bateau. Je suis responsable des cuisines. Pauvre Zina, je pensais qu'elle était malade ou épuisée par sa nuit. Les femmes sont différentes, vous savez.

— Et les hommes ? demanda Arkadi.

— Elle les gardait à distance.

— Qui était le plus près du lot ?

Olimpiada rougit et cacha de la main un petit gloussement :

— Vous allez trouver cela irrespectueux. Je ferais mieux de ne rien dire.

— Allez-y, l'encouragea Arkadi.

— Ce sont ses propres paroles, pas les miennes.

— Allez-y, je vous en prie.

— Elle disait qu'en accord avec le dernier congrès du Parti elle allait démocratiser ses relations avec les hommes. Elle appelait cela « la réforme des Mâles ».

— Il n'y avait pas un ou deux hommes en particulier ? demanda Arkadi.

— Sur l'*Étoile Polaire* ?

— Ou ailleurs ?

— Je ne sais pas.

Olimpiada se faisait soudainement très discrète.

— Vous nous avez été d'une grande aide, camarade Bovina, dit Slava.

La maîtresse coq regagna tant bien que mal sa place dans le groupe. La fille sur l'écran étendit les bras et fit des moulinets ; elle était si gracile qu'elle semblait prête à s'envoler. Grâce à la magie de la télévision, cette jeune danseuse était devenue, dans toute l'URSS, le nouvel idéal des femmes soviétiques, une nouvelle icône étincelante et sautillante. Les délicates Lettonnes, les Asiatiques sous leurs tentes de feutre ou les immigrantes dans les grandes steppes, toutes suivaient l'émission et reproduisaient ses moindres mouvements. Grâce au magnétoscope, les dames de l'*Étoile Polaire* n'étaient pas en reste, quoique en contemplant leur large dos, leurs bras musclés tendus à l'horizontale, elles évoquassent moins des oiseaux, aux yeux d'Arkadi, qu'un escadron de bombardiers prenant son envol.

Le magnétoscope était un Panasonic, une acquisition du bateau lors de sa dernière visite à Dutch Harbour, et on l'avait adapté au courant soviétique. Les magnétoscopes japonais se vendaient comme des petits pains au marché noir à Vladivostok. Non que les appareils soviétiques haut de gamme comme les Voronezh ne fussent pas de bonne qualité — ils étaient parfaits pour les cassettes vidéo soviétiques — mais le catalogue russe était trop pauvre. Tout comme les voies ferrées soviétiques qui avaient été construites avec un écartement plus large que celui des chemins de fer étrangers afin d'éviter tout risque d'invasion par train, les magnétoscopes soviétiques lisaient une cassette plus grande que les autres afin d'empêcher toute invasion de la pornographie étrangère.

— Ah ! Les femmes !

Slava était écœuré.

— Réduire un sujet aussi important que la réforme et la rénovation du Parti à un niveau aussi trivial. Et j'en ai assez de vous voir poser des questions et partir dans toutes les directions. J'ai mon idée sur cette affaire et je n'ai pas besoin de votre aide.

Olimpiada se retourna quand Slava sortit en trombe de la cafétéria. Natacha se tourna à demi et regarda Arkadi de ses yeux noirs.

Lorsqu'il était enfant, Arkadi avait de petits soldats de plomb, la cavalerie de l'héroïque général Davidov, sabres levés, l'artillerie du rusé feld-maréchal Koutousov et les grenadiers menaçants de la Grande Armée napoléonienne, tous rangés dans une boîte sous son lit où ils se mélangeaient en une indescriptible mêlée. Il passait de longs moments à jouer avec les pièces, puis il les remisait dans leur boîte. Comme au combat, les soldats perdirent rapidement leurs uniformes d'origine peints sur le plomb, ainsi que leurs visages roses, aussi les barbouillait-il de peinture pour les restaurer, un peu plus sommairement chaque fois.

Skiba et Slezko étaient comme deux de ces grenadiers à la fin de leur carrière : féroces, avec des mentons couverts de taches roses et grises, des plaques dorées sur les dents ; deux hommes parfaitement identiques, si ce n'était que Skiba avait des cheveux bruns et Slezko des cheveux gris. Ils se tenaient sur le pont principal, au même endroit que la veille durant le bal, lorsqu'ils surveillaient la cage de transport qui avait transbordé les pêcheurs américains.

— Le *Merry Jane* était amarré à l'*Eagle*, qui était lui-même amarré à notre bateau, c'est bien ça ? demanda Arkadi.

— Nous préférons ne répondre qu'au second lieutenant, dit Skiba.

— Je peux aller dire aussi au capitaine que vous refusez de répondre aux questions que l'on vous pose.

Skiba et Slezko jetèrent un regard inquiet autour d'eux, puis ils se contemplèrent l'un l'autre jusqu'à ce que quelque décision télépathique fût prise.

— Allons dans un endroit plus tranquille, dit Slezko, en entraînant Arkadi à l'intérieur.

Ils descendirent un escalier, passèrent devant la machinerie d'un treuil et poussèrent une porte pour se retrouver dans une pièce humide et chichement éclairée, pourvue d'éviers et de toilettes. Les lavabos avaient pris la coloration ocre de l'eau douce du bateau ; les toilettes se résumaient à un banc de ciment percé d'un trou. À Moscou, les informateurs donnaient toujours leurs renseignements dans les latrines publiques ; même en plein désert, un informateur aurait trouvé des toilettes pour donner ses informations.

Skiba croisa les bras et s'adossa à la porte, comme s'il se trouvait momentanément entre les mains de l'ennemi.

— Nous répondrons à une ou deux questions, pas plus.

— Les bateaux étaient bien amarrés comme je l'ai décrit ? demanda Arkadi.

— Oui.

Slezko ferma le hublot.

— À quelle heure sont partis les Américains ? Heure de l'*Étoile*, j'entends.

Arkadi rouvrit le hublot ; Skiba consulta un carnet.

— Le capitaine et l'équipage du *Merry Jane* ont regagné leur bateau à 23 heures et ont lâché les amarres aussitôt. Un marin de l'*Eagle* est rentré à bord à 23 h 29 ; et les deux autres avec le capitaine à 23 h 54. L'*Eagle* a libéré les amarres à 0 h 10.

— Lorsque les chalutiers sont partis, où sont-ils allés ? À une centaine de mètres de l'*Étoile Polaire* ou ont-ils disparu de sa vue ?

— C'est difficile à dire à cause du brouillard, dit Slezko après mûre réflexion.

— Lorsque les Américains nous ont quittés, y avait-il des Soviétiques sur le pont ? demanda Arkadi.

Tandis que Skiba consultait son carnet, Arkadi remarqua les seaux pleins de journaux à côté des toilettes. Les grands titres chiffonnés annonçaient : « Réforme auda... » et « Nouvelle ère du... » Skiba se racla la gorge.

— Susan, la chef, est sortie sur le pont avec eux. Le capitaine Martchouk a serré la main du capitaine Morgan et lui a souhaité bonne pêche.

— Pas de rapprochement indésirable ? dit Arkadi. Il n'y avait personne d'autre ?

— Négatif, dit Skiba.

— À partir de 22 h 30, qui avez-vous vu sur le pont ?

— Heu...

Skiba feuilleta son carnet, pris de court mais aussi mécontent, comme s'il s'attendait à ce qu'on lui pose une question piège.

— Le capitaine, comme je l'ai déjà dit. À 22 h 40, les Américains Lantz et Day se sont rendus en poupe.

Il tourna la page pour être sûr.

— À 23 h 15, la camarade Taratuta.

Elle travaillait au mess des officiers et dans les quartiers du capitaine.

— Où est-elle allée ?

Tandis que Slezko levait sa main gauche puis sa main droite, Skiba se tourna vers la porte, puis vers le mur du fond.

— De la poupe, commença Slezko.

— Vers la proue, acheva Skiba.

— Changer sa façon de penser, qu'est-ce que cela veut dire ? demanda Gouri. L'ancienne façon, c'était celle de Brejnev.

— Non, rectifia Arkadi. C'était peut-être Brejnev, mais il ne faut pas prononcer son nom. Brejnev n'existe plus. Il faut seulement combattre l'ancienne façon de penser, l'inertie et la mauvaise volonté.

— C'est flou.

— Tant mieux. Un bon chef doit embrouiller son peuple au moins une fois sur deux.

Gouri avait passé un mois à lire deux livres américains, *À la recherche de la perfection* et *Devenir chef d'entreprise en dix leçons*, un prodige de concentration, compte tenu de la faiblesse de son anglais, qui avait fait l'admiration de tous. Arkadi lui avait traduit la majeure partie de ces ouvrages sur la réussite acharnée, et cette collaboration, du moins dans l'esprit de Gouri, avait fait d'eux des amis.

Pour l'instant, Arkadi observait son compagnon tester des préservatifs dans une bassine d'eau. Leurs utilisateurs les appelaient des « galoches », et ils étaient présentés roulés dans du talc, par sachet de deux. Il gonflait chaque préservatif, soulevant un nuage de poudre blanche, puis nouait leur extrémité et les plongeait dans l'eau. Une pellicule de talc tapissait maintenant sa veste de cuir.

L'endroit qu'avait choisi Gouri pour pratiquer ce

test du consommateur était un réservoir d'essence vide. Bien que la soute eût été normalement lavée à grande eau, il planait dans l'air une odeur acide et la promesse d'un futur mal de tête. En l'absence de vodka, beaucoup de marins sniffaient de l'essence ; on les retrouvait quelque part en train de rire ou de pleurer de façon hystérique, ou de danser contre les murs. Ou de changer leur façon de penser, supposa Arkadi.

Le préservatif laissait échapper de petites bulles de champagne qui remontaient à la surface de l'eau pour éclater sous la pellicule de talc. Gouri fulminait.

— Insuffisance des contrôles de qualité. Manque caractérisé de conscience professionnelle.

Il le lança sur une pile grandissante de préservatifs testés et rejetés, puis en prit un autre, le gonfla et le tint sous l'eau. Il n'avait pas seulement l'intention d'acheter des radios et des lecteurs de cassettes à Dutch Harbour, mais aussi de passer en fraude autant de batteries que possible, dans des containers élastiques et étanches qu'il dissimulerait dans un bidon d'huile.

Les préservatifs n'étaient pas difficiles à se procurer ; Gouri s'occupait de la boutique du bateau. Le problème était que le KGB avait des informateurs dont Volovoï même ne savait rien. Quelqu'un semblait avoir toujours vent du livre caché dans le bac à sable, ou des bas nylon dissimulés dans le puits de l'ancre. À moins, évidemment, que Gouri ne soit lui-même l'une de ces oreilles supplémentaires du Comité pour la sécurité de l'État. Partout où s'était trouvé Arkadi, un informateur était apparu — à Irkoutsk, à l'abattoir, même à Sakhaline. En quittant Vladivostok avec l'*Étoile Polaire,* il avait naturellement supposé que l'un de ses compagnons était un informateur, et encore aujourd'hui, que ce soit avec Gouri, Kolia ou Obidine, la paranoïa pouvait resurgir à tout moment. Pour l'instant, ils étaient tous frères.

— Comment vas-tu passer les batteries à bord ? demanda Arkadi. Ils vont fouiller tout le monde au retour du port. Ils vont même en déshabiller certains.

— Je vais trouver une solution.

Gouri avait sans cesse des idées. La dernière en date était un livre qui aurait enseigné à quiconque comment changer rapidement sa façon de penser.

— Ce qui est dingue, poursuivait-il, c'est que j'ai été condamné parce que j'étais un rénovateur. J'avais aboli les plans quinquennaux, les quotas...

— Tu as été condamné pour avoir acheté illégalement un torréfacteur de l'État, et vendu le café à ton propre compte en coupant les grains à cinquante pour cent.

— J'étais simplement un chef d'entreprise en avance sur son temps.

Des bulles s'échappaient du préservatif et éclataient à la surface.

— Tu as vendu à Zina de ces trucs-là, dit Arkadi.

— Zina n'était pas le genre de fille à prendre des risques.

Gouri jeta le nouvel article défectueux sur la pile, en prit un autre et éternua.

— Du moins pas des risques de cet ordre.

— Elle t'en achetait régulièrement ?

— C'était une fille qui avait du tempérament.

— Avec qui était-elle ?

— Avec qui elle n'était pas, tu veux dire ? Ce n'était pas à proprement parler une traînée ; elle ne prenait pas d'argent ; elle n'aimait pas se sentir coincée. Elle aimait *choisir.* Une femme libérée. Aha !

Il lança un préservatif sur la pile des articles à conserver :

— La qualité remonte !

— Est-ce vraiment dans cette direction que

s'oriente le pays ? demanda Arkadi. Une nation de chefs d'entreprise, triant fièrement des préservatifs, des voitures, des meubles en kit ?

— Quel mal y a-t-il à cela ?

— Le rêve de Gogol était que la Russie fût une troïka filant à toute allure sur la neige, dans un nuage de flocons scintillants, tandis que les autres nations de la planète la regarderaient passer avec respect. Votre rêve à vous, c'est une grosse voiture avec une stéréo.

Gouri renifla.

— J'ai changé ma façon de penser. Toi visiblement pas.

— Qui étaient les amis de Zina ? demanda Arkadi.

— Tous les hommes. Elle couchait une nuit avec toi, puis elle te laissait tomber le lendemain. Mais elle ne blessait pas ta dignité.

— Et chez les femmes ?

— Elle était souvent avec Susan. Tu lui as parlé ?

— Un peu, oui.

— Elle est superbe, non ?

— Pas mal.

— Elle est vraiment très belle. Tu sais, après le passage d'un bateau, les remous ont parfois une sorte de bioluminescence ? Eh bien, parfois, quand je viens de la manquer de peu, il y a cette bioluminescence sur le pont.

— Une bioluminescence ? Tu devrais peut-être la mettre en bouteille et la vendre sur le marché ?

— Tu sais, dit Gouri, il y a chez toi une dureté d'âme qui m'inquiète. Depuis que j'ai appris que tu étais un inspecteur, je te vois avec des yeux neufs. C'est comme s'il y avait quelqu'un d'autre à l'intérieur de toi. Écoute, je veux juste gagner de l'argent. L'Union soviétique se décide enfin à sortir du dix-neuvième siècle, et il va y avoir un grand...

Il s'aperçut qu'il agitait un préservatif en parlant. Il le reposa et soupira.

— Tout va être différent. Tu m'as tellement aidé pour ces bouquins. Si nous pouvions les transcrire dans le langage propre du Parti...

Malgré lui, Arkadi connaissait les nouveaux mots du Parti. Ils pleuvaient de toutes parts comme des pierres, montaient jusqu'aux chevilles, jusqu'aux genoux.

— La classe ouvrière, les nouvelles réformes et les analyses scientifiques élargissent et renforcent à la fois la victoire morale et idéologique. C'est ça ?

— Exactement. Mais pas avec ce ton-là. Tu sais, je crois vraiment aux réformes.

Gouri s'aperçut qu'il agitait de nouveau un préservatif sous le nez d'Arkadi.

— Quoi qu'il en soit, tu ne crois pas qu'il faut en finir avec la stagnation et la corruption ?

Il suivit le regard d'Arkadi qui descendait vers la bassine.

— Tu ne peux pas appeler cela de la corruption — pas vraiment. La fille de Brejnev, elle détournait des diamants, organisait des orgies, baisait avec un tsigane. *Ça*, c'est de la corruption.

— Zina n'avait pas un type en particulier dans sa vie ?

— Tu commences à ressembler vraiment à un inspecteur, c'est ça qui me fait peur.

Gouri testa un nouveau préservatif...

— Je t'ai dit qu'elle était très libre. Elle n'était pas comme les autres femmes. Je vais te donner un conseil : débrouille-toi pour trouver ce qu'ils veulent et apporte-le-leur sur un plateau. Si tu te prends au sérieux, ils vont t'épingler comme le Christ d'Obidine sur sa croix.

Gouri semblait sincèrement inquiet. Ils étaient des camarades et des compagnons de cabine, tous deux avec un passé chargé. En y réfléchissant, Arkadi se demandait de quel droit pouvait-il se gausser ainsi des aspirations d'un autre homme, étant donné le néant des siennes, si ce n'était celle de se taire et de survivre ? D'où lui venait donc cet orgueil vertueux ? Il le croyait mort depuis longtemps.

— D'accord, tu as raison, dit-il. Je vais changer ma façon de penser.

— Parfait.

Soulagé, Gouri plongea un autre préservatif dans l'eau.

— Penser d'une manière nouvelle et rémunératrice, si possible.

Pour voir ce que cela donnait, Arkadi se lança :

— Tu sais, il ne suffit pas de masquer simplement l'odeur pour passer à la douane. Il faut adopter une autre tactique. Lorsque nous reviendrons à Vladivostok, il faudra tromper les chiens en leur donnant à renifler quelque chose d'autre. Prends un peu d'urine de chat ou de chien et mets-en sur quelques caisses.

— À la bonne heure, lança Gouri. Voilà le nouvel Arkadi. Il y a donc encore de l'espoir.

8

Le soir était tombé lorsque Arkadi retourna au bureau du capitaine. Les parois vert océan donnaient à la pièce un caractère aquatique. Le capitaine Martchouk, le second Volovoï, et un troisième homme d'une taille presque enfantine étaient installés autour du bureau, devant des verres étincelants et une carafe d'eau minérale. L'homme avait des cernes de fatigue sous les yeux, des cheveux en bataille et une pipe de marin éteinte qui tombait de sa bouche. Mais le plus remarquable, c'était qu'Arkadi ne l'avait jamais vu auparavant.

Slava avait déjà commencé. Il y avait à ses pieds un sac de toile.

— Après ma visite à bord de l'*Eagle,* j'ai eu une conversation avec le second Volovoï. Nous en avons conclu qu'avec l'aide des membres et des militants du Parti, nous serions en mesure de déterminer la place exacte de tous les membres d'équipage la nuit de la disparition de Zina Patiachvili. Ce travail colossal a été mené à bien en deux heures. Nous avons appris que personne n'a vu le marin Patiachvili après le bal, et que personne ne se trouvait avec elle lorsqu'elle est tombée par-dessus bord. Nous avons interrogé plus particulièrement les compagnons de la camarade Patiachvili, autant pour faire taire les rumeurs que pour trouver des réponses. Il y a toujours des gens qui sont prêts à transformer un simple accident en affaire louche.

— Aussi, dit Volovoï, nous devions tenir compte de notre situation particulière, cette collaboration avec des étrangers dans des eaux territoriales étrangères. Une fraternisation illicite avec ces étrangers était-elle mêlée à la mort tragique de notre citoyenne ? Les faits devaient être examinés, les questions délicates courageusement posées.

Fantastique, songea Arkadi. On l'avait fait courir à travers tout le bateau, pendant que Slava et l'Invalide peaufinaient leur petit discours.

— Chaque fois, reprit Slava, ces soupçons tournèrent court. Camarades, on ne peut espérer de plus édifiants témoignages que ceux que nous ont offerts ces ouvriers qui travaillaient aux côtés de la défunte. À la coquerie, je n'ai cessé d'entendre, « Patiachvili ne manquait jamais un jour de travail », et (Slava baissa la voix) « Zina était une chic fille ». Des éloges similaires ont été proférés par ses compagnes de cabine ; je cite : « C'était une ouvrière honnête qui va beaucoup nous manquer. » Ces paroles sont de Natacha Tchaïkovskaïa, membre du Parti, et elle-même ouvrière décorée.

— La franchise de leurs réponses les honore, dit Volovoï. Qu'ils en soient remerciés.

Personne n'avait encore salué Arkadi. Il se demandait s'il était devenu invisible ou s'il faisait partie du mobilier. Une autre chaise aurait été la bienvenue.

— Je me suis de nouveau assuré le concours du camarade Volovoï, expliqua Slava au capitaine. « Quelle sorte de fille était Zina Patiachvili ? » ai-je demandé à Fedor Fedorovitch. Et il m'a répondu : « Une fille jeune, pleine de vie, mais politiquement adulte. »

— Le symbole même de la jeunesse soviétique, dit Volovoï.

Pour la circonstance, il avait revêtu la rutilante veste des officiers politiques. Arkadi remarqua alors que les poils roux sur le crâne du second ressemblaient à la barbe d'un groin de cochon.

Slava poursuivit :

— Le chef de bordée qui a découvert le corps a été rudement secoué.

— Korobetz, précisa Volovoï. Son équipe domine la compétition socialiste à bord.

— Je l'ai interrogé, lui et ses hommes. Bien qu'il ne l'eût vue qu'à la cafétéria, il se souvenait d'elle aussi comme d'une travailleuse qui donnait sans compter.

Qui donnait quoi ? Des pommes de terre ? se demanda Arkadi.

Comme s'il avait lu dans ses pensées, l'Invalide lança à Arkadi un regard malveillant avant d'achever son numéro de duettiste :

— Il nous restait, toutefois, à percer le mystère de sa mort, cette nuit-là. Non seulement pour elle, mais aussi pour tous ses camarades, afin qu'ils puissent surmonter ce douloureux événement et concentrer de nouveau leurs efforts sur leur travail.

— Absolument...

Slava ne pouvait mieux exprimer son adhésion...

— Et c'est ce à quoi nous nous sommes employés aujourd'hui. Nous avons établi que Zina Patiachvili se trouvait au bal organisé, ce soir-là, dans la salle de la cafétéria.. Je faisais moi-même partie de l'orchestre, et je puis vous dire qu'il régnait une chaleur du diable dans ce lieu exigu où dansaient tous ces gens. C'est pourquoi j'ai demandé aux femmes de l'équipage qui étaient présentes au bal si elles n'avaient pas souffert de la chaleur. Plusieurs d'entre elles m'ont répondu par l'affirmative ; elles avaient été contraintes de quitter la cafétéria afin d'aller chercher de l'air frais sur le pont. Je suis alors retourné à l'infirmerie pour demander au médecin du bateau si Zina Patiachvili ne s'était jamais plainte de vertiges ou de maux de tête. La réponse était oui. Un peu plus tôt le docteur Vainou avait procédé à l'autopsie de la défunte. Je lui ai demandé s'il n'avait relevé aucun signe de violence qui aurait pu être intentionnelle. « Non », m'a-t-il dit. Y avait-il des marques qui restaient sans explication ? lui ai-je demandé. « Oui », m'a-t-il répondu, il avait noté des marbrures sur le torse et les membres, ainsi que des hématomes régulièrement espacés sur les côtes et les hanches pour lesquels il ne trouvait aucune explication. Il y avait également une petite entaille sur l'abdomen.

« Camarades, le mystère est levé. J'ai pu retracer les faits et gestes de Zina Patiachvili la nuit de sa disparition. On ne l'a vue ni dans les coursives menant à sa cabine ni sur la base des chaluts. Le seul endroit où elle a pu se rendre, c'est la poupe. Si elle était tombée directement dans l'eau, ces marques, certes, auraient été difficilement explicables. Mais voilà, seule et en pleine obscurité, Zina Patiachvili n'est pas tombée par-dessus les plats-bords, mais dessus le garde-fou qui entoure la cage d'escalier menant à la rampe arrière et elle s'est brisée la nuque contre l'une des marches. Et en glissant jusqu'au pied de l'escalier, elle s'est aussi abîmé le torse et les membres.

Voilà un « aussi » bien commode, se dit Arkadi. Martchouk étudiait avec attention le rapport d'autopsie posé sur son bureau. Arkadi savait ce que ressentait cet homme. Victor Martchouk n'aurait pu être capitaine sans sa carte du Parti, et on ne lui aurait jamais confié ce travail avec les pêcheurs américains s'il n'avait été un militant du Parti. Un homme ambitieux donc, mais qui restait néanmoins un « marin ». Le mystérieux invité sur la troisième chaise posa sa tête dans ses mains. Il avait les yeux pétillants d'une personne amusée par les fausses notes d'un pianiste débutant.

— Il y a pourtant une plate-forme au pied de cet escalier, dit Martchouk.

— Absolument, reconnut Slava, et le corps de Zina Patiachvili est resté coincé là, alors que le bal se poursuivait, le corps pressé contre le garde-fou extérieur de la plate-forme ; ce qui explique les marques régulières sur ses côtes et ses hanches. Puis, lorsque le bal fut terminé, le travail a repris sur l'*Étoile Polaire*, et son corps a roulé avec les mouvements du bateau. Comme vous le savez, nos ingénieurs ont tout fait pour offrir à nos pêcheurs les bateaux les plus sûrs de la planète. Malheureusement, on ne peut pas toujours prévoir l'imprévisible. Il n'y a pas de rambarde de protection à l'arrière de la plate-forme. Zina Patiachvili a donc pu rouler et tomber sur la rampe arrière. Il y a une barrière de sécurité plus haut sur le plan incliné pour éviter que quiconque travaillant sur la base des chaluts ne tombe dans la rampe ; elle est malheureusement inefficace pour quelqu'un chutant de l'escalier. Inconsciente, incapable de crier, Zina Patiachvili a glissé sur la rampe et a disparu dans l'eau.

Slava avait rendu sa conclusion avec des accents de pièce radiophonique. Malgré lui, Arkadi se représentait la scène : cette jolie fille de Géorgie aux cheveux décolorés quitte l'ambiance surchauffée et enfumée du bal, se sentant un peu étourdie. Elle scrute le doucereux brouillard, recule par inadvertance vers la rambarde de l'escalier et... Non, franchement, c'était inimaginable. Pas Zina, pas une fille avec la dame de cœur dans sa poche, pas toute seule, pas comme ça.

Subitement, le capitaine Martchouk demanda :

— Que pensez-vous de cette explication, camarade Renko ?

— C'est très intéressant.

Slava poursuivit :

— Je n'ai pas besoin d'expliquer aux marins vétérans que Zina n'a pas survécu très longtemps dans ces eaux presque gelées. Cinq minutes ? Dix tout au plus. Le seul point obscur reste l'entaille sur l'abdomen, une blessure découverte par le marin Renko. Renko, cependant, n'est pas un marin et ne connaît pas bien le matériel d'un chalutier. A-t-il vu de près l'état d'un câble après avoir tiré quarante tonnes de poissons sur les fonds rocheux de la mer ?

Eh bien, oui, songea Arkadi, mais il ne voulait pas intervenir et briser l'effet du second lieutenant, du moins pas avant qu'il eût terminé. Slava ouvrit le sac posé à ses pieds et en sortit un morceau de câble d'acier d'un centimètre de section. Il le brandit d'un air triomphal. Ici et là, des brins d'acier se dressaient sur le câble comme des aiguilles.

— Un câble comme ça, effiloché comme ça, dit Slava. Nous savons que le corps de Zina Patiachvili est revenu dans le filet. Nous, les marins, savons que le chalut est tiré par des câbles usés. Et, lorsque le filet est tiré sous l'eau, les câbles vibrent, faisant du moindre brin effiloché une scie en puissance. Voilà ce qui a blessé Zina Patiachvili. Fin du mystère. Une fille a été au bal, puis, ayant trop chaud, est sortie toute seule prendre l'air sur le pont ; elle est passée par-dessus bord et, j'en suis au regret, est morte. Mais c'est tout ce qui est arrivé, rien de plus.

Slava montra le morceau de câble à Volovoï, qui fit semblant de s'y intéresser, puis à l'homme inconnu, qui l'écarta de la main, et enfin au capitaine Martchouk qui était plongé dans la lecture d'un nouveau document. Le capitaine caressait sa barbe soignée d'une main féline pendant qu'il étudiait le texte.

— Selon votre rapport, vous conseillez de cesser toute enquête à bord et de laisser les questions en suspens aux autorités de Vladivostok.

— Oui, dit Slava. Bien sûr, la décision vous appartient.

— Il y a également d'autres recommandations, je crois me souvenir, dit Volovoï : je n'ai eu le rapport entre les mains qu'un court instant.

— C'est exact, pousuivit Slava en bon élève.

C'est vraiment merveilleux, songea Arkadi. Tout est réglé comme du papier à musique...

— S'il y a une leçon à retenir de ce tragique incident, c'est que la sécurité n'est jamais totale à bord. Je préconise expressément deux mesures : un, que, durant les fêtes nocturnes, des volontaires soient placés de chaque côté du pont arrière ; deux, que les fêtes soient, de préférence, organisées de jour.

— Voilà de sages mesures qui seront sans doute discutées avec un grand intérêt à la prochaine assemblée générale, dit Volovoï. Tout le bateau vous doit une grande reconnaissance pour le travail que vous avez accompli : l'exhaustivité et la promptitude de votre enquête, ainsi que l'objectivité et la justesse de vos conclusions.

Les aristocrates de Tolstoï parlaient un français bouillonnant. Les petits-fils de la révolution parlaient un russe mesuré, laborieux, comme si chaque mot était autant de centimètres qui, mis chacun soigneusement bout à bout, conduiraient inévitablement à un consensus. On s'exprimait aussi poliment, avec modération, car le génie de la démocratie soviétique était que toutes les réunions se concluaient par une unanimité confraternelle. Si un ouvrier venait dire à un comité d'usine qu'ils étaient en train de fabriquer des voitures à trois roues, ou bien à un comité de coopérative agricole qu'ils élevaient des veaux à deux têtes, aucune de ces nouvelles n'ébranlerait jamais un bon vieux comité et ne lui ferait rien perdre de son magnifique ensemble.

Martchouk but une gorgée d'eau, alluma une autre

cigarette, une John Player's à l'onctueuse fumée, et examina le rapport, la tête baissée. L'inclinaison de son crâne accentuait la courbe asiatique de ses pommettes. Le capitaine semblait taillé pour affronter la taïga, non pour se plonger le nez dans cette langue de bureaucrates. L'inconnu dans son chandail écru souriait placidement, comme s'il avait assisté par hasard à cette réunion et se félicitait maintenant de s'y être arrêté.

Martchouk releva la tête.

— Vous avez mené cette enquête avec le marin Renko ?

— Oui, dit Slava.

— Je ne vois que votre signature au bas du rapport.

— C'est parce que nous n'avons pas eu le temps de nous rencontrer avant cette réunion.

Martchouk fit signe à Arkadi d'approcher.

— Renko, vous avez quelque chose à ajouter ?

Arkadi considéra un instant la question puis répondit :

— Non.

— Alors, voulez-vous signer, je vous prie, dit Martchouk en lui tendant un gros stylo-plume, un Monte-Cristo, comme il seyait à un capitaine.

— Non.

Martchouk revissa le bouchon sur le stylo-plume. Cela n'allait pas être aussi simple que prévu.

L'Invalide se versa un verre d'eau et prit la parole :

— Puisque le marin Renko n'a pas fait le gros du travail, et puisque ces recommandations émanent uniquement du second lieutenant, nous pouvons nous passer de la signature de Renko.

— C'est ce qu'on va voir, dit Martchouk en se tournant vers Arkadi. Vous n'êtes pas d'accord avec le fait de laisser les types de Vladivostok boucler cette affaire ?

— Il ne s'agit pas de ça.

— Alors, de quoi s'agit-il ?

— Simplement...

Arkadi chercha le mot juste.

— ... des faits.

— Ah.

Pour la première fois, l'homme en chandail écru se redressa sur sa chaise, comme s'il venait d'entendre enfin un mot connu de son vocabulaire.

— Pardon, dit Martchouk. Marin Renko, voici Anton Hess, l'ingénieur électronicien de la flotte. J'ai demandé au camarade Hess d'éclairer de ses lumières la réunion de ce soir. Expliquez-lui, et à moi par la même occasion, comment vous pouvez contester les faits et adhérer néanmoins à leur conclusion ?

L'*Étoile Polaire* n'avait pas vu la flotte depuis six semaines et ne la reverrait sans doute pas avant un mois. Arkadi se demandait où Hess s'était caché pendant tout ce temps-là, mais il concentra pour le moment son attention sur la question soulevée.

— Zina Patiachvili est morte la nuit du bal, dit Arkadi. Puisque personne ne l'a vue sur les ponts inférieurs regagnant sa cabine, c'est qu'elle s'est donc rendue en quelque compartiment du bâtiment de poupe, ou bien, comme le suggère le second lieutenant, sur le pont arrière. Toutefois, lorsque les gens s'évanouissent, ils tombent comme une masse ; ils ne prennent pas leur élan pour passer par-dessus un garde-fou qui leur arrive à la poitrine. Il existe des stigmates spécifiques à une mort par noyade, et Zina n'en présente aucun, et quand, à Vladivostok, ils l'ouvriront, ils ne trouveront pas d'eau de mer dans ses poumons. Les marques présentes sur son corps — les marbrures des avant-bras, des mollets, des seins et du ventre — sont apparues après la mort, et sont dues à une posture prolongée sur le ventre, tandis que les hématomes sur ses côtes et ses hanches ne peuvent provenir d'une station horizontale contre un garde-fou, mais parce que son corps a été fortement comprimé et meurtri par des formes contondantes. Elle a été tuée sur l'*Étoile Polaire* et dissimulée à bord. Ainsi, la blessure à l'abdomen a été faite par un couteau, un coup franc et net. Il n'y a aucune éraflure sur la peau, aucune griffure, et elle a très peu saigné. Les faits sont qu'avant de l'avoir jetée par-dessus bord on lui a donné un coup de couteau pour éviter qu'elle ne remonte à la surface. Un autre indice prouvant que l'entaille n'a pas été faite par le filet, c'est qu'elle est restée suffisamment longtemps au fond de la mer, par trente brasses de profondeur, pour que des vers-anguilles se frayent un passage par la blessure, pénètrent en elle et y élisent domicile.

— Je ne vois rien sur les myxines dans votre rapport, dit Martchouk à Slava.

Les pêcheurs haïssaient ces animaux.

— Je continue ? demanda Arkadi.

— S'il vous plaît, oui.

— Ses compagnes de cabine affirment que Zina Patiachvili était une travailleuse infatigable, pourtant les Américains racontent qu'on la voyait en poupe, derrière la lisse, de jour comme de nuit, chaque fois que l'*Eagle* déchargeait un chalut. Or cela se produisait souvent durant le service de Zina, ce qui signifie qu'elle abandonnait son poste quand bon lui semblait, et qu'elle s'absentait pendant au moins une demi-heure chaque fois.

— Selon vous, les Soviétiques mentent et les Américains disent la vérité ? demanda Volovoï comme s'il doutait d'avoir bien compris.

— Non. Zina a passé toute la soirée avec les Américains de l'*Eagle* ; elle a dansé avec eux, elle a parlé avec eux. Je ne pense pas qu'une femme puisse courir en poupe au milieu de la nuit ou sous une pluie battante pour faire signe à des hommes sur un bateau ;

cela ne peut être que pour faire signe à un homme en particulier. Les Américains mentent quand ils prétendent ne pas savoir de qui il s'agit.

— Vous pensez qu'un de nos gars était jaloux ? demanda Martchouk.

— Ce serait calomnieux, affirma Volovoï, comme si cela suffisait à réfuter la question. Certes, s'il y a eu des négligences à la coquerie, si un ouvrier n'a pas fait convenablement son travail, il y aura de sévères réprimandes.

— Un peu d'eau ? fit Martchouk en tendant la bouteille à Volovoï.

— S'il vous plaît, merci.

Des bulles dansèrent dans le verre de l'Invalide. Le sourire de Martchouk avait quelque chose de menaçant, mais les mots restaient typiquement soviétiques, polis et mesurés.

— Le problème, résuma Martchouk, ce sont les Américains. Ils vont essayer de savoir si nous menons véritablement une enquête.

— Nous le ferons, dit Volovoï, mais à Vladivostok.

— Naturellement, dit Martchouk. Toutefois, cette situation est tout à fait particulière et peut exiger une action immédiate.

Il offrit à l'Invalide une cigarette. La discussion restait encore dans les limites de la bienséance soviétique. Parfois, une crise éclatait tout de suite, telle qu'en fin de mois, lorsqu'on s'apercevait que le quota mensuel ne pourrait être atteint qu'en produisant des voitures avec seulement trois roues. L'équivalent sur un bateau de pêche serait alors d'assurer le tonnage prévu en transformant tous les poissons, frais ou avariés, en farine.

— Le médecin est arrivé à la même conclusion que le camarade Boukovski, précisa Volovoï.

— Le médecin ? fit Martchouk, faisant son possible

pour prendre au sérieux cette remarque. Le médecin s'est même trompé quant à l'heure du décès, si je me souviens bien. C'est un bon docteur pour les bien-portants, mais pas pour les malades ou les morts.

— Le rapport contient peut-être quelques imperfections, admit Volovoï.

Avec compassion, Martchouk se tourna vers Slava :

— Je suis désolé, mais ce rapport est complètement nul.

Et il ajouta à l'intention de Volovoï...

— Mais je suis persuadé qu'il a fait de son mieux.

Le dernier bâtiment russe que l'*Étoile Polaire* avait vu était un cargo qui avait échangé au bateau-usine farine, jambons, choux, cassettes vidéo, magazines et quelques sacs de courrier contre trois mille tonnes de soles, cinq mille tonnes de lieus, huit mille tonnes de farine de poisson et cinquante tonnes d'huile de foie. Arkadi se trouvait sur le pont ce jour-là. Il n'avait vu aucun ingénieur électronicien de la flotte monter à bord.

Sous sa généreuse chevelure, le visage d'Anton Hess se composait pour moitié d'un large front, tandis que ses sourcils ronds, son nez pointu, sa bouche lippue et son menton à fossette se serraient tant bien que mal dans l'hémisphère inférieur. Il ressemblait à un chef de chœur allemand, quelqu'un qui aurait travaillé avec Brahms.

Faisant encore usage du ton mesuré propre aux autorités soviétiques lorsqu'elles reconnaissent les faits à contrecœur, le second décida de prendre l'offensive.

— Marin Renko, pour notre gouverne, est-il vrai que vous avez été limogé du bureau du procureur de Moscou ?

— Oui.

— Est-il vrai également que vous avez été expulsé du Parti ?

— Oui.

Il y eut un moment de silence, comme s'il venait d'avouer être victime de deux maladies incurables.

— Je peux dire le fond de ma pensée ? demanda Volovoï.

— Allez-y, répondit Martchouk.

— Depuis le début, j'étais opposé à la participation de cet ouvrier dans quelque enquête que ce fût, en particulier lorsque celle-ci concerne nos confrères américains. J'avais déjà un dossier guère reluisant au sujet du marin Renko. J'ai aujourd'hui joint par radio le KGB de Vladivostok pour avoir des informations complémentaires, ne voulant pas juger ce marin sans preuve. Camarades, nous avons affaire à un homme au passé plus que louche. Personne ne sait ce qui s'est passé exactement à Moscou, mais on dit qu'il est impliqué dans la mort du procureur et dans la défection de l'une de nos citoyennes. Meurtre et trahison, voilà l'histoire de l'homme que vous avez devant vous. C'est pourquoi il vole d'emploi en emploi dans toute la Sibérie. Regardez-le, c'est un homme fini.

C'est la vérité, reconnut Arkadi. Ses bottes, couvertes d'écailles et souillées de bave de poisson, n'étaient pas, à proprement parler, les chausses d'un homme à qui la vie avait souri.

— En fait, poursuivit lentement Volovoï, comme si les mots répugnaient à sortir de sa bouche, il était recherché à Sakhaline, lorsqu'il s'est engagé sur l'*Étoile Polaire*. Pour quel motif ? le KGB ne le précise pas. Mais avec ce genre d'individu on peut s'attendre à tout. Je peux parler franchement ?

— Absolument, dit Martchouk.

— Camarades, Vladivostok se fichera de savoir ce qui est arrivé à une petite idiote nommée Zina Patiachvili, mais voudra s'assurer qu'une ligne politique ferme a été maintenue sur le bateau. Vladivostok ne comprendra pas pourquoi nous avons impliqué dans une affaire aussi délicate quelqu'un comme Renko, un individu si peu recommandable que nous lui interdisons de mettre les pieds dans un port américain.

— C'est tout à fait juste, concéda Martchouk.

— En fait, dit Volovoï, il serait peut-être plus sage de confiner tout l'équipage sur le bateau. Nous serons à Dutch Harbour dans deux jours. Il vaudrait peut-être mieux ne pas leur donner leur quartier libre.

Devant cette suggestion, le visage de Martchouk s'assombrit. Il se versa un verre d'eau, fixant le filet d'eau argenté.

— Après quatre mois de mer ? demanda-t-il. Ils attendent tous cela depuis si longtemps, cette journée dans un port. En outre, notre équipage n'est en rien concerné ; et nous ne pouvons empêcher les Américains de se rendre à terre.

Volovoï haussa les épaules.

— Les représentants vont faire un rapport à la compagnie, certes, mais la compagnie est soviétique pour moitié. Elle ne bougera pas.

Martchouk écrasa sa cigarette et esquissa un sourire, plus ironique qu'amusé. Le vernis commençait à se craqueler.

— Les représentants à bord vont en informer le gouvernement, qui est américain. On dira que je tente de dissimuler un meurtre sur mon bateau.

— Une mort est une tragédie, dit Volovoï, mais une enquête relève d'une décision politique. Toute autre investigation à bord serait une erreur. Je parle en ce moment au nom du Parti.

Dans un millier de communes, d'usines, d'écoles et de tribunaux, ces mots fatidiques pouvaient avoir été prononcés au même instant, parce que aucune réunion officielle ne pouvait se conclure sans que quelqu'un ne prenne la parole au nom du Parti, mettant ainsi un terme aux discussions les plus animées et dissipant la fumée de cigarette des débats à l'annonce de ces mots inéluctables et sans appel.

Mais cette fois-ci Martchouk se tourna vers l'homme à sa droite.

— Camarade Hess, voulez-vous intervenir ?

— Eh bien, fit l'ingénieur électronicien, comme s'il lui venait subitement une idée.

Sa voix avait le timbre d'un pipeau. Il se tourna aussitôt vers Volovoï :

— Dans le passé, camarade, tout ce que vous avez dit aurait été vrai. Mais il me semble que la situation a évolué. Nous avons un nouveau chef d'État qui appelle à plus d'initiative et à un examen plus honnête de nos erreurs. Le capitaine Martchouk est le symbole même de ces nouveaux dirigeants, francs et honnêtes. Je pense que nous devrions le soutenir. Ainsi que le marin Renko ; j'ai moi aussi demandé un supplément d'information par radio. Il n'a été inculpé ni de meurtre ni de trahison. En réalité, il existe une déposition d'un colonel du KGB, un dénommé Priblouda, qui le dégage de toute responsabilité. Renko est peut-être politiquement imprudent, mais on n'a jamais remis en cause ses capacités professionnelles. En outre, il y a une considération qui prévaut à toutes les autres. Cette collaboration que nous avons entreprise avec les Américains est unique en son genre. Personne ne voit d'un bon œil Américains et Soviétiques travailler ensemble. Que va-t-il advenir de notre mission ? Que va devenir le programme de collaboration internationale si le bruit court que l'on ouvre le ventre des Soviétiques qui fraternisent avec les Américains, et qu'on les balance par-dessus bord ? Nous devons nous montrer sincères et honnêtes dès maintenant, pas seulement à Vladivostok. Le second lieutenant Boukovski a accompli son travail avec cœur, mais il n'a aucune expérience en la matière. Personne ici n'en a d'ailleurs, à l'exception du marin Renko. Laissons-le agir avec plus de liberté ; laissons-le découvrir ce qui s'est passé.

Arkadi éprouvait un sentiment étrange, comme si un ange était passé dans la pièce. Pour la première fois, l'Invalide n'avait pas conclu les débats.

— Parfois, dit Volovoï, il faut faire taire les mauvaises langues. Cette affaire doit être étouffée. Mieux vaut ne pas faire de remous, et éviter toute publicité. Imaginez la situation : si cette Patiachvili a été tuée, comme veut le croire le marin Renko, nous avons alors un meurtrier à bord. Si nous lançons une enquête, que l'on procède avec intelligence ou bêtise, quelle sera la réaction naturelle de cet individu ? Inquiétude et peur — en fait, il aura envie de fuir. Une fois à Vladivostok, cela risque de tourner mal pour lui ; une enquête rondement menée quand nous serons à quai le cueillera comme une fleur. En revanche, ici, la situation est différente. La haute mer, des bateaux américains et, le plus dangereux de tout, un port américain. Un excès de zèle, ici, peut conduire à des réactions désespérées. Ne serait-il pas envisageable, voire naturel, qu'un criminel craignant d'être démasqué abandonne son groupe pendant la sortie à Dutch Harbour et tente de se soustraire à la justice soviétique en demandant l'asile politique aux Américains ? N'est-ce point ce qui se passe avec tous ces soi-disant dissidents ? Les Américains sont imprévisibles. Dès que la politique s'en mêle, on ne les tient plus ; cela devient un vrai cirque, où la mauvaise foi rivalise avec l'honnêteté. Bien sûr, à la longue, nous récupérerons notre homme, mais est-ce là une situation normale pour un bateau soviétique ? Le meurtre ? Le scandale ? Camarades, personne ne sous-entend que cet équipage, en d'autres circonstances, ne mériterait pas une journée de quartier libre après quatre mois éprouvants de travail en mer. Toutefois, je n'aimerais pas être le capitaine qui va mettre en jeu le renom et la mission d'une flotte complète afin que ses hommes puissent acheter des chaussures de sport et des montres étrangères.

Après cette salve tous azimuts de l'Invalide, Arkadi se dit que la situation était de nouveau enlisée. Hess, pourtant, répondit du tac au tac.

— Séparons les problèmes que vous soulevez. Une enquête à bord engendre une situation anormale, et une situation anormale interdit tout quartier libre à terre. Il me semble qu'un des deux problèmes résout l'autre. Nous avons un jour et demi de mer avant de rallier Dutch Harbour, ce qui nous laisse largement le temps de savoir plus précisément ce qui est arrivé à cette pauvre fille. Si sa mort nous semble louche d'ici trente-six heures, alors nous déciderons de confiner l'équipage à bord. Sinon, nous les laisserons profiter de leur quartier libre bien mérité. Ainsi, personne ne s'échappera, et une enquête sera menée à bien avant notre retour à Vladivostok.

— Et un suicide ? proposa Slava. Et si elle s'était jetée par-dessus bord, ou dans la cage d'escalier, par exemple ?

— Qu'est-ce que vous en pensez, demanda Hess en se tournant vers Arkadi.

— Le suicide est toujours la solution de dernier recours, dit Arkadi. Il y a le suicide du criminel qui laisse les noms et adresses de ses complices avant de fermer la porte du garage et de mettre la voiture en marche, le suicide du type qui peint sur le mur de la cuisine « Aux chiottes l'Union des écrivains soviétiques » avant de plonger la tête dans le four. Ou celui du soldat qui dit « Considérez-moi comme un bon communiste » avant de charger sa mitraillette.

— Vous êtes en train de dire que la raison politique est toujours différente, dit Hess.

— Je déciderai de la raison politique, dit Volovoï. Je suis encore l'officier politique ici.

— Bien sûr, dit Martchouk avec froideur. Mais pas encore le capitaine.

— Pour une mission aussi délicate, il...

— Il n'y a pas que cette mission, l'interrompit Hess.

Il y eut un silence, comme si tout le bateau était en train de changer de cap.

Lorsque Martchouk offrit une cigarette à Volovoï, la flamme du briquet éclaira des yeux injectés de sang. Chassant la fumée de ses poumons, Volovoï dit :

— Boukovski peut faire un autre rapport.

— Boukovski et Renko forment un couple bien équilibré, vous ne trouvez pas ? demanda Hess.

Volovoï s'inclina tandis que le consensus, but recherché de tous décideurs soviétiques, s'abattait sur ses épaules.

Martchouk changea de sujet.

— Je ne cesse de penser à cette fille qui a séjourné au fond de l'eau, à ces anguilles. Renko, quelles étaient les chances pour un filet de la repêcher ? Une sur un million ?

La participation d'Arkadi à cette réunion avait été un ordre, mais aussi un honneur, comme si un orteil avait été invité aux délibérations du cerveau. En lui posant cette question, Martchouk le lui rappelait.

— Une chance sur un million, c'est environ la probabilité pour le camarade Boukovski et moi de découvrir ce qui s'est réellement produit, répondit Arkadi. Vladivostok a de vrais inspecteurs, de véritables laboratoires, et ils savent ce qu'ils doivent trouver.

— C'est l'enquête ici et maintenant qui nous occupe, dit Martchouk. Rendez-moi compte des faits à mesure que vous les découvrirez.

— Non, dit Arkadi. Je partage l'avis du camarade Volovoï ; laissons cela aux gars de Vladivostok.

— Vous hésitez, je comprends, compatit Martchouk. L'important, c'est que vous pourrez ainsi vous racheter...

— Je n'ai pas besoin de me racheter. J'ai accepté de poser des questions pendant une journée. La journée est terminée.

Arkadi se dirigea vers la porte.

— Bonsoir, camarades.

Martchouk se leva, sidéré. Mais la stupéfaction se mua en colère, le courroux d'un homme de pouvoir dont les bonnes intentions venaient d'être repoussées. Volovoï, quant à lui, se détendit sur son siège, n'osant croire à cette volte-face du destin.

— Renko, vous dites que quelqu'un a tué cette fille et vous ne voulez pas découvrir son meurtrier ? demanda Hess.

— Je ne pense pas y parvenir... et cela ne m'intéresse pas.

— C'est un ordre, lança Martchouk.

— Je refuse.

— Vous oubliez que vous parlez à votre capitaine.

— Vous oubliez que vous parlez à quelqu'un qui vient de passer un an dans la pataugeoire...

Arkadi ouvrit la porte...

— Que pouvez-vous donc me faire ? Qu'y aurait-il de pire ?

9

Le brouillard repoussé par le vent formait à l'horizon un long rempart. Arkadi traversait le pont en direction de sa cabine lorsqu'il aperçut son compagnon Kolia, appuyé contre la lisse. Les nuits claires attiraient toujours Kolia Mer sur le pont, comme si la lune brillait uniquement pour lui. Ses cheveux bouclés buissonnaient sous son bonnet tandis que son long nez se tendait vers l'astre nocturne.

— Arkacha, j'ai vu une baleine. Juste sa queue, mais elle s'est dressée à la verticale et a plongé tout droit dans l'eau ; cela devait être une baleine à bosse.

Ce qu'Arkadi admirait chez Kolia, c'était que, même chassé loin de la terre ferme, le botaniste continuait à faire des observations scientifiques. Il avait le courage d'un moine empreint d'humilité, qui désire cependant être torturé pour ses croyances. Son précieux sextant en cuivre, qu'il polissait avec amour, luisait entre ses doigts comme un petit cor d'harmonie.

— C'est fini avec le capitaine ? demanda-t-il.

— Oui.

Kolia eut la délicatesse de ne pas poser d'autres questions, telles que : pourquoi n'as-tu pas dit à tes amis que tu es un ancien inspecteur ? pourquoi n'es-tu plus inspecteur aujourd'hui ? qu'as-tu découvert au sujet de Zina ? Il se contenta de lancer avec bonne humeur :

— Tant mieux. Tu vas pouvoir me donner un coup de main.

Il tendit sa montre à Arkadi. C'était une montre japonaise à cristaux liquides...

— Le bouton du haut éclaire le cadran.

— Pourquoi fais-tu ça ? demanda Arkadi.

— Cela entretient l'esprit. Tu es prêt ?

Kolia colla son œil dans la lunette du sextant et visa la lune, faisant coulisser l'alidade sur le limbe gradué. Il avait expliqué un jour à Arkadi que les sextants avaient tout le charme des vieilles choses, simples et complexes à la fois. Le principe en était le suivant : une paire de miroirs montés sur le limbe formait l'image de la lune sur l'horizon, et la graduation donnait en degrés la valeur de l'angle que faisait l'astre avec l'horizon à cet instant précis.

— Vas-y.

— 10 h 15. 31.

— 22 h 15. 31, reprit Kolia, convertissant mentalement l'horaire en heures nautiques.

Lorsqu'il était Jeune Pionnier, Arkadi avait un jour fait un point de navigation astronomique. Il se rappelait qu'il était entouré d'éphémérides nautiques, de tables de correction, de papiers brouillons, de cartes de courants, de règles gras. Kolia faisait tout de tête.

— Combien d'éphémérides as-tu mémorisées ? demanda Arkadi.

— Celle du soleil, de la lune et de la Grande Ourse.

Arkadi leva les yeux. Les étoiles semblaient briller d'un nouvel éclat, très loin de lui, avec les tons et les nuances d'un ciel en feu.

— Je vois la Petite Ourse, dit-il en regardant au-dessus de lui.

— Tu la verras toujours là, répondit Kolia. Sous cette latitude, nous sommes toujours sous la Petite Ourse.

Lorsque Kolia calculait dans sa tête, ses yeux se

figeaient, comme s'ils regardaient au-dedans de lui, laissant transparaître une sorte de félicité extrême. Arkadi savait qu'il soustrayait la réfraction lunaire, ajoutait la parallaxe, se reportait à la déclinaison de la lune.

— Tu es resté trop longtemps sous la Petite Ourse. Tu es devenu fou.

— Ce n'est pas plus difficile que de jouer aux échecs sans échiquier.

Kolia sourit, heureux de montrer qu'il pouvait parler tout en calculant mentalement.

— Cela ne t'a jamais dérangé que le principe du sextant soit fondé sur l'idée que le Soleil tourne autour de la Terre ?

Kolia eut un instant d'hésitation :

— Mais, à l'inverse d'autres systèmes, celui-ci fonctionne.

Une fois la déclinaison fixée, le cerveau de Kolia passait en revue ses tables. C'était le genre d'exploit que seul un esprit gentiment dérangé pouvait poursuivre, comme celui de chercher à repérer les baleines dans l'obscurité. Ce n'était pas dans l'obscurité totale d'ailleurs. Avec la houle qui soulevait un reflet de lune, la mer semblait respirer d'un souffle rond et régulier.

Pendant les premiers mois en mer, Arkadi avait passé de longs moments sur le pont à regarder les dauphins, les otaries et les baleines, heureux simplement de les voir fendre l'eau. La mer donnait une illusion de liberté. Mais, à la longue, il s'aperçut que ces créatures marines, qui apparaissaient ici et là autour du bateau, poursuivaient toutes quelque but. Chose qui justement lui faisait défaut.

Il scruta de nouveau la Petite Ourse avec sa longue queue terminée par l'étoile Polaire. Un conte russe racontait que l'étoile Polaire était en fait un chien enragé attaché en laisse à la Petite Ourse, et que, si un jour la chaîne se rompait, ce serait la fin du monde.

— Tu n'en veux pas à la terre entière, Kolia ? Toi, un botaniste, envoyé à des centaines de kilomètres de la terre.

— Mais seulement à quelques centaines de brasses du fond de l'océan. Et il y a sans cesse de nouvelles terres. Les îles Aléoutiennes continuent à sortir de la mer.

— C'est ce que j'appellerais une vue à long terme, dit Arkadi en regardant le visage de son ami s'assombrir.

Kolia se faisait toujours du souci lorsque Arkadi déprimait.

— T'es-tu jamais demandé combien nous coûtent tous les Volovoï du monde entier ? demanda Kolia en changeant de sujet, espérant qu'une bonne devinette dissiperait sa mélancolie. Combien gagnons-nous ?

— Je croyais que tu voulais relever la hauteur de la lune.

— Je peux faire les deux à la fois. Combien gagnons-nous, selon toi ?

C'était difficile à dire. Les paies sur l'*Étoile Polaire* se répartissaient selon un certain coefficient, qui allait de 2,55 pour le capitaine à 0,8 pour un marin de deuxième classe. Mais il y avait un coefficient de 1,5 pour les mers arctiques, dix pour cent de bonus pour un an de service, dix autres pour cent de bonus si le quota était atteint et un bonus pouvant monter jusqu'à quarante pour cent si l'on dépassait les prévisions du Plan. Le quota était la clé de voûte du système. Il pouvait être augmenté ou diminué après que le bateau eut pris la mer, mais il montait généralement parce que les dirigeants de la flotte touchaient un pourcentage sur les économies réalisées sur les paies des marins. La durée des voyages entre les différentes zones de pêche pouvait dépasser plusieurs jours, et tout l'équipage perdait de l'argent lorsque le capitaine se faisait prendre dans une tempête. C'est pourquoi les bateaux soviétiques fonçaient parfois à toute vapeur à travers le brouillard et les mers démontées. En résumé, le calcul de la paie d'un pêcheur soviétique était d'une complexité quasi astronomique.

Arkadi proposa à tout hasard :

— Pour moi, environ trois cents roubles par mois.

— Pas mal. Mais tu n'as pas pris en compte les Américains, lui rappela Kolia.

Du fait de la présence d'Américains à bord, les règles de travail avaient été modifiées : un quota plus bas et une cadence ralentie, pour montrer aux visiteurs l'humanité des pêcheries soviétiques.

— Disons alors trois cent vingt-cinq roubles ?

— Pour un marin de première classe, trois cent quarante roubles. Pour toi, deux cent soixante-quinze roubles. Pour un second comme Volovoï, quatre cent soixante-quinze.

— C'est gai, dit Arkadi, amusé néanmoins par la virtuosité de son compagnon.

Et Kolia souriait à pleines dents, comme un jongleur demandant qu'on rajoute encore une balle à celles qui voltigeaient déjà entre ses mains.

— Il y a environ vingt mille chalutiers et bateaux-usines soviétiques avec à bord un officier politique, hein ? Donnons-leur un salaire moyen de quatre cents roubles et nous obtenons, pour l'ensemble de ces Invalides parfaitement inutiles, un total de huit millions de roubles par an. Et ça, uniquement pour la pêche ; imagine un peu ce que cela représente pour toute l'Union soviétique ces...

— Pêcher ! nous sommes là pour pêcher, pas pour faire de l'arithmétique, camarade Mer !

Volovoï sortit de la pénombre de l'escalier menant aux cabines ; son uniforme luisait sous la lune. Sa promenade avait quelque chose de malintentionné, et

Arkadi comprit que le second, fier de son triomphe, l'avait suivi depuis la cabine du capitaine. Par réflexe, Kolia détourna la tête.

Volovoï lui prit le sextant des mains.

— Qu'est-ce que c'est que ça ?

— C'est à moi, répondit Kolia. Je relevais la hauteur de la lune.

Volovoï lança un regard suspicieux vers l'astre nocturne.

— Pour quoi faire ?

— Calculer notre position.

— Vous videz les poissons, non ? Qu'avez-vous besoin de connaître notre position ?

— Par simple curiosité. C'est un vieux sextant, une pièce de collection.

— Où sont vos cartes ?

— Je n'en ai aucune.

— Vous voulez savoir en fait à quelle distance nous nous trouvons des États-Unis ?

— Non. Je veux juste savoir où nous sommes.

Volovoï ouvrit sa veste et y glissa le sextant.

— Le capitaine connaît parfaitement notre position. Cela devrait vous suffire.

En partant, l'Invalide ne dit pas un mot à Arkadi ; le message était suffisamment clair.

Retour au lit.

La cabine était un caveau obscur, un endroit qui lui convenait parfaitement. Kolia s'occupa de ses pots de fleurs en silence, tandis qu'Arkadi retirait ses bottes et grimpait dans sa couchette ; il remonta le drap sur ses épaules. Les cuvées personnelles d'Obidine libéraient une odeur de vinaigre qui emplissait la cabine. À sa seconde inspiration, Arkadi dormait. Un sommeil sans rêve, un gouffre noir qu'il connaissait trop bien.

Sur le boulevard des Jardins de Moscou, à côté de la bibliothèque pour enfants et du ministère de l'Éducation, s'élevait un bâtiment de trois étages entouré d'une palissade grise : l'Institut de psychiatrie médico-légale Serbski. La palissade était surmontée de fils électriques, invisibles de la rue. Entre la clôture et l'édifice, des gardes patrouillaient avec des chiens dressés pour ne pas aboyer. Le premier étage de l'Institut était réservé à la Quatrième Section. Trois salles s'ouvraient sur un couloir parqueté. Arkadi ne les avait entrevues que le jour de son arrivée et le jour de son départ, car on l'avait conduit directement au bout du couloir, pour l'enfermer dans un « isoloir », une pièce avec un lit, une cuvette de toilette, et une ampoule électrique jaunâtre. À son arrivée, deux vieilles femmes en blouse blanche l'avaient soigneusement lavé, puis un pensionnaire l'avait rasé ; la tête, les aisselles, le pubis — il serait propre et imberbe comme un nouveau-né entre les mains des médecins ; puis on lui avait passé un pyjama rayé et une robe de chambre dont on avait retiré la ceinture. Les murs étaient aveugles ; ni jour, ni nuit. Son diagnostic : « syndrome pré-schizophrénique », sachant d'avance ce qu'allaient conclure les médecins.

Ils lui inoculèrent sous la peau de la caféine pour le rendre plus loquace, suivie d'une injection intraveineuse de barbital sodique dans les bras pour annihiler sa volonté. Assis sur des tabourets blancs, le visage grave, les médecins lui demandèrent :

— Où est Irina ? Vous l'aimiez, elle doit vous manquer. Vous avez cherché à la retrouver ? À votre avis, que fait-elle en ce moment ? Où se trouve-t-elle ?

Ils changèrent de bras, puis passèrent aux veines de ses jambes, mais les questions restaient toujours les mêmes, tout comme l'ironie de sa situation. Puisqu'il ne savait ni où se trouvait Irina ni ce qu'elle faisait, il leur disait toute la vérité, et, puisque les médecins étaient convaincus qu'il la leur cachait, ils pensaient qu'Arkadi leur résistait.

— Vous allez être terriblement déçus, leur disait-il.

Et cela aggravait son cas.

La frustration entraînait évidemment les punitions. Leur favorite était la ponction lombaire. Ils le sanglaient sur le lit, badigeonnaient sa colonne de teinture d'iode, et, avec une poussée vigoureuse, ils enfonçaient l'aiguille. La ponction avait un double effet : la douleur provoquée par l'aiguille, et ensuite, pendant des heures durant, des spasmes violents semblables aux mouvements comiques d'une cuisse de grenouille sous l'effet de décharges électriques.

C'était pénible pour tout le monde. Au bout d'un moment, ils ôtèrent son pyjama, ne lui laissant que son peignoir, afin de trouver ses veines plus facilement. Les médecins tombèrent les blouses blanches et œuvrèrent en uniforme, la veste bleu nuit à épaulettes rouges de la milice.

Entre deux séances, ils l'assommaient avec de l'aminasine. Il était alors tellement calme et silencieux qu'il parvenait à entendre, à travers la double-porte capitonnée, le glissement des mules sur le parquet du couloir durant le jour, et le claquement des bottes du garde la nuit. L'ampoule restait toujours allumée. Le judas de la porte se soulevait de temps en temps : les rondes du médecin.

— Vous feriez mieux de parler et de cesser votre paranoïa. Sinon, il y aura encore et encore des questions, des interrogatoires au moment où vous vous y attendrez le moins. Vous allez vraiment devenir cinglé.

C'était vrai, il se sentait déjà en train de déraper. Dans la rue s'élevait parfois une sirène de police ou de voiture de pompiers, et les sons lui parvenaient étouffés par les parois de ciment. Il se révoltait alors comme un mort dont la tombe aurait été profanée. *Laissez-moi en paix.*

Arkadi se tordait sous ses sangles.

— Juste une question : c'est quoi, un syndrome pré-schizophrénique ?

Le visage du médecin s'éclaira.

— On appelle cela aussi la passivité schizophrénique.

— Cela a l'air terrible, reconnut Arkadi. Quels en sont les symptômes ?

— Ils sont très divers. Méfiance et incapacité à communiquer. Vous reconnaissez ceux-ci ? L'indifférence ? L'insolence ?

— Après les piqûres, oui, admit Arkadi.

— Esprit de contradiction et arrogance. Un intérêt anormal pour la philosophie, l'art ou la religion.

— Et l'espoir ?

— Dans certains cas aussi, dit le médecin. Absolument.

La vérité était que la présence de ces interrogateurs lui donnait de l'espoir, parce qu'on ne l'aurait pas fait venir ici si tout ne s'était pas bien passé pour Irina. Le KGB aurait adoré pouvoir écrire : « Encore une émigrée qui veut revenir » ; ou « L'Ouest n'était pas un lit aussi douillet finalement, même pour une traînée comme elle » ou encore « Ils l'ont pressée jusqu'au trognon et l'ont ensuite jetée dehors ; maintenant, elle aimerait rentrer dans son pays, mais il est trop tard, évidemment. » Lorsqu'ils lui demandèrent s'il avait essayé de la contacter, son espoir grandit encore. Aurait-elle essayé de le joindre ?

Pour protéger Irina, il changea de tactique. Il ne voulait rien leur dire, même compte tenu de sa grande faiblesse, aussi s'efforça-t-il de penser à elle le moins possible afin de la chasser de son esprit. Dans un sens, les médecins parvenaient à faire naître la schizophrénie qu'ils avaient diagnostiquée. Tout en étant heureux d'apprendre qu'Irina avait survécu, il essayait d'effacer son visage de ses souvenirs, de vider sa mémoire complètement.

On lui avait laissé, avec son peignoir, une cruche verte en fer émaillé. Le parfait cadeau, quelque chose qui ne pouvait ni s'avaler, ni trancher des veines, ni permettre de se pendre. Parfois, il plaçait le broc devant la porte afin que les médecins trébuchent dessus en entrant dans la pièce. Puis il n'y touchait pas pendant une semaine ; cela suffisait à créer une infime incertitude chez eux. Un jour, toutefois, ils entrèrent brusquement dans la cellule et emportèrent le broc.

Cette fois, ils utilisèrent de l'insuline. L'insuline était le plus primitif des tranquillisants ; en fait, elle faisait plonger le patient dans le coma.

— Alors, nous allons t'apprendre quelque chose : elle s'est mariée. Oui, cette femme que tu as protégée, non seulement vit dans le luxe qui sied aux traîtres, mais elle vit avec un autre homme. Elle t'a oublié.

— Il ne t'écoute même pas.

— Il nous entend.

— Essaie la digitaline.

— Il pourrait tomber en état de choc. Et nous n'aurons rien.

— Regarde sa couleur. Encore une minute, et nous allons être en train de lui faire des massages cardiaques.

— C'est du bidon. Renko, cela ne prend pas.

— Il est blanc comme un linge. Ce n'est pas du bidon.

— Nom de Dieu.

— Mieux vaut lui donner ça tout de suite.

— D'accord, d'accord. Merde.

— Regarde ses yeux.

— Je lui donne maintenant.

— Un type comme lui pourrait encore te filer entre les mains, tu sais.

— Espèce de salaud.

— Toujours pas de pouls.

— Il ira mieux demain. Nous recommencerons plus tard, c'est tout.

— Toujours pas de pouls.

— Il sera bavard comme un perroquet, demain, tu verras.

— Pas de pouls.

— Je crois toujours qu'il feint.

— Je crois qu'il est mort.

Non, juste parti très loin.

— Il n'est qu'à demi-mort, annonça un visiteur.

Son nez écrasé se fronçait en inspirant l'air vicié de l'isoloir.

— Je vous emmène suivre un traitement plus sérieux. La cure de santé est terminée.

Reconnaissant cette voix, Arkadi tourna les yeux et aperçut indistinctement une large tête slave avec des petits yeux et des bajoues de cochon, qui sortait mollement d'un uniforme rouge et brun arborant l'étoile et le poignard du KGB.

— Commandant Priblouda ?

— Colonel Priblouda.

Le visiteur montra ses nouvelles épaulettes, puis lança un sac en papier au garde qui accourait.

— Habillez-le.

C'était toujours étonnant de voir l'effet qu'une brute en uniforme produisait, même au sein de la communauté médicale. Arkadi se pensait perdu à jamais, comme une larve au cœur d'une ruche, et pourtant, en dix minutes, Priblouda l'avait sorti de là. Il était dans la rue, vêtu d'un pantalon et d'un manteau trop large de deux bonnes tailles, frissonnant de froid dans la neige, mais dehors, jusqu'à ce que Priblouda le pousse avec mépris dans une voiture.

L'automobile était une Moskvitch toute cabossée qui avait perdu ses essuie-glaces et son rétroviseur. Elle était loin des jolies Volga des membres officiels. Priblouda démarra rapidement, en jetant des coups d'œil derrière lui par la fenêtre ouverte, puis il laissa aller sa tête en arrière et partit d'un grand rire.

— Pas mal comme acteur, hein ? Dis donc, tu as vraiment une sale tête.

Arkadi se sentait ridicule. Étourdi par la liberté, épuisé par leur petite marche, il était avachi contre la portière.

— Tu n'avais pas de bon de sortie pour moi ?

— Pas avec mon nom dessus ; je ne suis pas idiot à ce point-là, Renko. Mais, le temps qu'ils s'en aperçoivent, nous serons sortis de Moscou.

Arkadi regarda de nouveau les épaulettes de Priblouda.

— Tu as eu une promotion ? Félicitations.

— Merci à toi.

Priblouda devait tourner la tête d'avant en arrière pour parler avec Arkadi tout en conduisant...

— Tu m'as fait paraître très intelligent quand tu es revenu. Laisser la fille partir se vendre à New York ; quels secrets d'État détenait-elle ? Tu étais un bon Russe ; tu as fait ce que tu voulais et tu es revenu.

Des flocons s'accrochaient à ses cheveux et ses sourcils, lui donnant des airs de cocher.

— Le problème, c'est le procureur, poursuivit-il. Il avait beaucoup d'amis.

— Il était aussi du KGB ?

Pendant un moment, Priblouda parut offensé.

— Tu comprends donc ma position, dit-il finalement. Tout le monde croit que tu en sais davantage. Par sécurité, ils doivent donc te presser comme une serpillière, jusqu'à ce que la dernière goutte leur tombe dans les mains. Et il ne s'agit pas de goutte d'eau, crois-moi.

— Où est Irina ? demanda Arkadi.

Priblouda passa un bras dehors et chassa la neige qui s'accumulait sur le pare-brise. Devant eux, une Wartburg est-allemande, ressemblant à une baignoire retournée, fit un tête-à-queue sur les rails des tramways.

— Fasciste ! lança le colonel.

Il se planta une cigarette entre les lèvres et l'alluma...

— Oublie-la. Pour toi, il vaudrait mieux qu'elle soit morte — pire que morte même.

— Cela veut dire qu'elle va très bien, ou très mal.

— Il est inutile que tu le saches.

La voiture tourna, franchit un portail et cahota sur ce qui lui parut être des ornières, bien que ce fût invraisemblable en plein centre de Moscou. Puis il distingua une voie ferrée d'un dépôt de marchandises, équipée de rampes de bois pour permettre le passage des camions. Des convois, comme des colonnes de soldats en armure, patientaient sous la neige, avec leur procession de wagons plates-formes chargés de rouleaux de câbles, de tracteurs, de cloisons préfabriquées disparaissant sur le blanc du ciel. Au loin s'élevaient, sous les bourrasques de neige, les flèches gothiques de la gare Yaroslavl, la porte de l'Orient. Priblouda arrêta la voiture entre deux trains de voyageurs, l'un tiré par une petite locomotive de ligne de banlieue, et l'autre formé par les longs wagons rouges du Rossia, le transsibérien express. Derrière les vitres, Arkadi voyait les passagers s'installer.

— Tu plaisantes...

— À Moscou, tu n'as plus que des ennemis, dit Priblouda. Tu n'es plus en mesure de te protéger, et je ne pourrai pas te sauver deux fois — pas ici. Et ce sera le cas aussi à Leningrad, Kiev, Vladimir —

partout aux alentours. Il faut que tu ailles là où personne n'aura envie de te suivre.

— Ils me suivront quand même.

— Mais ils ne seront plus qu'un ou deux, au lieu de vingt, et tu pourras changer d'endroit sans cesse. Tu ne comprends donc pas ; tu es déjà mort ici.

— Là-bas, je ne vaudrai guère mieux.

— C'est ce qui te sauvera. Crois-moi, je sais comment cela fonctionne dans leurs têtes.

Arkadi ne pouvait dire le contraire. La frontière qui séparait Priblouda des *autres* était extrêmement ténue.

— Juste pendant deux ou trois ans, dit le colonel. Avec le nouveau régime, tout est en train de changer — pas forcément pour le mieux en ce qui me concerne. Bref, donne-leur une chance de t'oublier et puis reviens.

— D'accord, tu es un bon acteur, dit Arkadi, mais tu m'as fait sortir de là un peu trop facilement. Tu as fait un arrangement.

Priblouda coupa le moteur, et pendant un moment il régna dans l'habitacle un silence épais, ponctué seulement par le chuintement de la neige sur le toit, de toutes ces tonnes de flocons qui tapissaient doucement la ville.

— C'était pour te sauver la vie, lança le colonel avec exaspération. Qu'y a-t-il de mal à cela ?

— Que leur as-tu promis ?

— Aucun contact, pas le moindre espoir d'un contact entre elle et toi.

— Il n'y a qu'une seule manière de pouvoir leur promettre : « pas le moindre espoir d'un contact ».

— Arrête de me poser des questions. Il faut toujours que tu compliques les choses.

Sous sa casquette, les petits yeux de Priblouda semblaient être deux clous enfoncés dans son visage. L'endroit se prêtait mal aux états d'âme.

— Je suis ton ami, ou non ? Allez...

Chaque voiture rouge était frappée d'un marteau et d'une faucille dorés et portait la plaque « Moscou-Vladivostok ». Priblouda dut aider Arkadi à grimper sur le marchepied d'un wagon de « dernière classe ». Des familles exotiques vêtues de calottes et d'écharpes brillantes campaient sur des sacs de couchage, leurs couchettes croulant sous de nouveaux appareils encore emballés dans leur carton — des produits qu'elles ne pouvaient se procurer qu'à Moscou. Des enfants à la peau brune jetaient des regards furtifs sous les rideaux roulés comme des draperies. Des femmes ouvraient des baluchons, libérant une odeur d'agneau froid, de kéfir, de fromage. Des étudiants, montant vers les montagnes de l'Oural, empilaient des skis et des guitares. Priblouda partit s'entretenir avec le contrôleur, une forte femme portant une chemisette, et coiffée d'une sorte de casquette de commandant de l'air. À son retour, il glissa dans la poche du pardessus d'Arkadi un billet aller simple, une enveloppe de roubles et un permis de travail bleu.

— J'ai tout arrangé, dit Priblouda. Des amis te prendront à Krasnoïarsk et te mettront dans un avion pour Norilsk. Tu auras un emploi de gardien de nuit, mais il vaut mieux que tu ne t'éternises pas là-bas. L'important, c'est qu'une fois que tu auras dépassé le cercle arctique cela posera trop de problèmes pour te rapatrier. Ce n'est que pour quelques années, non pour la vie entière.

Arkadi n'avait jamais détesté autant quelqu'un que Priblouda, et il savait que Priblouda l'avait détesté tout autant. Et pourtant, ils étaient maintenant comme deux frères. Les gens parcouraient le monde dans le noir, ne sachant jamais où ils allaient, suivaient une route en aveugle, qui tournait, montait et descendait. La main qui vous poussait dans le fossé un jour vous aidait à en sortir le lendemain. La seule ligne droite était... ce train !

— Je suis sérieux pour ta promotion, dit Arkadi. Je suis content pour toi.

Sur le quai, tous les contrôleurs levaient leur bâton, signalant que l'express était prêt à partir. Devant, la locomotive libéra l'air des freins, et un frisson parcourut la colonne des wagons. Mais le colonel ne se décidait pas à s'en aller.

— Tu sais ce qu'on dit là-bas ? dit-il avec un sourire.

— Non. Qu'est-ce qu'on dit là-bas ?

Arkadi était réellement curieux de le savoir, car l'humour n'était pas le point fort de Priblouda.

— On dit que certaines eaux sont trop froides même pour les requins.

Si l'hôpital l'avait abruti, le parc d'engins de Norilsk finit d'engourdir son esprit. Pour éviter que les réservoirs ne gèlent, on laissait les moteurs des camions tourner toute la nuit — le gas-oil sibérien était le moins cher du monde. Ou bien on allumait des feux sous les moteurs, mais en évitant soigneusement qu'ils ne touchent les conduits d'essence. Mais la terre gelée, qui était recouverte d'une couche de mousse et de poussière, dégelait régulièrement à la chaleur des feux, et le parc devenait une sorte de bourbier de glace.

Une nuit, après deux mois de ce travail, Arkadi allumait un feu sous un bulldozer Belarus, un engin à dix roues, grand comme une maison, lorsqu'il aperçut des silhouettes à l'extrémité du parc. Les conducteurs d'engins portaient des bottes, des vestes molletonnées, des casquettes. Les deux individus avaient des pardessus, des chapeaux, et marchaient avec une certaine répugnance dans les ornières gelées. Le premier, longeant un tas de charbon, prit une hache et l'emporta avec lui. Les vols de matériel de construction, sacro-sainte propriété de l'État, n'étaient pas rares, c'est pourquoi on embauchait des gardiens de nuit comme

Arkadi. Si tu la veux, prends-la, songea Arkadi. Les deux hommes se tenaient dans l'ombre, immobiles. Il faisait moins dix degrés, et Arkadi commençait à geler sur place. Le froid le brûlait comme un gril chauffé à blanc. Il mordit son gant pour faire cesser ses claquements de dents. Dans la pénombre, il voyait les deux hommes grelotter, les bras croisés sur leur poitrine, sautillant sur place, tandis que le nuage cristallin de leur haleine descendait lentement vers le sol. Finalement frigorifiés, ils renoncèrent et vinrent se réchauffer autour d'un feu allumé dans un bidon d'essence. Celui qui tenait la hache décolla avec précaution ses doigts du manche ; lorsque l'outil tomba, il heurta son genou, mais l'homme ne sembla ressentir aucune douleur. L'autre avait si froid que des larmes roulaient de ses yeux et gelaient aussitôt, en laissant des traces luisantes sur ses joues. Il voulut fumer, mais ses mains tremblaient tellement que la moitié du paquet tomba dans le feu et sur la glace. Finalement, avec des gestes lents, pliés et trébuchants comme sous la bourrasque, ils s'en allèrent. Arkadi entendit le bruit d'une chute : un choc sourd, suivi d'un juron étouffé. Une minute plus tard, il entendit des portières de voiture claquer et un moteur démarrer.

Arkadi se traîna sur les coudes jusqu'au bidon enflammé. Il versa un reste d'essence dans le feu, un fond de vodka dans son ventre, et au matin il ne rentra pas au foyer. Il se rendit à l'aéroport et prit un avion vers l'est, encore plus loin dans la Sibérie, comme un renard en quête de bois plus profonds.

Il avait plutôt de la chance. Avec la pénurie de main-d'œuvre en Sibérie, tous les bras recevaient une double paie pour poser des traverses de chemin de fer, pour scier des blocs de glace ou abattre des rennes, sans qu'on leur pose la moindre question, parce que les dirigeants sibériens avaient eux aussi des quotas à respecter. Un homme taillant la glace à la tronçonneuse, son visage couvert de givre, pouvait être un alcoolique, un criminel, un clochard ou un saint. Quelle importance ? Une fois le quota atteint, un *apparatchik* local vérifierait les noms des ouvriers avec ceux que recherchait le KGB ou la milice. Mais chacun de ces camps de travail était un minuscule point sur une terre deux fois plus vaste que la Chine. C'est pourquoi les travailleurs avaient tant de prix ; il y avait quinze millions d'habitants en Sibérie, alors qu'en Chine ils étaient un milliard ! Avant que le moindre agent de la Sécurité de l'État n'arrive sur les lieux, Arkadi serait parti depuis longtemps.

Malgré les origines sibériennes d'Irina, il ne vit jamais en Sibérie une femme qui lui ressemblât, dans aucun des villages et des camps de travail où il séjourna. Encore moins chez les Ouzbeks ou les Bouriates, ni parmi les femmes qui s'affairaient autour d'une bétonneuse comme des fermières autour d'une vache. Ni chez les petites princesses des komsomols qui venaient s'asseoir sur les tracteurs pendant six mois, et puis repartaient en avion chez elles, ayant accompli leur part de travail volontaire pour le restant de leurs jours.

Pourtant, quand il le pouvait, il se tenait sur les caillebotis, persuadé que la prochaine femme qui descendrait d'un camion, sautant dans la boue, veste ouverte, écharpe autour du cou, sa gamelle à la main, serait Irina. Elle devait être revenue, et avec un concours incroyable de circonstances, elle était arrivée au même endroit que lui. Son cœur cessait de battre jusqu'à ce que la fille relève la tête. Alors, il était certain qu'Irina serait la suivante. C'était comme ces jeux d'enfants qui n'en finissent pas.

Ainsi, il ne pensait pas à elle.

À la fin de sa seconde année en Sibérie, il échappa de justesse aux gardes-frontière de l'île de Sakhaline, et retourna sur le continent afin de prendre un train pour le sud, retrouvant les wagons rouges du transsibérien express après tout ce temps passé. Mais cette fois, il fit le voyage sur le marchepied, parce qu'il sentait autant le poisson qu'un filet de pêche. À la nuit tombée, il arriva à Vladivostok, « le seigneur de l'Océan », le plus grand port soviétique sur le Pacifique. Sous la lumière des grands réverbères ouvragés, des gens élégants et bien-portants flânaient sur les trottoirs. Des motocyclettes zigzaguaient entre les autobus. Devant la gare, une statue de Lénine montrait la Corne d'Or, la baie de Vladivostok, et, sur l'auvent abritant le crâne d'acier de Lénine, une enseigne lumineuse souhaitait la bienvenue au visiteur : « En avant vers la victoire du communisme ! »

En avant ? Après deux années d'exil, Arkadi avait dix roubles en poche ; son argent était resté sur l'île. Une chambre pour marin coûtait dix kopeks la nuit, mais il devait aussi manger. Il suivit les autobus jusqu'au bureau maritime où un panneau d'affichage donnait les noms et missions de tous les bateaux civils basés à Vladivostok. Selon le panneau, l'*Étoile Polaire* devait prendre la mer le jour même, mais lorsque Arkadi longea les docks il vit qu'on y chargeait encore le gas-oil et les vivres. Les grues soulevaient des barils qui avaient été inspectés par les gardes-frontière, d'anciens militaires équipés par le KGB des uniformes bleus de la marine. Leurs chiens flairaient chaque baril, quoiqu'il fût difficile d'imaginer que ces animaux pussent sentir d'autres odeurs sur ces docks que celles du gas-oil et des vapeurs d'ammoniaque des systèmes de réfrigération.

Au matin, Arkadi fut le premier à se présenter au bureau d'embauche, où un employé reconnut que l'*Étoile Polaire* était encore à quai et qu'il restait un poste à pourvoir sur la chaîne de conditionnement. L'homme emporta son permis de travail bleu derrière une porte en fer pour le faire tamponner par la Division maritime du KGB, puis fit signer à Arkadi une déclaration attestant que la défection d'un marin soviétique était considérée comme un acte de haute trahison. Sur le bureau, il y avait deux téléphones de couleur noire pour les appels locaux et un combiné rouge, la ligne directe avec Moscou. Arkadi ne s'attendait pas à ce qu'on prenne autant de précautions. Cela se passait plus simplement avec la pêche côtière. Les téléphones noirs ne représentaient aucun danger, se disait-il, sauf s'ils téléphonaient à Sakhaline. Mais s'il prenait à quelqu'un l'idée de vérifier son nom avec le poste rouge, il devrait alors prendre ses jambes à son cou.

— Il y a des Américains, l'avertit le capitaine en poste.

— Pardon ? fit Arkadi, occupé à regarder les téléphones.

— Il y a des Américains à bord du bateau. Soyez naturel, amical, mais pas trop. Mieux vaut en fait ne pas leur adresser la parole.

Il tamponna son permis de travail sans même lire le nom inscrit dessus.

— Cela ne veut pas dire non plus qu'il faille se cacher.

Mais n'était-ce pas ce qu'il faisait justement, se cacher ? D'abord dans un monde inaccessible aux psychiatres. Puis, après que Priblouda l'eut ressuscité, en Sibérie et sur un bateau, pour continuer à vivre sans but, à demi-mort ?

Maintenant qu'il dormait sur son étroite couchette, il se demandait : *Ne serait-ce pas le moment de vivre de nouveau ?*

Zina Patiachvili était bien remontée à la surface, Pourquoi pas lui ?

10

Au matin, après s'être rasé et douché, Arkadi parcourut la longue distance qui séparait les quartiers de l'équipage du bâtiment avant de l'*Étoile Polaire,* où se trouvait la cabine de l'ingénieur de la flotte. Il voulait lui demander conseil.

— Vous avez de la chance, dit Anton Hess, vous tombez juste entre deux services. J'étais en train de me faire du thé.

Sa cabine n'était pas plus spacieuse que celle des marins, mais il n'y avait qu'une seule couchette au lieu de quatre, ce qui avait permis d'y placer un bureau et une carte murale où, apparemment, étaient indiquées les positions de tous les bateaux de la flotte croisant dans le Pacifique Nord. Posé sur un tapis antidérapant, à la place du traditionnel samovar, trônait sur le bureau une machine à café, le genre d'appareil à qui l'on réserverait une place d'honneur dans un appartement moscovite.

Hess ressemblait à ces sous-mariniers qui revenaient d'une mission polaire. Des yeux rouges et agités. Le pas traînant et incertain. Les cheveux du petit homme étaient raides et hirsutes, comme s'il venait d'être attaqué par un chat, et son chandail sentait la fumée de sa pipe. Des gouttes onctueuses de café tombaient dans la cafetière. Il remplit deux tasses, ajouta une généreuse rasade de cognac, et en tendit une à Arkadi.

— À la déconfiture des Français.

— Pourquoi pas ? acquiesça Arkadi.

Le café lui donna un coup de fouet et son cœur se mit à battre à toute vitesse. Hess poussa un long soupir en s'affalant lentement sur sa chaise, fixant d'un air las un tube vertical, haut d'environ un mètre, qui libérait des rayons ultraviolets. Le soleil. La vitamine D. Pendant l'hiver sibérien, les enfants auraient bien besoin de faire la ronde autour de ce genre de tubes.

Un sourire se dessina sur la peau blanche de Hess.

— Ma femme a insisté pour que je l'emporte. Je pense qu'elle voulait avoir l'impression que je naviguais dans le Pacifique Sud. Pas mauvais, ce thé ?

Thé à la place de café, les Français au lieu des Américains. Hess avait une propension à faire certaines confusions qui frappait Arkadi par leur à-propos.

Il n'existait aucun ingénieur électronicien de la flotte ; c'était un titre de convenance qui permettait à un officier du KGB ou des services secrets de la Marine de passer de bateau en bateau. La question était de savoir à laquelle de ces deux organisations appartenait cet aimable Anton Hess. Le meilleur indice à ce sujet était Volovoï, qui était l'officier politique à bord et qui considérait Hess avec déférence et animosité. Le KGB, ces temps-ci, avait tendance à être un club russe très fermé, et porter un nom comme Hess était un lourd fardeau. La marine était, elle, plus encline à promouvoir la compétence, à l'exception de celle des juifs.

Sur la carte, l'Alaska s'étirait vers la Sibérie. Ou était-ce l'inverse ? Que ce soit l'un ou l'autre, les chalutiers soviétiques constellaient l'océan, du Kamtchatka jusqu'à l'Oregon, à travers tout l'arc des îles Aléoutiennes. Arkadi n'avait jamais remarqué à quel point la côte américaine était couverte. Certes, dans le contexte de la collaboration américano-soviétique, les bateaux soviétiques servaient d'usines flottantes ; chaque flotte avait son escorte de chalutiers américains. Seul un grand bateau-usine comme l'*Étoile Polaire* pouvait se permettre d'opérer en solo avec sa propre flottille de bateaux américains. Le point rouge représentant l'*Étoile Polaire* se trouvait à deux jours de mer de Dutch Harbour, au nord des îles, et loin de toute autre flotte de pêche.

— Camarade Hess, je suis désolé de vous déranger.

Hess secoua la tête, épuisé mais indulgent.

— Mais non, voyons. Que puis-je faire pour vous ?

— Eh bien, commença Arkadi, disons que Zina Patiachvili n'a pas reçu un coup de couteau accidentellement, et ne s'est pas rouée de coups et jetée toute seule par-dessus bord.

— Vous avez changé d'avis ?

Hess était ravi.

— Disons que nous rouvrons l'enquête. Pas une véritable enquête, avec des inspecteurs et des laboratoires, mais avec les moyens du bord.

— C'est-à-dire vous.

— Mais nous devons envisager l'infime possibilité de découvrir effectivement quelque chose. Ou de découvrir des choses que nous aurions préféré ne pas connaître. C'est à ce sujet que j'ai besoin de vos conseils.

— Vraiment ?

Hess se redressa sur son siège. Toute son attitude traduisait une certaine sympathie à son égard.

— Vous savez, ma vision des choses — celle d'un homme qui vide des poissons dans la soute d'un bateau — est très limitée. Vous, en revanche, vous avez une vision globale du bateau tout entier, et même de toute la flotte dans son ensemble. Le travail d'un ingénieur-électronicien d'une flotte de pêche doit être bien difficile.

En particulier, lorsqu'on est aussi loin de la flotte en question, songea Arkadi.

— Vous disposez de certaines informations, de certains éléments dont je ne sais rien, poursuivit-il. Et peut-être même dont je ne dois rien savoir.

Hess fronça les sourcils comme s'il ne voyait pas de quoi il pouvait s'agir.

— Vous voulez dire qu'il pourrait exister certaines raisons de ne pas poser de questions ? Et que, s'il en existe effectivement, il vaudrait mieux ne pas poser de questions du tout plutôt que d'interrompre l'enquête une fois lancée ?

— Vous avez énoncé mon problème mieux que je n'aurais su le faire, répondit Arkadi.

Hess se frotta les paupières, farfouilla dans sa tabatière et bourra sa pipe. C'était une pipe de marin, décentrée pour ne pas gêner la vision du fumeur lorsque celui-ci se penchait sur ses cartes. Il l'alluma par petites bouffées ; elle ronflait comme un radiateur.

— Je ne vois aucune raison de ce genre. La fille semble avoir été une jeune femme ordinaire, peut-être un peu délurée. Mais j'ai la solution à votre problème. Si vous tombez sur une chose particulièrement inhabituelle, quelque chose qui vous chagrine, alors, je vous en prie, sentez-vous tout à fait libre de venir m'en parler en premier.

— Vous risquez d'être difficile à trouver.

Au fond, hier encore, il ne soupçonnait pas même son existence, songeait Arkadi.

— L'*Étoile Polaire* est un grand bateau, mais ce n'est néanmoins qu'un bateau. Le capitaine Martchouk et son officier en second savent toujours où me trouver.

— Son officier en second ? Volovoï n'est pas son second ?

— Non, pas le camarade Volovoï, répondit Hess en souriant à cette idée.

Arkadi aurait aimé en savoir plus sur cet homme. Depuis des siècles, on avait incité les Allemands à venir s'installer en Union soviétique, pour cultiver la terre et dompter la Volga, et ce jusqu'à la Grande Guerre patriotique, lorsque Staline les décima avant l'invasion fasciste et les exila en Asie du jour au lendemain.

Hess étudiait Arkadi avec la même perplexité.

— Votre père était le général Renko, n'est-ce pas ?

— Oui.

— Où avez-vous fait votre service ?

— À Berlin.

— Vraiment ? À quel poste ?

— J'étais derrière une radio ; j'écoutais les Américains.

— De l'espionnage !

— Ce n'était pas si glorieux.

— Mais vous contrôliez les mouvements de l'ennemi. Et vous n'avez pas fait d'erreurs.

— Disons que je n'ai pas déclenché une guerre accidentellement.

— C'est le meilleur test qui soit, en ce domaine.

Hess repoussa ses cheveux en arrière, mais ils se redressèrent aussitôt, comme une barbe récalcitrante.

— Dites-moi ce qu'il vous faut.

— Je voudrais être libéré de mes obligations habituelles.

— Bien sûr.

Arkadi parlait d'une voix égale, mais chaque mot lui faisait monter le sang à la tête. Il se sentait à la fois honteux et envoûté.

— Je peux collaborer avec Slava Boukovski, mais j'aurai besoin d'un assistant choisi par mes soins. Je vais devoir interroger les membres de l'équipage, y compris les officiers.

— Cela me paraît raisonnable, si vous opérez discrètement.

— J'aurai à poser également quelques questions aux Américains.

— Pourquoi pas ? Il n'y a aucune raison qu'ils refusent de coopérer. Après tout, ce n'est qu'une recherche de renseignements préliminaires, avant l'enquête officielle de Vladivostok.

— Mais le courant passe mal entre eux et moi.

— Je crois que la cabine de leur chef se trouve juste sous la mienne. Allez donc lui parler tout de suite.

— Tout ce que je dis semble l'agacer.

— Nous sommes tous ici pour pêcher paisiblement. Parlez-lui de la mer.

— De la mer de Béring ?

— Pourquoi pas ?

Hess avait les mains posées sur son ventre comme un Bouddha allemand. Il semblait trop à l'aise. Ne serait-il pas membre du KGB finalement ? Autant le savoir tout de suite...

— La première fois que j'ai entendu parler de la mer de Béring, dit Arkadi, j'avais huit ans. Nous avions l'Encyclopédie. Un jour, nous avons reçu par la poste une nouvelle page. Tous les souscripteurs de l'Encyclopédie reçurent la même page, avec les instructions indiquant comment retirer « Béria » afin d'insérer de nouvelles informations vitales sur « Béring-mer et détroit ». Bien sûr Béria avait été fusillé et n'était plus Héros de l'Union soviétique. Ce fut l'une des rares fois où j'ai vu mon père réellement heureux, parce que cela lui faisait vraiment plaisir de découper la tête de la police secrète.

Si Hess appartenait au KGB, l'enquête était désormais terminée. Mais son sourire avait la raideur d'un maître s'apercevant que son nouveau chien est dangereux.

— Vous avez tué le procureur de Moscou, votre chef. Volovoï avait raison sur ce point.

— En état de légitime défense.

— Il y a eu d'autres morts aussi.

— Pas de mon fait.

— Un Allemand et un Américain.

— Eux, oui.

— Une sale affaire. Vous avez aussi aidé une femme à quitter le pays.

— Pas vraiment, dit Arkadi en haussant les épaules. J'ai pu simplement lui dire adieu.

— Mais vous n'êtes pas parti vous-même. Quand tout fut terminé, vous étiez encore un Russe. C'est ce qui compte pour nous. Vous avez vu comment font les phoques ?

— Les phoques ?

— En hiver. Ils se cachent sous la glace à proximité d'un trou, et ils n'y viennent que pour respirer... C'est un peu ce que vous faites ces temps-ci.

Voyant qu'Arkadi ne répondait pas, Hess enchaîna :

— Ne nous confondez pas avec le KGB. Je reconnais que parfois nous sommes durs. Quand j'étais cadet, il y a longtemps sous Khrouchtchev, nous avons fait sauter une bombe H dans la mer Arctique. C'était une bombe de cent mégatonnes, la plus grosse qui ait jamais explosé depuis. En fait, c'était une ogive de cinquante mégatonnes enchâssée dans un caisson d'uranium afin de doubler la charge. Une vraie saloperie. Nous n'avons prévenu ni les Suédois ni les Finlandais, et encore moins notre propre population, qui buvait du lait sous des retombées radioactives mille fois plus dangereuses que celles de Tchernobyl. Nous n'avons rien dit non plus à nos marins qui pêchaient en mer Arctique. Je venais d'être promu second lieutenant, et mon boulot était de regarder un compteur Geiger sans rien dire à personne. Nous avons pris un requin qui libérait des radiations de quatre cents röntgens. Que pouvais-je dire au capitaine — balancez vos poissons par-dessus bord ? Ses hommes auraient posé des questions, et puis la rumeur se serait propagée. Mais nous nous sommes arrangés pour que les Américains l'apprennent, et le résultat fut que la nouvelle les inquiéta tellement que Kennedy est venu signer un accord mettant un terme aux essais nucléaires.

Hess laissa s'effacer son sourire et vrilla ses yeux dans ceux d'Arkadi, un peu comme un bourreau voulant montrer son véritable visage à son fils. Puis son regard s'adoucit de nouveau :

— Quoi qu'il en soit, pour la majorité de l'équipage, le travail sur l'*Étoile Polaire* ne diffère guère du travail en usine, avec toutefois la perspective séduisante de visiter un port étranger, et celle, moins reluisante, d'avoir le mal de mer. Pour certains, en revanche, il y a l'attrait de la liberté. C'est la magie de la haute mer, du grand large. Le poste frontière est de l'autre côté de la Terre et nous sommes dans le monde de la flotte du Pacifique.

— Cela signifie-t-il que j'ai votre soutien, ou non ?

— Oh, absolument, dit Hess. Mon soutien et mon intérêt croissant.

En quittant la cabine, Arkadi vit les informateurs Skiba et Slezko disparaître au bout du couloir. Marchez, ne courez pas, ne vous pressez pas, se dit Arkadi. N'ouvrez plus les lèvres avant d'avoir raconté à l'Invalide quel marin a passé un moment dans la cabine de l'ingénieur électronicien de la flotte. Apportez la nouvelle, comme s'il s'agissait d'une tasse de thé envoyée par Hess lui-même. N'en perdez pas une goutte.

Susan était à sa table, la tête dans une main, tandis que la fumée de sa cigarette jouait dans ses cheveux. C'était une posture tout à fait russe, poétique et tragique. Slava se trouvait avec elle, devant une soupe et du pain que le second lieutenant avait sans doute pris à la coquerie.

— Je ne dérange pas ? demanda Arkadi. Je ne voulais pas vous interrompre, mais votre porte était ouverte.

— C'est mon boulot de laisser ma porte ouverte si les Soviétiques veulent me parler, dit Susan, ou s'ils veulent m'apporter d'étranges petits déjeuners.

Sans sa parka et ses bottes, elle ressemblait presque à une jeune fille. Ses yeux noisette et ses cheveux blonds formaient un agréable contraste, mais ils n'avaient rien d'extraordinaire en soi. Elle n'avait pas non plus le visage ovale ou les pommettes slaves des femmes russes. Sa cigarette soulignait ses lèvres pleines, et ses yeux étaient marqués par ces petites rides qui donnaient à une femme davantage de réalité. Mais elle était trop mince, comme si la nourriture soviétique ne lui convenait pas. Certes la soupe était un brouet peu ragoûtant qui baignait dans la graisse. Elle souleva avec sa cuillère des os d'un air absent puis les laissa retomber dans son bol.

— C'est du beurre doux, lui précisa Slava. J'ai dit à Olimpiada « pas de gousse d'ail ». Il faut vraiment que vous alliez voir le lac Baïkal. Seize pour cent de toute l'eau douce du globe se trouve dans ce lac.

— Combien y en a-t-il dans ce bol ? lança-t-elle.

— Je me demandais simplement..., commença Arkadi.

Slava poussa un long soupir. Si Arkadi comptait détruire l'harmonie d'un repas civilisé, le second lieutenant allait le lui faire payer.

— Renko, si vous aviez des questions, il fallait les poser hier. J'ai cru entendre qu'on vous attendait sur la chaîne.

— Je l'ai cru aussi, dit Susan. Vous êtes toujours en train de dire « je me demande... ». Vous vous demandez quoi au juste ?

— Si vous aimez la pêche ? répondit Arkadi.

— Si j'aime la pêche ? Mon Dieu, je dois adorer ça sinon je ne serais pas ici, pas vrai ?

— Alors faites comme ceci.

Arkadi lui prit la cuillère des mains...

— C'est comme la pêche. Si vous voulez les arêtes, continuez à agir de la sorte et laissez traîner votre chalut sur le fond. Mais toutes les bonnes choses sont à différents niveaux. Les choux et les pommes de terre nagent légèrement au-dessus du fond.

— Le lac Baïkal a son espèce indigène de phoques, dit Slava, tentant de reprendre le fil de son monologue. Beaucoup d'espèces de...

— Attraper un oignon est une opération plus délicate, expliqua Arkadi. Il faut travailler à mi-profondeur, avec un chalut pélagique, pour les récupérer. Ah ! En voilà un !

Il souleva sa cuillère d'un air triomphal, exhibant une petite boule brûlée.

— Et pour la viande ? demanda Susan. C'est une soupe à la viande.

— En principe, oui, dit Arkadi en lui rendant sa cuillère.

Susan mangea l'oignon.

Slava perdait patience.

— Renko, votre service a déjà repris.

— Cela peut sembler stupide comme question, dit Arkadi à Susan, mais je me demandais comment vous étiez vêtue le soir du bal.

Elle rit malgré elle.

— Pas avec ma robe de promo, c'est sûr !

— Votre robe de promo ?

— Crinoline et corsage. Aucune importance, disons que je portais ma chemise et mon jean habituels.

— Une chemise blanche et un blue-jean, c'est ça ?

— Oui. Pourquoi cette question ?

— Êtes-vous sortie durant le bal pour prendre l'air ? Vous êtes montée sur le pont ?

Susan resta silencieuse. Elle s'adossa à la cloison et le dévisagea avec un regard méfiant.

— Vous enquêtez encore sur Zina.

Slava aussi était indigné.

— L'affaire est classée ; vous l'avez dit vous-même hier soir.

— Eh bien, répondit Arkadi, disons que j'ai changé d'avis ce matin.

Susan intervint :

— Pourquoi faites-vous une fixation sur les Américains ? Sur ce bateau où il y a plusieurs centaines d'ouvriers soviétiques, vous venez directement vous adresser à nous. Vous êtes comme ma radio, vous fonctionnez à l'envers.

Elle montra avec sa cigarette un haut-parleur encastré dans un angle de la cabine...

— Au début, je me demandais pourquoi elle ne marchait pas. Et puis je suis monté sur une chaise et j'ai découvert un microphone. Vous voyez, cette radio fonctionne parfaitement, mais simplement à l'inverse de ce à quoi je m'attendais.

Elle leva le tête et souffla un nuage de fumée qui fondit sur le visage d'Arkadi comme une flèche.

— Lorsque je quitterai Dutch Harbour, poursuivit-elle, il n'y aura plus de fausses radios, plus de faux inspecteurs. Plus jamais. Vous avez d'autres questions ?

— Vous emportez vos livres avec vous ? demanda Arkadi.

Sur la couchette supérieure se trouvaient la machine à écrire et les cartons de livres qu'Arkadi avait admirés la veille. La poésie soviétique et le papier toilette avaient en commun leur rareté, résultat de la faiblesse de l'industrie soviétique du papier, bien que le pays détînt les plus grandes forêts du globe.

— Vous en voulez un ? demanda Susan. Non content d'être ouvrier à la pataugeoire et enquêteur à vos heures, vous êtes aussi amateur de livres ?

— De certains, oui.

— Lesquels aimez-vous ? demanda-t-elle.

— Susan est écrivain, dit Slava. Personnellement, moi j'aime Hemingway.

— Ce sont des poètes russes, expliqua Susan à Arkadi. Vous êtes russe, et vous avez l'âme russe. Nommez-en un.

— Vous en avez tant.

Bien davantage que dans la bibliothèque du bord, songea-t-il.

— Akhmatova ? proposa-t-elle.

— Naturellement, répondit Arkadi en haussant les épaules.

Susan récita :

Que désirez-vous ? demandai-je.
vous suivre en enfer, me dit-il.

Arkadi récita les vers suivants :

Il ouvrit sa main délicate et caressa doucement les fleurs :
Dites-moi comment les hommes vous embrassent,
Dites-moi comment vous les embrassez.

Slava les dévisagea tour à tour.

— Tout le monde connaît ce poème par cœur, dit Arkadi. C'est ce que font les gens quand on ne peut se procurer les livres.

Susan jeta sa cigarette dans son bol de soupe, se leva, et prit dans le carton le premier livre qui lui tomba sous la main. Elle le lança alors dans les bras d'Arkadi.

— En cadeau d'adieu, dit-elle. Mais plus de questions, plus de « je me demande si... ». J'ai eu de la chance ; vous n'avez fait surface qu'à la fin du voyage.

— Eh bien, avança Arkadi, il se peut que vous ayez eu encore plus de chance que vous ne l'imaginez.

— Comment ça ?

— Vous étiez habillée comme Zina. Si effectivement quelqu'un l'a jetée par-dessus bord, il aurait pu se tromper de personne et vous jeter à l'eau par erreur.

11

La cabine de Zina Patiachvili avait l'intimité d'un rêve ; dès qu'il eut allumé la lumière, Arkadi s'y sentit comme un intrus.

Dynka, par exemple, était d'origine ouzbek et elle avait apporté son chameau en peluche, un chameau bactrien d'après une miniature de Samarkand qu'elle posait sur l'oreiller de sa couchette supérieure. Il y avait aussi les coussins brodés de Madame Malzeva, sachets parfumés de poudres et de pommades ; son album de cartes postales montrant des minarets et de vieux temples croulants. Un portrait gravé de Lénine gardait la couchette de Natacha Tchaïkovskaïa, mais il y avait aussi la photographie d'une mère, souriant timidement devant des tournesols géants, ainsi qu'une photo en papier glacé de Julio Iglesias.

Les cloisons de la cabine étaient baignées par une douce lumière orangée qui filtrait à travers un carillon de verre suspendu devant le hublot. La pièce avait quelque chose de déroutant, c'était une sorte de coquillage coloré, tout en courbes et en coussins douillets, nimbé de parfums contraires, forts comme de l'encens, débordant de ces vies confinées dans ce compartiment d'acier. De nouvelles images ornaient les murs, comme si le départ de Zina avait annihilé chez les trois femmes de la cabine le peu de retenue qui leur restait encore. La porte de la penderie était couverte d'images d'ouvriers ouzbeks et sibériens, qui scintillaient sous les reflets changeants du carillon de verre.

Arkadi regardait sous le matelas de Zina lorsque Natacha entra dans la pièce. Elle portait un survêtement bleu, la tenue universelle des sportifs soviétiques. Des gouttes de sueur perlaient comme de la rosée sur ses joues, mais son rouge à lèvres était tout frais.

— Vous me faites penser à un corbeau, annonça-t-elle à Arkadi. À un charognard.

— Vous avez le sens de l'observation.

Il s'abstint de lui dire à quoi elle lui faisait penser, et quel était son surnom — « La Tchaïka », comme la grosse limousine. Une Tchaïka essoufflée, enveloppée dans une bâche bleue.

— Je faisais des exercices sur le pont. On m'a dit que vous vouliez me voir.

Avec les gants de caoutchouc de l'infirmerie qu'il avait aux mains, son sens du toucher focalisait toute son attention. Lorsqu'il écarta une fente dans le matelas, une mini-cassette en sortit. Van-Halen, disait l'étiquette. Fouillant de nouveau le matelas, il découvrit trois autres cassettes, ainsi qu'un petit dictionnaire anglo-russe. En le feuilletant, il s'aperçut que certains mots avaient été soulignés. Les lignes étaient tirées avec une détermination d'écolière, et les mots avaient tous trait au sexe.

— Une découverte importante ? demanda Natacha.

— Pas exactement.

— N'est-il pas censé y avoir deux inspecteurs dans toute enquête de police ?

— Il ne s'agit pas d'une enquête officielle. Ce n'est que moi. Votre camarade peut avoir eu un accident, et peut-être pas. Le capitaine m'a donné l'ordre de le découvrir.

— Ah !

— C'est ce que je me suis dit aussi. J'ai été autrefois inspecteur.

— À Moscou ; oui, j'en ai entendu parler. Vous avez été mêlé à un complot anti-soviétique.

— C'est une longue histoire. L'important, c'est que depuis l'année dernière je suis dans les soutes de ce bateau. C'est un grand honneur, évidemment, de participer au conditionnement des poissons pour le grand marché soviétique.

— Nous nourrissons l'Union soviétique.

— Un bien beau slogan. Quoi qu'il en soit, ne m'attendant pas à rencontrer une affaire de ce genre, j'ai peur d'avoir quelque peu oublié mes automatismes d'enquêteur.

Natacha fronça les sourcils d'un air perplexe, comme si elle avait sous les yeux un objet inconnu et ne savait par quel bout le prendre.

— Si le capitaine vous a ordonné un travail, vous devriez vous en réjouir.

— Oui. Mais il y a un autre problème. Nous travaillons tous les deux sur la même chaîne, Natacha. Vous avez bien dit que certains hommes à l'usine sont des chiffes molles d'intellectuels.

— C'est à croire qu'ils n'ont pas de couilles.

— Merci. Parce que vous, vous êtes d'une autre espèce, c'est ça ?

— J'ai derrière moi deux générations d'ouvriers de construction hydroélectrique. Ma mère était sur le barrage de Bratsk. J'étais chef de section à la station hydroélectrique de Bochougani.

— Et une ouvrière décorée.

— De l'ordre du Mérite, oui.

Natacha hocha la tête avec fierté.

— Et membre du Parti.

— J'ai ce grand honneur.

— Et une personne d'une intelligence sous-estimée, ayant un grand esprit d'initiative.

Lorsque Kolia avait perdu un doigt dans la scie, se souvenait Arkadi, et que son sang, jaillissant de sa main, éclaboussait son visage, les poissons, ainsi que tous ceux qui se tenaient autour de lui, Natacha avait immédiatement ligaturé le poignet ensanglanté de Kolia avec son écharpe, puis elle avait allongé Kolia par terre, en surélevant ses jambes et veillé sur lui avec autorité jusqu'à ce que la civière arrive. Quand on l'emmena à l'infirmerie, elle se mit à quatre pattes et se fit un devoir de retrouver le doigt sectionné afin qu'il puisse être recousu.

— L'estime du Parti me suffit. Pourquoi m'avoir demandé de descendre ici ?

— Pourquoi avoir abandonné les grands chantiers pour vider des poissons ? Vous gagniez deux fois plus sur les barrages, avec une prime pour ceux qui se trouvaient en Arctique. Vous travailliez au grand air, et non dans les soutes d'un bateau.

Natacha croisa les bras. Ses joues se colorèrent.

Un mari. Naturellement. Il y avait certes plus d'hommes que de femmes sur les chantiers de construction, mais ce n'était rien comparé à un bateau, où plus de deux cents hommes étaient confinés pendant des mois avec une cinquantaine de femmes, dont la moitié étaient des grand-mères, ce qui faisait tomber leur proportion à dix hommes pour une femme. Natacha passait son temps à arpenter le pont en survêtement ou en manteau à col de renard, ou encore, les rares jours où le soleil montrait ses rayons, vêtue d'une robe d'été à fleurs qui la faisait ressembler à un gigantesque et inquiétant camélia. Arkadi regrettait son manque de tact.

— Les voyages, dit-elle.

— C'est pareil pour moi.

— Mais vous ne visitez pas les ports étrangers ; vous restez sur le bateau.

— Je suis un puriste.

— Vous avez un visa de seconde classe, voilà la raison.

— C'est vrai aussi. Mais le plus grave, c'est que j'ai également une curiosité de seconde classe. Je suis si heureux à l'usine que je n'ai pas pris part à la vie sociale et culturelle de ce bateau.

— Vous parlez des bals.

— Exactement. C'est un peu comme si je n'étais pas là du tout. Je ne sais rien des femmes et des Américains — ou, pour prendre un cas particulier, je ne sais rien de Zina Patiachvili.

— C'était une honnête travailleuse qui va beaucoup nous manquer.

Arkadi ouvrit la penderie. Les vêtements étaient sur les cintres, à l'image de leurs propriétaires : les affaires taille fillette de Dynka, les vêtements vieillots de Madame Malzeva, la gigantesque robe du soir rouge de Natacha, ses robes d'été, ses survêtements aux tons pastels. Il était déçu par les vêtements de Dynka, car il s'attendait à admirer les broderies chatoyantes et les pantalons dorés d'Ouzbekistan, mais il ne vit qu'une veste chinoise rouge.

— Vous avez déjà emporté les affaires de Zina, dit Natacha.

— Oui, nous en avons pris grand soin.

Trois tiroirs contenaient de la lingerie, des bas, des écharpes, des boîtes de pilules et même, dans le tiroir de Natacha, un maillot de bain. Le quatrième était vide. Il glissa sa main sous chacun d'eux, s'assurant que rien n'y était dissimulé.

— Qu'est-ce que vous cherchez ? lança Natacha.

— Je n'en sais rien.

— Quel enquêteur vous faites.

Arkadi sortit un petit miroir de sa poche et regarda sous le lavabo et le banc. Rien non plus.

— Vous n'allez pas relever les empreintes digitales ? demanda Natacha.

— Nous verrons cela plus tard. Il regarda sous les couchettes, laissant le miroir appuyé contre les livres sur le matelas de Zina.

— J'ai besoin de quelqu'un qui connaisse l'équipage. Et non d'un autre officier, ou de quelqu'un comme moi.

— Je suis membre du Parti, mais je ne suis pas une moucharde. Allez donc voir Skiba ou Slezko.

— J'ai besoin d'un assistant, pas d'un informateur. Arkadi ouvrit de nouveau la penderie.

— Il y a tant de cachettes dans une cabine comme celle-ci.

— Pour y cacher quoi ?

Il sentait Natacha tendue à côté de lui. Ce n'était pas la première fois, tout à l'heure déjà... Elle se pencha au moment où il ouvrit son tiroir pour la deuxième fois. C'était à cause du maillot de bain, bien sûr, un bikini vert et bleu qu'elle ne pourrait pas même enfiler jusqu'au genou. C'était le maillot que Zina avait arboré sur le pont, paradant avec ses lunettes de soleil, le jour où il avait fait si chaud.

Le code moral à bord d'un bateau était semblable à celui d'une prison. Le plus ignominieux des crimes — plus abominable encore que le meurtre — était le vol. Toutefois, il était assez naturel de se partager les possessions d'une personne décédée. Quoi qu'il en soit, la présence de ce maillot de bain dans son tiroir risquait de coûter à Natacha sa carte sacro-sainte du Parti.

— Je parie que cela se passe ici comme dans ma cabine, dit Arkadi. Tout le monde s'emprunte mutuellement des affaires. Et à la longue, on ne sait plus qui possède quoi, hein ? Je suis content que nous ayons retrouvé cela.

— C'était pour ma nièce.

— Je comprends.

Arkadi étala le bikini sur le lit. Dans le miroir, il

vit que Natacha continuait à fixer la penderie. Il se sentit honteux de l'espionner ainsi, mais il n'avait ni le temps ni les moyens de mener une enquête en bonne et due forme, moralement irréprochable. Il revint vers Natacha, et regarda attentivement les vêtements pendus aux cintres. Pour généraliser, on pouvait dire que les femmes russes subissaient une sorte de métamorphose qui leur laissait un embonpoint digne d'un Rubens pour lutter contre la rigueur des hivers septentrionaux. Zina était géorgienne, une fille du Sud. La seule des trois femmes qui pouvait porter ses vêtements était la minuscule Ouzbek, et le seul habit qui, par son éclat, rappelait celui de Zina, c'était la veste chinoise rouge suspendue aux cintres de Dynka. Dans la plupart des ports étrangers, on trouvait des échoppes miteuses proposant des vêtements bon marché adaptés à la bourse des marins et des pêcheurs soviétiques. La plupart du temps, ces magasins se situaient dans les quartiers pauvres, loin des quais, et on voyait parfois des groupes de Soviétiques faire des kilomètres à pied pour économiser le prix d'une course en taxi. Un parfait souvenir serait une telle veste rouge, ornée de dragons orientaux dorés et de poches à bouton-pression. Mais voilà, c'était le premier voyage de Dynka, et il n'y avait eu encore aucune escale. Avec un minimum de réflexion, Arkadi aurait pu s'abstenir d'espionner Natacha avec ce miroir. Il s'en sentait encore plus honteux.

Lorsque Arkadi ôta la veste de son cintre, les yeux de Natacha s'agrandirent comme ceux d'une petite fille voyant un tour de magie pour la première fois de sa vie.

— Et ça ? dit-il. Zina l'a prêtée à Dynka avant le bal ?

— Oui.

Et elle ajouta d'une voix ferme :

— Dynka ne volerait jamais quoi que ce soit. Zina

empruntait tout le temps de l'argent et ne le rendait jamais, mais Dynka ne volerait jamais rien.

— J'en suis persuadé.

— Zina ne la mettait jamais. Elle passait son temps à la tripoter, mais elle ne la portait jamais à bord. Elle disait qu'elle la gardait pour le retour à Vladivostok.

Les mots qui sortaient de sa bouche semblaient la délivrer d'un poids. Elle n'eut alors plus un regard pour la penderie.

— Comment ça, « la tripoter » ?

— La recoudre, la repriser.

La veste lui semblait pourtant neuve. Il palpa le capitonnage et la bordure rembourrée sur le devant. L'étiquette indiquait : « *Hong Kong. Rayon.* »

— Vous avez un couteau ?

— Un instant.

Natacha en trouva un dans un tablier suspendu derrière la porte.

— Vous devriez avoir votre couteau tout le temps sur vous, lui rappela Arkadi. En cas d'urgence.

Il tâta le tissu à l'extrémité des manches, ainsi que l'ourlet du bas. Quand il le déchira au milieu, une pierre de la taille d'un bonbon tomba dans sa main. En pressant l'ourlet, d'autres pierres tombèrent et emplirent le creux de sa main d'améthystes, de rubis et de saphirs rouges, indigo, bleu nuit, tous polis mais non taillés. Quoiqu'elles fussent jolies, les gemmes n'avaient pas une grande valeur.

Il mit les pierres dans l'une des poches de la veste chinoise, ferma le bouton-pression, et retira ses gants de caoutchouc.

— Elles peuvent venir de Corée, des Philippines ou d'Inde. Aucun endroit où nous soyons allés ; Zina les a donc obtenues par un autre bateau. Si Dynka avait voulu porter cette veste pour passer le poste frontière, elle était dans de beaux draps.

— Pauvre Dynka, murmura Natacha en imaginant sa camarade arrêtée pour trafic de pierres précieuses.

— Comment Zina aurait-elle fait passer ces pierres ?

— Elle les aurait avalées, et aurait recousu sa veste pour descendre la passerelle de débarquement à Vladivostok, exactement comme elle l'avait dit. Et elle les aurait récupérées plus tard.

Natacha était outrée.

— Je savais que Zina n'avait pas froid aux yeux. Je savais que c'était une Géorgienne. Mais ça...

Arkadi l'interrompit alors que la Tchaïka était encore stupéfaite par la simplicité et la justesse du raisonnement d'Arkadi.

— Vous voyez, je ne savais pas que Zina « n'avait pas froid aux yeux ». Je ne sais rien des membres de l'équipage. C'est pourquoi j'ai besoin de vous, Natacha.

— Vous et moi ?

— Nous avons travaillé sur la même chaîne pendant six mois. Vous êtes méthodique et vous avez du cran. J'ai confiance en vous, tout comme vous pouvez avoir confiance en moi.

Elle jeta un coup d'œil à la veste et au maillot de bain.

— Ou alors...

— Non, non. Je vais dire que je les ai découverts sous son matelas. Car le second lieutenant et moi aurions dû les trouver hier.

Natacha chassa une mèche de cheveux qui lui tombait sur les yeux.

— Je ne suis pas du genre à moucharder.

Elle avait de jolis yeux, à peu près aussi noirs que ceux de Staline, mais jolis. Un contraste surprenant, en fait, avec son survêtement bleu.

— Vous n'aurez pas à jouer le rôle d'un informateur. Vous poserez des questions, et vous me direz ce que les gens auront répondu.

— J'hésite.

— Le capitaine veut savoir ce qui est arrivé à Zina avant de rallier Dutch Harbour. L'officier en second pense que nous devrions interdire toute visite à terre.

— Quel salaud ! Tout ce que fait Volovoï, c'est de mettre en marche le projecteur du ciné-club, alors que nous vidons des poissons depuis quatre mois.

— Vous n'avez plus qu'un service à faire à l'usine. Sautez-le. Vous travaillerez avec moi.

Natacha considéra Arkadi comme si elle le voyait réellement pour la première fois.

— Pas d'agitations anti-soviétiques ?

— Tout sera fait selon les canons léninistes, la rassura-t-il.

Elle était maintenant à point pour une ultime hésitation.

— Vous voulez vraiment de moi ?

12

Arkadi admirait la vue que lui offrait la cabine de la grue, avec le pont supérieur encombré de filets et de planches, les portiques jaunes découpant un carré de brouillard, les mouettes jouant avec le vent. Vers la proue, un canevas d'antennes radio encerclait le mât du bâtiment de tête pour capter les petites ondes ; un bras hérissé de dipôles se dressait dans la brise, pour recevoir les ondes ultracourtes. Deux cercles imbriqués servaient d'oreilles à un détecteur radio directionnel, et des antennes en forme d'étoile suivaient la course des satellites dans le ciel. Malgré les apparences, l'*Étoile Polaire* n'était pas seule.

— Boukovski apprécie ma promotion ? demanda Natacha.

— Il va l'apprécier.

Arkadi était ravi car le livre que lui avait donné Susan était de Mandelstam, un merveilleux poète, raffiné et sombre à souhait — ce qui n'était sûrement pas la tasse de thé socialiste de Natacha. Même s'il ne s'agissait que d'un recueil de lettres, Arkadi l'avait déjà caché sous son matelas, avec autant de précaution que s'il se fut agi d'une feuille d'or.

— Le voilà justement, dit Natacha.

En effet, le second lieutenant traversait rapidement le pont avant, contournant le terrain de volley-ball où des mécaniciens, de chaque côté du filet, se renvoyaient la balle sans entrain.

— Il n'a pas l'air particulièrement content, ajouta-t-elle.

Slava disparut sous eux, mais Arkadi crut sentir l'écho de ses Reeboks alors qu'il grimpait les trois volées de marches. En un temps olympique, le second lieutenant fit irruption sur le pont supérieur et fonça droit sur la cabine.

— Qu'est-ce que c'est que cette histoire d'assistant ? lança Slava. Et pourquoi m'avez-vous demandé de vous retrouver ici ? Qui c'est le responsable, ici ?

— C'est vous, répondit Arkadi. Mais je pensais que nous pouvions combiner ici le bon air et l'intimité. Un mélange difficile à obtenir.

La cabine de la grue était le nec plus ultra en ce domaine, car les vitres brisées et réparées avec des rondelles et des rivets comme une vieille faïence, saillaient de manière menaçante et forçaient à l'intimité, dès qu'on se trouvait à plusieurs à l'intérieur. Alors que, paradoxalement, la vue de là-haut restait imprenable.

— Le camarade Renko pense que je peux vous être utile, dit Natacha.

— J'ai l'accord de l'ingénieur électronicien de la flotte et du capitaine pour la camarade Tchaïkovskaïa, précisa Arkadi, mais comme c'est vous le responsable de cette affaire, j'ai pensé qu'il valait mieux vous prévenir. Il faut que je dresse aussi la liste des effets de Zina.

— Nous l'avons déjà fait, dit Slava. Nous avons vu ses vieilles affaires, nous avons examiné son cadavre. Pourquoi ne cherchez-vous pas plutôt une note indiquant une intention de suicide ?

— Les victimes en laissent rarement. En trouver une en évidence serait pour le moins suspect.

Natacha rit aux éclats puis se racla la gorge, gênée. Attendu qu'elle occupait à elle seule la moitié de la cabine, il lui était difficile de se faire oublier.

— Et votre boulot consiste en quoi, dit Slava en lui jetant un regard noir.

— Rassembler les informations, répondit Natacha.

Slava ricana.

— Magnifique. Aggravons encore la situation. Je n'arrive pas à y croire. C'est ma première campagne en qualité d'officier et ils m'ont nommé délégué du syndicat. Qu'est-ce que j'y connais aux ouvriers ? Qu'est-ce que j'y connais aux meurtres ?

— Tout le monde doit apprendre à un moment ou à un autre, dit Arkadi.

— Je crois que Martchouk me déteste.

— Il vous a chargé d'une mission de la plus haute importance.

Le second lieutenant s'appuya à la cloison de la cabine, le visage malheureux, ses cheveux bouclés lui tombant de désespoir sur les yeux.

— Et vous deux, une paire de bons à rien sortis de la pataugeoire... Renko, d'où vient ce besoin clinique de soulever toutes les pierres que vous trouvez sur votre chemin ? Je sais que Volovoï rédigera le rapport final de cette affaire ; c'est toujours Volovoï qui écrit la version finale...

— Attention !

Le plancher de la cabine résonna violemment tandis que la balle retombait sur le pont et roulait vers les mécaniciens qui les fixaient tous les trois avec un regard mauvais.

— Vous voyez ? dit Slava. L'équipage sait déjà que le quartier libre au port dépend du résultat de notre soi-disant enquête. Nous aurons de la chance si nous ne finissons pas avec un couteau planté entre les omoplates.

Les portiques avaient un autre nom : des potences.

Une succession de potences jaune citron oscillant dans la brumaille.

— Mais vous savez ce qui m'irrite vraiment, dit Slava. Plus la situation s'aggrave, plus vous semblez content. Qu'est-ce que cela change que nous soyons deux ou trois ? Vous pensez vraiment tout découvrir sur Zina ?

— Non, admit Arkadi.

Il remarquait bien que Natacha commençait à être gagnée par le pessimisme de Slava, aussi il ajouta :

— Mais nous devons garder espoir et prendre exemple sur Lénine.

— Lénine ? dit-elle en redressant la tête. Qu'est-ce qu'a dit Lénine sur les meurtres ?

— Rien.

Mais, après une hésitation, il ajouta :

— « D'abord agir, et voir après ce qui se passe. »

Ayant de nouveau enfilé ses gants en caoutchouc, Arkadi étala sur la table d'examen le jean et la chemise de fabrication étrangère ; le livre de solde de Zina, le dictionnaire ; le cliché d'un garçon dans les vignes ; une carte postale d'une actrice grecque avec des yeux fardés à la Cléopâtre ; ses affaires de toilette, bigoudis et brosses où s'accrochaient encore des poignées de cheveux décolorés ; un magnétophone Sanyo avec une paire d'écouteurs et six cassettes occidentales ; un bikini pour l'unique jour de soleil du voyage ; un cahier à spirale ; une boîte à bijoux renfermant de fausses perles, des cartes à jouer et une liasse de petits billets roses de dix roubles ; une veste chinoise brodée avec une poche pleine de gemmes.

Le livre de solde indiquait : Patiachvili, Z. P. née à Tbilissi, République socialiste soviétique de Géorgie. École professionnelle des industries alimentaires. Trois ans en cuisine sur la flotte d'Odessa en mer Noire. Un mois à Irkoutsk. Deux mois de service dans un wagon-restaurant sur la ligne Baïkal-Amour. Dix-huit mois au restaurant « La Corne d'Or » de Vladivostok. L'*Étoile Polaire* était son premier travail sur le Pacifique.

Arkadi alluma une Belomor et inspira une bouffée de fumée âcre. C'était la première fois qu'il se retrouvait seul avec Zina — pas avec son froid cadavre, mais avec les reliques inanimées que son âme avait abandonnées. Fumer, finalement, rendait sa tâche moins austère.

Odessa avait toujours été trop riche et cosmopolite. On ne trafiquait pas des pierres semi-précieuses là-bas. On importait de l'or indien en barre pour la population locale et des sacs de haschisch d'Afghanistan pour les expédier en camion vers le nord, vers Moscou. Odessa était un endroit idéal pour une fille comme Zina.

Irkoutsk ? Des Jeunes Communistes enragés qui voulaient poser des traverses de chemin de fer, et faire frire des saucisses en Sibérie : à mille lieues de Zina. Quelque chose s'était donc passé à Odessa.

Il déchira l'attache de la liasse de billets : il y avait un millier de roubles ; cela faisait beaucoup pour prendre la mer.

Vladivostok. Servir à la Corne d'Or était une excellente idée. Les pêcheurs buvaient à même la bouteille pour étancher leurs mois de sobriété forcée en mer, et ils considéraient leur bonus arctique durement gagné comme un lourd fardeau qu'il fallait partager avec la première femme consentante venue. Elle pouvait très bien faire ça.

Prostitution. Petits trafics. Suivant les pouvoirs politiques et les délits, il était facile de classer Zina soit comme une matérialiste vénale, soit comme une Géorgienne typique. Mais c'était plutôt les Géorgiens, et non les Géorgiennes, qui étaient des contrebandiers invétérés. Dès le début, en fait, Zina avait été différente des autres.

Il inspecta le paquet de cartes. C'était une collection, pas un véritable jeu. Un échantillon de cartes soviétiques, écornées, avec l'effigie d'une paysanne aux joues colorées sur une face, et le dessin d'une étoile et d'une gerbe de blé sur l'autre. Des cartes suédoises avec des filles nues. Une reine Elizabeth lors de son jubilé d'argent. Rien que des dames de cœur.

Arkadi n'avait pas entendu les Rolling Stones depuis longtemps. Il glissa la cassette dans le magnétophone et appuya sur la touche « lecture ». Du haut-parleur jaillit soudain un grand fracas, comme si Mick Jagger venait de s'écrouler dans les cymbales et était rossé à coups de guitare ; il y a des choses immuables. « Avance rapide. » Les Stones au milieu de la bande. « Avance rapide. » Les Stones à la fin de la bande. Il retourna la cassette et écouta l'autre face.

Arkadi déchira une bande de papier sur le rouleau de l'électrocardiographe et fit un croquis sommaire du bateau, marquant l'emplacement de la cafétéria où s'était tenu le bal, celui de la cabine de Zina, pour examiner tous les chemins possibles entre ces deux points du bateau. Il ajouta la position de tous les membres d'équipage en service ainsi que celle de la cage de transport sur la base des chaluts.

Terminé pour les Stones. Au tour de Police à présent. « Ses précieuses cassettes, avait dit Natacha. Elle mettait toujours ses écouteurs. On n'a jamais pu les entendre. »

« Avance rapide. » Ayant la mer pour lui, le bateau semblait prendre de la vitesse, comme s'il dévalait le flanc d'une colline et s'enfonçait dans les bourrasques de neige. Il ne pouvait le voir, mais il le sentait dans tout son corps.

Pourquoi Zina avait-elle embarqué sur l'*Étoile*

Polaire ? Pour l'argent ? Elle en aurait tiré plus des marins à la Corne d'Or. Les produits étrangers ? Les pêcheurs auraient pu lui rapporter tout ce qu'elle voulait. Les voyages ? Sûrement pas pour voir les Aléoutiennes.

Il retira la cassette de Police et inséra Dire Straits.

Il dessina le pont arrière et la cage d'escalier menant à la rampe. Il y avait de la place pour la tuer, mais aucune pour l'y cacher.

Qu'avait-elle dans ses poches ? Des Gauloises, une carte, un préservatif. Les trois grands plaisirs de la vie ? La carte était une dame de cœur et provenait d'un jeu qu'Arkadi ne connaissait pas. « Avance rapide. » Sous l'*Étoile Polaire*, il dessina l'*Eagle*.

« Mûre politiquement » était l'étiquette qu'attribuait le Parti à toute jeune personne qui n'était ni délinquante, ni dissidente, ni un ardent défenseur de la musique occidentale — creuset même de toutes les subversions. Il y avait les « hippies » sur le retour qui écoutaient encore les Beatles et partaient dans les monts Altaï pour méditer et prendre de l'acide. Les gosses voulaient être des « Breakers » et danser le rap, ou des « fils du métal » bardés de cuir, et se gaver de hardrock. Malgré son goût pour la musique, malgré ses absences répétées en cuisine, malgré la liberté de ses mœurs, Zina était toujours, selon un juge aussi conservateur que Volovoï, « une honnête travailleuse, mûre politiquement ».

Une telle déclaration ne pouvait être justifiée que par le rôle spécifique de l'officier en second, à savoir surveiller les agitateurs étrangers.

Prostituée, trafiquante, informatrice. Un bilan clair et net. On glisse des perles sur un boulier ; et la réponse vient comme une addition. Une fille de Géorgie. Instruction limitée. Devient serveuse. Traficote à Odessa. Dort avec qui veut à Vladivostok. Informatrice en mer. Une vie obscure qui s'était terminée dans l'ignorance, sans avoir conçu sur l'existence quelque principe moral que ce fût, ni même la moindre esquisse de réflexion personnelle. C'est du moins ce qu'il transparaissait.

Arkadi remarqua, sur la cassette de Van Halen, que le plot de sécurité avait été enfoncé pour éviter tout risque d'effacement accidentel. Il mit la cassette dans le magnétophone et entendit une voix de femme, avec un accent géorgien, dire : « Chante pour moi ; oui, chante. » C'était la voix de Zina ; Arkadi l'avait déjà entendue à la cafétéria. Il y avait un microphone intégré au coin de l'appareil.

Un homme s'accompagnant à la guitare répondit :

Tranchez-moi la gorge,
Tranchez-moi les poignets,
Mais ne coupez pas les cordes de ma guitare.
Qu'ils me traînent dans la boue,
Qu'ils me plongent la tête sous l'eau,
Mais qu'ils épargnent mes cordes d'argent.

Tout en écoutant la chanson, Arkadi trouva des cuillères dans un tiroir de bureau et partit à la recherche de cristaux d'iode. N'en trouvant pas, il en chercha en comprimés. Il y avait une armoire métallique fermée par un cadenas contenant des médicaments en cas d'irradiation — autrement dit, en cas de guerre. Il força le cadenas avec un tournevis, mais il n'y découvrit que deux bouteilles de whisky, un manuel d'instructions pour la distribution d'iode et de vitamine E en cas d'explosion nucléaire. Il dénicha enfin des comprimés d'iode dans une autre armoire, ouverte à tous.

« Chante-m'en une autre, dit Zina. Une chanson de voyou. »

L'homme sur la cassette rit puis murmura :

« Ce sont les seules que je connaisse. »

Arkadi ne parvenait pas à mettre un nom sur cette voix, mais il connaissait très bien cette chanson. Elle n'avait rien d'occidental du tout ; ce n'était ni du rock, ni du rap. Elle avait été écrite par un artiste moscovite nommé Vissotsky, qui devint un marginal célèbre dans toute l'Union soviétique grâce à ses complaintes de condamnés et de criminels, écrites dans la grande tradition des chants russes, et qu'il chantait en s'accompagnant de la guitare russe à sept cordes, le plus rudimentaire des instruments à cordes du monde. Le *magnatizdat*, le *samizdat* adapté aux enregistrements, répandit toutes ses chansons à travers le pays, puis Vissotsky, consumant sa vie par les deux bouts, scella sa gloire, alors dans la force de l'âge, en succombant, à force de boire, d'une crise cardiaque. La radio soviétique diffusait une telle bouillie musicale — « j'aime la vie, je l'aime de plus en plus » — qu'on aurait pu s'attendre à ce que les gens se bouchent les oreilles à jamais ; pourtant, la vérité était qu'aucun pays au monde n'était aussi réceptif et vulnérable à la musique. Après soixante-dix ans de socialisme, les chansons de voyous étaient devenues l'hymne national de la contestation en Union soviétique.

Le chanteur sur la bande ne valait pas Vissotsky, mais il n'était pas mauvais :

La chasse au loup est ouverte, la chasse est ouverte !
Sus aux fauves gris, sus aux vieux comme aux petits ;
Les rabatteurs crient, les chiens hurlent à en vomir,
Il y a du sang sur la neige et la ligne rouge des drapeaux.
Mais nos mâchoires sont fortes, et nos jambes alertes,

Alors pourquoi, toi, le chef de la horde, réponds-moi,
Courons-nous toujours au-devant des fusils,
Et n'essayons jamais de fuir par-delà les drapeaux ?

À la fin de la cassette, Zina dit simplement : « Je sais que ce sont les seules que tu connaisses. Mais ce sont celles que j'aime. » Le fait qu'elle appréciait ce genre de chansons fit plaisir à Arkadi. La cassette suivante, toutefois, était d'une tout autre teneur. Zina y parlait doucement d'une voix lasse :

« Modigliani a peint Akhmatova seize fois. C'est comme cela qu'on connaît un homme, il faut qu'il te peigne. À la dixième fois, tu dois commencer à savoir comment il te voit vraiment.

« Mais je n'attire jamais les bons. Jamais les peintres. Je ne suis pour eux qu'un tube de peinture qu'ils doivent vider d'une seule pression. Non, ce ne sont pas des peintres. »

La voix de Zina pouvait être douce comme du miel ou usée comme la mort, parfois les deux dans une même phrase, comme si elle pinçait çà et là quelques cordes d'un instrument.

« Il y a un gars à l'usine qui semble intéressant. Il est plus pâle qu'un poisson. Des yeux profonds, comme un somnambule. Il ne m'a même pas remarquée. Ce serait bien de le réveiller.

« Mais je n'ai pas besoin d'un autre homme. Le premier veut me dire ce que je dois faire. Le deuxième veut aussi me dire ce que je dois faire. Le troisième aussi. Le quatrième, pareil encore. Mais je sais, moi, ce que je vais faire. »

Il y eut un silence sur la bande ; puis :

« Ils ne font que me voir, ils ne peuvent entendre mes pensées. Ils n'ont jamais entendu mes pensées. »

Que se serait-il passé s'ils les avaient entendues, se demanda Arkadi.

« Il me tuerait s'il connaissait mes pensées, répondit Zina sur la cassette. Il dit que les couples de loups s'unissent pour la vie. Je crois qu'il me tuerait et qu'il se tuerait ensuite. »

Sur la cinquième cassette, le picot de protection avait été enfoncé, puis on l'avait remplacé par un morceau de scotch. La bande commença par faire entendre des frottements d'habits ponctués de chocs étouffés. Puis un homme dit :

« Zina. »

Sa voix était plus jeune que celle du chanteur...

« Où sommes-nous donc ?

— Zinouchka.

— Et si on nous surprend ?

— Le chef dort. C'est moi qui veille en son absence. Allez, détends-toi.

— Attends un peu. Tu es comme un gamin. Comment as-tu installé tout ça ici ?

— Cela ne te regarde pas.

— C'est une télévision ?

— Déshabille-toi.

— Doucement.

— S'il te plaît.

— Je ne vais pas me déshabiller complètement.

— Il fait chaud. Vingt et un degrés Celsius et quarante pour cent d'humidité. C'est l'endroit le plus confortable du bateau.

— Comment as-tu eu un endroit comme celui-là ? Ma couchette est si froide.

— Je grimperais volontiers dans la tienne tous les soirs, Zinouchka, mais ici, c'est plus intime.

— Pourquoi y a-t-il un lit de camp ? Tu dors ici ?

— Nous y passons de longues heures.

— À regarder la télévision. C'est ça le travail ?

— Un travail mental. Oublie donc tout ça. Allez, Zinouchka, mets-y un peu du tien.

— Tu es sûr que tu ne devrais pas plutôt te concentrer sur ton fameux travail mental en ce moment ?

— Non. Pas pendant que nous prenons un filet.

— Un filet ! Quand je t'ai rencontré à la Corne d'Or, tu étais un beau lieutenant. Regarde-toi, maintenant. Enfermé au fond d'une soute à poisson. Comment sais-tu que nous prenons un filet ?

— Tu parles trop et tu n'embrasses pas assez.

— Que penses-tu de ça ?...

— C'est mieux.

— Et de ça ?...

— C'est beaucoup mieux.

— Et ça ?...

— Zinouchka... »

Le microphone était activé par la voix et apparemment elle n'avait pu l'éteindre. Le magnétophone se trouvait probablement dans la poche de son caban ou bien sous elle, ou encore à côté du lit. Arkadi avait encore deux cigarettes. Au bout de l'allumette, une flamme agitée monta vers ses doigts.

Il avait alors cinq ans. C'était l'été, au sud de Moscou, et durant les chaudes nuits tout le monde dormait sous les vérandas, avec les portes et les fenêtres grandes ouvertes. Il n'y avait pas l'électricité dans la maison de campagne. Des papillons de nuit venaient voleter sous les lampes, et il attendait toujours de les voir s'embraser comme des petits bouts de papier. Des amis de son père, officiers comme lui, étaient venus à une soirée. La coutume lancée par Staline était de commencer les dîners vers minuit et de les terminer au petit matin, dans une profonde stupeur éthylique. Le père d'Arkadi, l'un des généraux protégés du Petit Père des peuples, ne manquait donc pas à cette coutume, quoique l'alcool l'emplît d'une sourde rancœur au lieu de le rendre joyeux comme ses invités. Il remontait le gramophone, et jouait alors toujours le même disque. Il s'agissait de l'Orchestre Jazz de Moldavie, un groupe qui avait suivi les troupes du général Renko sur le deuxième front ukrainien, et qui jouait le soir des batailles en capotes militaires dans les quartiers que les troupes avaient repris aux Allemands. Le morceau était « Chattanooga Choo Choo ».

Les autres officiers n'avaient pas emmené leurs épouses, aussi le général leur avait-il offert de danser avec la sienne. Ils étaient ravis ; aucune de leurs femmes n'était aussi fine, aussi élancée, aussi belle. « Katerina, va distraire nos invités », ordonnait le général. Depuis la véranda, le petit Arkadi sentait le sol trembler sous les lourdes bottes. Mais il n'entendait pas les pas de sa mère ; il avait l'impression qu'ils la faisaient tournoyer dans l'air.

Mais le pire venait lorsque les invités étaient partis. Son père et sa mère allaient alors se coucher derrière un paravent, à l'autre bout de la véranda. Il y avait d'abord ces deux murmures différents, l'un doux et plaintif, l'autre s'échappant entre des dents serrées de rage et qui crispait le cœur d'Arkadi. Toute la maison bougeait comme une balançoire.

Au matin, Arkadi mangeait du cake aux raisins avec du thé sous les bouleaux. Puis sa mère sortait de la véranda, toujours vêtue de sa robe du soir, une robe de soie à dentelles que son père avait trouvée à Berlin. Elle avait jeté un châle sur ses épaules pour se protéger de la fraîcheur matinale. De longs cheveux noirs tombaient sur son visage.

As-tu entendu quelque chose hier soir ? demandait-elle. Non, assurait-il, rien du tout.

Un jour, alors qu'elle repartait vers la maison, une branche accrocha son châle et le fit tomber de ses épaules. Il vit sur ses bras des marques brunes de doigts. Elle ramassa rapidement le châle, le replaça sur ses épaules et noua les houppes autour de son cou. De toute façon, ajouta-t-elle, c'est fini maintenant. Ses yeux semblaient alors si calmes qu'il aurait pu la croire.

Aujourd'hui encore, il entendait « Chattanooga Choo Choo ».

« Sérieusement, Zina, le chef me ferait la peau et la tienne par la même occasion s'il apprenait ça. Il ne faut en parler à personne.

— Parler de quoi ? De ça ?

— Arrête, Zina. Je parle sérieusement.

— Au sujet de ta petite pièce ici ?

— Oui.

— Tout le monde s'en fiche. C'est comme si le Club des Cinq avait sa petite cachette au fond d'un bateau.

— Sois sérieuse. »

Chaque cassette durait trente minutes. Zina ne pouvait arrêter l'enregistrement une fois que le fin ruban noir défilait, car son compagnon aurait entendu le déclic du bouton.

« À un moment, tu n'as que “Zina, je t'aime” à la bouche, et l'instant suivant c'est “Zina, sois sérieuse”. Tu es un homme déconcertant.

— C'est un secret.

— Sur l'*Étoile Polaire* ? Tu espionnes les poissons ? Ou nos Américains ? Ils sont encore plus muets que des carpes.

— C'est ce que tu crois !

— C'est ça ton boulot ?

— Méfie-toi de Susan.

— Pourquoi ?

— Je ne peux pas t'en dire plus. Je ne cherche pas à t'inquiéter ; j'essaie simplement de t'aider. Il faut nous entraider. C'est un long voyage. Je deviendrais dingue si je ne t'avais pas, Zina.

— Ah, nous avons fini d'être sérieux.

— Où vas-tu ? Nous avons encore du temps devant nous.

— Toi, oui, mais pas moi. C'est l'heure de mon service, et cette salope de Lidia attend le moindre prétexte pour me causer des ennuis.

— Rien qu'une minute ? »

Il y eut un frottement d'étoffe contre le microphone, puis le couinement du lit alors qu'un corps se levait.

« Retourne à ton travail mental, moi, j'ai ma soupe à touiller.

— Bon sang ! attends au moins que je regarde par le trou pour voir si la voie est libre.

— Tu n'as pas idée comme tu es ridicule juste en ce moment.

— C'est bon, il n'y a personne. Tu peux sortir.

— Merci.

— Zinka, n'en parle à personne.

— À personne.

— Zinka ? On se voit demain ? »

Une porte se referma à contrecœur. Clic.

L'autre face était vierge au début. « Avance rapide. » Toujours vierge.

Arkadi examina le cahier à spirale. Sur la première page, Zina avait collé une carte du Pacifique. Elle avait dessiné des yeux et une bouche, de sorte que l'Alaska ressemblait à un homme barbu se penchant vers la timide Sibérie effarouchée. Les Aléoutiennes tendant leurs bras vers la Russie.

La dernière cassette commençait avec Duran Duran. « Avance rapide. »

Sur la deuxième page, il y avait une photo de l'*Eagle* mouillant dans une baie environnée de montagnes enneigées. Sur la troisième, l'Eagle malmené par une houle démontée.

« Je construis une *baïdarka,* dit en anglais une voix

sur la bande. C'est comme un kayak. Tu sais comment c'est, un kayak ? Eh bien, c'est plus long, plus fin, avec une poupe carrée. Autrefois, on les fabriquait avec de la peau et de l'ivoire. Même avec une charpente en ivoire, elles glissaient littéralement sur les vagues. Lorsque Béring arriva avec les premiers bateaux russes, il fut sidéré par la vitesse des *baïdarkas*. Les meilleures proviennent toujours d'Unalaska. Tu comprends un peu ce que je dis ?

— Je sais ce qu'est un kayak, répondit Zina dans un anglais laborieux et appliqué.

— Eh bien, je te montrerai une *baïdarka* et tu te rendras compte par toi-même. Je tournerai autour de l'*Étoile Polaire*.

— Je prendrai mon appareil photo ce jour-là.

— J'espère que nous ferons plus que cela encore. J'aimerais t'emmener voir le monde. Aller partout — la Californie, le Mexique, Hawaii. Il y a tant d'endroits merveilleux. Ce serait comme un rêve.

— Lorsque je l'écoute, dit Zina sur l'autre face, je crois entendre mon premier petit ami. Les hommes sont des enfants méchants, mais lui, il est comme mon premier flirt, un gentil gosse. C'est peut-être un triton, un fils de la mer. Par gros temps, sur un grand bateau, je dois m'agripper au garde-fou, alors que lui, dessous, dans sa coque de noix, il reste en parfait équilibre, comme un cavalier chevauchant les vagues. J'écoute sans cesse ses mots innocents. Ce serait comme un rêve, il dit. »

Les douze pages suivantes contenaient des photographies du même homme avec des cheveux raides et noirs. Des yeux sombres, des paupières lourdes. De larges pommettes autour d'un nez fin, une bouche harmonieuse. C'était l'Américain. L'Aléoutien avec un nom russe. Mike. Mikhaïl. Les clichés, tous pris de loin, en hauteur, le montraient sur le pont de l'*Eagle*, manœuvrant la grue, prenant la pose sur la proue, reprisant un filet, faisant signe à la photographe.

Arkadi fumait sa dernière cigarette empoisonnée. Il revoyait Zina sur la table d'autopsie, dans cette même pièce. Ses chairs flasques, ses cheveux décolorés. Son corps n'était plus qu'une coquille vide abandonnée sur une plage. Cette voix, en revanche... c'était Zina, celle que personne à bord ne connaissait. Il avait l'impression qu'elle était entrée dans cette pièce, s'était assise sur le bureau, dans l'ombre, derrière le rond de lumière de l'abat-jour. Elle avait allumé une cigarette fantôme et, trouvant enfin une oreille attentive, s'était confiée à lui.

Évidemment, Arkadi aurait préféré se trouver dans le laboratoire d'analyses de Moscou, qui offrait une artillerie impressionnante de solvants et de réactifs, de microscopes allemands grands comme des mortiers et de chromatographes au gaz. Il devait faire avec ce qu'il avait. Devant le cahier à spirale, il disposa les cuillères, les pilules et le relevé d'empreintes digitales que le docteur Vainou avait pratiqué sur le cadavre. Il écrasa les comprimés entre deux cuillères, prit celle qui contenait l'iode pulvérisé en entourant le manche avec son poignet de chemise, puis gratta une allumette et tint la flamme sous la cuillère. Il approcha alors l'ensemble du cahier afin que la fumée dégagée par l'iode chaud recouvre la page opposée de la carte. La méthode à l'iode chaud était censée être pratiquée avec des cristaux d'iode qu'on plaçait dans un becher sur un réchaud à alcool. Mais il se rappela les termes de la « nouvelle mentalité soviétique » lancée par le dernier congrès du Parti : tous les bons Soviétiques devaient à présent savoir adapter la théorie aux applications pratiques.

Les vapeurs d'iode réagissaient rapidement aux huiles de transpiration présentes dans les empreintes latentes. D'abord une première esquisse de main gauche apparut, une empreinte couleur sépia, comme une ancienne photographie. La paume, la base du poignet, le pouce et les quatre doigts écartés, dans la position où ils se seraient trouvés s'ils avaient voulu maintenir le cahier à plat pour coller une photo. Puis les détails vinrent : des spirales, des deltas, des sillons, des lignes radiales. Il porta son attention sur l'index et le compara avec l'empreinte du relevé. Une double spirale, emboîtée comme le yin et le yang. Un îlot à la base du delta de la spirale dextre. Une rupture dans le delta gauche. Le relevé montrait une empreinte identique ; c'était bien le cahier de Zina, et cette main fantomatique semblait lui faire signe. Il y avait deux autres empreintes ; masculines, par leur taille ; des marques grossières, fugitives.

Quand l'allumette s'éteignit, la main commença à s'effacer. Une minute plus tard, elle avait disparu. Il remballa soigneusement les affaires de Zina. Il avait trouvé Zina. Il lui restait maintenant à retrouver ce lieutenant qui l'appelait Zinouchka.

13

Sous les ponts, tout s'organisait autour des cales à poisson. L'arche de Noé avait sans doute une soute à poisson. Lorsqu'il dit à Pierre : « Suis-moi et je ferai de toi le Pêcheur d'hommes », le Christ devait connaître les vertus d'une soute bien étanche. Si les cosmonautes sillonnaient un jour les cieux sur des voiles solaires pour prélever des échantillons de vie galactique, ils auraient besoin de l'équivalent spatial d'une soute à poisson.

Depuis dix mois pourtant, l'*Étoile Polaire* naviguait avec une soute inopérante. Diverses explications étaient avancées à propos de cette mise hors service de la soute : les tuyaux fuyaient ; il y avait un court-circuit dans la pompe à chaleur ; l'isolation plastique libérait une substance toxique. Quelle qu'en fût la raison, les cargos devaient donc retrouver plus souvent l'*Étoile Polaire* pour prendre le poisson qui débordait des deux soutes opérationnelles. Une autre conséquence était que la zone autour de la soute inutilisée servait d'entrepôt de barils et de plaques d'acier. Le couloir devenant trop encombré, l'équipage préférait à présent passer par le pont, chemin plus long, mais moins fastidieux.

Une série d'ampoules éclairaient le passage entre la cloison et la soute. On y pénétrait par une porte étanche munie d'une rampe pour faire glisser les cartons de poissons congelés par-dessus l'hiloire. Une chaîne fermée par un cadenas d'une taille impressionnante retenait le volant de fermeture de la porte. Sur un côté se trouvait une pompe à chaleur, son boîtier électrique ouvert laissant voir une éloquente grappe de fils dénudés. De l'autre, un bidon d'huile contenant de grands axes de cabestans. Le fond du bidon grouillait de rats. Le bateau n'avait pas été dératisé depuis qu'Arkadi avait embarqué. C'était une chance miraculeuse que les rats pussent manger du pain, du fromage, de la peinture, des tuyaux en plastique, des fils, des matelas et des vêtements — n'importe quoi en fait, sauf du poisson congelé.

Il semblait exister deux Zina. Celle qui se comportait comme une fille publique ; et celle plus secrète qui vivait dans un monde de photographies et de cassettes intimes. Une seule de ces bandes pouvait se révéler dangereuse. Le lieutenant amoureux avait annoncé avec fierté la température de la pièce de la soute à poisson, et ses quarante pour cent d'humidité. La seule fois où il avait entendu quelqu'un préciser le taux d'humidité d'une pièce, c'était dans la salle d'ordinateurs du quartier général de la milice, rue Petrovka, à Moscou.

Tout cela était de bonne guerre. Arkadi n'avait rien contre les services secrets de la marine. Tous les marins soviétiques sur la côte Pacifique savaient que des sous-marins américains violaient constamment leurs eaux territoriales. Les nuits sans lune, les périscopes sortaient de l'eau sur la Manche de Tartarie. L'ennemi suivait même les bâtiments de guerre soviétiques jusque dans la rade de Vladivostok. Mais Arkadi n'arrivait pas à imaginer ce que pouvait entendre une station d'écoute dans la soute d'un bateau de pêche. Un simple sondeur décelait ce qui se trouvait juste dessous, et aucun sous-marin ne s'aventurerait sous un chalutier. Certes, des détecteurs passifs tels que des hydrophones pourraient détecter des ondes sonores émises à distance, mais un vieux bateau comme l'*Étoile Polaire,* avec une carène d'aussi mauvaise qualité, cognait les flots comme un tambour en soulevant son étrave à chaque vague. La coque avait été mal soudée, assemblée avec des rivets défectueux et sous-dimensionnés, couturée avec des joints qui tombaient en morceaux, étayée avec des madriers qui craquaient comme de vieux os. Tout ceci rendait le bateau plus humain en un sens, et même plus rassurant, comme le serait, malgré ses jérémiades, un vétéran de guerre bardé de cicatrices, face à une jeune recrue à la mise impeccable. Mais toujours est-il que l'*Étoile Polaire* fendait les eaux avec la discrétion d'une fanfare ; le vacarme que le bateau faisait aurait complètement occulté le léger murmure d'un sous-marin.

Arkadi n'avait aucun goût pour l'espionnage. À l'armée, assis pendant des heures dans un affût d'écoute radio installé sur le toit de l'hôtel Adler à Berlin, il passait son temps à chantonner : Presley, Prokofiev, tout ce qui lui passait par la tête. Ses compagnons lui demandaient souvent pourquoi il ne voulait pas prendre les jumelles, pour observer l'affût américain qui se trouvait sur le toit de l'hôtel Sheraton à Berlin-Ouest. Peut-être manquait-il d'imagination ; mais il avait besoin d'avoir une personne en face de lui pour que son intérêt soit éveillé. Aussi, malgré la cassette de Zina, la soute à poisson restait, à ses yeux, une simple soute à poisson.

Le lieutenant sur la cassette avait parlé d'un trou, un orifice quelconque par lequel il avait regardé au-dehors. Mais Arkadi ne voyait rien de tel autour de lui. La porte avait l'aspect froid et humide des parois alentour, elle ne laissait rien transparaître d'intime et de douillet. Il considéra les axes de cabestans dans le bidon, puis, après un moment d'hésitation, il en prit un. Il eut l'impression de soulever un pied-de-biche de cinquante kilos ; une fois l'axe chargé sur ses épaules, il serait incapable de chasser les rats si d'aventure certains y restaient accrochés. À cette pensée, des gouttes de sueur perlèrent sur son front. Mais il n'y eut aucun rongeur en vue, et, lorsqu'il glissa la barre dans l'anse du cadenas et fit levier, la serrure sauta comme un ressort : encore un mauvais point pour la commission de contrôle de la qualité. Le volant quant à lui était grippé et ne céda qu'à coups de pied, en émettant des couinements métalliques. Poussant alors de tout son poids, Arkadi put enfin ouvrir la porte.

Les parois internes de la soute plongeaient à travers les trois ponts de l'*Étoile Polaire,* un puits d'encre, seulement éclairé par une ampoule falote à la hauteur d'Arkadi. D'ordinaire, à chaque niveau, la soute possédait son propre pont, ouvert en son milieu pour pouvoir hisser le poisson des niveaux inférieurs. Cette fosse béante était surprenante, comme si à aucun moment on n'avait eu l'intention d'utiliser la soute. Un panneau étanche fermait le pont supérieur au-dessus de lui, confinant dans la fosse une odeur de poisson et de saumure. Les parois étaient couvertes de planches, masquant le réseau de canalisations où circulait habituellement le gaz réfrigérant. Une échelle sous le panneau descendait vers le pont inférieur, deux étages en contrebas. Il s'accrocha aux échelons et ferma la porte derrière lui.

À mesure qu'Arkadi s'enfonçait dans la soute, ses yeux s'habituaient à la pénombre. Il aperçut alors des rats qui s'enfuyaient sur les tuyaux. Jamais les rongeurs n'essayaient d'entrer dans une soute frigorifique en état de marche ; sans doute un signe d'intelligence chez eux. Chose qui devait lui faire défaut, songea Arkadi, puisqu'il n'avait pas pensé à emporter une lampe de poche avec lui. Il y avait tellement de rats que le bruit de leurs galopades ressemblait au bruissement du vent dans les feuillages.

Des passerelles, des chariots élévateurs, des palettes et toutes sortes d'équipements auraient dû se trouver là, blancs de givre. Le remplissage d'une chambre froide était tout un art dans la marine. Les cageots de poisson congelé devaient être non seulement empilés, mais séparés par des planchettes pour permettre à l'air froid, plus statique, de circuler. Or, la cale était totalement vide. À chaque palier, il apercevait une porte, une douille électrique sans ampoule et un thermostat, et, lorsqu'il posa le pied au fond de la fosse, l'obscurité resta quasi totale, bien qu'il sentît ses pupilles se dilater au maximum. C'est comme un gouffre, songea-t-il, c'est le centre de la Terre.

Il gratta une allumette. Les parois du fond de la soute étaient entièrement tapissées de bois, dissimulant un réseau de canalisations. Il vit des pelures d'oranges sur le sol de ciment, ainsi qu'une planche, des bidons de peinture vides et une couverture ; quelqu'un était venu ici sniffer de l'essence. Il y avait également des petits os en forme de barrette ; voilà donc ce qui était arrivé au chat du bateau. En revanche, il ne voyait ni lieutenant des services secrets de la marine, ni télévision, ni terminal d'ordinateur. Sous la chape de ciment, il y avait une double coque avec les réservoirs de gas-oil et d'eau douce, offrant peut-être quelques cachettes pour faire passer certains produits en contrebande, mais sûrement pas pour y dissimuler toute une pièce équipée. Il glissa la planche cassée entre les panneaux de bois. Mais aucune porte dérobée ne s'ouvrit. Voyant que la manière douce ne fonctionnait pas, Arkadi brandit la planche comme une hache et se mit à cogner contre les panneaux. Les chocs résonnaient dans toute la soute, soulevant les protestations stridentes de la colonie de rats au-dessus de sa tête, mais aucun officier des services secrets ne se montra.

Arkadi gravit l'échelle comme un noyé remonte à l'air libre ; il retenait son souffle et nageait vers l'ampoule qui brillait au-dessus de lui. La cassette de Zina restait toujours aussi énigmatique. Il avait sans doute mal compris la conversation enregistrée. Peut-être pourrait-il dénicher un peu de vodka dans le bureau de Vainou ? Oui, un petit verre de vodka dans une chambre bien claire serait le bienvenu. Une fois revenu dans la lumière, il tira la porte à lui et se faufila sur le pont. Les rangs de barils et la pompe à chaleur avaient à présent quelque chose de réconfortant. Il replaça le cadenas brisé sur le volant ; Gouri, l'*homme moderne,* l'aiderait à en trouver un autre.

Alors qu'Arkadi se dirigeait vers l'usine, la lumière du batardeau s'éteignit, puis celle au-dessus de la pompe à chaleur. Une silhouette sortit de l'ombre et le frappa à l'estomac. La douleur fut si vive qu'il crut recevoir un coup de couteau et, tandis qu'il suffoquait, plié en deux, on lui introduisit dans la bouche un morceau de chiffon humide. Puis un autre chiffon, noué solidement en travers de son visage, fit office de bâillon. Un sac tomba alors sur ses épaules et l'enferma de la tête aux pieds. Quelque chose, peut-être une ceinture, se referma autour du sac, lui comprimant les bras et la poitrine. Il réagit comme il convenait en pareil cas, prenant une profonde inspiration et écartant les bras, mais il fut aussitôt étourdi, car la boule de chiffon dans sa bouche avait été imbibée d'essence. Le tissu avait retourné sa langue et la plaquait contre le fond du palais ; il était sur le point de l'avaler. Alors il souffla l'air de ses poumons, pour dégager sa langue, et la ceinture se resserra aussitôt autour de lui comme un nœud coulant.

Puis il fut transporté — par trois hommes, lui sembla-t-il. Il y avait sûrement un autre homme en tête, pour déblayer le passage ou s'assurer que la voie était libre et peut-être un autre encore pour protéger leurs arrières. Ils étaient forts et ils l'emportaient aussi facilement qu'un manche à balai. Arkadi essaya de résister aux effluves d'essence. Sur les longues campagnes, les marins se réunissaient pour sniffer de l'essence et s'offrir ainsi un peu d'évasion. Un filet de vapeur acide s'insinuait dans sa gorge.

Ils auraient pu simplement le jeter dans la cale ; on n'aurait retrouvé son corps qu'au bout de plusieurs jours. Le fait d'avoir été frappé, drogué, et ficelé, était peut-être finalement de bon augure. On ne l'avait jamais kidnappé auparavant, même pendant toutes ces années où il travaillait au bureau du procureur, et il ne savait trop reconnaître les nuances entre un kidnapping et un passage à tabac ; mais il était évident qu'ils n'avaient pas l'intention de le tuer tout de suite. Il s'agissait sans doute de membres de l'équipage, furieux à l'idée de voir leur quartier libre à Dutch Harbour supprimé. Même s'ils laissaient le sac sur son visage, Arkadi pourrait peut-être reconnaître une voix.

La promenade fut de courte durée. Ils s'arrêtèrent bientôt et firent tourner le volant d'une porte. Arkadi n'avait aucune idée de la direction qu'ils avaient prise ; étaient-ils retournés dans la soute à poisson ? Les seules portes étanches à ce niveau étaient celles des soutes. La porte s'ouvrit avec un bruit de glace se craquelant. Un four émet une bouffée de chaleur. Une chambre froide à moins quarante degrés Celsius émet certes une brise glacée moins violente, mais Arkadi, pourtant protégé par le sac, sentit cette haleine froide l'envelopper et se mit aussitôt à se débattre. Trop tard. Ils le lançaient déjà à l'intérieur.

La ceinture céda sous le choc. Arkadi se releva, mais, avant qu'il ait eu le temps de retirer le sac, la porte s'était refermée, et le volant de fermeture s'était reverrouillé. Il se trouvait sur une caisse en bois. Ôtant rapidement son bâillon et le chiffon de sa bouche, Arkadi prit sa première inspiration et il eut l'impression qu'un liquide brûlant venait d'emplir ses poumons. C'était une blague, il fallait que ce soit une blague. Une vapeur blanche, presque liquide, suintait des planches et roulait le long des parois de la soute à poisson ; entre les planches, il distinguait le circuit de réfrigération : des tuyaux emprisonnés dans leur gangue de glace. Ses pieds baignaient dans une flaque de vapeur laiteuse. Déjà, les poils sur le dos de ses mains se hérissaient et se couvraient de givre. Son souffle, devant sa bouche, se cristallisait et retombait en une pluie scintillante.

Il arrêta son bras au-dessus du volant alors qu'il s'apprêtait à l'empoigner. Sa peau nue se serait collée au métal glacé. Il enroula le sac autour du volant et s'arc-bouta de toutes ses forces, mais il ne bougea pas. Les hommes de l'autre côté devaient le maintenir, et il n'avait aucune chance de surpasser la force de trois hommes, voire davantage. Il cria, mais la chambre froide était tapissée d'une couche isolante de laine de verre, d'une épaisseur de dix centimètres. Même l'intérieur de la porte en était garnie. Personne ne l'entendrait à l'extérieur, à moins d'être juste à côté. Depuis une semaine, on stockait les poissons sortant des congélateurs dans la soute arrière pour conserver l'assiette du bateau. S'il se trouvait dans la soute du milieu, personne ne risquait de passer par là. Au-dessus de lui, hors d'atteinte, il apercevait une écoutille étanche. Sa voix ne traverserait pas ce panneau non plus. Deux caisses plus bas se trouvait le faux pont avec un accès à un niveau inférieur, à une autre porte. Mais il ne voyait pas comment il pourrait soulever deux caisses pesant chacune un quart de tonne. L'une d'elles était couverte d'une bâche goudronnée, dont les plis étaient raidis par le gel. Le tampon sur le flanc de la caisse indiquait : « Soles congelées — Produit d'URSS. » Ce n'était pas une plaisanterie, et pourtant il y avait quelque chose de comique.

Les vétérans du Grand Nord connaissaient les phases de réaction au froid. Il grelottait, et il était bon de grelotter. Le corps parvenait en effet à maintenir sa température interne pendant un petit moment en tremblant de tous ses membres. Mais il perdait néanmoins un degré toutes les trois minutes. Lorsque sa température se serait abaissée de deux degrés, les grelottements cesseraient. Son cœur alors ralentirait ses battements et n'irriguerait plus sa peau et ses membres, afin de maintenir la chaleur interne du corps ; ce qui entraînait les gelures des mains, des pieds. Quand il aurait perdu onze degrés, son cœur cesserait de battre. Le coma viendrait à mi-chemin. Il avait quinze minutes devant lui.

Un autre problème se posait également. Il éprouvait les classiques symptômes d'intoxication que montraient les marins qui avaient inhalé des vapeurs d'essence : troubles de la vue, vertiges, ivresse. Parfois ils se mettaient à hurler comme des loups ; parfois ils dansaient tout seuls. Il ne pouvait quant à lui s'empêcher de rire. En pleine mer, il allait trouver le moyen de mourir dans un frigo ! C'était irrésistible.

Ses bras se pliaient spasmodiquement, comme si un démon invisible lui tordait les os. Il avait déjà travaillé auparavant sous de telles températures — mais équipé d'une combinaison capitonnée, de bottes en feutre et d'une capuche garnie de fourrure. Le givre parait maintenant ses jambes et ses manches d'une autre fourrure, blanche celle-ci. Il chancela, et essaya de se rattraper sans se coincer le pied dans l'étroit interstice entre les caisses ; il savait que si sa jambe y glissait, il ne pourrait plus la retirer.

À la hauteur de sa poitrine, il aperçut la plaque couvrant le thermomètre à couple thermoélectrique, un serpentin de fil de cuivre-constantan. Il ne pouvait espérer retirer la plaque à mains nues ; encore un exemple de ces cas d'urgence où un marin devrait avoir son couteau tout le temps sur lui.

Il sortit d'une main tremblante sa boîte d'allumettes de sa poche mais elle glissa entre ses doigts. Craignant de perdre l'équilibre, il récupéra la boîte en s'inclinant comme un dandy français voulant ramasser à terre le mouchoir d'une dame. Il fit encore tomber ses allumettes, et cette fois il se mit à quatre pattes pour les récupérer. La flamme était une petite boule jaune, comprimée par le froid, mais il se formait une précieuse condensation sur la plaque du thermocouple à mesure qu'il tiédissait. Toutefois ses mains tremblaient tellement qu'il ne parvenait pas à maintenir la flamme sous la plaque plus d'une seconde.

C'était assez ingénieux de le tuer de cette manière. On le congelait tout d'abord, puis on emporterait son cadavre dans un autre lieu pour le laisser dégeler, avant de le transporter finalement là où l'on désirait que son corps fût retrouvé. Tout le monde savait que Vainou n'était pas le meilleur médecin qui fût, et le seul indice qu'il trouverait serait des traces de vapeurs d'essence, le fléau de l'homme à l'ère du pétrole. Avec l'accord des autorités, on jetterait de nouveau son corps dans la même chambre froide jusqu'au retour à Vladivostok. Il se voyait déjà rentrer au pays dans un bloc de glace.

C'étaient des allumettes d'excellente qualité, un morceau de bois terminé par du phosphore et de la cire spécialement conçus pour le mauvais temps que rencontraient les marins. Sur l'étiquette de la boîte, il y avait le dessin d'une étrave de bateau fendant une déferlante. Sur la cheminée, on apercevait une faucille et un marteau. Son corps tremblait tellement qu'il avait même du mal à diriger la flamme sous la plaque. Subitement, il se souvint d'un cas de suicide, bien plus pittoresque que ceux qu'il avait racontés à Martchouk et Volovoï. Un marin s'était pendu à Sakhaline. Il n'y eut pas d'enquête parce que le gars avait attaché la corde à la cheminée, devant le marteau et la faucille. On l'avait emballé dans du papier et on l'enterra dès le lendemain puisque personne ne voulait poser de questions.

Au moins, il avait cessé de grelotter et il pouvait maintenir l'allumette en place. En baissant les yeux, il vit que ses jambes de pantalon étaient couvertes d'une épaisse couche de givre. Un gros poisson de la taille d'un flétan pouvait être congelé et rendu dur comme pierre en une heure et demie. La boîte glissa de nouveau de ses doigts qui viraient du blanc au bleu et s'engourdissaient de plus en plus. À genoux devant la boîte, ses mains tâtonnaient maladroitement le sol comme deux crochets. Alors qu'il grattait une nouvelle allumette, la boîte lui échappa de nouveau, rebondit et disparut dans l'interstice entre la caisse et la paroi. Il l'entendit heurter les caisses en contrebas et tomber sur le pont.

En concentrant toute son attention, il approcha de nouveau la petite flamme sous la plaque du thermocouple, en s'émerveillant de voir cette timide chaleur s'étendre comme un souffle sur le métal glacé. C'était sa dernière allumette ; aussi continua-t-il à la tenir même lorsque des flammes embrasèrent ses ongles. De l'essence s'était déposée sur ses mains lorsqu'il avait arraché le chiffon de sa bouche. De petites flammes s'allumaient sur ses paumes comme des chandelles, mais il ne ressentait aucune douleur. Il écarquillait simplement les yeux d'étonnement, comme un croyant devant l'apparition d'un saint. Lentement, son regard se tourna vers le chiffon imbibé d'essence. Était-ce avec cette lenteur que réagissaient les poissons ? songea-t-il. Alors que l'allumette était sur le point de s'éteindre, il s'élança vers le chiffon, où s'épanouit aussitôt un joli feu. Il poussa du pied le tissu enflammé contre la paroi, juste sous le thermocouple.

Les fibres se tordaient avec des lueurs bleues et violettes, avant de devenir volutes de fumées noires et grasses. Autour du feu, sur les planches et la caisse, grandissait un anneau de givre humide et transparent, fondant puis recongelant aussitôt. Arkadi s'assit à la lisière des flammes, les bras en coupe pour recueillir la chaleur. Il se souvint d'un pique-nique qu'il avait fait une fois en Sibérie, avec au menu du poisson gelé découpé en lamelles, de fines tranches de renne gelé, d'œufs de poisson agglutinés en petits pâtés, et de vodka de Sibérie qu'il fallait constamment retourner devant le feu. L'année précédente, un guide pour touristes avait emmené un groupe d'Américains dans la taïga et leur avait préparé un véritable festin, bien meilleur que le sien, mais avait oublié de tourner la bouteille devant le feu. Après avoir levé plusieurs fois leur tasse de thé brûlant à l'amitié internationale, au respect mutuel et à une meilleure compréhension entre les peuples, le guide remplit les verres avec la vodka glacée, à la limite de la cristallisation, et expliqua à ses invités qu'il fallait la boire d'un trait. « Faites comme ceci », dit-il. Il porta son verre à la bouche, avala l'alcool d'un trait, et tomba raide mort. Ce que le guide avait oublié, c'était que la vodka sibérienne, alcool pratiquement pur, résistait à des températures de moins deux cents degrés, et restait fluide à des températures qui auraient gelé l'œsophage et transpercé le cœur comme une épée. Le simple choc avait suffi à le tuer. C'était triste, certes, mais aussi cocasse. Arkadi imaginait la tête des malheureux Américains assis autour du feu de camp, contemplant leur guide russe mort en se demandant : « C'est ça, un pique-nique sibérien ? »

Le combat était inégal entre un petit morceau de

chiffon enflammé et l'antre glacé d'une soute à poisson. Les flammes s'étiolèrent, devinrent de petites lucioles, bientôt un nid de vers luisants, puis un filet de fumée noire sur un lit de cendres. La caisse et les planches étaient noircies, mais intactes.

L'essence et la vodka n'étaient guère différentes. Il se sentait de plus en plus sibérien finalement. Et c'était au large des côtes américaines qu'il aboutissait à cette heureuse constatation. Le givre gagnait de nouveau son pantalon, ses manches. Il cligna des paupières pour éviter que ses yeux ne gèlent et observa son haleine s'éparpiller devant lui en un fin nuage de cristaux, puis descendre lentement vers le sol. C'était bien le souffle d'un homme de Sibérie, non ? N'aurait-il pas fait un meilleur guide que celui à la vodka ? Mais quel genre de guide aurait-il été ? Qui aurait voulu le suivre ?

Il était temps maintenant de s'étendre. Il souleva la toile de la caisse pour en faire une couverture. Elle glissa, raidie par le froid, découvrant Zina Patiachvili enfermée dans un sac en plastique. Le sac transparent était recouvert d'une pellicule de givre scintillante et enveloppait Zina comme dans un manteau de diamants. Elle était blanche comme la neige, et ses cheveux étaient pailletés de cristaux de glace. Un œil était ouvert, comme si elle avait voulu voir qu'il l'avait rejointe.

Arkadi se pelotonna à l'autre extrémité de la cale. Il crut avoir des visions lorsque le volant se mit à tourner, mais la porte s'ouvrit pourtant devant lui avec un craquement sinistre. Natacha Tchaïkovskaïa apparut sur le seuil, masquant de son corps toute l'ouverture de la porte, ses yeux et sa bouche écarquillés de stupeur en découvrant les cendres du feu, le cadavre de Zina, puis Arkadi, blotti dans un coin. Elle se précipita à l'intérieur et souleva Arkadi, doucement au début afin que sa peau ne reste pas collée contre la glace, puis comme un haltérophile. Il n'avait jamais été porté par une femme auparavant. Natacha n'aurait probablement pas pris cette remarque comme un compliment.

— J'ai fait un feu, lui dit-il.

Apparemment, cela avait fonctionné. Il avait fait monter la température du thermocouple et finalement un système de surveillance avait donné l'alerte.

— Vous avez entendu une alarme ? dit-il.

— Non, non. Il n'y a pas d'alarme là-dedans. Je passais simplement par là quand je vous ai entendu à l'intérieur.

— J'appelais au secours ?

Arkadi ne s'en souvenait plus.

— Vous étiez en train de rire.

Natacha se tourna sur le côté pour franchir le seuil de la porte. Elle était blême de peur, mais aussi quelque peu dégoûtée, comme lorsqu'on s'occupe d'un ivrogne.

— Vous aviez un fou rire à vous en décrocher la mâchoire.

14

Israel Israïlevitch et Natacha massaient doucement les doigts et les orteils d'Arkadi pour les réchauffer, tandis que son corps était traversé de spasmes hypothermiques. Le chef d'atelier considéra avec mépris et déception les yeux d'Arkadi, rouges et enflammés par les vapeurs d'essence.

— Je m'attendais à ce que certains des gars soient des ivrognes ou des sniffeurs, mais pas vous, dit Israel. Se retrouver enfermé comme ça dans une chambre froide et avoir failli y mourir de froid vous servira de leçon, j'espère.

Maintenant que sa sensibilité revenait, il avait l'impression que des flammes léchaient sa peau et faisaient éclater ses vaisseaux. Tout son corps était secoué de violents tremblements. Heureusement, aucun de ses compagnons de cabine n'était présent lorsque Israel et Natacha l'avaient étendu sur la couchette pour l'emmitoufler dans des couvertures. Elles étaient sur sa peau comme des tapis de fakir et leur simple contact était un supplice.

Des écailles de poissons scintillaient sur le chandail et la barbe du chef d'atelier. Il avait quitté la pataugeoire pour aider Natacha à transporter Arkadi dans sa cabine.

— Faut-il maintenant enfermer l'essence, les pots

de peinture et de dissolvant comme s'il s'agissait de précieux alcools étrangers ?

— Les hommes sont des êtres faibles, lui rappela Natacha.

Israel donna son sentiment à ce sujet :

— Un Russe est comme une éponge ; on ne connaît sa véritable allure que lorsqu'il est totalement imbibé. Je pensais qu'Arkadi était différent.

Natacha soufflait son haleine tiède sur chacun de ses orteils et les pétrissait doucement, un à un. Lui enfoncer des aiguilles chauffées à blanc sous les ongles n'aurait pas été plus douloureux.

— Il faudrait peut-être le faire examiner par le docteur Vainou ? suggéra-t-elle

— Non, parvint-il à bredouiller.

Ses lèvres semblaient du caoutchouc : un autre effet secondaire des vapeurs d'essence.

— Je vous ai laissé quitter la chaîne parce que vous étiez en train de mener une sorte d'enquête pour le capitaine, et non pour faire la nouba.

— Zina se trouvait dans la soute, lui expliqua Natacha.

— Évidemment, on ne pouvait la mettre que là. Vous avez bien dit qu'il a allumé un feu ?

Israel sembla soudain soucieux.

— Il a peut-être fait dégeler des poissons ?

— Il n'a même pas pu se dégeler lui-même, dit Natacha en s'activant sur un orteil qui restait obstinément bleu.

— S'il a endommagé des poissons...

— Vos poissons, on s'en tape, excusez-moi, dit-elle.

— Tout ce que je demande, c'est que, si vous voulez vous tuer, vous le fassiez ailleurs que dans ma soute à poisson, lança-t-il à Arkadi.

Il saisit l'autre main d'Arkadi et la frotta vigoureusement.

Une pensée germa dans l'esprit de Natacha et s'imprima sur son front comme un sillon dans la neige fraîche.

— Cela aurait-il quelque rapport avec Zina ?

— Non, mentit Arkadi.

Allez-vous-en, avait-il envie de leur dire, mais il ne pouvait articuler plus d'un mot à la fois entre ses claquements de dents.

— Vous cherchiez quelque chose ? Quelqu'un ? demanda-t-elle.

— Non.

Comment pouvait-il lui parler de cet hypothétique lieutenant ? Il fallait d'abord qu'il cesse de trembler et qu'il laisse ses nerfs endoloris se remettre ; alors, il pourrait de nouveau poser des questions.

— Il vaudrait peut-être mieux prévenir le capitaine ? dit Israel.

— Non, fit Arkadi en se redressant.

— Non-non. Cela semble le seul mot dont vous vous souveniez, dit Israel. Mais je ne serais pas surpris qu'il s'agisse de représailles. Je ne partage pas leur attitude, mais je peux vous garantir que l'équipage n'apprécie pas que vous ayez remis en cause leur journée à Dutch Harbour. Pourquoi à votre avis sont-ils venus sur ce bateau de merde ? Pour le poisson ? Vous voulez ficher en l'air tous ces mois d'efforts pour découvrir ce qui est arrivé à Zina ? Ce bateau est plein de petites sottes dans son genre. Pourquoi celle-ci vous intéresse-t-elle autant ?

Maintenant que ses tremblements faiblissaient, Arkadi sombrait dans le sommeil. Il s'aperçut qu'on avait retiré ses vêtements gelés au profit d'une chemise et d'un pantalon secs ; tâche accomplie sans doute par Israel et Natacha, et guère plus ragoûtante qu'habiller un poisson. Il se voyait sur le tapis roulant de la chaîne, entraîné vers les dents de la scie.

Obidine et Kolia entrèrent dans la cabine, cherchèrent discrètement quelque chose, puis s'en allèrent sans prêter attention ni à Arkadi ni au fait qu'il ne se trouvait pas sur sa propre couchette. Sur un bateau, la règle était de laisser les autres dormir.

Lorsqu'il fit de nouveau surface, Natacha était assise sur la banquette opposée. Dès qu'elle vit qu'il était éveillé, elle demanda :

— Israel Israïlevitch voulait savoir pourquoi vous vous souciez autant de Zina. Vous la connaissiez donc ?

Il se sentait ridiculement faible, comme si son corps avait été roué de coups et grillé par le soleil pendant son sommeil. Au moins pouvait-il parler à présent en précipitant les mots entre deux tremblements.

— Vous savez bien que non.

— C'est ce que je croyais, mais vous semblez tant vous soucier d'elle...

Elle leva les yeux vers lui, puis détourna la tête.

— Je suppose que tous les professionnels font comme ça.

— Oui. C'est une perversion du métier. Natacha, qu'est-ce que vous faites ici ?

— Je craignais qu'ils ne reviennent.

— Qui donc ?

Elle croisa les bras comme pour dire qu'il ne fallait pas jouer au plus fin avec elle.

— Vous avez vraiment une sale tête, déclara-t-elle.

— Merci.

— Cela se passe comme cela à chaque enquête ?

Il eut des renvois durant son sommeil, et toute la cabine empesta l'essence comme un garage automobile. Lorsque Natacha ouvrit le hublot pour aérer, une chanson mélancolique s'éleva au-dehors.

Où êtes-vous, peuple des loups, bêtes sauvages du passé ?
Où es-tu donc, ma horde aux yeux d'or.

Une autre chanson de voyous, parlant encore des loups, et chantée avec émotion par un pêcheur aux mains rudes. Ou, plus vraisemblablement, par un mécanicien vêtu d'un bleu de travail maculé de cambouis, voire par un officier, aussi novice que Slava Boukovski — parce que, en privé, tout le monde chantait ces chansons de brigands. Et en particulier les ouvriers. Ils pinçaient les cordes de leurs guitares, accordées comme jadis : *ré, sol, si, ré, sol, si, ré.*

Je suis encerclé par les meutes de chiens, ces misérables bâtards
Que nous pensions jadis être nos proies.

Les Occidentaux ont choisi l'ours pour représenter les Russes. Mais le Russe, lui, se voit comme un loup, efflanqué et sauvage, presque indomptable. Seul un Soviétique des villes accepterait de faire la queue pendant des heures pour boire une bière, pas un Russe. C'était encore une chanson de Vissotsky. Pour ses compatriotes, le charme de Vissotsky résidait dans ses vices, ses abus d'alcool et sa conduite trompe-la-mort. On racontait qu'on lui avait implanté « une torpille » dans l'anus — une capsule d'Antabuse qui rendait Vissotsky malade chaque fois qu'il buvait. Et pourtant il persistait !

Je grimace au nez de mes ennemis d'un sourire carnassier
Découvrant sur mes gencives mes dents gâtées,
Et la neige étoilée de sang fond sur ces mots :
« Nous ne sommes plus des loups ! »

Alors que Natacha refermait le hublot, Arkadi se réveilla tout à fait.

— Rouvrez-le, dit-il.

— Il fait froid.

— Rouvrez-le. Vite.

Trop tard. La chanson s'était tue ; on n'entendait plus que la rumeur de l'océan qui glissait sous le hublot ouvert. C'était le chanteur de la cassette de Zina. Enfin, peut-être. S'il chantait de nouveau, Arkadi pourrait s'en assurer. Mais ses tremblements reprirent de plus belle, et Natacha referma le hublot.

Lorsque la porte de la cabine s'ouvrit, Arkadi se redressa, son couteau à la main. Natacha alluma la lumière et le considéra avec inquiétude.

— Qui attendiez-vous donc ?

— Personne.

— Tant mieux, parce que, dans votre état, vous n'effrayeriez même pas une musaraigne.

Elle déplia ses doigts du manche du couteau.

— En plus, vous n'avez pas besoin de vous battre. Vous avez une tête et elle dépasse de loin celle des autres, alors servez-vous-en.

— Puis-je m'imaginer ailleurs que sur ce bateau ?

— Le cerveau est une chose merveilleuse.

Elle posa le couteau à l'écart.

— J'aimerais qu'il soit une sorte de billet de train. Combien de temps ai-je dormi ?

— Une heure ou deux. Parlez-moi de Zina.

Elle essuya la sueur qui perlait sur son front et retapa son oreiller. Puis elle commença à masser ses doigts gourds qui étaient encore repliés comme sur le manche du couteau.

— Même lorsque vous avez tort, dit-elle, j'aime bien vous écouter raisonner.

— Ah bon ?

— C'est comme si j'écoutais quelqu'un jouer du

piano. Pourquoi est-elle venue sur l'*Étoile Polaire* ? Pour avoir ces pierres ?

— Non. Elles n'ont pas assez de valeur. Natacha, rendez-moi mon couteau.

— Mais pour elle-même, ces pierres pouvaient suffire.

— Les malfaiteurs en Union soviétique opèrent rarement seuls. Il n'y a jamais un seul criminel dans le box des accusés, mais cinq, dix, vingt chaque fois.

— Si c'est un crime, quoique je n'imagine pas une seconde que cela soit le cas, il s'agit peut-être d'un crime passionnel.

— C'est un crime trop propre. Trop bien organisé. Pour que son sang se soit épanché de cette manière, son corps a dû rester comprimé quelque part pendant au moins une demi-journée avant d'être jeté à l'eau. Cela signifie qu'on l'a déplacée pour la cacher, et qu'ensuite on l'a transportée de nouveau pour la passer par-dessus bord. Nous étions en pleine pêche alors, il y avait beaucoup de gens sur le pont.

Arkadi s'interrompit, cherchant son souffle. Un massage thérapeutique n'était parfois guère différent d'une torture.

— Continuez, dit Natacha.

— Zina a fraternisé avec les Américains, et cela n'a pu avoir lieu qu'avec le consentement de Volovoï. C'était son informatrice, elle travaillait pour lui. Si personne à la coquerie ne s'est plaint de ses absences, c'est parce qu'on leur a dit de fermer les yeux, et elle devait sans doute ménager Olimpiada en l'alimentant en chocolat et cognac. Mais pour quelle raison Zina allait-elle en poupe lorsque l'*Eagle* déchargeait un filet ? Et pourquoi *seulement* pour l'*Eagle,* et non pour n'importe quel bateau ? Pour faire signe à un homme avec qui elle dansait une fois tous les deux ou trois mois ? L'orchestre de Slava serait donc aussi bon que cela ? Peut-être faudrait-il plutôt retourner la question : Qu'est-ce que regardaient les Américains lorsqu'ils déchargeaient leur filet ?

Arkadi n'évoqua pas la possibilité de l'existence d'une chambre d'écoute à bord de l'*Étoile Polaire.* Selon la bande magnétique, le lieutenant invitait Zina dans cette pièce lorsque le poisson montait à bord. La chambre d'écoute n'opérait donc qu'entre deux déchargements ? Qu'est-ce qui était en cause ? Les filets ou les Américains ?

— En définitive, dit Arkadi, les Américains, ses divers amants, Volovoï... beaucoup de gens en fait se servaient de Zina, ou étaient manipulés par elle. Nous n'avons nul besoin d'être devins, il nous suffit d'ouvrir les yeux.

Il se souvint des paroles de Zina sur la cassette : « Le premier veut me dire ce que je dois faire. Le deuxième veut me dire aussi ce que je dois faire. » Arkadi avait fait le compte. Elle parlait de quatre hommes distincts, dont l'un d'eux pouvait être un meurtrier à ses yeux.

— Quels gens ? demanda Natacha.

— Un officier, par exemple. Il pourrait être mêlé à cette affaire.

— Quel officier ? dit-elle, aussitôt inquiète.

Il secoua la tête, n'en sachant rien. Ses mains étaient roses, comme si elles avaient été plongées dans l'eau bouillante. D'ailleurs la douleur s'en approchait.

— Alors, qu'en pensez-vous ? lui demanda-t-il.

— Pour le second, Volovoï, je ne suis pas d'accord avec vous. Pour les Américains, ils le diront eux-mêmes. Pour Olimpiada et les chocolats, vous avez peut-être raison,

Lorsqu'il s'éveilla de nouveau, Natacha était revenue avec un samovar géant, une fontaine d'argent avec un robinet à la place du bec verseur et des flancs rebondis luisants d'une saine chaleur. Ils prirent bientôt le thé dans des tasses fumantes ; Natacha coupa une tranche de pain.

— Ma mère conduisait des camions. Vous vous souvenez comment étaient nos camions à l'époque, lorsque les quotas des chaînes s'exprimaient en tonnes et non en nombre de véhicules. Chacun de nos camions pesait deux fois plus lourd que n'importe quel camion du monde entier. Essayez donc de tenir un engin comme ça dans la neige.

« La route traversait un lac gelé. Ma mère était un as du Travail communiste ; elle conduisait toujours le camion de tête. Tout le monde l'aimait bien. Elle avait un album de photos, et elle m'a montré un jour un portrait de mon père. C'était un conducteur aussi. Vous n'allez peut-être pas me croire, mais il avait l'air d'un intellectuel. Il lisait tout ce qui lui tombait sous la main et pouvait discuter avec n'importe qui. Il avait des lunettes. Ses cheveux étaient clairs, mais il vous ressemblait plutôt. C'était son côté exalté, me disait-elle, qui lui posait problème ; il avait toujours des ennuis avec ses supérieurs. Ils allaient se marier, mais au printemps, pendant le dégel, son camion est passé à travers la glace.

« J'ai grandi à l'ombre des barrages. Je les ai toujours aimés. Il n'existe rien sur terre de plus beau, de plus bénéfique à l'humanité. Les autres écoliers voulaient pousser leurs études, mais moi, j'ai quitté l'école aussi tôt que possible et je suis montée sur les échafaudages, une truelle à la main. Une femme peut gâcher le ciment aussi bien qu'un homme. Le plus excitant, c'est de travailler de nuit, sous la lumière des projecteurs alimentés par le dernier barrage que vous avez construit. Alors là, vous savez que vous êtes quelqu'un. Malheureusement la plupart des hommes ne sont que de passage, parce qu'ils gagnent plus d'argent en changeant de chantier. Voilà leur dilemme. Ils gagnent tellement d'argent qu'ils vont le boire ou le dépenser en mer Noire, avec une fille comme Zina. Ils ne veulent pas bâtir un foyer. Ce n'est pas leur faute. Ce sont les responsables des chantiers qui sont en cause, car ils sont prêts à offrir n'importe quoi pour finir leur construction avant les autres. Alors évidemment les hommes disent : « Pourquoi rester ici, alors qu'on peut se vendre plus cher partout ailleurs ? » Voilà ce qu'est devenue la Sibérie aujourd'hui.

Le filet glissa sur la rampe arrière, pénétra dans le halo lumineux des lampes à sodium et s'éleva sur les câbles du portique, oscillant comme un animal vivant, tandis que l'eau de mer ruisselait entre les mailles du paillet et inondait le pont de vaguelettes. Quarante ou cinquante tonnes de poissons, peut-être davantage encore ! La moitié du quota de la nuit en un seul chalutage. Des crabes gigotaient sur les caillebotis de bois. Les câbles tendus à l'extrême gémissaient tandis que le chef de bordée brandissant son couperet, tranchait d'un seul coup le ventre du filet. Le chalut tout entier sembla s'ouvrir aussitôt, submergeant le pont jusqu'au bastingage et les escaliers des coursives d'une masse grouillante de vers-anguilles, luisant d'un bleu laiteux sous les projecteurs...

Arkadi s'éveilla en sursaut. Il repoussa les couvertures, enfila ses bottes, saisit son couteau et se rua à l'extérieur de sa cabine, malmenant la porte qui lui faisait obstacle. Ce n'était pas simplement de la claustrophobie qu'il éprouvait, mais la sensation d'être enterré vivant. Quitter sa couchette ne suffisait pas, il se trouvait encore dans la coque du bateau.

Sur le pont, les lampes suffoquaient dans la brume nocturne, épaisse comme la fumée d'un feu. Il avait dormi tout l'après-midi. Cela faisait à présent un jour et demi qu'il avait fait connaissance avec le cadavre de Zina Patiachvili, et il ne se sentait guère plus vivant qu'elle. Il lui restait à peine douze heures pour annoncer quelque révélation fracassante qui résoudrait à la satisfaction de tout le monde le mystère de la mort de Zina Patiachvili et autoriserait du même coup l'équipage à descendre à Dutch Harbour. Il heurta la lisse en s'éloignant de la base des chaluts et se dirigea lentement vers la proue. Les chalutiers avaient disparu, et il n'y avait aucune étoile, ni d'autres lumières pour détourner le regard de la lueur falote des feux de l'*Étoile Polaire*.

Le pont était désert ; l'équipage dînait sans doute. Tout le monde vivait au même rythme maintenant que le bateau avait cessé de prendre du poisson et faisait route vers le port. Il referma son coude autour de la rambarde par précaution. Ce n'était pas une petite promenade de santé comme une autre. Mais une laborieuse progression qui lui laisserait tout le temps de songer à la noyade, à la peur qui lui enserrait le cœur comme un suaire mouillé. Il marqua une pause devant la machinerie des treuils. La passerelle luisait loin devant lui, perdue dans la brume.

— Voilà notre amoureux de poésie.

Arkadi se retourna en reconnaissant la voix de Susan. Il ne l'avait pas entendue approcher.

— Vous faites une promenade ? demanda-t-elle.

— J'aime l'air marin.

— Cela se voit.

Elle s'accouda à la lisse à ses côtés, repoussa sa capuche et alluma une cigarette. Puis elle approcha l'allumette des yeux d'Arkadi.

— Mon Dieu !

— Ils sont encore rouges ?

— Que vous est-il arrivé ?

Ses muscles étaient toujours douloureux. À la chaleur, ils sortaient de leur engourdissement, mais ils se refroidissaient aussitôt. Aussi discrètement que possible, il se soutint à la rambarde. Il serait parti sur-le-champ si ses jambes avaient pu lui assurer une sortie honorable.

— J'essayais de réviser ma façon de penser. Ce n'est pas si facile.

— Oh, j'y suis, dit Susan en jetant un regard circulaire sur le pont. C'est ici qu'a eu lieu l'accident ; c'est pour cette raison que vous êtes là ? C'est toujours un accident, n'est-ce pas ?

— Du genre inexpliqué, concéda Arkadi.

— Je suis sûre que vous trouverez le fin mot de l'histoire. Ils ne vous auraient pas chargé de cette affaire s'ils ne vous savaient pas capable de la résoudre.

— Je suis touché par votre confiance.

Il sentait ses genoux fléchir traîtreusement sous lui.

— Je me demandais..., dit-elle.

— Tiens, maintenant c'est vous qui vous demandez ?

— Eh bien, vous avez interrogé les hommes des chalutiers. Or ils avaient tous quitté l'*Étoile Polaire* avant qu'il n'arrive quoi que ce soit à Zina.

— C'est du moins ce qui semble.

Elle veut savoir, songea-t-il.

— Vous êtes vraiment sérieux ? Slava retourne tout le bateau pour trouver la preuve écrite d'un suicide, mais vous, vous errez comme une âme en peine. Vous voulez donc réellement découvrir ce qui est arrivé à Zina ? Pourquoi ?

— C'est un mystère pour tout le monde.

Quoique sa bouche empestât comme un baril d'essence, il eut soudain l'envie de fumer. Il palpa ses poches.

— Tenez.

Susan lui glissa sa cigarette entre les lèvres et s'écarta de la rambarde. Il crut tout d'abord qu'elle voulait s'éloigner de lui ; mais il aperçut l'*Eagle* qui sortait du brouillard. Tandis que le chalutier s'approchait du flanc de l'*Étoile Polaire,* il distingua la silhouette de George Morgan sur la passerelle noyée d'ombres. Sous les lampes du pont, deux pêcheurs en ciré ficelaient un filet déchiré et des ordures pour les jeter à l'eau. Coletti lui lança un regard sinistre et Mike un grand sourire. Le même que celui qu'il faisait sur la photo de Zina : un sourire innocent, sans arrière-pensée.

Le pont était mouillé, constellé de crabes et de poissons plats, et, malgré les mouvements saccadés du petit chalutier qui bondissait à côté de l'*Étoile Polaire,* les Américains semblaient rivés au pont, plantés sur leurs deux jambes, le buste penché en avant, les genoux verrouillés. Entre les deux bateaux voletait une nuée d'oiseaux surgie de nulle part comme d'habitude. Ils étaient peut-être une centaine à planer sur les courants, les ailes déployées : des sternes avec une tête noire et une queue d'hirondelle, des pétrels masqués et des mouettes d'un blanc cassé qui zigzaguaient au-dessus de sa tête. Il avait l'impression que quelqu'un avait vidé une corbeille à papiers pardessus bord et que les feuilles avaient pris vie et voletaient maintenant au vent. Le moindre mouvement d'un oiseau engendrait un mouvement au sein du groupe qui se réorganisait aussitôt, et la troupe était donc sans cesse traversée d'ondes chatoyantes et de pépiements.

Mike lui fit de nouveau signe et il fallut un certain temps à Arkadi pour comprendre qu'une troisième personne les avait rejoints à la lisse. Natacha s'approcha alors de son oreille :

— Il y a quelqu'un qui voudrait vous parler. Vous n'étiez plus dans votre cabine quand j'y suis retournée. Pourquoi vous êtes-vous levé ?

Alors qu'il s'apprêtait à lui expliquer l'effet salutaire de l'air marin, Arkadi fut pris d'une quinte de toux, qui engendra aussitôt de violents frissons. Sa chair semblait gelée sous sa peau, et elle libérait des ondes d'un froid glacial en se réchauffant.

Surveillant Susan du coin de l'œil, Natacha se mit à parler comme s'ils étaient en train de prendre le thé sur le pont.

— Bon, c'est l'heure de ma conférence. Nous irons voir mon amie ensuite.

— Votre conférence ?

Susan avait du mal à dissimuler son envie de rire.

— Je suis la représentante à bord de la Société savante des Républiques soviétiques.

— Bien sûr. Comment ai-je pu l'oublier ? dit Susan.

Cela aurait été moins cruel de rire ouvertement, parce que Natacha sentait que Susan se moquait d'elle, un peu comme une femme dont la combinaison derrière elle dépasse sous sa jupe et se sent un objet de moquerie sans savoir exactement pourquoi. Avec humeur, Natacha retira la cigarette de la bouche d'Arkadi.

— Dans votre état, la dernière chose à faire, c'est de fumer.

Elle se tourna vers Susan.

— C'est la sale habitude des Soviétiques. Fumer est l'acte le plus contre nature qui soit !

Elle lança la cigarette vers les oiseaux. Une mouette inclina ses ailes, l'attrapa au vol, puis la lâcha. Un pétrel attrapa à son tour le mégot, en avala la moitié et rejeta le reste. Le filtre tomba dans l'eau, où une sterne le considéra avec méfiance.

— Ce sont sans doute des oiseaux russes, lança Susan.

Une idée saisit Arkadi pendant sa quinte de toux. Susan portait un ciré de pêche et Natacha aussi ; c'était la seule chose qu'elles avaient en commun. Où était donc la veste de pêche de Zina ? Il n'y avait pas fait attention plus tôt parce que aucune ne portait de gilet durant le bal, ni pendant les pauses, lorsque tout le monde montait sur le pont, préférant résister quelques minutes à la morsure de l'air polaire. Aucune femme, et encore moins une femme soviétique, ne voudrait s'encombrer d'une veste de pêche interdisant toute embrassade. Sous leur robuste ossature, elles cachaient des âmes romantiques, prêtes à s'envoler comme des colombes à la plus petite brise.

Alors qu'Arkadi avait enfin fini de tousser et se redressait, Susan s'alluma une nouvelle cigarette.

— Renko, vous êtes l'enquêteur ou la victime ?

— Il sait ce qu'il fait, dit Natacha.

— C'est pour cela qu'il ressemble au déjeuner d'un requin ?

— Il a son idée.

Laquelle ? se demanda Arkadi.

La voix de Morgan sortit du talkie-walkie de Susan :

— Demande à Renko ce qui est arrivé à Zina. Nous avons hâte de savoir.

Sur le pont de l'*Eagle,* Mike faisait de grands gestes, comme pour inviter Natacha à descendre leur faire une petite visite. Les joues de Natacha s'empourprèrent, mais elle tourna le dos au pêcheur pour montrer que la fraternisation était désormais une chose révolue.

— Nous devons aller à la conférence, dit-elle avec autorité.

— Ils veulent savoir ce qui est arrivé à Zina, dit Susan.

Se sentant chanceler sur ses jambes, Arkadi changea discrètement de position afin de tester leur résistance.

— Que voulez-vous que je leur réponde, demanda Susan.

— Dites-leur, éluda Arkadi, dites-leur qu'ils en savent plus que moi.

15

La conférence fondée sur un scientisme athée que donna Natacha Tchaïkovskaïa, représentante à bord de la Société savante des Républiques soviétiques, fut écoutée religieusement par tout l'équipage, pourtant libéré de ses obligations, parce que Volovoï se tenait au fond de la salle, vérifiant d'un œil rapace, non seulement la présence de chacun, mais aussi son assiduité. Skiba et Slezko se trouvaient au dernier rang, donnant à l'Invalide deux paires d'yeux supplémentaires. La veille d'une descente à terre était toujours une journée tendue, car elle pouvait être annulée pour toutes sortes de raisons : la météo ne le permettait pas, les versements d'argent n'étaient pas tous effectués, le climat politique n'était pas favorable.

L'impatience serrait l'estomac de tout le monde. Ce n'était pas seulement la première terre que l'équipage rencontrait depuis plus de quatre mois ; c'était aussi le but de tout ce voyage ; passer quelques heures dans un magasin américain avec des dollars en poche. Si un homme ou une femme voulait pêcher ou vider des poissons, il lui suffisait de chaluter le long des côtes soviétiques au lieu de passer six mois en pleine mer de Béring. Les femmes portaient des chemisiers tout frais repassés avec des bouquets fleuris imprimés, leurs coiffures armées d'épingles à cheveux. Le groupe des hommes avait moins d'ensemble. Le bateau avait accéléré son allure pour franchir la longue distance qui le séparait des Aléoutiennes, augmentant du même coup la température des chauffe-eau des douches ; la moitié des hommes donc étaient rasés et s'étaient mis à leur aise, portant de simples tricots de corps. L'autre moitié, encore sceptique, avaient gardé leur épaisseur de barbe et de saleté.

— La religion, lisait Natacha, enseigne que le travail n'est pas une contribution donnée librement à l'État, mais une obligation dictée par Dieu. Il est peu probable qu'un citoyen partageant ces vues économisera le matériel.

Obidine, qui se trouvait au milieu de la salle, prit la parole :

— Dieu a-t-il économisé lorsqu'il a créé la Terre et le Ciel ? Lorsqu'il a fait les éléphants ? Peut-être Dieu se fiche-t-il d'économiser le matériel.

— Le matériel de l'État ?

Natacha était outrée.

— Pourquoi essayez-vous de la pervertir ? demanda Volovoï qui s'était glissé près d'Arkadi. C'est une simple ouvrière. Pourquoi l'attirer dans vos sales affaires ?

Natacha avait entraîné Arkadi à la conférence ; de toute façon il n'aurait pas eu la force de lui résister ; il était resté debout parce qu'il craignait de ne plus pouvoir se relever une fois assis. Il gardait les bras croisés pour dissimuler ses tremblements.

L'assistance attaqua Obidine : « Tais-toi ! Écoute plutôt ! »

— Il y a deux jours, la moitié de l'équipage ne savait pas qui vous étiez, continuait Volovoï. Maintenant vous êtes l'homme le plus détesté à bord. Vous vous êtes surestimé. D'abord vous annoncez que Zina Patiachvili a été assassinée. Et maintenant vous ne pouvez laisser ces gens, vos propres compagnons, avoir leur quartier libre au port sans dire que ce n'était pas un meurtre.

— Quelqu'un a été raconter que cela dépendait de moi, répondit Arkadi.

— Les rumeurs ont toujours mille bouches, précisa Volovoï.

Il consulta sa montre.

— Eh bien, vous avez onze heures devant vous avant de prendre votre grande décision : Dutch Harbour ou pas Dutch Harbour ? Allez-vous admettre votre erreur ou irez-vous contre tout le bateau ? Certains pourraient penser que vous allez faire un compromis. Je ne vous connais pas en particulier, mais je connais bien les gens de votre espèce. Je crois que vous préférerez confiner tout l'équipage à bord devant Dutch Harbour, et leur interdire de descendre à terre, plutôt que de reconnaître que vous vous êtes trompé.

— La science a montré, disait Natacha, que la flamme d'un cierge crée un effet hypnotique. Alors que, par comparaison, la science, c'est l'électrification de l'esprit.

— Après tout, dit Volovoï, qu'avez-vous à perdre ? Vous n'avez pas de carte du Parti, pas de famille ?

— Vous avez une famille ? demanda Arkadi, curieux.

Il voyait l'appartement de l'Invalide dans les hauteurs de Vladivostok, une femme stupide, une portée de petits Volovoï, avec au cou l'écharpe rouge des Pionniers, rassemblés devant la lueur de l'écran de télévision.

— Ma femme est second secrétaire du soviet de la ville.

Effaçons l'épouse stupide, songea Arkadi. Voilà l'égale de Volovoï. À eux deux, ils sont le marteau et l'enclume d'où va sortir la prochaine génération de communistes.

— Et j'ai un garçon, ajouta Volovoï. Nous avons

un pied dans le futur. Pas vous. Vous êtes un fruit pourri et je ne veux pas que vous contaminiez la camarade Tchaïkovskaïa.

Natacha était passée de l'électrification de l'esprit à l'évolution des organismes, de l'*homo erectus* à l'*homo sovieticus*. Cette harangue sur les vertus de l'athéisme était motivée par l'existence à Dutch Harbour de cette vieille église orthodoxe ; on opposait la science aux fantômes.

— Pourquoi craignez-vous que je puisse la contaminer ?

— Vous êtes un beau parleur, dit Volovoï. Votre père était quelqu'un d'important, vous avez fréquenté les grandes écoles de Moscou, vous avez eu tout ce que nous n'avons pas eu. Vous pourriez l'impressionner — vous pourriez même impressionner le capitaine — mais je sais ce que vous valez. Vous êtes un antisoviétique. Cela se sent à dix pas.

— Croire en une « intelligence suprême », disait Natacha, est en tout point comparable à cette lubie qu'ont certains de s'intéresser aux êtres vivants dans d'autres galaxies.

Quelqu'un protesta :

— Statistiquement, on sait que la vie existe sur d'autres galaxies.

— Mais personne n'est encore venu nous rendre visite, dit Natacha.

— Comment pourrions-nous le savoir ? lança l'intervenant.

C'était Kolia ; cela ne pouvait être que lui.

— S'ils ont la maîtrise des vols intergalactiques, alors ils ont sans doute les moyens de passer inaperçus.

Personne n'irritait autant Natacha que Kolia Mer. Le fait qu'ils travaillassent côte à côte à l'usine n'y changeait rien. Et, depuis qu'elle lui avait porté secours lorsqu'il s'était coupé le doigt, leur animosité, loin de s'estomper, n'en avait été que renforcée.

— Et pourquoi viendraient-ils nous rendre visite ? lança-t-elle.

— Pour voir le socialisme scientifique en action, dit Kolia en s'attirant dans l'assistance quelques murmures d'approbation.

Toutefois Arkadi se demandait pourquoi des extraterrestres leur rendraient pareille visite ; c'était faire le tour du monde pour voir une fourmilière.

— J'ai noté que vous aussi, vous ne m'avez pas rendu visite, dit Volovoï. Vous n'avez pas jugé bon de m'informer des progrès de l'enquête.

— Je crois que vous êtes suffisament informé, répondit Arkadi en songeant à Slava. De toute façon, tout ce que je voulais, c'était voir le dossier que vous avez sur Zina Patiachvili, et vous auriez refusé.

— Exact.

— Mais je sais déjà ce qu'il y a dedans : « Travailleuse sérieuse, mûre politiquement, esprit de coopération. » Elle ne faisait pas son travail ; c'était une fille frivole qui couchait avec tout le monde, et vous le saviez forcément. Ce qui signifie qu'elle était une informatrice — pas quelqu'un comme un Skiba ou un Slezko, mais néanmoins une informatrice. C'est la seule explication, ou bien c'est qu'elle couchait avec vous.

— Vous avez lu la Bible ? demandait Obidine.

— Il n'est pas nécessaire de lire la Bible. C'est comme si vous prétendiez qu'il faille être malade pour être docteur, dit Natacha. Je connais le fond de la Bible, les Évangiles, les auteurs.

— Et les miracles ? demanda Obidine.

L'assistance se leva autour de lui pour le huer.

— C'est une spécialiste ! Il n'y a pas de miracles !

Obidine leur cria en retour :

— Une femme a été assassinée ; elle reste au fond

de l'eau et elle revient sur le bateau même où elle a été tuée et vous dites que les miracles n'existent pas !

D'autres gens se levèrent encore, furieux, brandissant leurs poings.

— Menteur ! Fanatique ! C'est ce genre de paroles qui nous empêchera de descendre à Dutch Harbour !

Slezko se leva et montra Arkadi du doigt ; c'est comme s'il avait été mis en joue par un tireur.

— Voilà le provocateur qui nous empêchera de descendre à Dutch Harbour !

— Les miracles existent, cria Obidine.

— Cela en sera un si vous sortez de ce bateau vivant, dit Volovoï à Arkadi. J'espère que oui, car j'attends avec impatience notre retour à Vladivostok pour vous voir descendre la passerelle vers le poste frontière.

Lidia Taratouta servit à Arkadi un verre de vin alcoolisé. Une *boufetchitsa*, la femme qui s'occupait du mess des officiers, avait une cabine à deux couchettes, mais elle semblait y vivre seule. Le rouge était sa couleur préférée, supposa Arkadi. Un tapis oriental ocre avec des motifs imbriqués était épinglé comme un gigantesque papillon sur la cloison. Des bougies rouges se dressaient sur des chandeliers de cuivre. Une paire de bottes en feutre rouge était posée au pied de la couchette. La cabine ressemblait à la loge d'une actrice devenue un peu trop voluptueuse avec l'âge. Un rouge trop soutenu colorait la chevelure teintée au henné et les lèvres pleines de Lidia. Un éclat d'ambre en pendentif se lovait dans la tiédeur d'un chemisier à moitié déboutonné. Le chemisier exprimait une sorte de générosité naturelle, comme s'il s'était déboutonné tout seul. Dans la flotte de pêche soviétique, un capitaine ne choisissait rien — on lui imposait son bateau, ses officiers, son équipage — à une exception près : sa *boufetchitsa*. Martchouk avait usé au mieux de cette liberté.

— Vous me demandez avec quels officiers couchait Zina ? Vous pensez donc que c'était une traînée ? De quel droit pouvez-vous la juger ? Heureusement que vous avez Natacha à vos côtés, parce que vous ne comprenez vraiment rien aux femmes. Peut-être qu'à Moscou vous n'avez rencontré que des putains. Je ne connais pas Moscou. Je n'y ai été qu'une seule fois, en tant que déléguée du syndicat. Mais vous, vous ne savez rien de la vie sur un bateau. Donc, qu'est-ce qui est le plus grave ? Que vous ne connaissiez pas les femmes ou que vous ne sachiez rien de ce qui se passe sur ce bateau ? Peut-être bien qu'après vous n'aurez plus jamais envie de remonter sur un bateau. Encore un peu de vin ?

Puisque Natacha se tenait dans l'encadrement de la porte, interdisant toute fuite possible, il accepta un nouveau verre. Il était le premier à reconnaître ne rien comprendre aux femmes, mais pourquoi Natacha l'avait-elle traîné ici ?

— Il ne peut pas quitter le bateau, dit-elle. C'est un inspecteur, mais il a eu quelques problèmes.

— Un homme avec un lourd passé ? demanda Lidia.

— On m'a lancé un sort : infidélité politique, répondit Arkadi.

— Cela ressemble à un rhume de cerveau, non à un passé. Les hommes n'ont pas de passé. Ils volettent de place en place comme des feuilles mortes. Les femmes ont un passé. Moi, j'ai un passé.

Lidia regarda furtivement une photo encadrée sur l'armoire où l'on distinguait deux fillettes assises sur une même chaise, comme un couple de cacatoès, vêtues de robes blanches, les cheveux retenus par un ruban blanc.

— Voilà un passé.

— Où est le père ? demanda Arkadi par politesse.

— C'est une bonne question ! Je ne l'ai pas revu depuis qu'il m'a jetée au bas de l'escalier à coups de pied, enceinte de six mois. Maintenant mes deux enfants sont dans une crèche à Magadane. Il y a une nurse et une aide-soignante pour trente gosses. La nurse est une vieille bonne femme poitrinaire, et l'assistante, une voleuse. Voilà les gens qui élèvent mes chéries. Pendant tout l'hiver mes petites toussent. Ces deux femmes sont payées quatre-vingt-dix roubles par mois, elles sont obligées de voler pour vivre, alors je leur envoie de l'argent chaque fois qu'on accoste dans un port, simplement pour être sûre que mes filles auront de quoi manger ou ne mourront pas d'une pneumonie avant que je puisse les revoir. Dieu merci, je peux partir en mer et gagner de l'argent pour elles, mais si jamais je revois leur père, je lui coupe les couilles et les donne à bouffer aux poissons. Qu'il aille alors les chercher, pas vrai, Natacha ?

Un petit gloussement monta aux lèvres de la Tchaïka comme une bulle de savon, mais elle se reprit aussitôt et regarda de nouveau sagement Arkadi.

— Fais attention, Lidia. Il lit dans les pensées.

— Je vous assure, dit Arkadi, que je n'ai jamais rencontré de situation qui m'ait laissé aussi perplexe.

Lidia lissa son corsage.

— Bon, que voulez-vous savoir à propos de vos compagnons ? Que savez-vous de Dynka par exemple ?

Il fut de nouveau pris de court.

— C'est une gentille..., commença-t-il.

— Mariée à quatorze ans à un alcoolique, lança Lidia. Un chauffeur de taxi. Mais, si son Mohammed demande à faire une cure de désintoxication, il perd sa licence de chauffeur pour cinq ans : alors elle doit lui trouver de l'Antabuse au marché noir. Comme elle ne pouvait trouver assez d'argent au Kazakhstan, elle a été obligée de venir ici. La vieille de la cabine de Natacha, Elizavïeta Fedorovna Malzeva, passe ses journées à faire de la couture.

« Son mari était un commissaire de la marine marchande sur la mer Noire jusqu'à ce que son engin s'égare sur une passagère et qu'il se retrouve accusé de viol. Il a passé quinze ans en camp. Elle ne tient le coup qu'avec une dose quotidienne de Valerianka. Regardez-la à Dutch Harbour. Elle va essayer de se procurer du Valium. C'est toujours pareil. Vous voyez, camarade, vous êtes entouré par la déchéance humaine, par des femmes avec un passé, par des traînées.

— Je n'ai jamais dit cela.

En fait, c'est Natacha qui avait, la première, qualifié Zina de traînée, mais Arkadi jugea préférable de ne pas protester. De toute façon, il était dépassé par la situation. Il avait toujours senti que si les hommes pouvaient faire de bons policiers, les femmes feraient de meilleurs enquêteurs. Ou du moins, elles formeraient une nouvelle race d'enquêteurs, recueillant des indices à leur manière à elles, furetant, chinant un peu partout, à l'inverse des hommes, qui fonçaient tête baissée, comme des porcs en rut.

— Il s'intéresse plutôt aux Américains, dit Natacha.

— Il est malade ? demanda Lidia.

Arkadi s'était tellement accoutumé à ses tremblements qu'il ne les remarquait même plus.

— Il ne fait pas attention où il met les pieds, dit Natacha. Il va là où il ne devrait pas aller et pose des questions qu'il ne devrait pas poser. Il veut savoir ce qu'il y avait entre Zina et les officiers.

— Quels officiers ? demanda Lidia.

Par prudence, Arkadi précisa :

— Je n'ai fait que demander si des officiers couchaient avec des membres de l'équipage, pas plus.

— Ils sont légion.

Lidia remplit son verre.

— Sur un bateau, nous vivons six mois ensemble. Nous passons plus de temps ici qu'avec nos familles. Alors bien sûr certaines relations se nouent, parce que nous sommes humains. Parce que nous sommes des gens normaux. Mais si vous commencez à mettre cela dans votre rapport, vous allez ruiner la vie de ces gens. Un nom écrit dans un rapport ne s'efface jamais. À l'extérieur, cela peut faire beaucoup de mal. Et l'enquête sur Zina deviendra brusquement une enquête sur tout le monde à bord, sur les tombeurs et les traînées. Vous voyez ce que je veux dire ?

— Je commence, oui, dit Arkadi.

— Il voit, affirma Natacha en hochant la tête.

— C'est à votre nom que vous faites allusion, dit Arkadi.

— Tout le monde sait ce que fait une *boufetchitsa,* dit Lidia. Je dirige le mess des officiers, je nettoie la cabine du capitaine et j'agrémente son existence. C'est la coutume. Je le savais le jour où je me suis engagée. Le ministère de la Pêche le sait. Sa femme le sait. Si je ne m'occupais pas de lui à bord, il la violerait sur le pas de la porte, donc elle le sait. Les autres officiers supérieurs ont d'autres arrangements. Vous voyez, cela fait de nous des humains, mais pas des criminels. Si vous mentionnez dans votre rapport ne serait-ce qu'un mot là-dessus, le ministère et toutes ces épouses à terre, qui préfèrent de loin embrasser la photo de leur mari plutôt que de les accompagner sur l'*Étoile Polaire,* seront forcés de réclamer nos têtes.

Lidia prit une petite gorgée de vin avec la distinction d'une lady anglaise.

— Zina, ce n'est pas la même chose. Elle n'était pas nécessairement une catin ; mais coucher avec un homme n'avait simplement pas de signification particulière à ses yeux. Il n'y avait pas de tendresse en elle. Je ne crois pas qu'elle ait couché avec un même homme plus d'une fois ; elle était comme ça. Bien sûr, lorsque j'ai découvert comment elle était, j'ai pris des dispositions pour l'écarter de la tentation.

— Quel genre de disposition ? demanda Arkadi.

— Elle travaillait au mess des officiers. Je l'ai mutée à la coquerie de l'équipage.

— Comme isolement, on fait mieux.

— Quoi qu'il en soit, dit Lidia, les Américains sont devenus son obsession ; vous voyez donc qu'il n'y a pas lieu de mentionner nos braves compatriotes dans votre rapport.

— Elle était dingue de tous les Américains, ou d'un en particulier ? demanda Arkadi.

— Tu as vu comme il est rusé ! dit Natacha avec fierté.

— Avec une fille comme Zina, comment savoir ? répondit Lidia évasivement.

Arkadi se tapota le front, comme pour y réveiller une idée. Le message de Lidia était parfaitement clair — ne mentionnez le nom des officiers du bateau dans aucun rapport — mais il ne comprenait pas ce qui l'avait poussée à lui envoyer un tel message.

— Il réfléchit, précisa Natacha.

Il avait plutôt réveillé un nouveau mal de tête.

— Vous étiez au bal ?

— Non, répondit Lidia. Ce soir-là je devais préparer un buffet au mess des officiers pour les Américains. Des saucisses, des pickles, des douceurs qu'ils n'ont pas sur leurs propres bateaux. Nous avions trop de travail pour aller danser.

— « Nous » ?

— Le capitaine Martchouk, le capitaine Morgan, le capitaine Thorwald et moi-même. Les marins américains se sont rendus au bal, mais les capitaines sont restés pour étudier les cartes ; moi, je servais et débarrassais.

— Toute la soirée ?

— Oui. Enfin presque. J'ai fait une pause ; le temps de fumer une cigarette sur le pont.

Arkadi se souvint que Skiba l'avait vue se diriger vers la proue à 11h15.

— Quelqu'un vous a vue.

Pendant un long moment Lidia hésita et battit des cils, puis poussa finalement un long soupir.

— Cela n'a sûrement aucune importance, mais j'ai vu Susan sur le pont arrière.

— Comment était-elle vêtue ?

Elle ne s'attendait pas à cette question.

— Eh bien, elle avait un jean et une chemise blanche, je crois.

— Et Zina, comment était-elle habillée ?

— Une chemise blanche, je pense, et un pantalon bleu.

— Vous avez donc vu aussi Zina.

Lidia cligna des paupières, comme une personne venant de faire un faux pas.

— Oui.

— Où ça ?

— Sur le pont arrière.

— Elles vous ont vue ?

— Je ne crois pas.

— Vous étiez assez près pour pouvoir distinguer la tenue vestimentaire de deux femmes et aucune d'entre elles ne vous aurait remarquée ?

— J'ai d'excellents yeux. Le capitaine dit souvent qu'il aimerait avoir un officier avec d'aussi bons yeux que moi.

— Combien de voyages avez-vous fait avec le capitaine Martchouk ?

Les yeux perçants de Lidia étincelèrent alors comme deux chandelles.

— C'est ma troisième campagne avec Victor Sergueïvitch. Il est devenu capitaine de flotte durant notre premier voyage. Pendant le second, il a dépassé le quota de quarante pour cent et a été décoré Héros de l'Union soviétique. Il a été nommé également délégué au congrès du Parti. Il est connu à Moscou ; ils ont de grands projets pour lui.

Arkadi termina son verre de vin et se leva. Ses jambes n'étaient ni sûres ni solides, mais elles acceptaient néanmoins de le soutenir. Son cerveau recommençait enfin à fonctionner.

— Merci.

— Je peux nous trouver un peu de poisson fumé, proposa Lidia. Un peu de vin alors, ou bien quelque chose à manger.

Il fit un pas ou deux à titre d'essai. Il pourrait atteindre la porte.

— Arkadi, dit Natacha. Faites attention cette fois où vous allez mettre les pieds.

La passerelle était plongée dans l'obscurité, à l'exception de la lueur verte du radar, des écrans Loran et des radios VHF et BLU, de la sphère de verre du gyrocompas, et du disque lunaire du télégraphe. Les deux systèmes de commande des gouvernails gauche et droit se faisaient face de part et d'autre de la console. Martchouk se tenait à la fenêtre tribord ; un homme était à la barre. Arkadi sentit à quel point l'Etoile Polaire se mouvait d'elle-même sur l'océan. Avec des cliquetis pensifs, le pilote automatique se frayait une route préétablie. Les chiffres lumineux qui semblaient suspendus dans le vide étaient pour une grande part des informations émises en différé à mesure que le bateau-usine s'enfonçait dans la nuit.

— Renko, dit Martchouk en apercevant Arkadi. Boukovski vous cherche. Il dit que vous ne lui avez pas fait votre rapport.

— J'irai le retrouver tout à l'heure. Nous pouvons parler un peu, camarade capitaine ?

Arkadi vit l'homme à la barre se raidir. Les ouvriers de l'usine ne montaient pas en passerelle sans y avoir été invités.

— Laissez-nous, dit Martchouk au marin.

— Mais...

La règle était que deux officiers, ou bien un officier et un homme de barre, soient toujours de veille dans le kiosque de navigation.

— Ne vous en faites pas, le rassura Martchouk. Je vais me charger de tout ça. Le marin Renko va scruter les cieux et les mers et nous préserver de tout danger.

Après avoir refermé la porte derrière l'homme de veille, Martchouk jeta un coup d'œil dans la salle des cartes pour s'assurer qu'il n'y avait personne, puis il s'installa à la barre. La cloison derrière lui était équipée d'un panneau d'alarme incendie et de détecteurs de radiations ; ces derniers devaient servir en cas de guerre. Chaque fois que le pilote automatique cliquetait, corrigeant l'effet d'une lame, la barre tournait imperceptiblement.

— Vous avez couché avec Zina Patiachvili ? demanda Arkadi.

Pendant un moment, Martchouk resta silencieux. Des essuie-glaces démesurés étalaient la neige sur les vitres, et, à travers les flocons, Arkadi apercevait les treuils des ancres qui s'accrochaient à la proue du bateau, ainsi que les petites arabesques des cadrans des compte-tours de chaque côté des tambours. Au-delà, dans le large faisceau du projecteur avant, se dressait comme un mur de neige. Il faisait froid en passerelle et Arkadi recommença à trembler. L'écran du radar, encastré dans la console de pilotage, était un Foruna — marque japonaise. Son faisceau tournant, légèrement distordu par la neige, montrait deux échos se déplaçant à allure régulière — l'*Eagle* et le *Merry Jane,* supposait-il. Le sondeur, en revanche, était de facture soviétique, un Kalmar ; il indiquait que l'*Étoile Polaire* avançait à quatorze nœuds au-dessus du fond, ce qui voulait dire que le vieux bateau était poussé par une mer arrière. Selon la charte internationale de pêche, les vaisseaux soviétiques n'avaient pas le droit d'utiliser leur sondeur dans les eaux américaines, mais aucun capitaine n'aurait accepté de naviguer en aveugle quand les Américains n'étaient plus en passerelle.

— C'est de cette manière que vous menez une enquête ? demanda Martchouk. En portant des accusations aussi graves ?

— Avec le peu de temps dont je dispose, oui.

— Il paraît que vous avez pris Tchaïkovskaïa comme assistante. C'est un choix étrange.

— Pas plus étrange que votre idée de m'avoir choisi, moi.

— Il y a des cigarettes sur la console. Allumez-m'en une.

Des Marlboro. Tandis qu'Arkadi allumait la cigarette, les yeux du capitaine, derrière la flamme de l'allumette, se vrillèrent dans les siens. C'était le genre de tentative d'intimidation que pratiquaient certaines personnes pour faire vaciller leur adversaire.

— Vous êtes malade ?

— Juste un frisson.

— Slava vous surnomme, vous et Natacha, « sa paire de deux ». Que dites-vous de cela ?

— Une paire de deux est parfois utile dans un jeu.

— Natacha a dit quelque chose sur moi ?

— Elle m'a présenté Lidia.

— Lidia vous a parlé ? dit Martchouk, visiblement inquiet.

— Pas véritablement.

Arkadi souffla la flamme de l'allumette et s'approcha pensivement des vitres, contemplant le va-et-vient monotone des essuie-glaces. Le brouillard s'était mué en neige. Si la brume était le temps de la réflexion, alors la neige représentait celui de l'action.

— Elle a su que je voulais connaître les relations qu'entretenaient Zina avec les officiers. Elle était soucieuse de votre réputation et m'a confié que vous aviez déjà une maîtresse — elle-même. Pourquoi ? Comme elle dit, tout le monde, même votre femme, sait que vous couchez avec votre *boufetchista*. Moi-même je le savais. Elle a essayé de mettre une barrière à mes questions, en se jetant elle-même sous le train pour vous protéger.

— Alors ce n'est qu'une supposition.

— Non, une déduction.

La barre cliquetait, s'inclinait à droite, à gauche, maintenant le cap du bateau. Sur la console, le sondeur indiquait la profondeur : dix brasses. C'était vraiment peu profond.

Il ne put dire si Martchouk s'était raclé la gorge ou avait ri.

— On était au port. Cela faisait si longtemps que le bateau était en cale sèche... La plupart du temps, vous savez, je suis très occupé pendant les réparations parce que les chantiers nous refilent de la vraie camelote — les plaques de carène sont bousillées, les soudures sont mal faites, les chaudières fuient presque toutes. C'est la Marine qui prend les produits de qualité, alors c'est la croix et la bannière pour obtenir à force de cajoleries un robinet, une chaudière, ou un alternateur à peu près décents. Mais cette fois-là, tout avait été prévu.

« Bref, j'étais désœuvré, et mon épouse était à Kiev pour un mois. Vous savez, c'est une histoire sans grand intérêt. J'emmenais des types de la Marine qui voulaient manger dans un vrai restaurant de marin. La Corne d'Or. Zina y était serveuse. Elle nous a tous tapé dans l'œil. Après avoir mis au lit mes invités complètement saouls, je suis retourné au restaurant. Ce fut la seule et unique fois. Je ne savais même pas son nom de famille. Vous imaginez ma surprise lorsque je l'ai vue à bord.

— Vous a-t-elle demandé de la faire embarquer sur l'*Étoile Polaire* ?

— Oui. Mais ce n'est pas du ressort d'un capitaine.

Cela semblait vrai, songea Arkadi. Même si Martchouk avait pu lui trouver une couchette, il ne l'aurait certainement pas installée sous les yeux de Lidia Taratouta.

— Vous avez vu Zina le soir du bal ?

— J'étais au carré des officiers. Il y avait un buffet organisé pour les Américains.

— Les Américains de quel bateau ?

— L'*Eagle* et le *Merry Jane*. Les matelots sont allés au bal, mais les capitaines sont restés au carré pour discuter des routes.

— Les capitaines avaient des avis différents ?

— Ce ne serait pas des capitaines, sinon. Certes, nos formations diffèrent. Un capitaine soviétique doit passer six ans dans une école maritime, puis accomplir deux ans de service comme officier sur la flotte côtière, puis deux ans encore comme officier en pêche hauturière avant d'être nommé capitaine. Il y en a encore certains, dont je tairai les noms, qui s'imaginent qu'un père au ministère peut faire d'eux des officiers, mais ils se font rares. Un capitaine soviétique a fait des études de navigation, d'électronique, de construction navale et de droit. Un Américain *achète* un bateau, et il devient capitaine. Le problème, c'est qu'après Dutch Harbour nous allons rejoindre la banquise. C'est une bonne zone de pêche, mais là-bas, vous devez savoir impérativement ce que vous faites.

— Et Lidia était avec vous ?

— Oui, toute la soirée.

Arkadi ne voyait pas arriver la banquise d'un bon œil. Le ciel était déjà couvert de brouillard. Si la mer se couvrait maintenant de glace, devenant un monotone tapis blanc, le peu de relief qui restait au paysage allait alors s'effacer.

— Quelle distance y a-t-il entre le carré et le pont arrière ? demanda-t-il.

— Une centaine de mètres, environ. Vous devriez le savoir maintenant.

— C'est parce qu'il y a quelque chose que je ne m'explique pas. Lidia prétend être sortie du carré, qui se trouve ici, dans le bâtiment avant, et avoir aperçu Zina sur le pont arrière. Or, le pont arrière est invisible d'ici, même avec de bons yeux. Il faut donc s'y rendre à pied. Ce qui fait une marche de deux cents mètres aller retour, presque deux fois la longueur du bateau, que Lidia aurait donc parcourue dans le froid pour fumer une cigarette, apercevant par hasard une jeune rivale qui va mourir le soir même. Pourquoi Lidia aurait-elle fait cela ?

— Elle est peut-être idiote.

— Non, je crois qu'elle vous aime.

Martchouk resta un moment silencieux. Les flocons de neige laissaient des petites mottes humides sur les vitres ; il ne gelait donc pas dehors. La neige tapissait la mer aussi, et l'*Étoile Polaire* semblait glisser dans la nuit comme un traîneau.

— Elle m'a donc suivi, dit Martchouk. Zina avait glissé un mot sous ma porte ; elle voulait me parler. « Rejoins-moi sur le pont arrière à 11 heures », c'est tout ce qu'il y avait écrit.

— C'était vraiment de Zina.

— J'ai reconnu son écriture.

— Vous avez donc reçu d'autres mots d'elle.

— Oui, une fois ou deux. Lidia s'en est doutée. Les femmes sentent ce genre de choses ; elles le savent d'instinct, tout simplement. Lidia est plus jalouse que ma propre femme. De toute façon, Zina voulait simplement savoir qui allait l'accompagner à Dutch Harbour. Elle ne voulait pas se retrouver avec une vieille rabat-joie. Je lui ai dit que Volovoï se chargeait de dresser ces listes, et que ce n'était pas de mon ressort.

— À Vladivostok, lorsque vous avez passé la nuit avec Zina, vous êtes allé chez elle ?

— Je n'allais sûrement pas la faire venir chez moi.

— Comment est-ce, chez elle ?

— C'est un appartement donnant sur la rue Russkaïa. Plutôt mignon, en fait — des statuettes africaines, des estampes japonaises, et plein de fusils aux murs. Elle le partageait avec un type, absent à l'époque. Je l'aurais bien dénoncé pour les fusils, mais j'aurais été obligé de dire où je les avais vus. Cela aurait fait mauvais effet, au siège de la flotte, qu'un capitaine dénonce un homme après avoir couché avec sa femme. Je ne sais pas pourquoi je vous raconte tout ça.

— Parce que vous pourrez tout nier en bloc plus tard. C'est pour cette raison que vous m'avez choisi, vous pourrez réfuter tout ce que je découvrirai si cela ne vous convient pas. Ce que je ne comprends pas, c'est pourquoi avoir voulu faire une enquête, en fait, sachant toutes les histoires que cela ferait remonter à la surface. Vous étiez fou ou stupide ?

Martchouk resta si longtemps silencieux qu'Arkadi crut que le capitaine n'avait pas entendu sa question. Certes, le capitaine n'était pas le premier à avoir succombé à son appétit sexuel.

Lorsque Martchouk prit enfin la parole, sa voix était lourde de rancœur.

— Je vais vous dire pourquoi. Il y a deux ans, je commandais un chalutier au large du Japon. Il faisait nuit, on avait mauvais temps, un vent de force 9. J'essayais de remplir mon quota parce que je venais d'être nommé capitaine. Bref, tous mes hommes étaient sur le pont. Une vague nous prit par le travers. Cela arrive quelquefois. Lorsqu'elle fut passée, nous avons compté les têtes. Il manquait un homme. Ses bottes étaient sur le pont, mais le marin avait disparu. La vague l'avait-elle fait passer par-dessus bord ? Ou projeté dans la rampe arrière ? Je n'en sais rien. Évidemment, nous avons arrêté la pêche pour nous mettre à sa recherche. La nuit, dans une mer démontée comme celle-là, avec une eau aussi froide, il a dû mourir d'hypothermie en quelques minutes. Où bien il a bu la tasse et a coulé à pic. Nous ne l'avons jamais revu. J'ai joint par radio le QG de la flotte à Vladivostok et annoncé la mort du marin. Ils m'ont ordonné de poursuivre les recherches, et aussi de fouiller le bateau pour nous assurer qu'aucun gilet de sauvetage ou tout autre objet flottant n'avait disparu. Nous fîmes des aller et retour pendant une demi-journée, scrutant les flots, fouillant de fond en comble le bateau, recomptant les gilets de sauvetage, les bouées, les tonneaux. Ce ne fut que lorsque nous annonçâmes que rien ne manquait que le QG nous autorisa à reprendre la pêche. Vladivostok ne l'avait pas dit explicitement, mais tout le monde avait compris ; nous nous trouvions à seulement vingt milles marins des côtes japonaises. Dans la tête de l'état-major, il était possible qu'un marin ait eu l'envie de quitter le pays et ait tenté de traverser en pleine nuit une mer démontée presque à zéro degré. C'était parfaitement grotesque. Je devais ordonner aux camarades de cet homme de partir à sa recherche, non pour le sauver, ni même pour retourner son corps à sa famille, mais comme s'il s'était agi d'un prisonnier évadé, comme si nous étions tous des prisonniers. Et je l'ai fait, mais je me suis juré que je ne laisserais plus jamais mon équipage aux mains de Vladivostok. Zina n'était pas parfaite, et alors ? Moi non plus. Mais vous découvririez ce qui s'est passé.

— Pour l'honneur de l'équipage ?

— Oui.

La neige donnait un climat à la fois étrange et oppressant. Le radar avait des boutons de réglage pour la luminosité, la couleur et le rayon d'action. Sur l'écran, rien n'apparaissait devant le bateau, à l'exception du pointillé vert des ondes de retour.

— Nous sommes à combien de Dutch Harbour ?

— Dix heures.

— Si vous voulez faire quelque chose pour vos hommes, donnez-leur leur quartier libre au port. Je n'apprendrai rien de nouveau en dix heures.

— Vous étiez mon compromis vis-à-vis de Volovoï. C'est l'officier en second. Vous avez entendu ce qu'il a dit.

— Vous êtes le capitaine. Si vous voulez que votre équipage aille à terre, faites-le.

Martchouk redevint silencieux. Sa cigarette se consuma entre ses lèvres.

— Continuez à chercher, dit-il finalement. Peut-être trouverez-vous quelque chose.

Arkadi sortit du kiosque de navigation par le pont de passerelle. À l'intérieur, Martchouk semblait comme enchaîné à la barre.

16

Lorsque Arkadi rejoignit sa cabine, il tremblait si fort qu'il décida de prendre le taureau par les cornes et d'en finir une fois pour toutes avec ses spasmes. Il prit une serviette et descendit d'un niveau pour rejoindre une petite salle d'eau équipée d'une patère et d'un écriteau annonçant : « Un bon citoyen respecte la propriété d'autrui. » Une inscription manuscrite précisait néanmoins : « Gardez vos objets de valeur avec vous. »

Dissimulant son couteau sous sa serviette, Arkadi entra dans le sauna qui faisait la fierté de l'*Étoile Polaire.* Il avait été construit par l'équipage, et bien qu'il ne fût guère plus grand qu'un box d'étable, il était entièrement lambrissé de cèdre rouge. Un caisson en bois contenait les galets de rivière chauffés par des tuyaux acheminant la vapeur de la blanchisserie. Un joli brouillard flottait déjà dans l'air. Deux paires de jambes pendaient de la banquette supérieure, mais elles étaient trop fines pour être celles de tueurs.

Dans les luxueuses stations thermales de Moscou comme dans les cabanes de Sibérie, les Russes croyaient dur comme fer que rien ne valait une séance de sauna pour soigner toutes sortes de maladies. Coups de froid, arthrite, maladies nerveuses, déficiences respiratoires et gueules de bois étaient traités au baume de la vapeur, et, puisque le petit sauna de l'*Étoile Polaire* ne désemplissait pas, il restait toujours chaud.

Les pores de sa peau s'ouvrirent aussitôt, et Arkadi sentit la sueur perler sur son front et sa poitrine. Bien que ses mains et ses pieds fussent traversés de picotements, ils n'avaient pas viré au blanc, premier signe des gelures. Lorsqu'il en aurait fini avec ses tremblements, il pourrait de nouveau penser clairement. Il versa de l'eau sur les pierres qui devinrent d'un noir luisant ; mais elles séchèrent si rapidement qu'elles reprirent aussitôt leur coloration grise. La vapeur brûlante s'épaissit alors davantage. Il y avait des verges dans un coin, pour extirper les poisons d'une vilaine beuverie, mais il n'avait jamais cru aux vertus du fouet, pas même dans un but prétendument thérapeutique.

— Tu comptes te dégotter de la came ? demanda une voix en anglais derrière le nuage de vapeur.

C'était Lantz, l'envoyé des Pêcheries américaines.

— Poudre ou shit, Dutch nous tend les bras. Il y a plein de bateaux de pêche qui font de sacrées virées en Colombie, ou à Bahia.

— J'en resterai à la bière.

L'autre voix était celle du représentant dénommé Day.

— Tu as déjà essayé l'ice ? Tu fumes ça dans une pipe. C'est très intense. Cela te fait planer en moins de deux.

— Non, sans façon.

— Tu as peur ? Je te ferai un cocktail, cela ressemble à une cigarette normale.

— Je ne fume même pas. Après ce boulot, je retourne à la fac. Je ne tiens pas à faire des conneries dans le Yukon. Laisse tomber.

— Quelle chiffe molle ! lança Lantz tandis que Day sortait du brouillard pour gagner la porte.

Arkadi entendit Lantz se moucher dans sa serviette,

puis lentement il descendit de son banc. Il n'avait que la peau sur les os, comme une salamandre toute blanche, avec de longues pattes. Son regard s'arrêta enfin sur celui qui occupait la banquette inférieure.

— Hé, regardez celui qui fourre son nez partout et espionne les autres. Alors, Renko ? Vous allez avoir vos dollars et foncer à Dutch Harbour ?

— Je ne crois pas que j'irai, dit Arkadi.

— Les autres non plus. Ils disent que vous allez empêcher tout le monde d'y aller.

— Cela se pourrait.

— Et j'ai même entendu que si tout le monde avait l'autorisation, vous, vous ne l'auriez pas. Qui êtes-vous donc, Renko ? Un policier ou un prisonnier ?

— C'est un emploi très prisé que de travailler sur un bateau de haute mer.

— Peut-être, si vous pouvez décider des arrêts à terre, mais pas si vous êtes coincé à bord. Pauvre camarade Renko.

— Je manque quelque chose, selon vous ?

— Je pense en fait que tout vous manque. Et vous allez devoir faire les cent pas sur le pont en espérant que quelqu'un vous rapporte un paquet de cigarettes. C'est pathétique.

— C'est vrai.

— Je vous rapporterai du sucre candi et une barre de chewing-gum. Vous allez voir, cela va être le grand moment de votre voyage.

La vapeur s'échappa du sauna lorsque Lantz ouvrit la porte. Arkadi versa de nouveau de l'eau dans la caisse en bois et s'effondra sur le banc. Il était effaré que même un Américain pût s'apercevoir dans quel guêpier il se trouvait.

Il était aussi effaré par tous les points qui lui restaient obscurs. Il était impensable que Zina ait quitté le bal juste pour demander à Martchouk qui allait l'accompagner dans les magasins à Dutch Harbour. Et puis elle était restée sur le pont arrière. Selon les notes de Skiba et Slezko, Lidia avait traversé le bateau à 11 h 15, heure à laquelle Zina était encore en vie, accoudée à la rambarde de poupe. C'était quatorze minutes avant que Ridley ne revienne sur l'*Eagle* et cinquante-cinq minutes avant que l'*Eagle* ne largue les amarres. Zina était trop intelligente pour tenter de s'enfuir lorsqu'un bateau américain était arrimé au bateau-usine. Vladivostok aurait déposé une plainte et la compagnie, à moitié soviétique, aurait accepté de faire fouiller l'*Eagle* et le *Merry Jane*. Les deux conditions nécessaires à une disparition crédible étaient, selon les propos de Martchouk, les suivantes : les Américains devaient se trouver à une distance infranchissable à la nage et aucun gilet de sauvetage ou équipement de survie ne devait manquer à bord de l'*Étoile Polaire*. Puisque la défection était impensable, qu'est-ce que Zina faisait là ?

L'envie d'une bière lui serra la gorge. Les chalutiers de Sakhaline se faisaient de l'argent en ramassant des caisses de bière japonaises attachées aux nasses de crabes et ils laissaient en échange des sacs d'œufs de saumon. Il avait droit à ces bières, fraîches comme la mer, et non tièdes comme les tord-boyaux d'Obidine.

La porte du sauna s'ouvrit et Arkadi crut distinguer, dans l'épaisse brume, que le nouveau venu portait des chaussures. C'était un homme solidement charpenté, nu, à l'exception d'une serviette nouée autour de la taille, et il ne portait nullement des chaussures ; mais ses pieds étaient bleu nuit, presque pourpres. Ils étaient tatoués avec des courbes festonnées, chaque orteil se dressant comme une griffe verte. Le graphisme léonin couvrait ses jambes jusqu'aux genoux, comme un griffon. L'homme était ce que les scientifiques appelaient un mésomorphe, avec un buste musclé presque aussi large que profond. Certains tatouages anciens s'étaient estompés avec le temps, mais Arkadi discernait encore des femmes enchaînées aux formes généreuses qui escaladaient chacune de ses cuisses vers les flammes rouges qui s'élevaient sous le bord de la serviette. L'estomac était strié de nuages bleus. Sur le côté droit de la cage thoracique apparaissait une plaie sanglante avec le nom du Christ ; sur le côté gauche, un vautour tenait un cœur dans ses serres. Le poitrail de l'homme était lardé de cicatrices. Œuvre des directeurs des camps de travail ; si les tatouages d'un prisonnier leur déplaisaient, ils les brûlaient au permanganate de potassium. Les bras de l'homme étaient des manches vertes, la droite couverte de dragons à demi-effacés, la gauche couverte de noms de prisons, de camps de travail et de transit : Vladimir, Tachkent, Potma, Sosnovka, Kolima, Magadane et d'autres encore, une liste traduisant une existence rude et mouvementée. Les tatouages cessaient à la naissance des poignets et du cou ; l'effet général donnait l'illusion d'un homme vêtu d'un costume sombre et moulant, ou bien d'une tête et deux mains livides lévitant dans le vide. L'autre effet était qu'on savait clairement à quel clan cet homme appartenait : c'était un *ourka* ; en Russie, un professionnel du crime.

Il s'agissait du chef de bordée, Karp Korobetz. Il adressa un grand sourire à Arkadi et dit :

— Vous ne semblez pas dans votre assiette.

— Mais je vous connais, lâcha Arkadi alors que la mémoire lui revenait soudain.

— Cela remonte à une dizaine d'années, dit Karp. À la cafétéria, lorsque vous avez commencé à me poser des questions, je me suis dit : « Renko, Renko, je connais ce nom-là. »

— Article 146. Vol à main armée.

— Vous avez essayé de me faire plonger pour meurtre, lui rappela Karp.

Les souvenirs d'Arkadi remontaient clairement

maintenant à sa mémoire. Douze ans plus tôt, Korobetz était une petite frappe qui soutenait dans un quartier chaud de Moscou des prostituées qui avaient deux fois son âge. D'habitude un *statu quo* était observé entre la milice et les proxénètes, en particulier à cette époque où la prostitution n'était pas censée officiellement exister en Union soviétique ; mais le garçon avait pris l'habitude de faire les poches des pantalons des clients. Un vieil homme, un ancien combattant bardé de médailles, avait résisté, et Karp l'avait fait taire à coups de marteau. Ses cheveux étaient plus longs et plus clairs à l'époque, ornés de tresses fantaisistes derrière les oreilles. Arkadi n'était venu au procès que pour témoigner en qualité d'inspecteur principal de la brigade criminelle. Mais il y avait une autre raison expliquant le fait qu'il n'avait pas reconnu Korobetz immédiatement. Le visage de Karp avait changé ; ses cheveux descendaient en fait plus bas sur son front qu'autrefois. Si les prisonniers avaient un tatouage sur le front du genre « Je suis un esclave de l'URSS », les camps leur retiraient cette portion de peau par intervention chirurgicale. C'est ainsi que tout le cuir chevelu s'était trouvé descendu.

— Qu'est-ce qu'il y avait d'écrit avant, dit Arkadi en montrant du doigt le front du chef de bordée.

— « Les communistes sucent le sang du peuple. »

— Tout ça sur le front ?

Arkadi était impressionné. Il considéra alors le poitrail de Karp.

— Et là ?

— « Le Parti = La Mort. » Ils l'ont ôté à l'acide à Sosnovka. Après j'ai écrit : « Le Parti est une pute. » Alors ils l'ont de nouveau brûlé, et la peau cette fois a été tellement attaquée qu'on ne peut plus rien écrire dessus.

— Une carrière éclair. Mais Pouchkine est mort jeune.

Karp chassa de la main un nuage de vapeur. Ses yeux bleu ardoise se lovaient dans un pli qui lui barrait tout le front. Il passa sa main dans ses cheveux humides. Maintenant, ils étaient courts sur les tempes, et longs sur le sommet du crâne, comme le voulait la mode soviétique, tandis que son corps était plutôt néandertalien. Karp était un homme de Neandertal tatoué.

— Il faut que je vous remercie, annonça Karp. J'ai appris un métier à Sosnovka.

— Ce n'est pas à moi qu'il faut dire cela, répondit Arkadi. Mais aux gens que vous avez frappés et volés ; ce sont eux qui vous ont identifié.

— On m'a appris à construire des meubles de télévision. Vous avez une Mélodia ? C'est peut-être bien moi qui ai construit le meuble. Bien sûr, il y a longtemps ; c'était avant ma réhabilitation sociale. Vous voyez comme la vie est étrange ? Je suis maintenant un marin de première classe et vous un marin de seconde classe. Et je suis votre supérieur.

— C'est la mer qui est un endroit étrange.

— Vous êtes la dernière personne que je m'attendais à rencontrer sur l'*Étoile Polaire*. Qu'est-il donc arrivé au grand inspecteur tout-puissant ?

— Il se passe aussi d'étranges choses sur terre.

— Tout vous semble étrange maintenant, hein ? C'est ce qui se passe quand on perd sa place et sa carte du Parti. Dites-moi ce que vous faites pour ce soi-disant ingénieur de la flotte.

— Je travaille pour le capitaine.

— Le capitaine, je l'emmerde. Où donc croyez-vous être ? À Moscou ? Il y a environ dix officiers sur l'*Étoile Polaire*, tout le reste, c'est l'équipage. Nous avons nos propres codes ; nous réglons nos problèmes entre nous. Et je règle les miens comme ça. Pourquoi faites-vous une enquête sur Zina Patiachvili ?

— Elle a eu un accident.

— Je le sais bien, c'est moi qui l'ai retrouvée. Si ce n'est qu'un accident, pourquoi vous ont-ils mis sur le coup ?

— À cause de mon expérience. Vous en savez quelque chose ? Parlez-moi donc de Zina.

— C'était une honnête travailleuse. C'est une grande perte pour le bateau.

Le visage de Karp se fendit d'un large sourire, découvrant ses dents en or.

— Vous voyez, moi aussi, je sais dire toutes ces conneries.

Arkadi se leva. Il était de la taille de Karp, bien qu'en corpulence ce dernier le surpassât largement.

— J'ai été stupide de ne pas vous avoir reconnu, dit Arkadi. Mais vous l'avez été doublement en me disant qui vous étiez.

Karp sembla blessé.

— Je pensais que cela vous ferait plaisir de voir que je me suis remis dans le droit chemin, et que je suis devenu un travailleur modèle. Je pensais que nous pourrions être amis, mais je vois que vous n'avez pas changé d'un iota.

Beau joueur, Karp s'approcha d'Arkadi pour lui donner un conseil :

— Il y avait un gars au camp qui vous ressemblait. C'était un prisonnier politique. Un officier de l'armée qui n'avait pas voulu faire entrer ses tanks en Tchécoslovaquie pour écraser les contre-révolutionnaires — quelque chose dans ce goût-là. J'étais son chef de section et il ne voulait pas suivre mes ordres. Il se croyait encore en poste. Vous savez, on nous avait amenés sur un épi de chemin de fer pour abattre des arbres et les charger sur les wagons. Un travail de bûcheron. Un sain travail par environ moins trente degrés. L'empilement des troncs sur les plates-formes était la partie la plus dangereuse du travail ; il ne fallait pas qu'ils roulent et tombent de la pile. C'est drôle que ce soit le seul type avec de l'instruction, cet officier, qui ait été victime de l'accident ; et il n'a même pas été fichu d'expliquer clairement ce qui lui était arrivé. Il disait qu'on l'avait jeté sur les rails et que quelqu'un lui avait brisé les os avec un manche de hache — les bras, les jambes, les mains, les doigts, tout y était passé. Vous avez déjà vu des macchabées, il y a pas mal d'os dans un corps, hein ? Mais j'étais là, et je n'ai rien vu de tout ça. Voilà ce qui se passe lorsqu'on fait une erreur et que tout un chargement de troncs vous roule dessus. Il est devenu fou. Et il est mort finalement d'un éclatement de la rate. Je parie qu'il préférait finir comme ça plutôt que de passer le reste de sa vie en miettes. Je vous raconte cette histoire parce que ce type vous ressemblait, et que vous lui ressemblez, et parce qu'un bateau en pleine mer est un endroit dangereux. C'est pourquoi je voulais vous prévenir. Soyez prudent.

Puis Karp ajouta avant de partir :

— Apprenez à nager.

Les tremblements revinrent, deux fois plus violents. Avait-il jamais eu aussi peur durant sa carrière d'inspecteur ? Peut-être était-ce logique qu'il ait fait tout ce chemin depuis Moscou pour se retrouver sur un bateau avec Karp Korobetz ? Pourquoi ne l'avait-il pas reconnu ? Son nom n'était pourtant pas si courant. Mais sa propre mère l'aurait-elle reconnu à présent ?

Le chef de bordée faisait partie du groupe qui l'avait enfermé dans la soute à poisson ; voilà la raison de ses nouveaux tremblements. Trois hommes l'avaient transporté et probablement un autre marchait en tête, un cinquième fermait la marche ; c'étaient Karp et ses hommes de pont, les lauréats surentraînés de la compétition socialiste.

La sueur ruisselait sur son front, enduisant son

visage d'une pellicule de peur. Karp était fou ; et ce n'était pas de la « passivité schizophrénique ». Mais le chef de bordée n'était pas stupide pour autant ; donc pourquoi avait-il attiré les soupçons sur lui alors qu'Arkadi avait encore un semblant d'autorité ?

Qu'avait dit Karp et qu'avait-il gardé sous silence ? Il n'avait pas parlé de la soute à poisson ; pourquoi y aurait-il fait allusion ? Mais il n'avait pas mentionné Dutch Harbour non plus ; il avait posé des questions à propos de Hess. Mais il s'était surtout employé à lui faire peur, et il y avait réussi.

La porte du sauna s'ouvrit de nouveau. Arkadi aperçut un pied sombre et aussitôt il saisit son couteau caché dans son dos. Mais l'air froid s'engouffrant par la porte ouverte dissipa rapidement la vapeur et Arkadi vit qu'il s'agissait d'une chaussure, une Reebok bleue.

— Slava ?

Le second lieutenant écarta les volutes de vapeur avec des gestes impatients.

— Renko, je vous cherche partout. Je l'ai trouvée ! J'ai trouvé la lettre !

Arkadi n'arrivait pas à chasser Karp de son esprit.

— Mais quelle lettre ? De quoi parlez-vous ?

— Pendant que vous dormez et allez au sauna, j'ai trouvé la lettre de Zina Patiachvili. Elle en a écrite une.

Le visage de Slava apparut derrière un panache de vapeur.

— Une lettre de suicide. Tout va bien. Nous allons pouvoir descendre à terre.

TERRE

17

Dutch Harbour était cerné de collines vertes, tapissées d'un épais duvet d'herbe subarctique. Pas le moindre arbre, pas le moindre végétal dépassant la taille d'un buisson, mais le vent qui soufflait sur les pentes herbeuses avait un effet magique et transformait les collines en de grandes vagues vertes

L'île s'appelait en fait Unalaska, et sur un flanc de la baie se blottissait un village aléoutien du même nom, une plage bordée de maisons qui menaient à une église russe orthodoxe de bois blanc. La ville de Dutch Harbour échappait encore à la vue d'Arkadi, cachée par un dépôt de carburant. Elle se lovait derrière une jetée abritant un débarcadère jonché de neige pourrissante, encombré de vieilles armatures de chalut rouillées, de pompes à essence et de casiers à crabes pesant chacun une demi-tonne. Plus loin encore se trouvait un quai pour chalutiers et un grand bateau transformé en conserverie flottante, maintenu par une ceinture de pilotis. Derrière enfin, les collines d'Unalaska s'élevaient rapidement vers les pics volcaniques taillés dans la roche noire et la neige.

C'était surprenant, songeait Arkadi, comme l'œil était avide de couleurs. Les nuages étaient déchirés, et des taches de lumière glissaient sur la baie. Sur les premières falaises, des macareux se laissaient tomber dans l'eau comme des pierres. Des aigles s'envolaient des sommets des plus hautes murailles et s'élevaient pour espionner l'*Étoile Polaire* ; c'étaient des oiseaux gigantesques, d'un brun roux avec une altière tête blanche et des yeux d'ambre. Arkadi avait l'impression de se trouver sur le toit du monde.

Les Américains étaient déjà descendus à terre avec la pilotine. Susan allait rentrer chez elle vêtue d'une veste de pêche décorée de badges-souvenirs. Avant de partir, elle avait distribué des baisers d'adieu avec la générosité de quelqu'un quittant une prison. Le petit bateau-pilote avait conduit à bord le nouveau représentant des pêcheries qui apportait avec lui une mallette contenant cent mille dollars, l'argent de change pour l'équipage de l'*Étoile Polaire*. Tout le monde avait attendu que les billets soient comptés et recomptés dans la cabine du capitaine.

Enfin, après quatre mois de pêche, les collègues d'Arkadi, en file indienne le long du bastingage tribord, descendaient les marches de la passerelle d'embarquement vers un canot de sauvetage qui allait les emporter, avec leur lot de dollars américains, vers ce port dont ils n'avaient cessé de rêver. Mais ils ne laissaient rien paraître de leur joie. Un marin soviétique ne se rasait pas nécessairement pour les grandes occasions. Il cirait ses chaussures, lissait sa barbe et enfilait sa veste de sport même si les manches étaient trop courtes. Il revêtait également son visage le plus inexpressif, non seulement par égard pour Volovoï, mais aussi par amour-propre. Aussi son impatience ne se manifestait que par un discret plissement de paupières.

À quelques exceptions près toutefois. Sous le rebord d'un béret avachi, les yeux d'Obidine fixaient intensément l'église qui se profilait de l'autre côté de la baie. Kolia Mer avait caché sous son manteau ses pots en carton ; il contemplait les collines comme Darwin découvrant le rivage des Galapagos. Les femmes portaient leur plus joli chemisier sous les manteaux de lapin et l'habituelle série de chandails. Elles arboraient aussi un visage fermé de touriste, mais, lorsque leurs yeux se croisaient, elles étouffaient de petits rires. En passant, elles firent signe à Natacha et Arkadi qui se tenaient sur le pont des canots.

Les joues de Natacha étaient presque aussi rouges que son rouge à lèvres et elle avait pincé cette fois *deux* barrettes dans ses cheveux, comme si elle avait besoin de munitions supplémentaires pour sa visite à Dutch Harbour.

— C'est la première fois que je vais aux États-Unis, expliqua-t-elle à Arkadi. Cela ne paraît pas très différent de l'Union soviétique. Vous êtes déjà allé aux États-Unis. Où ça ?

— New York.

— C'est différent d'ici.

— Oui, répondit Arkadi après un silence.

— Alors comme ça, vous êtes venu me dire au revoir ?

Natacha bouillait tellement d'impatience qu'elle semblait sur le point de s'envoler vers les boutiques de l'autre côté de la baie. En fait, Arkadi était venu s'assurer que Karp descendait bien à terre. Pour l'instant, il n'était pas dans la file.

— Pour vous dire au revoir et merci, répondit-il.

— Ce n'est que pour quelques heures.

— Je voulais vous remercier quand même.

Elle baissa les yeux et sa voix s'adoucit.

— J'ai été très heureuse de travailler avec vous, Arkadi Kirilovitch. Cela ne vous dérange pas que je vous appelle Arkadi Kirilovitch ?

— Appelez-moi comme vous voulez.

— Vous êtes loin d'être un imbécile. Je vous ai mal jugé.

— Merci.

— Tout est bien qui finit bien, dit Natacha.

— Oui, le capitaine a déclaré l'affaire classée. Il n'y aura peut-être même pas d'enquête à Vladivostok.

— C'est une chance que le second lieutenant ait découvert cette lettre de suicide.

— C'est plus qu'une chance, c'est providentiel, dit Arkadi, sachant qu'il avait regardé sous le matelas de Zina bien avant que Slava prétende y trouver cette lettre.

— Natacha ! crièrent ses camarades dans la file en lui faisant signe de les rejoindre.

Natacha était prête à courir, voler, mais un pli barrait son front car elle avait vu Arkadi fouiller la couchette de Zina.

— Durant le bal, elle ne semblait pourtant pas au plus bas.

— Non, dut reconnaître Arkadi.

Danser et flirter n'étaient pas les symptômes habituels d'une dépression.

Natacha posa finalement la question qui lui répugnait le plus :

— Vous croyez vraiment qu'elle s'est tuée ? Elle aurait pu faire quelque chose d'aussi... inconsidéré ?

Arkadi répondit à sa question car il savait que Natacha, qui attendait depuis des mois cette unique journée de liberté, serait néanmoins restée fidèlement avec lui si elle en avait senti la moindre nécessité.

— Je crois qu'écrire une lettre de suicide est un acte inconsidéré. Même moi, je m'y refuserais.

Il montra le canot du doigt.

— Dépêchez-vous, vous allez rater votre tour.

— Qu'est-ce que je vous rapporte ?

Le front de Natacha s'était déridé.

— Les œuvres complètes de Shakespeare, une caméra vidéo, une voiture.

— Cela m'est impossible.

Elle était déjà dans l'escalier menant au pont.

— Un fruit alors fera l'affaire

En jouant des coudes, elle rejoignit ses amies qui s'engageaient sur la passerelle d'embarquement. Elles étaient comme des écolières, songea Arkadi, comme ces enfants à Moscou qu'on voit taper des pieds dans la neige devant les portes d'une école, les matins noirs de décembre, tout emmaillotés des pieds à la tête, avec leurs petits visages durcis par le froid qui s'éclairent soudain lorsque enfin l'école s'ouvre et les accueille à sa chaleur. Il aurait bien aimé être avec elles.

Le canot de sauvetage ressemblait à un sous-marin ayant fait surface ; il pouvait récupérer quarante passagers fuyant un naufrage et était peint avec cette couleur « fluo » baptisée « orange international ». Pour cette sortie de tout repos, les écoutilles étaient ouvertes, de sorte que le timonier et les occupants se trouvaient à l'air libre. Natacha lui fit un dernier signe avant d'opter pour une attitude à la sobriété résolument soviétique. Ils s'éloignèrent, et on ne pouvait dire si le groupe tout entier, avec ses habits ternes sur l'orange vif du canot, se rendait à un enterrement ou à un pique-nique.

Le *Merry Jane* approchait pour emmener une autre fournée à terre, et une nouvelle file s'était formée sur le pont. Parmi ceux qui faisaient la queue, Arkadi aperçut Pavel, un membre de l'équipe de Karp. En fixant Arkadi dans les yeux, il passa un doigt en travers de sa gorge.

La terre a vraiment une odeur, songea Arkadi. Unalaska embaumait comme un jardin, et il avait envie de marcher sur cette terre ferme et bien sèche, de quitter, ne serait-ce qu'une heure, cette barge sur laquelle il vivait depuis dix mois.

Pour le moment, il n'avait parlé à personne de l'agression dont il avait été victime. Qu'aurait-il pu raconter ? Il n'avait pas vu Karp, ni les autres hommes. Cela aurait été sa parole contre celle de six hommes politiquement inattaquables et, qui plus est, marins de première classe ayant de grandes responsabilités. Le seul fait tangible, c'était qu'Arkadi avait inhalé des vapeurs d'essence, génératrices d'hallucinations. Et tenté de mettre le feu dans une soute à poisson.

Des fumées salissaient le ciel, sans doute montaient-elles de Dutch Harbour. Quelle était l'importance de cette ville ? Des volutes plus blanches s'accrochaient aux flancs des montagnes. Voilà ce qu'était cet endroit : des montagnes sortant directement du fond de la mer. Il s'imagina en train de les gravir puis de redescendre de l'autre côté dans une vallée verdoyante, jusqu'à apercevoir les précieuses orchidées de Kolia qui y poussaient, jusqu'à pouvoir prendre dans sa main un peu de terre.

Le canot traversait maintenant la baie devant les maisons du village aléoutien ; c'était une belle image, ce bateau orange toussotant devant la petite église blanche. Il imagina que Zina se trouvait à bord avec les autres.

— C'est drôle, dit Hess en rejoignant Arkadi.

L'électronicien de la flotte resplendissait dans sa parka d'un noir étincelant, son jean et ses bottes de feutre de Sibérie. Arkadi ne l'avait pas revu depuis la veille au matin. Certes, Hess était petit ; peut-être pouvait-il même se rendre invisible en voyageant à travers les conduits d'aération du bateau.

— Qu'est-ce qui est drôle ? demanda Arkadi.

— Que ce soit le seul membre qui ait eu la véritable occasion de quitter le pays, et le seul dont la loyauté ait été réellement démontrée, qui se retrouve confiné à bord.

— Le monde tout entier est une vaste plaisanterie.

Hess sourit. Ses cheveux raides s'inclinaient sous

la brise, mais il avait la posture fière et inflexible du marin lorsque son regard balayait la baie.

— C'est un joli port. Pendant la guerre, les Américains avaient cinquante mille hommes ici. Si Dutch Harbour avait été à nous, il y en aurait encore autant aujourd'hui, au lieu de ces quelques indigènes et ces filets de pêche. Remarquez, les Américains peuvent se permettre de faire la fine bouche. L'océan Pacifique est en réalité un lac américain. L'Alaska, San Francisco, Pearl Harbor, Midway, les Marshalls, les Fidjis, Samoa, les Mariannes. Tout le Pacifique est à eux.

— Vous allez à terre ?

— Pour me détendre les jambes. Cela risque d'être intéressant.

Peut-être pas pour un ingénieur de la flotte, songea Arkadi, mais certainement pour un officier des services secrets de la Marine ; oui, une balade dans le plus grand port des îles Aléoutiennes risquait d'être très riche d'enseignements.

— Je voulais vous féliciter pour avoir résolu le cas de cette pauvre fille, dit Hess.

— Réservez plutôt vos congratulations pour Slava Boukovski ; c'est lui qui a trouvé la lettre. J'ai fouillé au même endroit et je n'ai rien vu.

Arkadi avait examiné la note manuscrite lorsque Slava avait cessé de vanter sa découverte. Elle était écrite sur une demi-page, prélevée sur le cahier à spirale de Zina. C'était bien son écriture ; il y avait ses empreintes, ainsi que celles de Slava.

— Mais c'était bien un suicide ?

— Une lettre de suicide est sans conteste une preuve de suicide. Mais un coup mortel reçu sur l'arrière du crâne, et une entaille au couteau effectuée après la mort, tendent à prouver autre chose.

Hess observa le chalutier qui se rangeait le long de l'*Étoile Polaire.* Était-ce un militaire de carrière ? se demanda Arkadi. Compte tenu des piètres promotions auxquelles avaient droit les Allemands, Hess pouvait être au mieux un capitaine de second rang. S'il séjournait à Leningrad toutefois, à proximité de l'état-major, et enseignait, par exemple, dans les académies militaires, il pourrait peut-être avoir le statut de professeur. Et Hess avait effectivement une allure professorale.

— Le capitaine a été soulagé d'apprendre que vous souteniez les conclusions de Boukovski. Si vous n'aviez pas été malade, il vous aurait interrogé lui-même. Vous semblez aller mieux à présent.

Les frissons avaient fait battre en retraite Arkadi vers sa cabine, c'était vrai ; et il allait effectivement mieux maintenant, suffisamment mieux pour allumer une Belomor et recommencer à s'intoxiquer. Il jeta son allumette au loin.

— Et vous, camarade Hess, demanda-t-il. Vous étiez aussi soulagé ?

Hess s'autorisa un nouveau sourire.

— Cela me semblait un peu trop vous arranger que vous ne trouviez rien à redire. Car vous auriez pu réfuter les conclusions de Boukovski et parler au capitaine.

— Et empêcher ça ?

Arkadi regardait un marin portugais aider Madame Malzeva à embarquer sur le chalutier. Elle descendit délicatement sur le pont, son châle enroulé sur ses épaules, comme si elle embarquait sur une gondole.

— C'est la raison d'être de tout ce long voyage. Je n'allais pas gâcher leurs deux jours à terre. Volovoï est descendu ?

— Non, mais le capitaine est à terre. Vous connaissez le règlement : le capitaine ou le commissaire doit rester impérativement à bord. Martchouk est parti avec la pilotine pour s'assurer que les commerçants de Dutch Harbour sont prêts à subir notre invasion. Je crois qu'ils sont non seulement prêts, mais impatients.

Il considéra Arkadi.

— Ce serait un meurtre, alors ? Lorsque nous

aurons repris la mer, vous recommencerez à poser des questions ? Officiellement, l'enquête est terminée. Vous n'aurez pas le soutien du capitaine, vous n'aurez même pas l'assistance de Boukovski. Vous allez être totalement isolé, un ouvrier de l'usine au fond du bateau. Cela risque d'être dangereux. Même si vous savez qui est responsable de la mort de cette fille, vous feriez mieux de l'oublier.

— Je le pourrais, admit Arkadi en songeant à cette éventualité, mais si vous étiez le meurtrier, et que vous sachiez que je sais, me laisseriez-vous revenir en vie à Vladivostok ?

Hess considéra à son tour la question.

— C'est un long voyage.

Qui peut tourner court, songea Arkadi.

— Venez avec moi, dit Hess.

Hess emmena Arkadi vers le bâtiment arrière. Afin de pouvoir parler plus à leur aise, supposait Arkadi ; mais Hess le fit directement ressortir de l'autre côté sur le pont des canots bâbord. Une échelle de corde accrochée à la rambarde descendait dans une autre chaloupe déjà à l'eau. Un homme à la barre leur fit un signe. Le pont bondé d'un chalutier n'était pas digne d'un ingénieur de la flotte.

— En route, dit Hess. Vous venez avec moi à Dutch Harbour. Tout le monde peut profiter de ce quartier libre grâce à vous. Vous avez bien droit à quelque reconnaissance.

— Je n'ai pas de visa de marin de première classe, comme vous savez.

— Vous êtes sous mon autorité, dit Hess d'un ton enjoué, tout en laissant entendre qu'il ne parlait pas à la légère.

La simple idée de se rendre à terre avait sur lui l'effet d'un verre de vodka. Les perspectives se modifièrent, rapprochant les maisons, l'église et les montagnes. Le vent glaça ses joues, et l'eau clapota soudain plus distinctement contre la coque. Tandis que Hess enfilait ses gants en cuir, Arkadi baissa les yeux sur ses mains nues, sa veste de toile tachée, son pantalon rêche, ses bottes de caoutchouc. Hess remarqua ce regard critique.

— Vous êtes rasé, le rassura-t-il. Un homme rasé peut se rendre n'importe où.

— Et le capitaine ?

— Le capitaine Martchouk sait que l'initiative est le nouveau mot d'ordre du Parti. Ainsi que faire confiance au peuple.

Arkadi prit une profonde inspiration.

— Et Volovoï ?

— Il est en passerelle et il a le dos tourné. Lorsqu'il s'apercevra que vous n'êtes plus à bord, vous serez déjà arrivé à terre. Vous êtes comme un lion découvrant la porte de sa cage ouverte. Vous hésitez.

Arkadi referma la main sur la rambarde, comme pour se soutenir.

— Ce n'est pas si simple.

— Une petite chose encore, dit Hess en sortant de sa parka un papier qu'il déplia sur la cloison.

Le feuillet contenait deux phrases attestant que la défection d'un marin soviétique était un crime de haute trahison et que la famille du contrevenant en subirait les conséquences.

— Tout le monde signe ce papier. Vous avez une famille. Une femme ?

— Je suis divorcé.

— Elle sera quand même inquiétée.

Lorsque Arkadi eut signé, Hess dit :

— Encore un détail. Pas de couteau, pas à terre.

Arkadi sortit son couteau de sa veste. Il y a deux jours encore, le couteau ne quittait pas son placard. Mais depuis, son couteau et lui étaient devenus inséparables.

— Je vous le rendrai après, lui promit Hess. Je

crains qu'aucun argent liquide n'ait été alloué pour cette descente à terre imprévue. Vous n'avez pas de dollars américains ?

— Non. Pas plus que de francs et de yens. Je n'en voyais pas l'utilité.

Hess replia soigneusement le papier et le glissa dans sa parka. Comme un hôte qui adore les visites inattendues, Hess lança :

— Alors vous serez mon invité. Venez, camarade Renko, je vais vous montrer le célébrissime Dutch Harbour.

Ils se tenaient debout au milieu des écoutilles ouvertes et respiraient les effluves âcres de l'eau patinée d'essence. Arkadi ne s'était jamais trouvé aussi près de la surface depuis dix mois, et encore moins de la terre. À mesure que le canot traversait la baie, il remarquait que les maisons aléoutiennes, qui se cramponnaient entre les montagnes et le rivage, semblaient fières de se presser derrière leur église blanche avec son dôme en forme d'oignon. Il y avait de la lumière aux fenêtres et des formes humaines dans les zones d'ombre. La simple existence de ces ombres lui semblait miraculeuse après un an passé à scruter le brouillard. Et il était submergé par toutes les senteurs qui montaient vers lui : le parfum iodé du sable gris de la plage, et, forte comme la gravité, l'haleine sucrée des mousses et de l'herbe verte. Il apercevait même un cimetière avec ses croix orthodoxes ; les gens pouvaient donc être enterrés ailleurs qu'au fond de l'océan.

Le canot était pourvu d'un petit kiosque de pilotage, mais le timonier, un garçon aux cheveux blonds vêtu d'un gros chandail, s'était installé à la barre extérieure. Derrière lui, sur un petit piquet, l'étendard soviétique battait au vent comme un mouchoir rouge.

— Construite pendant la guerre et puis laissée à

l'abandon, dit Hess en désignant une bâtisse sur le sommet d'une colline.

La moitié de la maison était éboulée, laissant apparaître un escalier torsadé comme l'intérieur d'un coquillage. En balayant les monts du regard, Arkadi aperçut les formes grises d'une dizaine d'autres constructions militaires.

— C'était pendant la guerre où nous étions alliés, ajouta Hess à l'intention du timonier.

— Comme vous dites, chef, répondit le garçon.

Protégé par les collines environnantes, le fond de la baie était calme. Un anneau vert miroitant entourait le canot et ondulait doucement sur l'eau.

— Cela remonte avant votre naissance, lança Arkadi au garçon.

Il le reconnaissait maintenant ; c'était un radio-technicien prénommé Nicolaï. Il ressemblait à une affiche de recrutement de la marine — des cheveux couleur chaume, des yeux bleu centaurée, et de larges épaules avec un sourire serein d'athlète.

— C'était la guerre de mon grand-père, dit-il.

Arkadi prit un coup de vieux mais il ne détourna pas la conversation.

— Où servait-il ?

— À Mourmansk. Il a été en Amérique au moins dix fois, dit Nicolaï. Deux bateaux ont sombré sous lui.

— Mais ce que vous faites n'est pas de tout repos non plus.

Nicolaï haussa les épaules :

— C'est un travail mental.

C'est alors qu'Arkadi reconnut la voix du lieutenant de Zina. Il imaginait Nicolaï voguant entre les serveuses de la Corne d'Or, avec ses épaulettes scintillantes d'étoiles, son béret sur un œil. Arkadi se rappela une fois encore qu'il n'avait été attaqué que lorsqu'il s'était mis à chercher l'assistant de Hess.

— C'est vraiment un port charmant.

Les yeux de Hess couraient sur le dépôt de gasoil, puis sur le quai de ciment long d'un kilomètre et demi jusqu'à la tour radio de la colline, comme s'il admirait en pensée les charmes d'une île tropicale inconnue.

Peut-être personne ne l'avait-il vu embarquer sur le canot, songeait Arkadi. Comme ce serait simple de se débarrasser de lui. Les bateaux avaient souvent coutume de jeter leurs déchets à l'eau en arrivant au port. Et il y avait dans chaque canot de sauvetage une ancre et une chaîne supplémentaire.

Mais le canot continua à glisser sur la surface iridescente, longea les flancs ruisselants et bariolés des bateaux de pêche qu'Arkadi voyait pour la première fois. Ils passèrent si près qu'il put observer les marins qui lavaient les ponts à grande eau ou débarquaient des filets pour les ramender, et entendre l'agitation qui régnait sur le quai, masqué plus tôt par la coque bleu ardoise de la conserverie.

Maintenant que les collines se rapprochaient et que le port se réduisait à une petite anse, Arkadi apercevait les boutons blancs des fleurs arctiques et les mottes de neige enfouies dans l'herbe. L'air avait un goût âcre de charbon de bois. Passé la conserverie, l'anse se terminait en rivière, et Arkadi découvrit des petits bateaux amarrés à des pontons, des senneurs guère plus grands que des barques, deux hydravions monomoteurs, et l'immanquable orange du premier canot de l'*Étoile Polaire*. Slava Boukovski surveillait le bateau à quai, et son regard qui suivait l'arrivée du second canot passa de la surprise à la consternation. Dans son dos, des chiens errants fouillaient dans des tas d'ordures, des aigles étaient perchés sur les toits et, le plus miraculeux de tout, des hommes allaient et venaient sur un sol ferme et sec.

18

Les orchidées de Sibérie étaient oubliées. Kolia se tenait à l'extrémité de l'allée centrale du magasin comme un voyageur devant trois panneaux indicateurs. À sa gauche se trouvait une pile de radios stéréos chromées avec affichage digital, équaliseur graphique cinq bandes et deux haut-parleurs noirs *design*. À sa droite, un étalage de magnétophones dolby à double cassette, pouvant non seulement lire une cassette mais aussi la reproduire en nombre illimité comme un lapin. Devant lui s'élevait une véritable montagne de radio-cassettes portables, en plastique antichoc rose, turquoise, ivoire, pour enregistrer la musique occidentale directement à partir des ondes hertziennes qui peuplaient les airs. Kolia n'osait pas regarder derrière lui parce qu'il y avait des rangées de baladeurs, de minichaînes qui se mettaient en marche en claquant des mains, des ours à cassettes qui parlaient, des montres-calculatrices qui mesuraient vos déplacements pédestres et prenaient votre pouls, toute la monstrueuse panoplie d'une société fondée sur la puce en silicone.

Kolia adopta face à cette situation nouvelle la bonne et vieille technique soviétique : il recula, et, d'un œil suspicieux de serpent, commença à examiner chaque article comme s'il s'était agi de baignoires ou de beurre rance. Une attitude salutaire en Union soviétique, où le rayon des objets présentant un défaut à la vente était parfois mieux achalandé que les vitrines ; aucun acheteur soviétique ne quittait un magasin sans avoir au préalable sorti son acquisition de sa boîte, et l'avoir mise en marche pour s'assurer qu'il se passait bien *quelque chose*. Les acheteurs soviétiques vérifiaient également la date de fabrication sur l'étiquette et optaient alors pour un jour se situant au milieu du mois plutôt qu'en fin, pour ne pas tomber dans la période où le directeur de l'usine essayait de satisfaire son quota de télévisions, magnétoscopes, ou de voitures, alors qu'il était à court de pièces. Il fallait éviter également les dates en début de mois, où les ouvriers, fiers d'avoir atteint leur quota, étaient plongés dans une béatitude éthylique. Mais il n'y avait ici nul rayon débordant d'articles défectueux, nulle date de fabrication sur les étiquettes, alors Kolia, avec une centaine d'hommes et de femmes soviétiques, ayant pourtant leur but à portée de main, restaient cloués sur place devant les radios étrangères, les calculatrices et autres articles exotiques dont ils avaient tant rêvé.

— Arkadi ! s'écria Kolia, transporté de joie en apercevant son ami. Toi qui as déjà voyagé, dis-moi où sont les vendeurs.

Effectivement, on n'en voyait pas un seul. Un magasin soviétique regorgeait de personnel parce que l'acheteur faisait ses achats en trois phases : il obtenait d'un premier vendeur son ticket, il payait à un second, et recevait d'un troisième son reçu — et tous les trois étaient bien trop intéressés par leurs conversations personnelles au téléphone ou entre collègues pour apprécier d'être interrompus par quelque intrus venant de la rue. En outre, les vendeurs soviétiques cachaient sous le comptoir ou dans l'arrière-boutique tous les produits de qualité — poisson frais, nouvelles traductions, bière hongroise, et comme c'étaient des gens fiers, ils n'étaient pas pressés de vendre des produits de mauvaise qualité. Tout ce commerce leur semblait détestable.

— Essaie avec elle, suggéra Arkadi.

Une grand-mère souriait derrière son comptoir. Elle portait un chandail en mohair, aussi blanc qu'un renard arctique, et ses cheveux étaient d'un bleu argenté étonnant. Elle avait disposé sur le comptoir des quartiers d'oranges, des pommes et des toasts au pâté. Un carton sur un distributeur électrique indiquait « café » en russe. Il y avait aussi une caisse enregistreuse, et elle prenait l'argent des marins qui avaient eu l'heureuse idée d'apporter au comptoir les articles de leur choix. Dans son dos, une grande banderole annonçait en russe encore : « Dutch Harbour souhaite la bienvenue à l'*Étoile Polaire* ! »

Kolia sembla se détendre mais une pensée vint plisser son front.

— Arkadi, qu'est-ce que tu fais ici ? Tu n'as pas le visa qu'il faut pour ça.

— J'ai une dispense spéciale.

Arkadi ne s'était pas encore habitué à la terre ferme. Même sur un bateau-usine, il y avait du roulis et du tangage ; après dix mois en mer, son corps se méfiait d'un sol immobile et parfaitement horizontal. Les néons et les couleurs vives des présentoirs semblaient flotter autour de lui.

— Je croyais que tu étais un ouvrier de l'usine, et te voilà un inspecteur, dit Kolia. Je croyais que tu ne pouvais pas quitter le bateau, et brusquement te voilà à terre.

— Je n'en reviens pas moi-même, reconnut Arkadi.

Bien que Kokia eût aimé en savoir plus, ses yeux s'étaient vrillés sur une rangée de cassettes au chrome vierges qui exerçaient sur lui une attraction magnétique. Arkadi avait croisé quelques regards surpris dans sa direction, mais tout le monde était bien trop occupé dans cet éphémère paradis pour s'attarder à poser des questions. Une silhouette se figea ; au bout d'une allée latérale, l'informateur Slezko regardait Arkadi bouche bée, une dent en or égayant son visage au teint terreux. Il avait dans les mains une boîte de bigoudis à permanente ; il existait donc quelque part une Mme Slezkova.

— Hé, fit un mécanicien avec un mouvement de recul après avoir mordu dans un toast. Quelle viande y a-t-il donc dans ce pâté ?

— Des cacahuètes, lui répondit Israel. C'est du beurre de cacahuètes.

— Ah bon.

Le mécanicien tenta une nouvelle bouchée.

— C'est pas mauvais.

— Renko, vous êtes un vrai Lazare, lança Israel. Vous réapparaissez toujours au moment où on s'y attend le moins. Cette histoire avec Zina n'est pas terminée, n'est-ce pas ? Je le vois à votre air déterminé et cela me fend le cœur.

— Arkadi, vous êtes venu !

Natacha lui prit le bras comme s'il venait d'arriver à un bal.

— Je le savais bien. Vous êtes un citoyen de confiance, sinon ils ne vous auraient pas laissé descendre à terre. Qu'est-ce qu'a dit Volovoï ?

— Je n'ai pas attendu de le savoir, dit Arkadi. Qu'avez-vous acheté pour l'instant ?

Elle rougit. Le seul achat qui encombrait le fond de son filet à commissions était deux oranges.

— Les vêtements sont à l'étage, dit-elle. Jeans, tenues de jogging, chaussures de sport.

— Peignoirs et chaussons, ajouta Madame Malzeva.

Gouri avait au poignet une grosse montre de safari, avec une boussole intégrée au bracelet. Il se tournait dans toutes les directions en se dirigeant vers la caisse, comme s'il dansait tout seul.

— Une pomme ? proposa la femme aux cheveux bleus en lui tendant un quartier.

— Yamaha, répondit Gouri en testant son anglais. Software, programmes, disquettes vierges

Sans un sou en poche, Arkadi se faisait l'impression d'un voyeur. Lorsque les deux femmes se dirigèrent vers l'escalier, il battit en retraite dans la direction opposée. En croisant l'allée d'alimentation, il aperçut Lidia Taratouta en train de remplir son sac de café instantané. Deux mécaniciens se partageaient une boîte d'esquimaux ; ils étaient adossés contre un réfrigérateur, des bâtonnets de glace dans chaque main, comme deux ivrognes. Comment auraient-ils pu résister ? Les publicités soviétiques se réduisaient à la directive : « Achetez ceci ! Achetez cela ! » L'emballage était au mieux décoré d'une étoile, d'un drapeau, ou de la silhouette d'une usine. À l'inverse, les emballages américains étaient bariolés d'images, couverts de créatures de rêve, de têtes blondes, toutes heureuses d'avoir choisi le produit « nouvelle formule ». Lidia se rendait à présent au rayon des lessives et commençait à remplir un caddie.

Même Arkadi s'arrêta devant le rayon primeurs. Certes, les laitues avaient bruni et, sous les feuilles de cellophane, les bananes étaient couvertes de marbrures, les grains de raisin écrasés ou détachés de leur grappe, mais c'étaient les premiers fruits frais qu'il voyait depuis quatre mois, alors il s'arrêta un long moment devant l'étalage, comme par respect. Puis le seul membre de l'équipage de l'*Étoile Polaire* capable de résister aux charmes du capitalisme ressortit dans la rue.

L'après-midi septentrional avait installé sur l'île une clarté diffuse qui descendait doucement sur le grand carré de boue qu'était la place centrale de Dutch Harbour. Sur un côté se trouvait le magasin, sur l'autre, l'hôtel. Les deux édifices étaient des coquilles préfabriquées faites de tôles rivetées et de fenêtres coulissantes. Ces deux constructions semblaient si longues qu'on se demandait si des étages inférieurs ne s'étaient pas enfoncés dans la boue pour disparaître à jamais. Quelques petites maisons préfabriquées s'adossaient au pied d'une colline. Il y avait des containers pour stocker les marchandises, des bennes à ordures, et, çà et là, des rouleaux de tuyaux aspirants utilisés pour vider les soutes. Et partout de la boue. Les routes étaient comme des vagues de terre pétrifiées ; les camions et les fourgons tanguaient comme des bateaux en traversant la place, et chaque véhicule était recouvert de son manteau de boue. Toute chose faite de la main de l'homme était couleur terre, ocre ou tan ; c'était le prix à payer. Même la neige était souillée de boue, mais Arkadi se serait bien roulé, pelotonné dans cette main ferme et griffue de terre froide.

Une dizaine de Soviétiques se tenaient devant la boutique, soit parce qu'ils reculaient le moment ultime de faire des achats, soit parce que leur trop grande excitation les avait contraints à sortir faire une pause, le temps de griller une cigarette. Ils formaient un cercle, comme s'ils préféraient regarder la ville, à l'abri derrière l'épaule de leurs compagnons.

— Ce n'est pas si différent de chez nous, tu sais, disait l'un. On se croirait en Sibérie.

— Nous utilisons du ciment précontraint, dit un autre.

— Finalement c'est conforme à ce qu'avait dit Volovoï. Je ne voulais pas le croire.

— C'est vraiment une ville américaine typique ? demanda un troisième.

— C'est ce qu'a dit le second.

— Je m'attendais à autre chose.

— Mais nous, nous utilisons du ciment.

— Ce n'est pas la question.

En balayant la place du regard, Arkadi aperçut trois rues : l'une longeait la baie et menait au dépôt de carburant, la seconde vers le flanc aléoutien de la baie et la troisième conduisait à l'intérieur des terres. Un peu plus tôt, sur le bateau, Arkadi avait remarqué d'autres mouillages et un aérodrome sur l'île.

La conversation se poursuivait :

— Toute cette nourriture, toutes ces radios. Tu trouves cela normal ? J'ai vu un reportage. Tu sais pourquoi leurs magasins regorgent de victuailles ? Eh bien, c'est parce que les gens n'ont pas d'argent pour les acheter.

— Arrête.

— Je t'assure. Posner l'a dit à la télévision. On sait pourtant qu'il aime bien les Américains, mais il a dit ça.

Arkadi sortit une nouvelle Belomor, quoiqu'une papirossa semblât déplacée en ce lieu. Il remarqua que le bâtiment abritait une banque au rez-de-chaussée et des bureaux au premier. Dans le soir tombant, leurs fenêtres luisaient comme les grilles d'un vieux poêle. De l'autre côté de la rue, les fenêtres de l'hôtel étaient plus petites, plus estompées, exception faite de la vitrine étincelante d'un magasin d'alcool qu'on avait demandé aux marins d'éviter.

— Il y a une place comme celle-ci par chez nous. Avec un hôtel pour marins, à dix kopecks la nuit. Je me demande combien c'est ici ?

— Moi, je me demande combien il y a d'hommes par chambre ?

Le premier étage de l'hôtel surplombait le rez-de-chaussée, formant une sorte d'auvent sûrement utile pendant la saison des pluies ou pendant l'hiver, lorsque la neige s'amoncelait. En revanche, la population serait réduite de moitié dès novembre, une fois la saison de pêche terminée.

— La vérité, c'est que toute notre vie nous entendons parler d'un endroit, et, à la longue, cela devient un lieu magique. C'est comme un ami à moi qui est parti en Égypte. Il avait tout lu sur les pharaons, les temples et les pyramides. Et il est revenu avec des maladies pas possibles.

— Chhuuut, regardez, en voilà une.

Une femme d'une trentaine d'années se dirigeait vers le magasin. Ses cheveux frisés formaient une toison jaune et son visage avait une expression boudeuse. Malgré le froid, elle ne portait qu'une courte veste de lapin, un jean et des bottes de cow-boy. Le cercle cosmopolite des Soviétiques admira la baie. Un guerrier africain avec une sagaie serait passé devant eux qu'ils n'auraient pas détourné leur regard de l'océan. Mais, dès qu'elle fut passée, tous les yeux se braquèrent sur elle.

— Pas mal.

— Elle n'est pas si différente des nôtres.

— C'est mon avis aussi. Elles sont pas mieux ici.

Celui qui venait de parler donna un coup de pied dans la boue d'un air dubitatif, prit une longue inspiration et considéra l'hôtel austère, les collines et la baie, d'un œil critique.

— Cela me plaît bien finalement.

Un par un, ils écrasèrent leur cigarette, se répartirent automatiquement par groupes de quatre comme l'exigeait le règlement, et, avec des hochements de tête et des bourrades, ils prirent leur courage à deux mains et retournèrent dans le magasin.

— Je me demande, dit l'un d'eux sur le seuil, s'ils vendent des bottes comme cela ici ?

Arkadi songeait à la fin de *Crime et Châtiment,* à Raskolnikov repenti sur le rivage surplombant l'océan. Peut-être avait-il été séduit par les réflexions du brillant héros du livre de Dostoïevski pour vouloir devenir inspecteur lui-même ; et voilà qu'arrivé à la moitié de sa vie, par un revers du destin, il n'était plus le policier, mais le criminel, une sorte de condamné en sursis contemplant le Pacifique, exactement comme Raskolnikov, mais de l'autre côté de l'océan. Dans combien de temps Volovoï allait-il le ramener à bord ? Allait-il s'agripper au sol comme un crabe quand ils viendraient le chercher ? Il savait qu'il ne voulait pas partir. C'était si reposant de pouvoir rester à l'ombre d'une colline et savoir que cette colline, au contraire d'une vague, n'allait pas glisser sous vos pieds. L'herbe qui frémissait sous la brise serait encore là demain, sur ce même versant. Les nuages s'amoncelleraient sur les mêmes crêtes et brilleraient encore comme des flammes au couchant. La boue ellemême gèlerait, puis fondrait, au fil des saisons, mais elle serait toujours là.

— Je vous ai vu, mais je n'arrivais pas à y croire.

Susan sortait de l'hôtel et venait vers lui. Sa veste, celle qu'elle portait en quittant le bateau, était de travers sur ses épaules, et ses cheveux étaient décoiffés ; ses yeux rouges, comme si elle avait pleuré.

— Alors je me suis dit, bien sûr qu'il est ici. J'avais failli croire qu'un type de la pataugeoire pouvait raisonnablement, il y a longtemps, avoir été un inspecteur. Et parler anglais. Le genre de gars finalement qui a eu de tels problèmes qu'il ne peut plus avoir de visa pour descendre à terre. C'était possible après tout ! Et alors je regarde au-dehors et qui estce que je vois ? Vous. Debout, en plein milieu de la rue, comme si vous étiez chez vous sur cette île.

Au début, il crut qu'elle était ivre. Les femmes boivent, même les Américaines. Il vit Hess et Martchouk sortir de l'hôtel, suivis par George Morgan. Ils étaient tous trois en bras de chemise, quoique le capitaine de l'*Eagle* portât encore sa casquette.

— Quelle est la version du jour ? demanda Susan. Quel est le conte de fées qui a été finalement choisi ?

— Zina s'est tuée toute seule, dit Arkadi.

— Et comme récompense on vous permet de descendre à terre ? Et cela a un sens pour vous ?

— Non, reconnut Arkadi.

— Essayons autre chose.

Elle tendit le doigt vers lui, et on eût dit un dard effilé sortant de la gueule d'un serpent.

— C'est vous qui l'avez tuée, et comme récompense on vous laisse descendre à terre. Voilà quelque chose de sensé.

Morgan saisit Susan par la manche, et l'écarta d'Arkadi.

— Est-ce que tu sais ce que tu es en train de dire ?

— Vous êtes deux salauds.

Elle dégagea son bras.

— Vous avez probablement manigancé tout ça ensemble.

— Tout ce que je te demande, lui expliqua Morgan, c'est si tu te rends compte de ce que tu es en train de dire ?

Elle voulut revenir vers Arkadi en contournant Morgan, mais il l'arrêta du bras.

— Vous faites une belle paire de salauds, tous les deux, dit-elle.

— Calme-toi, dit Morgan d'une voix qui se voulait apaisante. Ne dis rien que tu risquerais de regretter plus tard. Parce que cela pourrait tourner mal, Susan, tu le sais parfaitement.

— Quels salauds vous faites !

Elle se détourna, écœurée, et leva la tête au ciel — un geste, savait Arkadi, permettant de contenir ses larmes.

Lorsque Morgan commença à l'appeler par son prénom, elle l'arrêta en levant la main, et, sans un mot, elle se dirigea vers l'hôtel.

Morgan adressa un sourire contraint à Arkadi.

— Désolé, je ne sais pas ce qui lui a pris.

Susan bouscula Martchouk et Hess en passant et disparut dans l'hôtel. Les deux hommes rejoignirent alors Morgan et Arkadi au milieu de la rue. Le capitaine soviétique avait les yeux brillants d'un homme qui a déjà un verre ou deux de trop. Le temps avait fraîchi et leur haleine formait un nuage de vapeur devant eux. Le comportement de Susan avait éveillé entre eux une sorte de gêne masculine.

— Bien sûr, dit Morgan, elle vient juste d'apprendre que son remplaçant doit retourner à Seattle. Elle va devoir rester sur l'*Étoile Polaire.*

— C'est une explication, dit Arkadi.

19

Arkadi et les deux autres Soviétiques se tenaient devant des bières, autour d'une table de bois plastifié couleur caramel. Alors qu'un homme heurtait la cloison haute d'un mètre cinquante qui les séparait du bar, Martchouk fit la constatation suivante :

— Lorsque les Américains se saoulent, ils deviennent bruyants. Un Russe devient encore plus sérieux. Il boit jusqu'à s'écrouler avec dignité, comme un vieil arbre.

Il contempla un moment sa canette de bière.

— Vous n'allez pas nous fausser compagnie ?

— Non, dit Arkadi.

— Vous comprenez, c'est une chose de faire sortir un homme de la pataugeoire et de le laisser aller à sa guise sur le bateau. C'en est une autre de le laisser quitter le bateau. À votre avis, qu'arriverait-il à un capitaine dont l'un des marins s'enfuit ? À un capitaine qui autorise un homme avec votre visa à descendre à terre ?

Il se pencha en avant, pour vriller ses yeux dans ceux d'Arkadi.

— Dites-le-moi donc.

— J'imagine qu'il leur manque toujours un veilleur de nuit à Norilsk.

— Alors je vous préviens. Je viendrai vous chercher et je vous tuerai de mes propres mains. Bien sûr, vous avez toute ma sympathie. Mais je pensais qu'il fallait que vous le sachiez.

— À la vôtre.

Arkadi aimait bien les gens francs.

— Félicitations.

George Morgan prit une chaise et fit tinter sa canette contre celle d'Arkadi.

— J'ai cru comprendre que vous avez résolu l'énigme. Alors c'était donc un suicide ?

— Elle a laissé une lettre.

— Encore une chance.

Morgan était de nouveau l'homme calme et maître de lui qu'Arkadi connaissait. Pas un tigre à la barbe d'ébène comme Martchouk ou un gnome comme Hess, mais un professionnel affichant un visage paisible, percé de deux pupilles bleues.

— Nous disions justement que Dutch Harbour était un endroit surprenant, dit Hess.

— Nous sommes plus près du pôle Nord que des États-Unis, dit Morgan. C'est un endroit curieux, c'est vrai.

Différent plutôt, se dit Arkadi. Un bar soviétique était un endroit calme, un point de rassemblement pour somnambules ; ce bar-ci explosait de cris et de bruits. Au comptoir se pressait une foule de géants en chemise à carreaux et coiffés de casquettes, avec de longs cheveux, des barbes hirsutes, et une aisance naturelle faite pour les bourrades amicales et les grandes lampées de bière au goulot. La foule et le niveau sonore étaient multipliés par deux par le grand miroir qui veillait sur un filon multicolore de bouteilles. Dans un coin de la salle, des Aléoutiens jouaient au billard. Il y avait des femmes à certaines tables, des filles avec des visages fatigués et des cheveux d'une blondeur extravagante, mais elles étaient pour la plupart ignorées, à l'exception d'un groupe où Ridley jouait les coqs de basse-cour. Le mécanicien de Morgan se distinguait également des autres clients par sa chemise en velours rehaussée d'une chaîne en or ; il ressemblait à un prince de la Renaissance venu se mêler à la piétaille.

Il se dirigea vers Arkadi.

— Ces dames veulent savoir si vous avez une queue fourchue.

— Quelle est la norme ici ? s'enquit Arkadi.

— Rien n'est normal ici. Regardez un peu ça, tous ces capitaines américains dépendent totalement de vous, les communistes. C'est vrai. Les banques les tiennent par les couilles parce qu'ils ont emprunté pendant la flambée du crabe. C'est ainsi que même des bateaux du Golfe, comme le nôtre, sont montés jusqu'ici. Lorsque les crabes ont disparu, tout le monde a tout perdu : bateau, matériel, voiture, maison. On serait partis sur les plates-formes de forage si nous n'avions pas été des pêcheurs. C'est alors que les Russes ont débarqué en 1978 et se sont mis à acheter toutes nos prises. Que Dieu soit loué d'avoir créé la coopération internationale. Nous ferions les poubelles si cela s'était produit aux États-Unis. Vous vouliez de l'exotisme ? En voilà.

— Combien gagnez-vous ?

— Dix à douze mille dollars par mois.

Arkadi estima qu'il devait gagner environ cent dollars au taux réaliste du marché noir.

— Oui, c'est exotique, dut-il admettre.

Dans leur coin, sous une lampe à néon suspendue, les Aléoutiens poursuivaient leur partie avec des visages fermés par la concentration. Ils portaient des casquettes, des parkas et des lunettes de soleil, à l'exception de Mike, le matelot de l'*Eagle,* qui poussa un hurlement lorsque la boule blanche, après avoir propulsé une boule dans une poche, s'arrêta in extremis devant le trou fatal. Contre un mur, trois Aléoutiennes, dans des manteaux matelassés aux couleurs délavées, bavardaient à voix basse sur leur siège. Une fille au teint pâle était assise à l'écart, de l'autre côté du billard, et mâchait du chewing-gum en suivant des yeux les prouesses de Mike, sans accorder la moindre attention aux autres participants.

— Toute l'île appartient aux Aléoutiens, expliqua Ridley à Arkadi. La Marine les a chassés pendant la guerre, puis Carter leur a rendu toutes les îles ; ils n'ont donc pas besoin de pêcher. Mike fait ça parce qu'il aime la mer, c'est tout.

— Et vous ? demanda Arkadi. Vous l'aimez aussi ?

Ridley ne s'était pas seulement fait une queue-de-cheval et des tresses derrière les oreilles, il semblait avoir également souligné la noirceur de son regard et aiguisé son sourire.

— Bon Dieu, je déteste ça. C'est contre nature de faire flotter des caisses d'acier sur l'eau. Le sel est votre ennemi. Il ronge le fer, le déchiquette. La vie est assez courte comme ça.

— Votre collègue Coletti était dans la police, non ?

— Il faisait des patrouilles. Il n'était pas un inspecteur bilingue comme vous. Exception faite de l'italien.

On apporta une bouteille de whisky. Morgan remplit les verres.

— Ce qui me manque sur l'eau, dit Ridley, c'est la civilisation ; parce que la civilisation signifie des femmes, et c'est là que vous nous battez sur l'*Étoile Polaire*. Prenez le Christ, Freud, Karl Marx, et mettez-les dans un bateau pendant six mois ; ils deviendront alors tout comme nous : des péquenots mal embouchés.

— Votre mécanicien est un philosophe, dit Hess à l'intention de Morgan. En fait, pendant les années cinquante, nous avions des conserveries flottantes au large de Kamtchatka où travaillaient environ sept cents femmes pour une dizaine d'hommes. On mettait du crabe en boîte. Le mode de conditionnement exigeait que le métal n'entre pas en contact avec la chair du crabe, alors nous utilisions un film de protection spécial fabriqué aux États-Unis. Mais votre gouvernement, pour des raisons de moralité chrétienne, a interdit la vente de ces feuilles aux conserveries communistes. Et notre industrie du crabe s'est effondrée.

Arkadi se souvenait de cette affaire. Il y avait eu des émeutes à bord des bateaux, les femmes violaient les hommes. La civilisation avait plutôt brillé là-bas par son absence.

— À la coopération, lança Morgan en levant son verre.

On ne jouait pas au billard à poche en Union soviétique, mais Arkadi se souvenait de la passion des GI en Allemagne pour ce jeu. Mike semblait être en tête, et recevait des baisers de soutien de la part de son admiratrice au chewing-gum. Si le tsar n'avait pas vendu l'Alaska, les Aléoutiens auraient-ils passé leurs journées à pousser des pions sur un échiquier ?

Ridley suivit le regard d'Arkadi.

— Avant, les Aléoutiens chassaient la loutre de mer pour la Russie. Ils traquaient l'otarie, le morse, la baleine. Aujourd'hui, il leur suffit de louer leurs quais à Exxon. Une bande de capitalistes américains, voilà ce qu'ils sont devenus. C'est pas comme nous autres.

— Comme vous et moi, vous voulez dire ?

— Eh bien oui. Il faut voir la vérité en face : les pêcheurs ont plus de points communs entre eux qu'avec n'importe qui sur terre. Par exemple, les continentaux adorent les otaries. Mais moi, quand je vois une otarie, je vois un voleur. Lorsque vous naviguez dans les îles Chelikov, elles sont toutes là à vous attendre ; il y en a des bandes entières — quarante, cinquante animaux. Elles n'ont pas peur ; elles foncent droit sur le filet. Nom de Dieu, elles pèsent chacune trois cents ou trois cent cinquante kilos. Elles sont voraces comme des putains d'ours.

— Il parle des otaries, expliqua Hess en russe à Martchouk, qui roulait des yeux d'incompréhension.

— Elles font deux choses, poursuivit Ridley. D'abord, elles ne se contentent pas de prendre un poisson dans le filet et de filer. Non, elles boulottent le ventre de chaque poisson. S'il y a du saumon dans le filet, cela fait cinquante dollars la bouchée. Mais en plus, lorsqu'elles sont repues, ces saloperies de bestioles prennent un dernier poisson et plongent sous l'eau. Et c'est alors qu'elles font quelque chose de vraiment futé. Elles remontent à la surface avec le poisson dans la gueule et l'agitent sous votre nez ; comme pour dire : « Va te faire foutre, connard. » C'est à cela que servent les Magnums. Je crois qu'un calibre inférieur au Magnum ne ralentirait même pas les grands mâles. Qu'est-ce que vous avez, vous ?

Hess traduisit prudemment la réponse de Martchouk :

— En Union soviétique, ces animaux sont protégés.

— Ouais, je me disais la même chose. Nous avons tout un arsenal pour elles à bord de l'*Eagle,* mais elles devraient être protégées, approuva Ridley.

Ridley avait, aux yeux d'Arkadi, les qualités d'un ambidextre, une capacité à jouer à la fois le charmeur et la brute épaisse, tout en paraissant doté d'une âme de poète. Le mécanicien étudiait Arkadi avec beaucoup d'insistance, lui aussi.

— À voir votre expression, vous considérez que c'est un meurtre.

— Le meurtre de qui ? demanda Arkadi.

— Pas de *qui* ; de *quoi,* dit Ridley. Je parle des otaries.

Martchouk leva son verre.

— L'important c'est que, Soviétiques comme Américains, nous sommes tous des pêcheurs et nous faisons ce que nous aimons. Alors, aux hommes heureux !

— « Le bonheur, c'est l'absence de souffrance », dit Ridley en apportant son verre à la table d'Arkadi. Et aujourd'hui, je suis heureux. Dites-moi, Renko, quand on travaille à la pataugeoire, quand on est trempé et gelé jusqu'aux os, et couvert de boyaux de poissons, on est heureux ?

— Nous avons un autre adage à la pataugeoire, dit Arkadi. « Le bonheur, c'est le point d'équilibre entre le désir et la réalité. »

— Bonne réponse. Je lève mon verre à ces sages paroles, dit Morgan. C'est de Tolstoï ?

— De Staline, répondit Arkadi. La pensée soviétique est pleine de surprises.

— Avec vous, sûrement, lança Susan.

Arkadi ne savait depuis combien de temps elle était là. Avec ses cheveux tirés en arrière, ses joues humides et pâles, le rouge de ses lèvres semblait plus soutenu, le marron de ses yeux plus sombre, et cet étrange contraste donnait à son visage une nouvelle intensité.

Ridley était parti avec Coletti chercher une partie de cartes. Martchouk était retourné à bord, pour qu'à son tour Volovoï puisse descendre à terre. Dès qu'il aurait appris qu'Arkadi était sur l'île, l'officier en second s'envolerait à sa recherche, comme un aigle vengeur. Mais deux heures à terre étaient mieux qu'aucune. Même dans un bar, chaque minute passée sur l'île était comme une bouffée d'air frais dans ses poumons.

Bien que le brouhaha dans la salle ne cessât de grossir, Arkadi y prêtait de moins en moins attention. Susan était assise devant lui, les jambes repliées sous elle. Son visage se trouvait dans l'ombre, auréolé d'un anneau de cheveux dorés. Son masque habituel d'animosité était tombé et laissait apparaître un paysage plus mystérieux et tourmenté.

— Je déteste Volovoï, mais je peux davantage avoir confiance en lui qu'en vous.

— Pourtant, je suis là.

— Tout entier tourné vers la vérité, la justice et le monde soviétique, c'est ça ?

— Plutôt tourné vers le fait de quitter ce bateau.

— Vous voulez rire ? Nous allons y remonter tous les deux, et je ne suis même pas Russe.

— Vous pouvez toujours tout plaquer.

— Non, je ne peux pas.

— Qui vous contraint donc à rester ? demanda Arkadi.

Elle alluma une cigarette et, sans répondre, ajouta de la glace dans son whisky.

— Alors, nous souffrirons ensemble.

George Morgan et Hess vidèrent le fond de la bouteille.

— Imaginez un instant, avança Hess, que nous nous lancions à fond dans la coopération.

— Vous voulez dire, si nous travaillions réellement la main dans la main ? s'enquit Morgan.

— Si on laissait tomber toute suspicion, si on cessait de se tirer dans les pattes. On ferait de sacrés partenaires, non ?

— Nous prenons les Japonais, et on vous laisse les Chinois ?

— Partageons-nous l'Allemagne, avant qu'il ne soit trop tard.

— Comment imaginez-vous l'enfer ? demanda Susan à Arkadi.

Il considéra un instant la question.

— Comme un congrès du Parti. Avec un discours de quatre heures prononcé par le Secrétaire général. Non, avec un discours sans fin. Et les délégués comme un banc de poissons plats, en train d'écouter ce discours qui dure et dure encore, et qui n'en finit pas...

— Moi, ce serait plutôt une soirée avec Volovoï. Le regarder soulever ses haltères. Soit c'est lui qui est nu, soit c'est moi, mais de toute façon, c'est un cauchemar.

— Il vous appelle « Soussan ».

— Comme vous, je sais. Quel est le nom que vous préférez prononcer ?

— Irina.

— Comment est-elle ?

— Des cheveux châtains, des yeux bruns très sombres. Grande. Pleine de vie et d'esprit.

— Elle ne se trouve pas sur l'*Étoile Polaire* ?

— Non.

— Elle vous attend au pays ?

Arkadi changea de sujet :

— Tout le monde vous aime bien sur l'*Étoile Polaire*.

— J'aime bien les Russes aussi, mais je n'aime pas que l'on trafique ma cabine. Si je dis qu'il n'y a pas de beurre, aussitôt on m'en apporte une pleine assiette. Bernie a parlé politique avec un homme de pont et l'homme a été muté sur un autre bateau. Au début, on essaie de ne rien dire d'offensant, mais à la longue, pour ne pas devenir dingo, on ne peut s'empêcher de parler de Volovoï et de ses deux mouchards. L'*Étoile Polaire* est véritablement l'enfer pour moi. Pour vous aussi ?

— Non, seulement les limbes.

— Tout pourrait être une coopération, dit Hess. La plus courte voie maritime entre l'Europe et le Pacifique, c'est l'Arctique, et nous pourrions fournir des brise-glace de la même façon que l'*Étoile Polaire* ouvre pour l'*Eagle* un passage à travers la banquise.

— Et s'en remettre totalement à vous ? demanda

Morgan. Je ne crois pas que les choses aient changé *à ce point-là.*

— Vous aimiez bien Zina, dit Arkadi. Vous lui avez donné votre maillot de bain, et vous lui avez prêté vos lunettes de soleil. Et elle, en retour, que vous a-t-elle donné ?

Susan ne répondit qu'après un long moment ; autant vouloir attraper une anguille à mains nues.

— Un peu de fantaisie, dit-elle finalement.

— Vous lui avez parlé de la Californie, et elle de Vladivostok, c'est ça ? Un échange de bons procédés ?

— Elle était un curieux mélange d'innocence et de ruse. Une Norma Jean russe.

— Je ne saisis pas bien.

— Norma Jean s'est décoloré les cheveux et est devenue Marilyn Monroe. Zina Patiachvili s'est décoloré les cheveux et est restée Zina Patiachvili. Ambition identique, mais résultat différent.

— Vous étiez amies ?

Elle remplit de nouveau le verre d'Arkadi, cette fois tellement à ras bord que le whisky se bombait comme de l'huile au-dessus du verre. Puis elle remplit le sien tout autant.

— C'est un jeu norvégien, expliqua-t-elle. Le premier à faire tomber une goutte doit boire son verre. Au bout de deux fois, on vous assoit sur une chaise et on essaie de vous mettre K. O. à coups de poing.

— On va y jouer, mais sans coups de poing. Alors, comme ça, vous étiez amies ? insista Arkadi.

— L'*Étoile Polaire* est comme un caisson d'isolation sensorielle. Vous savez comme c'est rare de rencontrer quelqu'un d'apparemment vivant et d'un tant soit peu imprévisible ? Le problème c'est que vous autres, les Soviétiques, vous avez une vision très particulière de l'amitié. Nous sommes tous des gens pacifiques et de bonne volonté, mais Dieu interdit qu'un Américain et un Soviétique tissent des liens aussi étroits. Et, lorsqu'on entend de nouveau parler du Soviétique, c'est pour apprendre qu'il se trouve sur un bateau au large de la Nouvelle-Zélande.

— Zina n'a pas été évacuée du bateau, pourtant.

— Non, et c'est comme cela que nous avons compris qu'elle était une informatrice, du moins jusqu'à un certain point. Mais j'étais prête à l'accepter parce qu'elle était si vivante, si fraîche, si amusante, et bien plus futée que ce que les hommes pouvaient croire.

— Avec lequel de vos gars a-t-elle couché ?

— Pourquoi pensez-vous qu'elle a couché avec quelqu'un ?

— Parce qu'elle faisait ça tout le temps ; elle était comme ça. Et puisqu'il y avait quatre Américains à bord, elle a forcément couché avec au moins l'un d'entre eux.

— Avec Lantz.

Arkadi se souvenait de Lantz. Le représentant des pêcheries ; ce type maigre et apathique qu'il avait rencontré au sauna.

— C'est après ça que vous avez coupé les ponts avec elle ? Volovoï n'a pas eu besoin de s'en charger.

Arkadi prit une gorgée de whisky.

— C'est du bon.

Susan souleva son verre rempli à ras bords. La surface du liquide trembla sans se briser, sous l'éclairage au néon qui y déposait une petite lune.

— Avec qui avez-vous couché sur l'*Étoile Polaire* ? demanda-t-elle.

— Avec personne.

— Alors l'*Étoile Polaire* est pour vous aussi un caisson d'isolation. À la vôtre !

Pour la première fois, Morgan leva la tête vers Susan, puis revint vers Hess qui parlait de la dernière invasion de Moscou.

— Les Japonais sont partout, du moins dans les

meilleurs hôtels. Les meilleurs restaurants à Moscou sont japonais, mais on ne peut y dîner, car toutes les tables sont prises par les Japonais.

Arkadi revint à son sujet :

— Zina vous a parlé de ses rapports avec le capitaine Martchouk, n'est-ce pas ? Est-ce pour cette raison que vous avez omis de me dire que vous les aviez vus sur la lisse arrière, la nuit du bal ? Pour ne pas le mettre dans l'embarras ?

— Il faisait sombre.

— Le capitaine ne pense pas qu'elle ait eu des tendances suicidaires. Vous qui la connaissiez, vous la trouviez dépressive ?

— Vous, l'êtes-vous ? rétorqua Susan. Vous avez des tendances suicidaires ?

Elle avait encore fait dévier Arkadi de sa route. Il avait perdu l'habitude des interrogatoires. Il était trop lent, trop vulnérable aux contre-questions de Susan.

— Non, je serais plutôt un joyeux luron insouciant. Je l'étais davantage, bien sûr, lorsque j'étais membre du Parti.

— J'imagine.

— Avoir la carte du Parti vous évite pas mal de problèmes.

— Vraiment ? Quel genre de problèmes, par exemple ?

— Prenez la fraude. Sans carte du Parti, c'est une tragédie. Avec la carte, c'est une comédie.

— Comment ça ?

— Imaginons un drame. Disons que le lieutenant est pris la main dans le sac. Il est entendu par les autres officiers et se met à pleurnicher : « Je ne sais pas ce qui m'a pris, camarades. C'est la première fois que cela m'arrive. Je vous en prie, donnez-moi une chance de me racheter. »

— Et alors ?

Susan sortit de l'ombre comme attirée par la

lumière. Hess et Morgan s'étaient tus, et écoutaient Arkadi.

— Un vote est effectué, continua-t-il, et on prend la décision de rédiger un blâme dans son dossier du Parti. Deux mois passent et une nouvelle réunion est organisée.

— Oui ? fit Susan.

— Alors le capitaine dit : « Nous avons été si déçus par l'attitude de notre lieutenant que je me suis demandé parfois si je naviguerais de nouveau avec lui, mais je vois qu'il a fait de grands efforts pour se racheter. »

— Alors l'officier politique dit..., le devança Susan.

— Alors l'officier politique dit : « Il a bu de nouveau à la source claire et limpide de la pensée communiste. Je propose donc, compte tenu de cette résurrection spirituelle, que le blâme soit retiré de son dossier. » N'est-ce pas irrésistible ?

— Vous êtes un homme plein d'humour, Renko, dit Susan.

— Non, c'est un homme plein de colère, dit Hess.

— Voilà comment cela se termine si vous avez la carte du Parti, dit Arkadi. Mais si vous n'êtes pas membre du Parti, si vous n'êtes qu'un simple ouvrier et que vous êtes surpris à passer en fraude des cassettes vidéo ou des pierres précieuses, l'issue n'est ni comique, ni clémente. C'est cinq ans dans un camp de travail.

— Parlez-moi encore d'Irina, dit Susan. C'est apparemment quelqu'un d'intéressant ; où est-elle ?

— Je ne sais pas.

— Quelque part...

Elle ouvrit les bras d'un geste évasif.

— Quelque part... ailleurs ?

— Il y a des personnes comme cela, dit Arkadi. Vous savez, il y a le pôle Nord et le pôle Sud. Il existe un autre extrême, appelé le pôle de l'Inaccessible.

Autrefois, je croyais que toute la glace de l'Arctique tournait autour d'un point unique, une sorte de pôle mythique entouré de bancs de glace tournoyants qu'on ne pouvait traverser. Je crois que c'est là qu'elle se trouve.

Sans transition, il demanda :

— Zina était-elle déprimée la nuit du bal ?

— Je n'ai pas dit que je lui ai parlé.

— Si vous l'avez écartée des Américains de l'*Étoile Polaire,* vous avez sans doute cherché à l'écarter des Américains de l'*Eagle,* non ?

— Elle disait qu'elle avait rencontré le grand amour. Que voulez-vous faire contre ça ?

— Qu'est-ce qu'elle a dit exactement ?

— Que personne ne l'arrêterait.

— Si vous parlez de Mike, intervint Morgan, ils n'ont dansé que deux fois ensemble. Le reste du temps, ils en étaient réduits à se faire signe d'un bateau à l'autre. De toute façon, tous mes gars sont rentrés à bord, alors je ne vois pas le problème.

— Sauf si elle a été tuée, dit Susan.

Morgan eut le sourire las de quelqu'un sentant sa patience pour les simples d'esprit s'amenuiser dangereusement, et qui commençait à ranger tout le monde, à part Hess, dans cette catégorie. C'est du moins ainsi qu'Arkadi interprétait la réaction du capitaine.

— Je n'ai plus de cigarettes, dit Susan. Il y a un distributeur dans le hall. Vous avez le droit de m'accompagner ? demanda-t-elle.

Arkadi se tourna vers Hess, qui hocha lentement la tête. Morgan fit également un signe affirmatif à l'attention de Susan, mais elle ne lui accorda pas un regard.

— Nous en avons pour une seconde, dit-elle.

Le distributeur proposait une dizaine de marques différentes comme une palette de parfums. Mais Susan n'avait pas assez de monnaie.

— Je suppose que vous n'avez rien sur vous.

— C'est vrai.

— J'ai des cigarettes dans ma chambre. Venez.

La chambre de Susan se trouvait au premier étage, tout au bout d'un couloir où régnait une cacophonie de sons. De chaque chambre filtraient des sons différents, tantôt des conversations, tantôt de la musique. Susan se soutint au mur par deux fois pour garder son équilibre, et Arkadi se demanda à quel point elle avait bu.

Elle ouvrit la porte et Arkadi découvrit une chambre guère plus grande que sa cabine sur l'*Étoile Polaire*, mais équipée de deux lits jumeaux, d'une douche, d'un téléphone, et, à la place de la radio soviétique à deux stations, encastrée dans la cloison, un poste de télévision trônait sur un bureau. Une bouteille de whisky, un seau à glaçons en plastique ainsi qu'une lampe à monture flexible se serraient tant bien que mal sur un coin du meuble. Les lits se trouvaient sous la fenêtre, et, bien que son battant unique fût étroit et sale, Arkadi eut l'impression de baigner dans un luxe absolu.

Au-dehors, le soleil avait disparu et Dutch Harbour s'enfonçait lentement dans la nuit. D'une chambre d'hôtel, Arkadi regardait ses compagnons sortir des magasins et se rassembler dans la rue, rechignant à se diriger vers les quais, bien qu'ils fussent surchargés de paquets, de sacs en bandoulière, débordant de leurs nouvelles acquisitions. Ils avaient fait la queue pendant des heures pour acheter un ananas, ou une paire de bas. Ce n'était rien, et c'était le paradis. Les flashes des appareils Polaroïd jaillissaient de partout, saisissant un groupe d'amis bras dessus bras dessous, figeant leurs visages blanc bleu dans un port américain. Natacha et Dynka. Lidia et Olimpiada. Sur une colline derrière le dépôt de carburant, un feu perçait la nuit comme un phare. Ridley disait qu'il y avait tout le temps des incendies, car les gamins mettaient le feu aux constructions de bois laissées à l'abandon après la guerre. La brume s'épaississait au pied de la colline, transformant les flammes en panaches duveteux de lumière.

Arkadi trouva l'interrupteur et éclaira la pièce.

— Qu'est-ce que vous entendiez lorsque vous prétendiez que Morgan et moi avions « manigancé » quelque chose tous les deux ?

— Le capitaine Morgan n'est pas assez prudent avec les gens qui l'entourent.

Elle éteignit la lumière.

— Et moi non plus, je suppose.

— On a essayé de me tuer il y a deux jours.

— Sur l'*Étoile Polaire* ?

— Où voulez-vous que ce soit ?

— Arrêtons les questions maintenant.

La main de Susan se posa sur sa bouche.

— Vous semblez tellement réel, dit-elle, mais je sais que vous êtes un mensonge parce que tout est faux ici. Vous vous souvenez du poème ?

Ses yeux lui parurent si sombres qu'Arkadi se demanda à son tour à quel point il avait bu. Il percevait même l'odeur de ses cheveux moites.

— Oui.

Il savait à quel poème elle faisait allusion.

— Récitez-le.

— « Dites-moi comment les hommes vous embrassent. »

Susan se blottit contre lui, tout en se soulevant sur la pointe des pieds, approchant ainsi son visage à la hauteur du sien. Sensation étrange. Un homme se considère comme mort, froid, insensible ; et soudain une flamme naît et voilà qu'il s'envole vers elle, s'y noie comme un papillon de nuit.

Les lèvres de Susan s'ouvrirent aux siennes.

— Si vous pouviez être réel..., dit-elle.

— Aussi réel que vous.

Il la souleva et l'étendit sur le lit. Derrière la fenêtre, la place était illuminée par les flashes des appareils photo, comme une piste de bal sous une averse de pétards silencieux ; une dernière salve de photos souvenirs avant que les heureux visiteurs, ses compagnons, ne s'en aillent vers les quais. Dans la rue, un éclair illumina Natacha dans une pose empruntée, veste ouverte sur un collier de verre, la tête tournée sur le côté pour montrer ses boucles d'oreilles de cristal. Arkadi se faisait l'impression d'un traître en train d'espionner sa camarade de la fenêtre d'une chambre d'hôtel.

Il se tenait courbé au-dessus du lit, à l'un de ces instants cruciaux qui peuvent faire basculer toute une vie. Au-dehors, un flash bleu éclaira Gouri et Natacha, et attrapa par hasard Mike, l'Aléoutien, qui s'éloignait de l'hôtel.

— Qu'est-ce qui se passe ? demanda Susan.

Un nouvel éclair illumina Madame Malzeva dans un halo de satin, et fixa, dans sa course, Volovoï qui se ruait vers l'hôtel.

— Il faut que je m'en aille, dit Arkadi.

— Pourquoi ? demanda Susan.

— Volovoï est ici. Il est à ma recherche.

— Vous allez partir avec lui ?

— Non.

— Vous allez vous enfuir ? demanda-t-elle en se redressant.

— Non. Je ne pourrais pas rester sur cette île, même si je le voulais. Vous dépendez trop de nous. À qui donc les pêcheurs d'ici vendraient-ils leurs poissons ? Qui donc ferait tout ce voyage pour acheter des postes stéréo et des chaussures ? Si le moindre Soviétique cherchait à se réfugier ici, vous le renverriez dans son pays sitôt attrapé.

— Mais où comptez-vous aller, alors ?

— Je ne sais pas. Mais je ne veux pas rentrer. Pas encore.

20

Tandis qu'il escaladait la colline, Arkadi sentait l'herbe drue se coucher mollement sous ses pas, puis se redresser brusquement derrière lui. L'hôtel en contrebas était baigné d'une clarté électrique ; ses fenêtres illuminées, flottant dans le vide, surplombaient un trottoir noyé tel un puits d'une lumière froide et blanche. Une silhouette semblait s'y déplacer au ralenti. Volovoï qui regardait à droite, à gauche.

Les derniers retardataires rejoignaient le groupe de Soviétiques dans la rue, alors que certains déjà prenaient la direction des quais, pareils à l'avant-garde d'un troupeau. D'autres traînaient en arrière, pendant que Lantz dévalisait le magasin de spiritueux. Sitôt ressorti de la boutique, il distribua les flasques de vodka qui déformaient ses poches. Natacha et Lidia s'attardaient également, comme pour embrasser une dernière fois le crépuscule du regard. L'Amérique ? Avec tous ces Soviétiques dans la rue, Dutch Harbour aurait pu être un village russe, avec des chiens russes aboyant dans les jardins, de l'herbe russe tapissant les collines. Arkadi pensa à Kolia quelque part dans l'obscurité en train de déterrer ses chères orchidées, et à Obidine passant le porche de l'église.

Arkadi avait traversé la rue et s'était glissé entre les poubelles qui jouxtaient le magasin. Le bâtiment n'était pourvu de fenêtres que sur la façade, aussi il avait pu se fondre dans la pénombre qui régnait derrière le bâtiment, puis se faufiler entre les habitations en préfabriqué flanquées sur les coteaux, des maisons de métal tout en longueur, avec des fenêtres d'aluminium éclairées par les couleurs changeantes des postes de télévision. Un couple de chiens, des animaux noir et blanc avec des yeux bleu ciel, étaient venus le défier, mais aucun propriétaire ne s'était montré. Les jardinets étaient jonchés de monceaux de pièces d'automobiles et de buses aspirantes recouvertes de neige ; mais il n'avait glissé qu'une seule fois avant d'atteindre la colline. Mike était loin devant, braquant sur un chemin le faisceau d'une lampe électrique. Il était si loin qu'il ne prenait pas la peine de regarder derrière lui.

La terre était si attirante, sombre, mais ferme sous le pas. De temps en temps, Arkadi marchait sur un coussin de lichens ou de mousses. Des lupins desséchés venaient se frotter contre ses mains. C'est davantage par ses sens que par ses yeux qu'Arkadi s'apercevait que les monts volcaniques s'élevaient dans la brume comme des remparts. Devant lui, un feu éclairait un sommet. Dans la rade du port, les lumières des bateaux au mouillage se faisaient plus distinctes ; les feux de l'*Étoile Polaire* flottaient au loin sur un grand dôme noir.

Et s'il s'enfuyait finalement ? Il n'y avait aucun arbre pour se cacher, seulement quelques rares maisons où demander asile. Un aérodrome se trouvait sur l'autre versant de l'île. Que pouvait-il faire ? Attraper la roue d'un avion au moment du décollage ?

Des mamelons de terre facilitaient l'ascension de la colline. La neige s'était amoncelée çà et là sur le versant nord, et les congères luisaient encore d'une clarté bleu pâle dans le jour mourant. Après dix mois en mer, Arkadi avait l'impression de monter vers le paradis. Un vent froid, premier signe de l'hiver approchant, emportait les senteurs végétales des mûriers, des fougères et des mousses. Mike semblait également apprécier la promenade, à en croire les mouvements débonnaires du faisceau de sa lampe.

Lorsque le chemin rejoignit une route poussiéreuse, le brouillard se fit plus dense. Au-dessus de lui, le sol disparaissait par endroits de l'autre côté du mont, et Arkadi percevait la présence de ces passages à l'air libre en entendant s'élever le vent de mer qui battait le flanc des falaises derrière la crête. Il ne marchait pas en aveugle, car le feu, quoique masqué par le brouillard, brillait plus intensément et perçait la nuit comme un phare.

Puis soudain, au bout de quelques pas, la brume se dissipa pour s'amonceler derrière lui. C'était comme s'il avait crevé la surface d'un nouvel océan, et gravissait à présent une seconde chaîne de montagnes. Le brouillard se rassemblait en contrebas, écume immobile et moutonnée sous un ciel nocturne, pur et scintillant comme le cosmos. Les sommets des monts sortaient de ces flots comme de petites îles, antres déchiquetés de roches noires et de glace semées d'étoiles.

La route menait au lieu de l'incendie. À sa lueur, Arkadi aperçut les reliques d'une batterie militaire : des travaux de terrassement devenus des tertres herbeux, des tourelles de canons rongées de rouille, un fouillis de fils barbelés. Des planches, des ressorts de matelas, des bidons d'essence et des pneus étaient pris dans la tourmente assourdie des flammes. De l'autre côté du brasier, Mike ouvrait une lourde porte encastrée dans la roche. C'est alors qu'Arkadi s'aperçut que l'Aléoutien avait un fusil à la main.

Les étoiles semblaient à portée de main. La Petite Ourse tenait toujours en laisse l'étoile Polaire. Orion étendait son bras au-dessus de l'horizon, comme un semeur d'étoiles. Durant ces dix mois passés sur la mer de Béring, Arkadi n'avait jamais vu une nuit aussi claire, et pourtant les étoiles avaient toujours été là, juste au-dessus du brouillard.

Il contourna le brasier et se dirigea vers la porte. Le panneau était en fer, monté dans un cadre de ciment. C'était l'entrée d'un bunker datant de la guerre. Le béton s'effritait et était marbré de rouille, mais il avait résisté aux années comme aux vandales. Le verrou neuf qui pendillait au loquet montrait que le bunker avait un nouveau propriétaire. La porte tourna d'ailleurs aisément sur ses gonds huilés.

— Mike ! appela Arkadi.

Une lampe à pétrole brûlait par terre, et, dans son halo, Arkadi s'aperçut que quelqu'un avait fait tout son possible pour transformer ce bunker en une douillette retraite pour pêcheur. Un filet descendait artistiquement du plafond. Sur les murs, des rayonnages étaient décorés d'étoiles de mer, de coquilles d'ormeaux et de mâchoires de bébés requins. Il y avait un lit de camp, une bibliothèque faite de cageots remplis de livres de poche et de magazines, et des barils débordants de morceaux de filets récupérés çà et là, de manilles gauchies et de flotteurs de liège.

Arkadi fut soulagé d'apercevoir le fusil posé sur le lit.

— Mike ?

Un kayak trônait sur des tréteaux au milieu du bunker. Arkadi n'en avait jamais vu d'aussi grand. Le kayak mesurait au moins six mètres de long ; il était fin et étroit, percé de deux hiloires circulaires, et, bien qu'il fût encore loin d'être terminé, sa ligne montrait déjà une élégance et une grâce évidentes. Arkadi se souvint de la voix sur la cassette de Zina qui parlait d'une embarcation traditionnelle des îles, une *baïdarka,* avec laquelle l'orateur comptait tourner autour de l'*Étoile Polaire.* Plus il examinait le bateau, plus il était impressionné. La quille était en bois, assemblée avec des os. L'armature était faite de lattes de bois courbées, jointes par des tendons. Pas un seul clou n'intervenait dans la construction. Seule la carène du bateau cédait à la modernité : des feuilles en fibre de verre cousues à l'hiloire arrière avec du fil de nylon étaient assemblées avec une colle hémostatique. Un assortiment de couteaux, de racloirs, de râpes, d'aiguilles et de fils à voiles encombrait un établi, ainsi que des pinceaux, des masques respiratoires, un sèche-cheveux électrique et des bidons de résine époxyde de deux litres. L'époxyde était un produit volatile hautement inflammable ; des seaux de sable entouraient l'établi et une odeur âcre s'élevait d'une portion de la carène qui en avait été enduite.

— Allez, montrez-vous, lança Arkadi. Je veux juste vous parler.

À voir la forme évasée et recourbée de l'étrave, Arkadi n'avait aucun mal à imaginer la *baïdarka* glisser comme une plume sur les vagues. Il comprenait maintenant ce qui pouvait attirer Zina chez Mike. « Un triton », l'avait-elle appelé, un romantique qui rêvait de naviguer avec elle à travers tout le Pacifique. Arkadi se sentait à mille lieues de cet homme, lui qui ne désirait rien tant que rester à terre.

Le sèche-cheveux attestait qu'il y avait l'électricité dans le bunker. Arkadi découvrit un prolongateur par terre, et le suivit jusqu'à une couverture tendue devant le mur du fond. Il souleva la tenture et découvrit une autre pièce, plus petite. À l'intérieur, il y avait un groupe électrogène à essence ; il ne tournait pas et le tuyau d'échappement était raccordé à un conduit d'évacuation. Un bidon d'essence gisait sur le côté, éclairé par le faisceau d'une lampe torche.

Juste devant l'entrée, Mike était recroquevillé à terre, comme s'il cherchait à étreindre le sol. L'œil gauche de l'Aléoutien était ouvert, découvrant un iris noir comme de l'ardoise mouillée. Arkadi ne sentit ni pouls, ni respiration. Mais il ne vit pas non plus de sang. Mike avait pénétré dans le bunker avec seulement quelques mètres d'avance sur lui, il avait allumé la lampe à pétrole et s'était dirigé vers le groupe électrogène. Même jeune, on pouvait être victime d'une crise cardiaque. Il retourna l'Aléoutien, déboutonna sa chemise et commença à lui faire un massage du cœur sous le regard fixe de son œil ouvert.

— Allez ! le pressa Arkadi.

Mike portait une médaille religieuse en pendentif sur une chaîne en métal. Elle tintait contre sa nuque chaque fois qu'Arkadi comprimait sa poitrine. Le corps de Mike était trop chaud pour être mort, il était trop jeune, trop fort, et on ne mourait pas en laissant un bateau à demi achevé.

— Mikhaïl ! Allez !

Arkadi ouvrit la bouche du jeune homme, et souffla dans ses poumons, soulevant des effluves de bière. Il tambourina de nouveau sa poitrine comme s'il voulait y réveiller quelqu'un assoupi à l'intérieur. La médaille cliquetait tandis que l'œil de Mike le fixait en s'assombrissant.

Ou alors une congestion cérébrale, se dit Arkadi, en glissant ses doigts dans la bouche de Mike pour dégager sa langue. Il toucha quelque chose d'incroyablement dur, et, lorsqu'il retira sa main, ses doigts étaient rouges. Il ouvrit la bouche de Mike le plus possible et examina l'intérieur avec la lampe électrique, pour apercevoir une pointe qui sortait de la langue comme une épine d'argent. Avec précaution, il tourna la tête de Mike sur le côté, souleva ses épais cheveux noirs à la base du crâne et découvrit deux ovales d'acier rappelant la forme d'une lorgnette du début du siècle. Les Américains affichaient certaines coquetteries : des boucles d'oreilles, de grosses bagues, des bracelets de cuir tressé. Mais ces deux anneaux de métal étaient enchâssés dans la tête, c'étaient le manche d'une paire de ciseaux, enfoncé expertement comme un pic à glace, pratiquement sans verser une goutte de sang, jusqu'à mi-longueur dans la nuque. C'est contre cela que cognait la médaille de Mike. Une seule main ne peut applaudir, une seule pièce de métal ne peut tinter. Le corps s'effondra avec reconnaissance lorsque Arkadi relâcha son étreinte.

Volovoï fit alors irruption dans le bunker, suivi de Karp.

— Il est mort, dit Arkadi.

L'officier en second et le maître de bordée semblaient plus intéressés par l'agencement du bunker que par le corps.

— Encore un suicide ? demanda Volovoï en regardant autour de lui.

— C'est un point de vue, répondit Arkadi en se redressant. C'est Mike, un matelot de l'*Eagle*. Je l'ai suivi jusqu'ici, et il n'avait pas plus d'une minute d'avance sur moi. Personne n'est sorti. Son meurtrier est peut-être encore ici.

— C'est évident, dit Volovoï.

Arkadi sonda la petite pièce avec le faisceau de sa lampe. À l'exception du groupe électrogène, elle était vide. Quatre murs de ciment couverts de graffitis. Il y avait une flaque d'eau dans un coin, et au-dessus un trou strié de roux qui traversait le plafond à l'épreuve des bombes jusqu'à une écoutille fermée. Le panneau d'acier était hors de portée, quoiqu'il distinguât deux moignons de fer dans la paroi qui autrefois avaient pu servir d'échelons.

— Il devait y avoir ici une corde ou une échelle, dit Arkadi. Le meurtrier l'a probablement remontée derrière lui avant de refermer l'écoutille.

— Nous étions derrière vous.

Karp prit le fusil et l'examina avec un œil de connaisseur.

— On n'a vu personne sortir d'ici.

— Pourquoi suiviez-vous un Américain ? demanda Volovoï.

— Allons voir dehors, dit Arkadi.

Karp lui bloqua le passage.

— Pourquoi suiviez-vous cet Américain ? répéta Volovoï.

— Je voulais lui poser des questions sur Zin...

— L'enquête est terminée, dit Volovoï. Ce n'est pas une raison suffisante pour suivre quelqu'un. Ou pour descendre du bateau malgré les ordres, ou encore pour quitter ses compagnons, pour rôder tout seul la nuit dans un port étranger. Mais je ne suis pas surpris. Rien de ce que vous faites ne me surprend vraiment. Frappe-le.

Karp lança, tel un épieu, le canon du fusil entre les omoplates d'Arkadi, puis, comme un moissonneur abattant sa faux, il s'en prit à ses jambes, visant l'intérieur des genoux. Arkadi s'écroula au sol, le souffle coupé.

Volovoï s'assit sur le lit de camp et alluma une cigarette. Il prit une revue froissée dans les casiers, l'ouvrit à la double page centrale et la rejeta à côté de lui, son visage rose s'empourprant de dégoût.

— Voilà qui vérifie mes dires. Vous avez déjà tué, c'est écrit dans votre dossier. Maintenant vous cherchez à vous enfuir, à passer de l'autre côté, vous voulez déshonorer vos compagnons et votre bateau à la première occasion qui s'offre. Alors vous avez choisi le plus faible des Américains, cet indigène, et, vous apercevant qu'il ne peut rien pour vous, vous le tuez.

— C'est faux.

Volovoï leva les yeux vers Karp, et le chef de bordée abattit son fusil dans les côtes d'Arkadi. Sa veste amortit une partie du choc, mais Karp était un homme vigoureux et un assistant plein de zèle.

— La lettre de suicide qu'a écrite Zina, dit Volovoï, a été retrouvée dans le lit de la morte. J'ai demandé à Natacha Tchaïkovskaïa pourquoi vous n'avez pas fouillé sa couchette. Elle m'a appris que vous l'aviez fait, et pourtant vous ne faites mention d'aucune lettre.

— Parce qu'il n'y en avait pas.

Malgré la fraîcheur humide du bunker, l'officier en second suait abondamment. Certes, il y avait eu l'ascension de la colline, mais Arkadi savait par expérience que les interrogatoires étaient des moments éprouvants pour tous les participants. Sous la lueur de la lampe, les cheveux en brosse de Volovoï dessinaient sur sa tête une couronne d'épines. Bien entendu Karp, qui se chargeait du travail de force, transpirait comme Vulcain devant sa forge.

— Vous m'avez suivi tous les deux ? demanda Arkadi.

— C'est moi qui pose les questions. Il n'a toujours pas saisi, dit Volovoï à Karp d'une voix chargée de regret.

Karp lança alors son pied dans l'estomac d'Arkadi. Jusqu'à présent, ce n'était qu'un interrogatoire de routine, se disait Arkadi. C'était bon signe. Ce n'était que de l'intimidation, rien d'irréversible. Mais le chef de bordée plaqua le cou d'Arkadi au sol avec la crosse de son fusil et donna un nouveau coup de pied, un coup cette fois qui cherchait à traverser l'estomac pour ressortir par la colonne vertébrale.

— Ça suffit, lança Volovoï.

— Pourquoi ? demanda Karp.

Son pied se relevait déjà pour un troisième essai.

— Un peu de patience, répondit Volovoï en souriant avec indulgence.

Un chef ne pouvait tout expliquer à un subordonné. Arkadi se souleva sur un coude. Il était important de ne pas rester totalement inerte.

— J'attendais cette occasion depuis longtemps, dit Volovoï. Les réformes sont sûrement bien utiles à

Moscou, mais nous sommes loin de Moscou. Ici, nous savons que lorsqu'on soulève des pierres on réveille les serpents. Nous allons donc faire un exemple.

— Quel genre d'exemple ? demanda Arkadi, cherchant à conserver un certain ascendant dans la conversation.

— Un exemple montrant comme il est dangereux de soutenir des individus de votre acabit.

Arkadi se traîna jusqu'à l'établi. Il ne s'assit pas ; il ne fallait pas se montrer trop à l'aise.

— Je ne me suis pas senti particulièrement soutenu, dit-il. Vous songez à un procès public ?

— Pas de procès, lâcha Karp. Vous ne l'avez jamais vu devant un juge ; avec sa façon de jouer sur les mots, il embobine tout le monde.

— Je n'ai pas tué ce garçon, dit Arkadi. Si ce n'est pas vous, alors le meurtrier est en ce moment en train de redescendre la colline.

Il baissa la tête en voyant arriver la crosse du fusil qui, au lieu de lui briser le crâne, heurta les bidons d'époxyde sur l'établi et les projeta à travers la pièce. Arkadi commençait à avoir des sueurs froides parce qu'un passage à tabac en règle restait en deçà d'un certain seuil de brutalité, et que celui-ci était en train d'échapper à tout contrôle.

— Camarade Korobetz ! lança Volovoï. C'est assez.

— Il n'arrête pas de mentir, dit Karp.

Volovoï se tourna vers Arkadi.

— Korobetz n'est pas un intellectuel, mais c'est un travailleur hors pair et il suit les consignes du Parti à la lettre, chose que vous n'avez jamais su faire.

À l'exception de la cicatrice blanche qui barrait son front bas, là où la peau avait été retirée, le visage de Karp était devenu écarlate.

— *Vos* consignes plutôt ? dit Arkadi en se rapprochant discrètement d'un couteau à racler qui était tombé de l'établi avec les bidons.

— Nous l'avons surpris alors qu'il s'enfuyait, nous l'avons surpris en train de tuer quelqu'un, insista Karp. Il doit mourir.

— Ce n'est pas à toi de décider, dit Volovoï. Il y a des questions importantes à poser, des réponses à obtenir. Telles que : Qui a pu, étant donné l'individu dangereux et instable qu'est Renko, persuader le capitaine de le laisser se promener librement dans un port étranger ? Qu'est-ce que fomentait Renko avec ce groupe d'Américains ? La nouvelle pensée socialiste est nécessaire pour améliorer notre productivité, certes, mais, d'un point de vue politique, notre pays est devenu une lavette. Il y a un an encore, on ne vous aurait jamais autorisé à descendre à terre. C'est pourquoi il est urgent de faire un exemple.

— Je n'ai rien fait de répréhensible, dit Arkadi.

Volovoï avait évidemment prévu cette objection.

— Il y a eu votre enquête menée d'une façon pour le moins provocante, votre influence néfaste sur un capitaine trop confiant et sur l'équipage de l'*Étoile Polaire,* votre fuite, sitôt posé le pied sur le sol étranger. Qui sait à quelles mésactions vous êtes encore mêlé ? Nous allons fouiller le bateau des cales au pont, démonter toutes les cloisons, toutes les soutes. Martchouk saura à quoi s'en tenir. Ainsi que tous les capitaines de la flotte.

— Mais Renko n'est pas un trafiquant, dit Karp.

— Qui sait ? Et puis nous trouverons forcément quelque chose. Quand j'en aurai terminé, l'*Étoile Polaire* sera en pièces détachées.

— Et c'est cela que vous appelez la réforme du Parti ? lança Karp.

Volovoï perdait patience.

— Korobetz, je ne vais pas discuter politique avec un bagnard.

— C’est ce qu’on va voir, dit Karp.

Il ramassa le couteau par terre avant qu’Arkadi n’ait pu s’en emparer, se dirigea vers le lit de camp, et enfonça la lame jusqu’à la garde dans la gorge de Volovoï.

— Voilà comment les bagnards discutent politique, dit Karp en pressant la tête de Volovoï contre le couteau.

Tandis que Volovoï se débattait, un jet de sang éclaboussait le mur. Son visage s’enfla. Ses yeux s’écarquillaient devant l’inconcevable.

— Quoi ? Plus de discours ? demanda Karp. Les réformes répondent aux demandes de qui ?... Je ne vous entends pas. Parlez plus fort. Mais parlez donc ! Les réformes répondent aux demandes de la classe ouvrière ! Vous devriez pourtant le savoir.

Un homme soulève des haltères, fait du sport, mais ce n’est pas comme une véritable activité physique, et il était évident que les muscles de Volovoï étaient de la pâte à modeler comparés à ceux de Karp. L’officier en second se débattait de toutes ses forces, mais le chef de bordée maintenait le couteau dans la gorge sans apparemment plus d’effort que s’il appuyait sur un bouton de sonnette. Voilà comment on procédait dans les camps, lorsque les *ourkas* démasquaient un informateur. La gorge, toujours.

— On demanderait donc plus de travail ? Vraiment ? dit Karp.

Alors que le visage de Volovoï s’assombrissait, ses yeux pâlissaient d’horreur, comme si toutes ses belles paroles encore contenues en lui, ne pouvant plus s’échapper, étaient sur le point de faire éclater son crâne. Sa langue sortit de sa bouche et se déroula sur son menton.

— Tu croyais que j’allais te lécher la raie du cul toute la vie ? lança Karp.

Alors que le visage de Volovoï virait au noir, le lit

de camp bascula contre le mur, et ses mains se détendirent brusquement. Ses yeux étaient encore pleins d'étonnement, comme s'il regardait quelqu'un d'autre, comme si cela ne pouvait réellement lui arriver.

Non, se dit Arkadi. Volovoï a cessé de s'étonner. Il est mort.

— Il aurait dû la fermer.

Karp, tout en parlant à Arkadi, fit pivoter son couteau de droite à gauche dans la gorge de Volovoï, avant de le retirer.

Arkadi se serait bien enfui à toutes jambes, mais il fut juste capable de se remettre debout et de brandir un bidon d'époxyde dans un mouvement de défense.

— Vous êtes devenu fou.

— Ouais, admit Karp. Mais je crois qu'ils vont dire plutôt que c'est vous qui êtes devenu fou.

Volovoï était encore assis sur le lit de camp, comme s'il participait à la conversation. Toute sa poitrine semblait avoir éclaté sous la pression d'une boule de sang.

— Vous avez déjà fait un séjour en hôpital psychiatrique ? demanda Arkadi.

— Et alors ? Vous aussi.

Karp sourit.

— De toute façon, je suis guéri. Je suis un homme nouveau maintenant. Mais j'ai une question à vous poser.

— Allez-y.

— Vous aimez la Sibérie ?

— Pardon ?

— Je voudrais connaître votre avis. Est-ce que vous aimez la Sibérie ?

— Bien sûr.

— Qu'est-ce que c'est que cette réponse à la con ? Moi, j'*aime* la Sibérie. Le froid, la taïga, la chasse, tout ce qui fait la Sibérie ; mais le plus important de tout, ce sont les gens. Des gens vrais, comme les

Esquimaux. Les gens à Moscou se donnent l'apparence de durs, mais ce ne sont que des tortues. Emmenez-les dans l'Est, sortez-les de leur coquille, et vous les écraserez d'un coup de talon. La Sibérie a été la révélation de ma vie. J'y ai trouvé un foyer.

— C'est très bien.

— Prenez la chasse, par exemple.

Karp essuya la lame du couteau sur la manche de Volovoï.

— Il y a des types qui partent en hélicoptère et tirent sur tout ce qui bouge à la Kalachnikov. Moi, j'aime le Dragounov, un vieux fusil de solitaire à lunette. Parfois, je n'appuie même pas sur la gâchette. C'est comme l'hiver dernier, un tigre rôdait dans Vladivostok et tuait des chiens. Un fauve en plein cœur d'une ville. La milice, évidemment, l'a eu. Vous savez, moi, je ne l'aurais pas tué ; je l'aurais emporté hors de la ville et je l'aurais relâché. Voilà la différence entre vous et moi : je n'aurais pas tué ce tigre.

Il adossa Volovoï contre le mur.

— Combien de temps, à votre avis, peut-il rester comme cela ? J'avais envie de faire un compte rond, un chiffre pair. Vous savez, pour une question de symétrie.

L'obsession de la symétrie : une faille dont on pouvait tirer profit, songea Arkadi. Il y avait un cadenas qui pendait à la porte du bunker. S'il pouvait sortir et enfermer Karp à l'intérieur.

— Mais cela ne collerait pas maintenant, dit Arkadi. Vous ne pouvez laisser trois cadavres ici. C'est une question d'arithmétique. Je ne peux pas être une victime également.

— Je ne comptais pas faire ça, avoua Karp, mais Volovoï est une telle tête de con. Toute ma vie, j'ai dû écouter des connards comme vous deux. Zina disait...

— Zina ?

— Zina disait que les mots vous libéraient, vous trompaient, ou vous mettaient dans tous vos états. Chaque mot, la moindre parole, est une arme, une chaîne ou une paire d'ailes. Vous ne connaissiez pas Zina. Et toi non plus, ajouta-t-il en se tournant vers Volovoï, tu ne la connaissais pas.

L'officier politique, avec sa tête penchée sur le côté, semblait l'écouter avec attention.

— Un invalide ne veut pas discuter avec un ancien des camps ? Mais je pourrais t'en apprendre sur les camps.

Il se tourna de nouveau vers Arkadi.

— Grâce à vous.

— Je vais vous y renvoyer.

— Vous vous faites des illusions.

Karp écarta les bras comme pour dire : nous voilà arrivés au dénouement ; un dénouement qui allait se jouer au-delà des mots, quelque part dans son domaine à lui. Karp ajouta alors, en guise de conclusion :

— Vous auriez dû rester sur le bateau.

Lorsque Arkadi lança le bidon d'époxyde, Karp leva le bras par réflexe, faisant dévier le bidon de sa trajectoire. En deux enjambées, Arkadi avait traversé la pièce et poussait déjà la porte d'entrée, mais la main de Karp se referma sur lui et le tira en arrière. Arkadi esquiva le couteau et saisit le poignet de Karp avec une prise « à la volée » que lui avait apprise son instructeur de la milice à Moscou, ce qui fit rire le connaisseur qu'était Karp. Celui-ci, certes, lâcha le couteau, mais projeta Arkadi dans les casiers à livres. Les magazines s'égaillèrent en tous sens comme des oiseaux.

Alors qu'Arkadi s'élançait de nouveau vers la porte, Karp le souleva de terre et le projeta par-dessus la *baïdarka,* contre le mur opposé. Karp poussa le bateau de son chemin. Tous les muscles bandés, il se ramassa sur lui-même, adoptant la garde favorite des *ourkas,* avec deux doigts tendus en avant vers les yeux de l'adversaire — une posture qu'Arkadi avait déjà rencontrée. Il plongea dans sa garde, esquivant sa main tendue, et frappa Karp en pleine bouche, ce qui n'arrêta pas l'avancée du chef de bordée ; alors Arkadi le frappa à l'estomac, qui se révéla aussi dur que du béton, puis porta un coup de coude en arrière au menton, faisant enfin poser à Karp un genou au sol.

Hurlant de fureur, Karp saisit Arkadi à bras-le-corps et le projeta contre les murs, jusqu'à ce qu'Arkadi parvienne à s'agripper au filet suspendu au plafond. Quand Karp voulut lui faire lâcher prise, Arkadi entraîna avec lui un pan du filet qui retomba sur la tête du chef de bordée, et il put à son tour faucher les jambes de Karp. Alors qu'il se ruait vers la porte pour la troisième fois, Arkadi trébucha contre un montant du bateau et, avant qu'il ait le temps de se relever, Karp lui avait saisi la cheville. À terre, il n'avait aucune chance comparé au gabarit du chef de bordée, et Karp grimpa inexorablement sur lui, insensible aux coups jusqu'à ce qu'Arkadi abatte un tonnelet de manille sur son crâne.

Arkadi se dégagea. Il tentait d'ouvrir la porte quand un baril heurta la porte à côté de son oreille et la referma violemment. Karp lui fit lâcher la poignée et le projeta sur le lit de camp à côté de Volovoï. Comme s'il compatissait au sort d'Arkadi, le mort s'affaissa contre son épaule. Karp sortit alors de sa veste son propre couteau, celui à double tranchant que les pêcheurs devaient porter toujours sur eux pour pallier toute éventualité. Sur le lit, Arkadi aperçut le couteau qu'avait laissé tomber Karp plus tôt.

Karp fut plus rapide, et son coup aurait ouvert le ventre d'Arkadi de part en part, si le mort n'avait pas finalement perdu l'équilibre et basculé devant lui. Le couteau plongea dans l'officier en second, et pendant un instant, penché ainsi en avant, la lame du couteau enfoncée dans la mauvaise cible, tout le torse de Karp fut vulnérable. Arkadi hésita une fraction de seconde. Puis ce fut trop tard. Karp renversa le lit et bloqua Arkadi contre le mur. Le couteau lui glissa des doigts quand il voulut se relever.

Karp le souleva par-dessus le lit et le projeta contre le corps de Mike, dans la petite pièce. Le chef de bordée marqua un temps d'arrêt, le temps de récupérer son couteau fiché dans Volovoï. Arkadi pouvait à peine bouger le groupe électrogène, mais il parvint à soulever le jerricane d'essence. Anticipant ce geste, Karp se baissa pour esquiver le projectile, qui passa au-dessus de sa tête, avant d'enjamber le corps de Mike.

Il y eut un tintement de verre brisé. La déflagration avait dû se produire avant que Karp ne pénètre dans la pièce, mais après coup Arkadi se souvint de la surprise de l'homme soudain éclairé par-derrière par une lumière aveuglante, comme si un soleil s'était soudain levé dans son dos. L'explosion de la lampe à pétrole avec le jerricane fut suivie de près par le chuintement de l'époxyde renversé par terre qui s'enflammait. Tandis que l'essence se répandait, les livres éparpillés prirent feu, ainsi que les draps du lit de camp et le coin de l'établi. Karp se rua sur Arkadi, mais avec moins de détermination, comme s'il pensait à autre chose. Il se produisit une seconde explosion, et un pot plein d'époxyde prit feu, libérant une flamme qui monta jusqu'au plafond. Une fumée brune, âcre et épaisse courait sur les murs.

— Oui, ce sera encore mieux, dit Karp.

Il agita une dernière fois son couteau et fit volte-face pour traverser la pièce en feu ; il disparut dans les flammes comme un démon regagnant les enfers. Lorsqu'il eut ouvert la porte de l'autre côté, il s'arrêta pour contempler une dernière fois Arkadi, avec des yeux dorés par les flammes. Puis il sortit à l'air libre et referma la porte.

La *baïdarka* s'enflamma, laissant apparaître son squelette noir sous sa peau translucide, ruisselante de gouttes d'époxyde en feu. Déjà le plafond était nappé d'une fumée toxique qui roulait comme un nuage d'orage. Arkadi se tenait au-dessus de Mike. Un spectacle inoubliable, se dit-il. La fumée, le feu, l'Aléoutien qui semblait tendre le bras vers son bateau en flammes, Volovoï sur son bûcher funéraire dressé à la verticale, une manche déjà en feu. Il se souvint d'une remarque qu'il avait lue dans un guide touristique français : « Cela vaut le détour. » Parfois son esprit faisait cela sous l'effet de la panique, il gaspillait ses ultimes instants à divaguer. Il avait deux possibilités : brûler vif dans une pièce, ou mourir étouffé dans l'autre.

La main sur sa bouche, Arkadi plongea à travers les flammes et se rua contre la porte. Elle bougea ; elle n'était pas cadenassée, mais simplement bloquée par Karp de l'autre côté. La même technique que dans la soute à poisson. Les meilleures idées étaient toujours les plus simples. Les flammes rampaient vers les pieds d'Arkadi. Il se tenait courbé sous le nuage de fumée, suffoquant entre deux quintes de toux. Il en avait pour cinq minutes, dix tout au plus ; et Karp rouvrirait la porte pour s'assurer de son succès.

Arkadi tira le verrou intérieur. Un médecin lui avait dit autrefois que sa plus grande qualité n'était pas de savoir échapper à des situations inextricables, mais d'être capable de les compliquer encore davantage. Retenant son souffle, il traversa les flammes en titubant, les yeux vrillés sur un baril qu'il tira bientôt des flammes pour l'emporter dans la seconde pièce. Le fût était plein de vieux filets que Mike avait récupérés. Avec l'œil aguerri d'un pêcheur, il repéra le plus grand morceau, un filet en nylon. Éclairée par les flammes, la flaque d'eau dans le coin de la pièce brillait comme de l'or, et il arrivait à peine à distinguer les deux échelons brisés, deux morceaux de fer rouillé, sous l'écoutille fermée. Il retourna le baril dans la flaque d'eau et grimpa dessus. En se dressant sur la pointe des pieds, il était tout juste assez haut pour espérer lancer le filet et l'accrocher aux moignons de fer. L'écoutille ne fermait pas hermétiquement, et maintenant que la fumée envahissait la pièce, rampant au plafond, elle s'élevait dans le conduit où Arkadi se tenait en équilibre. Au moment où une maille du filet s'accrocha au reste d'échelon, le baril bascula et roula dans la pièce. Il se hissa sur le filet, alors qu'il entendait des bouteilles se briser derrière le souffle grandissant de l'incendie, pareil au bruit des vagues. Il poussa l'écoutille. La fumée s'engouffra dans le puits, comme si elle cherchait à le retenir, mais il était déjà dehors, dévalait les monticules de terre, roulait sur l'herbe lissée par la brume, retombait vers la mer.

GLACE

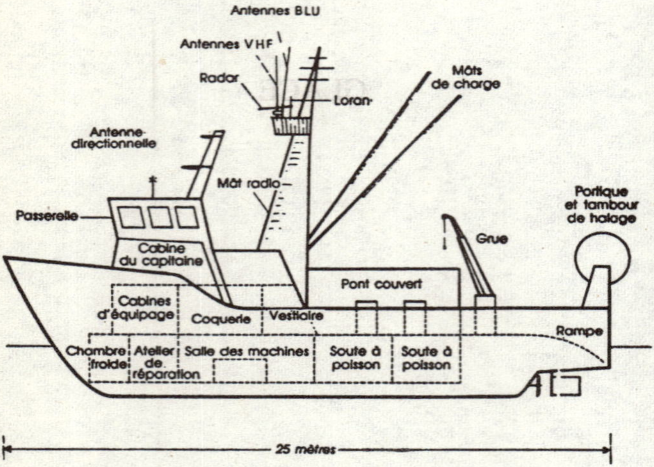
Antennes BLU
Antennes VHF
Radar
Loran
Mâts de charge
Antenne directionnelle
Mât radio
Passerelle
Portique et tambour de halage
Grue
Cabine du capitaine
Pont couvert
Cabines d'équipage
Coquerie
Vestiaire
Rampe
Chambre froide
Atelier de réparation
Salle des machines
Soute à poisson
Soute à poisson
25 mètres

L'EAGLE

21

Les premiers signes de la banquise apparurent sous la forme de blocs épars, polis comme du marbre blanc flottant sur une eau noire, et bien que l'*Étoile Polaire* et sa flotille de quatre chalutiers naviguassent sans encombre sous un vent du nord, il régnait une tension grandissante à bord et un sentiment d'isolement. Sous les ponts résonnait à présent le bruit nouveau des blocs de glace raclant contre la coque. Dehors, l'équipage levait la tête pour examiner l'état des antennes qui surmontaient le bâtiment avant et les portiques : les barres qui tournaient lentement, les cercles imbriqués, les antennes en forme d'étoile, de fouet ou toutes simples, qui équipaient le radar, les radios VHF, ondes courtes et liaison satellite. Le monde réel semblait repoussé sans cesse plus loin par les bancs de glace éparpillés qui se fondaient à l'horizon en un dais sans limite, lisse et circulaire. Les chalutiers restaient de plus en plus souvent en file indienne dans le sillage de l'*Étoile Polaire,* en particulier l'*Eagle,* dont la coque avait été construite pour les eaux chaudes du golfe du Mexique, et non pour la mer de Béring.

Avec le soir, le vent forcit, comme s'il glissait plus vite sur la glace que sur l'eau, apportant un fin crachin qui gelait sur le pare-brise de la timonerie. Dans la nuit, les hommes chassaient la glace du pont de l'*Étoile Polaire* avec l'eau bouillante des chaudières sous pression. Les chalutiers, encore plus sensibles à l'effet déséquilibrant de la glace, faisaient de même ; tous les bateaux s'enfonçaient ainsi dans les ténèbres comme une procession de locomotives à vapeur.

Le *Miss Alaska,* son hélice endommagée par un bloc de glace, rebroussa chemin à l'aube. Les autres continuèrent leur route, parce que le poisson était là. Au matin, les bateaux découvrirent que la glace s'était soudée en une couche solide et épaisse. Devant eux s'étendait un dôme de désert blanc sous la coupe bleue du ciel ; derrière le sillage de l'*Étoile Polaire* s'ouvrait une manche d'eau couleur charbon dans laquelle les chalutiers, à un kilomètre de distance les uns des autres, traînaient leur filet. Pour des raisons mystérieuses, les poissons de fond, en particulier les soles, choisissaient les fonds marins se trouvant sous la banquise pour se rassembler. Des chaluts lourds de trente ou quarante tonnes de poissons sortaient de l'eau, et les poissons, le filet et le paillet de plastique se couvraient immédiatement de cristaux éblouissants de glace ; on avait l'impression que les chalutiers sortaient de la mer d'immenses gemmes. C'était la vérité, d'une certaine manière. Les Américains s'enrichissaient et les Soviétiques doublaient leur quota de la journée.

Cependant l'*Étoile Polaire* portait son pavillon en berne, à mi-hauteur sur son mât. Toute la moisson de la campagne de pêche était dédiée à la mémoire de Fedor Volovoï. Des messages de condoléances avaient été envoyés à la famille du défunt ; des messages amicaux étaient parvenus du siège de la Flotte de Vladivostok et des bureaux de la compagnie de Seattle. La cellule du Parti avait nommé le maussade Slava Boukovski pour remplacer l'officier politique dans ses fonctions. Volovoï reviendrait au pays dans la soute à poisson numéro deux, emballé dans un sac plastique, à côté de celui contenant Zina Patiachvili, qu'on avait changé de soute. On ne pouvait se permettre de perdre de la place dans les cales à poisson. On murmurait à bord que la gorge de l'officier en second n'avait pas été seulement carbonisée. De par son poste de délégué du syndicat chargé de remplir les formulaires en cas de décès, Slava réfuta ces rumeurs, mais, avec toutes ses nouvelles charges, le second lieutenant semblait plus atteint de dépression qu'inspiré par l'occasion d'avancement qui s'offrait à lui. Arkadi était encore tout endolori par sa bagarre contre Karp, mais il ne souffrait finalement pas plus que s'il était tombé dans un très long escalier.

À la pataugeoire, une demi-tonne de soles tombait sur la chaîne, un flot fougueux qui dégringolait du toboggan toutes les dix minutes, pour être vidé, nettoyé, fileté. Les poissons étaient tellement couverts de glace qu'Obidine, Malzeva, Mer et les autres étaient tout engourdis, des doigts aux épaules. Par-dessus le bruit des scies et le murmure incessant des ritournelles que diffusait la radio interne, on percevait les coups de boutoir que lançait la glace contre la coque. L'étrave de l'*Étoile Polaire* était conçue pour monter sur la banquise et briser des couches de glace allant jusqu'à un mètre d'épaisseur. Mais la coque protestait. Ses flancs étaient traversés de frémissements et les caillebotis vibraient comme des peaux de tambours.

Tout en dirigeant les poissons vers la scie, Natacha levait sans cesse des yeux interrogateurs vers Arkadi, mais il se contentait d'écouter l'avancée du bateau, la glace qui résistait, puis qui explosait sous l'étrave avec un bruit de tremblement de terre.

Martchouk donnait l'impression d'avoir escaladé des montagnes. Le brouillard, jamais très loin, était cette fois revenu sous la forme d'une fine brume qui cristallisait sur les vitres de la timonerie et le capitaine était sorti un moment sur le pont passerelle. Sa capote, ses bottes, ses mitaines et sa casquette de capitaine étaient soulignées jusque dans leur moindre pli par le givre, et sa barbe scintillait comme un pain de sucre. Maintenant qu'il était revenu derrière son bureau, une flaque d'eau commençait à se former à ses pieds. À voir ses oreilles écarlates, il était regrettable que Martchouk n'ait pas échangé sa casquette contre les bonnets de laine à oreillettes des hommes de rang. Anton Hess n'était pas sorti sur le pont, mais il portait néanmoins deux chandails et les mêmes mitaines que Martchouk. Les bateaux soviétiques étaient surchauffés — la chaleur d'une maison russe faisait sa fierté — mais rien ne restait chaud sur la banquise. Sous son front et ses cheveux en bataille, les yeux de Hess étaient creusés de fatigue. Deux hommes robustes, et pourtant l'un comme l'autre semblaient perturbés, presque inquiets. Pour la première fois de leur vie, ils naviguaient sans un chien de garde du Parti, et, pire encore, avec un chien de garde mort dans une chambre frigorifique.

Debout sur le tapis, non loin d'Arkadi, mais ostensiblement à l'écart, à en juger par son expression, se trouvait Slava Boukovski. C'était le même groupe qui s'était réuni précédemment dans la cabine du capitaine, à une évidente exception près.

— Je suis désolé de n'être pas venu vous voir lorsque nous avons levé l'ancre, dit Martchouk, mais la situation était délicate. Aussi, je dois rester constamment devant la radio chaque fois que nous approchons d'un banc de glace. Les Américains ne sont pas habitués à la glace, je dois donc les tenir par la main. Enfin, camarade Boukovski, j'ai pu lire votre rapport, mais les autres seront sûrement intéressés de l'entendre.

Slava en profita pour faire un pas en avant, s'éloignant davantage encore d'Arkadi.

— Mon rapport se fonde sur celui des Américains. Je l'ai apporté avec moi.

Dès que Slava ouvrit sa mallette, des papiers s'échappèrent et tombèrent sur le tapis. Si Martchouk avait une queue comme un chien, songea soudain Arkadi, elle serait en train de battre d'impatience.

Le second lieutenant trouva le papier qu'il cherchait. Il lut aussitôt :

— « Les autorités compétentes de Dutch Harbour... »

— Qui sont les autorités compétentes ? l'interrompit Hess.

— Le capitaine des sapeurs-pompiers. Il dit qu'il semble que ce soit un incendie accidentel, poursuivit Slava. L'indigène, nommé Mikhaïl Kroukov, avait été plusieurs fois mis en garde contre le danger que représentaient ces produits inflammables et volatils dont il se servait pour construire ses bateaux, et on a retrouvé une lampe à pétrole, des traces d'essence et d'alcool. L'accident s'est produit dans une construction en ciment datant de la guerre, un bunker sans ventilation suffisante et Kroukov utilisait un groupe électrogène sans système de sécurité. Apparemment, les natifs occupent un grand nombre d'anciennes constructions militaires sans autorisation. Tout le monde sur l'île savait que Kroukov bricolait des bateaux. Les Américains supposent qu'il montrait l'un d'eux à Volovoï, et que les deux hommes ont ouvert une bouteille et que dans l'espace réduit, la lampe à pétrole s'est brisée accidentellement, embrasant aussitôt les produits toxiques qui à leur tour explosèrent. Fedor Volovoï, apparemment a été tué sur le coup par des projections de verre. L'indigène semble, quant à lui, avoir succombé au feu et à la fumée.

— Mikhaïl Kroukov ?

Martchouk leva un sourcil.

— C'est un nom russe ?

— On l'appelait Mike, répondit Slava.

— Ils étaient saouls ? demanda Hess. C'est cela que les autorités compétentes suggèrent ?

— Comme les nôtres, leurs indigènes sont réputés être des buveurs invétérés, dit Slava.

Martchouk eut le sourire d'un homme entendant une plaisanterie au moment d'embarquer sur une galère. Il tourna son sourire vers Arkadi.

— Volovoï ne buvait jamais, et détestait les bateaux. Mais c'est le rapport qui compte ; c'est ce que je suis censé raconter à Vladivostok. Pourtant, j'ai le sentiment que vous pourriez ajouter quelque chose.

Le bateau trembla, heurtant un bloc de glace plus gros que les autres. Arkadi attendit que le grondement sourd s'estompe.

— Non, répondit finalement Arkadi.

— Rien du tout ? demanda Martchouk. Je m'attends toujours à des surprises avec vous.

Arkadi haussa les épaules. Puis, comme si une idée lui venait, il se tourna vers Slava.

— Qui a retrouvé les corps ?

— Karp.

— Karp Korobetz, un chef de bordée, expliqua Martchouk à Hess. Il cherchait Volovoï avec un mécanicien de l'*Eagle*.

— Ridley, précisa Slava. Il a montré à Karp le chemin pour aller au bunker.

— À quelle heure ont-ils découvert les corps ? demanda Arkadi.

— Vers dix heures, dit Slava. Ils ont dû forcer la porte qui était fermée de l'intérieur.

— Vous entendez ça, fit remarquer Martchouk à l'intention d'Arkadi. Ils ont dû *forcer* la porte. Elle était fermée de l'intérieur. C'est le genre de détail que j'affectionne.

— Karp et Ridley sont entrés dans le bunker ? demanda Arkadi. Ils ont inspecté les lieux ?

— Je suppose.

Slava sursauta lorsque Martchouk fit claquer sa casquette contre sa botte pour en chasser l'eau. Le capitaine la reposa sur son crâne et alluma une cigarette.

— Continuez, dit-il pour encourager son second lieutenant.

— Volovoï a été retrouvé dans la grande pièce du bunker et l'Américain dans une deuxième pièce, dit Slava. Il y a une sorte de trappe dans cette seconde pièce, mais on n'a pas trouvé d'échelle.

— Il n'y avait aucun moyen de sortir par là-haut, dit Martchouk. Encore une nouvelle énigme.

— J'ai à peine vu Dutch Harbour, dit Arkadi.

— Ah bon ? fit Martchouk.

— Je n'ai pas remarqué grand-chose en ce qui concerne le domaine médical, poursuivit Arkadi. Est-ce qu'un médecin a examiné les cadavres ?

— Oui, répondit Slava.

— Dans un laboratoire ?

— Non.

Slava se mit sur la défensive.

— Il y avait eu de toute évidence un feu et une explosion, et les corps étaient trop carbonisés pour être déplacés.

— Les Américains ont laissé faire ? demanda Arkadi.

— Ils voulaient envoyer les corps par avion sur le continent, et nous ne pouvions les laisser emporter Volovoï. Son cadavre sera examiné à Vladivostok. De toute façon, le capitaine Morgan a accepté le rapport.

— Par simple curiosité, dit Arkadi, qui est arrivé sur les lieux, après Karp et Ridley ?

— Morgan, répondit Slava en consultant le rapport.

— Vous acceptez vous aussi ce rapport ? demanda Arkadi à Martchouk.

— Bien entendu. Deux hommes meurent, l'un des nôtres, l'un des leurs ; et pratiquement tout porte à croire qu'ils ont bu et ont mis le feu au bunker. C'est le genre de sale histoire que les Américains, comme nous, doivent rapidement oublier. La solidarité est le mot clé de la coopération.

Le capitaine reporta son attention sur Slava.

— Volovoï était une véritable ordure. J'espère que vous pourrez enfiler ses bottes.

Il se pencha en avant, s'adressant de nouveau à Arkadi.

— À votre avis, quel effet cela me fait de rentrer à Vladivostok avec deux de mes membres d'équipage dans des sacs ? Vous imaginez un peu le cirque que cela va être ? Quel sera mon prochain bateau ? Une marie-salope à Magadan ? Ils font encore flotter du bois sur le Kamtchatka. Peut-être me laisseront-ils quelques troncs à commander ?

— Vous êtes descendu à terre sous ma responsabilité, dit Hess à Arkadi. Vous deviez rassembler encore des informations à propos de la morte, Zina Patiachvili.

— Merci beaucoup, au fait, dit Arkadi. C'était très revigorant de retrouver le plancher des vaches.

— Mais nous avons aujourd'hui trois morts au lieu d'un, insista Hess, et comme l'un d'eux était un farouche gardien du Parti, le Parti va nous demander des comptes à notre retour.

— Et d'une certaine manière, dit Martchouk en fixant Arkadi, d'une certaine manière, je considère que tout cela a un rapport avec vous. Vous montez à bord, et il y a un mort. Vous descendez à terre ; il y a deux morts. Comparé à vous, Jonas était un ange.

— Voilà en effet une question : *Où étiez-vous passé ?* demanda Hess. Volovoï quitte l'hôtel et part à votre recherche. Personne n'a alors plus aucune nouvelle de vous deux, et, lorsqu'on retrouve la trace de Volovoï, il est sur une colline en train de rôtir avec un Indien...

— Un Aléoutien, dit Slava, c'est dans mon rapport.

— Un indigène, si vous voulez, un individu avec qui Volovoï n'avait sans doute jamais échangé une parole. Qu'est-ce que faisait Volovoï sur le faîte d'une colline à boire — chose qu'il n'a jamais faite — avec un constructeur de pirogue ? Que faisait-il là-haut alors qu'il était parti à votre recherche ? demanda Hess à Arkadi.

— Vous voulez que j'essaie de le découvrir.

Devant cette réponse, Hess eut un sourire de connaisseur, comme s'il venait de voir un gardien de but arrêter un tir dangereux et relancer la balle dans le but adverse.

— Non, non, dit Martchouk. Je me passerai dorénavant de votre aide. Je vois déjà leurs têtes à Vladivostok si nous essayons de leur expliquer pourquoi nous avons choisi quelqu'un comme vous pour enquêter sur la mort de Volovoï. Camarade Boukovski, c'est vous qui allez vous en charger.

— Encore ? Félicitations, dit Arkadi en se tournant vers Slava.

— J'ai déjà interrogé le marin Renko, dit Slava. Il prétend qu'après avoir quitté Susan, ivre et malade, il a fait le tour de l'hôtel et s'est évanoui. Il ne se souvient plus de rien ensuite, sauf qu'il s'est tout à coup retrouvé dans l'eau, étant sans doute tombé du quai.

— Israel, le chef d'atelier, dit Martchouk, m'a appris qu'on vous a retrouvé saoul dans une soute à poisson l'autre jour, presque congelé. Pas étonnant que vous ayez perdu votre carte du Parti.

— Les ivrognes qui se cachent sont encore pires que les autres, reconnut Arkadi, mais, capitaine, vous venez de dire que vous acceptiez le rapport des Américains affirmant qu'il s'agit d'un incendie accidentel. Alors, sur quoi va porter l'enquête du camarade Boukovski ?

— Je vais rassembler nos propres découvertes, dit Slava. Je ne vais pas nécessairement poser des questions.

— C'est la meilleure démarche possible, acquiesça Arkadi. Une ligne droite, sans courbes dangereuses.

Il se tourna vers Hess.

— Au fait, pourrais-je récupérer mon couteau ? Vous me l'avez pris avant de descendre à terre.

— Il faut que je le retrouve.

— Retrouvez-le, s'il vous plaît. C'est une propriété de l'État.

Martchouk écrasa sa cigarette dans un cendrier et leva les yeux vers le hublot, mangé de glace.

— Eh bien, vos jours comme inspecteur sont de nouveau terminés. La mort de Zina est une affaire classée jusqu'à notre retour à Vladivostok. Messieurs, le poisson attend.

Il se leva, baissa la visière de sa casquette, ramassa le mégot incandescent et s'en servit pour allumer une autre cigarette. Tout le monde fumait des Marlboro depuis le départ de Dutch Harbour.

— Je vous aime bien, Renko, mais je dois vous prévenir : si notre camarade Volovoï n'est pas mort dans l'incendie — si, par exemple, on lui a tranché la gorge — vous seriez mon suspect numéro un, quoique nous ne puissions encore imaginer comment vous auriez pu tuer deux personnes et réchapper à l'incendie. Mais j'apprécie la façon opportune dont vous êtes tombé à l'eau. Cela pouvait effacer l'odeur de la fumée, et retirer l'herbe de vos bottes.

Il remonta le col de son manteau.

— Mes Américains m'attendent. J'ai l'impression de faire traverser un lac gelé à un groupe de jeunes filles.

22

Accoudée à la lisse arrière, Susan scrutait aux jumelles le sillage de l'*Étoile Polaire.* Sa veste était boutonnée jusqu'au menton et elle portait des moufles et un bonnet de laine comme une skieuse alpine.

— Vous voyez quelque chose ? demanda Arkadi.

— Je regardais l'*Eagle* ; un bateau du Golfe ne devrait pas se trouver ici.

— Je vous cherchais.

— C'est drôle, dit-elle, parce que, moi, je vous évitais.

Par réflexe, Arkadi regarda derrière lui pour s'assurer que Karp ne se trouvait pas dans les parages.

— C'est difficile sur un bateau.

— Apparemment, oui.

— Je peux regarder ? demanda-t-il.

Elle lui tendit les jumelles. Arkadi examina d'abord l'eau qui bouillonnait au pied de la rampe de l'*Étoile Polaire,* les vagues étaient d'un bleu presque tropical lorsqu'elles léchaient le goulet rouillé. L'eau glacée semblait de la neige fondue. L'eau de mer commençait à cristalliser à moins quarante degrés Celsius, et, parce qu'elle était saturée en sel, il se formait d'abord à sa surface une couche solide mais transparente, qui ondulait sous la houle noire puis virait au gris à mesure qu'elle s'épaississait.

Les chalutiers devaient rester à proximité du vaisseau mère. Dans les jumelles, il distinguait le *Merry Jane,* naviguant à côté de l'*Eagle,* en train de remonter un filet qui s'aplatissait comme une baudruche sur le pont. L'*Eagle* était sur le point de lâcher son chalut, et lorsqu'une vague le souleva, Arkadi aperçut distinctement les deux matelots dans leur ciré jaune. Les Américains ne descendaient pas leur barrière de sécurité. L'eau balayait régulièrement la rampe arrière au gré des vagues et les hommes accordaient expertement le moindre de leurs mouvements avec la houle, sautant sur les échelons du portique lorsque de grands rouleaux se brisaient sur les plats-bords. Les jumelles étaient des 10 X 50, et Arkadi put reconnaître l'ancien policier, Coletti, aux commandes hydrauliques du portique. L'autre matelot jetait des crabes par-dessus bord, et ce ne fut que lorsque celui-ci se mit face à lui qu'Arkadi reconnut les sourcils en pointes et le sourire de Ridley.

— Ils ne sont que deux ? demanda Arkadi. Ils n'ont pas remplacé Mike ?

— Ce sont des capitalistes. Cela fait une part de moins à verser.

Lancer un filet était une opération délicate, même sous les meilleures conditions, c'est-à-dire avec une mer calme et du champ de manœuvre pour le bateau. L'*Aurora* avait déjà emmêlé ses câbles dans l'hélice et était reparti, à vitesse réduite, vers Dutch Harbour. Dans le kiosque de timonerie, Morgan, sous une casquette de base-ball et une parka, corrigeait alternativement le levier des gaz et les commandes du treuil derrière lui.

— Pourquoi n'êtes-vous pas resté avec moi à l'hôtel ? demanda Susan.

— Je vous ai dit que Volovoï arrivait pour me ramener sur le bateau.

— Il aurait peut-être mieux fait. Il y aurait plus de gens en vie aujourd'hui.

Arkadi, qui manquait parfois de discernement, reposa les jumelles et s'aperçut enfin que la rougeur des joues de Susan n'était pas seulement un effet du froid. Quelle impression lui avait-il laissée lorsqu'il l'avait quittée si soudainement ? Celle d'un lâche ? D'un séducteur ? Plus probablement celle d'un fantoche.

— Je suis désolé d'être parti comme ça, dit-il.

— C'est trop tard, dit Susan. Vous ne cherchiez pas seulement à fuir Volovoï. Je vous ai regardé par la fenêtre lorsque vous avez traversé la rue. Vous suiviez Mike.

Les nuages de vapeur que chassaient ses poumons semblaient chargés de rancœur.

— Vous avez suivi Mike, Volovoï vous a suivi. Ils sont morts tous les deux et vous vous baladez tranquillement sur le pôle.

Arkadi était venu s'excuser, mais il semblait toujours s'élever une barrière entre eux qu'il ne pouvait franchir. De toute façon, que pouvait-il répondre ? Que Mike était mort à son arrivée ? Qu'un chef de bordée modèle avait tranché la gorge de l'officier en second, alors que Karp avait des témoins pour appuyer ses dires, et qu'Arkadi n'en avait pas ? Ou bien encore demander ce qu'elle cherchait à distinguer dans l'eau avec ses jumelles ?

— Vous pouvez m'expliquer ce qui s'est passé ?

— Non, reconnut-il.

— Je vais vous dire, moi, le fond de ma pensée. Je pense que vous avez été réellement une sorte d'inspecteur il fut un temps. Vous prétendiez vouloir découvrir ce qui était arrivé à Zina, mais vous avez vu l'occasion de quitter ce bateau si vous parveniez à accuser un Américain. Cela pouvait être Mike, mais, maintenant qu'il est mort, vous devez trouver quelqu'un d'autre. Ce que je n'arrive pas à comprendre, ajouta-t-elle, c'est ce que vous cherchiez à faire avec moi. À Dutch Harbour, je vous croyais sincère ; et puis je vous ai vu traverser la rue pour suivre Mike.

Arkadi sentit une bouffée de chaleur l'envahir.

— Vous avez dit à quelqu'un que je le suivais ?

Malgré sa rancœur, elle baissait les yeux vers l'*Eagle*. Arkadi leva de nouveau ses jumelles. Le bateau plongea dans une vague, disparaissant dans un creux de la houle, et, quand il en émergea, Ridley et Coletti étaient juchés sur le portique pour éviter l'eau qui leur serait montée jusqu'aux genoux. Derrière la barre, Morgan avait levé ses jumelles et observait Arkadi en retour.

— Il reste bien près de nous, vous ne trouvez pas ?

— Sinon, il serait pris par les glaces, dit Susan.

— C'est un homme qui aime son métier ?

Une grande vague, comme un rocher rond strié d'écume, se forma entre le capitaine et lui, gagnant de la vitesse tout en roulant vers l'*Étoile Polaire*, et s'écrasa sur la rampe du bateau-usine. Morgan tenait ses jumelles braquées sur sa cible.

— C'est un professionnel, dit-elle.

— Vous cherchiez à le rendre jaloux ? demanda Arkadi. C'est pour cela que vous m'avez fait venir dans votre chambre ?

Susan leva la main pour le gifler, mais suspendit son mouvement. Pourquoi donc ? se demanda Arkadi. Une gifle était donc trop banale à son goût, trop bourgeois ? C'est stupide. Le samedi soir, le métro de Moscou résonnait de claques.

Les haut-parleurs du bateau grésillèrent. Il était 15 heures, l'heure du programme musical de la radio de la flotte, qui commençait par une rumba évoquant les plages de Cuba et les palmiers qui s'inclinaient en signe de bienvenue. Les maracas socialistes se lancèrent dans un rythme latino-américain.

— Cette musique me fait penser, dit Arkadi,

qu'avant Dutch Harbour vous deviez nous quitter et partir en vacances. Susan, pourquoi donc êtes-vous revenue sur ce bateau soviétique que vous haïssez tant ? Pour la joie de remplir le quota ?

— Non, mais peut-être pour celle de vous revoir descendre pourrir dans la pataugeoire.

La chambre radio était la première cabine bâbord derrière la passerelle. Nicolaï, le jeune pilote du canot de sauvetage qui avait déposé Hess et Arkadi à Dutch Harbour, remplissait pensivement une grille de mots croisés du *Sport soviétique* à l'arrivée d'Arkadi. Le bureau de Nicolaï était encombré de radios, d'amplificateurs et d'une série de classeurs, dont un portait la bande rouge des codes secrets, mais il y avait encore de la place pour une plaque chauffante et une théière. Un nid douillet finalement. La rumba faisait l'aller et le retour dans les haut-parleurs. Il y avait pire comme boulot. Les cadets ayant des notions d'électronique étaient souvent placés sur les bateaux de pêche pour aller fureter, sous l'anonymat de la tenue civile, dans les ports étrangers. Même en chaussons, dans son survêtement, il avait l'air d'un officier frais émoulu dont l'avenir doré était tout tracé. Nicolaï leva mollement un œil vers Arkadi.

— Quoi que tu veuilles, grand-père, je suis occupé.

Arkadi s'assura que personne ne se trouvait dans le couloir et referma la porte derrière lui. Il renversa la chaise du technicien radio d'un coup de pied et planta son talon dans la poitrine du jeune homme.

— Tu sautais Zina Patiachvili. Tu l'as emmenée dans une station d'écoute secrète qui se trouve à bord de ce bateau. Si tes supérieurs apprennent la nouvelle, tu es bon pour les camps militaires de travail, et, lorsque tu en sortiras, tu pourras t'estimer heureux s'il te reste encore des dents et des cheveux sur la tête.

Étendu sur le dos, Nicolaï avait encore à la main son stylo, et ses yeux étaient deux ronds azur parfaits.

— C'est faux.

— Allons alors en toucher deux mots à Hess.

Arkadi contempla le jeune homme qui découvrait le vertige de la chute libre, tandis que sous lui tout un monde prometteur et confortable devenait soudain un abîme.

— Comment savez-vous tout cela ? demanda Nicolaï.

— Voilà qui est déjà mieux.

Arkadi ôta son pied et l'aida à se relever.

— Redresse ta chaise et assieds-toi.

Nicolaï s'exécuta sans broncher ; c'était toujours bon signe. Arkadi monta le haut-parleur d'un cran tandis que la rumba laissait la place à un chant populaire bulgare.

Tandis que le lieutenant s'asseyait sagement sur sa chaise, Arkadi considéra les diverses manières de mener cet interrogatoire : en tant qu'ancien amoureux de Zina, en tant que maître chanteur, ou comme quelqu'un toujours chargé d'une enquête à bord ? Il voulait toutefois une approche qui plongerait l'arrogant officier des services secrets dans un abîme de désespoir, quelque chose qui ferait croire au jeune homme qu'il était déjà entre les mains de l'ennemi le plus haï des militaires. Il choisit donc d'employer les mots invraisemblables avec lesquels le KGB commençait toujours les conversations les plus anodines :

— Détends-toi. Si tu joues franc-jeu, il ne t'arrivera rien.

Nicolaï se crispa aussitôt sur sa chaise.

— Cela ne s'est produit qu'une fois, c'est tout. On s'était déjà rencontrés à Vladivostok. Elle m'a reconnu. Je croyais qu'elle était serveuse ; comment pouvais-je savoir qu'elle serait à bord ? J'aurais peut-être dû en parler à quelqu'un, mais elle m'a supplié de ne rien dire parce qu'elle aurait été aussitôt renvoyée au pays par le prochain cargo. J'ai eu pitié d'elle, et une chose en entraînant une autre...

— Cela l'a conduite dans ton lit de camp.

— Je n'avais pas prévu cela. Il n'y a pas d'endroit tranquille sur un bateau. Cela a été la seule fois.

— Non.

— Mais si !

— Vladivostok, lui souffla Arkadi. La Corne d'Or.

— Vous la surveilliez déjà ?

— Raconte-moi ça.

L'histoire de Nicolaï n'était guère différente de celle de Martchouk. Il s'était rendu à la Corne d'Or avec des amis de la base militaire et ils avaient tous remarqué Zina, mais elle semblait plus particulièrement attirée par Nicolaï. Quand elle eut fini sa journée, ils se rendirent tous les deux chez elle ; ils écoutèrent de la musique, dansèrent, firent l'amour, et puis il s'en alla et ne la revit plus avant d'embarquer sur l'*Étoile Polaire*.

— Je croyais que l'enquête sur Zina était terminée ? dit-il. On m'a dit que vous étiez renvoyé à l'usine.

— C'était une bonne serveuse ?

— Déplorable.

— De quoi avez-vous parlé ?

Arkadi sentait l'esprit du technicien radio s'affoler comme un lapin ne sachant dans quelle direction fuir. Non seulement il avait manqué à son devoir à bord du bateau, mais l'interrogatoire s'orientait dangereusement vers son passé, le compromettant davantage encore. À ce niveau, on ne pouvait plus parler de hasard. La pire version serait que Zina ait pu s'infiltrer grâce à lui dans la flotte du Pacifique, la première fois comme passagère, la deuxième comme espionne, et les deux fois à cause de lui. Elle n'était pas nécessairement un agent de l'extérieur, c'est évident ; le

KGB, d'une manière maladive, essayait sans cesse d'infiltrer l'armée, et les services secrets de la marine, devenus complètement paranoïaques, mettaient tout le temps à l'épreuve la vigilance de leurs propres officiers pour voir s'ils risquaient de présenter un danger pour leur sécurité.

Comme tout homme victime de dilemmes similaires, Nicolaï choisit d'avouer un crime de moindre importance pour montrer son honnêteté.

— J'ai les meilleurs récepteurs du monde à Vladivostok. Je peux capter la radio des forces armées américaines. Manille, Nome. Parfois, puisqu'on me demande de les surveiller de toute façon, je fais des enregistrements sur cassettes — rien que de la musique, juste pour moi, pas pour de l'argent. J'en ai offert une à Zina, en ami, et elle a dit que nous devrions aller quelque part où nous pourrions l'écouter. D'accord, c'était stupide de ma part, mais nous n'avons fait que parler musique. Elle voulait repiquer les cassettes pour les vendre. Zina était géorgienne jusqu'au bout des ongles. J'ai refusé. Nous sommes allés chez elle pour écouter les cassettes, mais c'est tout ce qu'il y a eu.

— Pas tout à fait. Tu as eu ce que tu voulais ; tu as couché avec elle.

Arkadi lui demanda comment était l'appartement de Zina, et encore une fois la description qu'en fit Nicolaï se rapprocha de celle de Martchouk. Un appartement de plain-pied dans un immeuble relativement récent, peut-être collectif. Télévision, magnétoscope, chaîne stéréo. Des posters japonais et des sabres de samouraïs aux murs. Les portes et le bar capitonnés de Skaï rouge. Une collection de fusils dans une vitrine cadenassée. Un homme vivait sans doute ici, bien qu'il ne vît aucune photo de lui, et Nicolaï supposa que l'ami de Zina était quelqu'un de puissant et riche, soit un millionnaire trafiquant au marché noir, soit une huile du Parti.

— Tu es membre du Parti ? demanda Arkadi.

— Les Jeunesses communistes.

— Parle-moi des radios qui se trouvent à bord.

Le technicien radio était trop heureux d'abandonner le cas de Zina Patiachvili et se lança dans des explications techniques. La chambre radio de l'*Étoile Polaire* était pourvue d'une radio VHF ayant une portée d'environ cinquante kilomètres pour communiquer avec les chalutiers, et deux gros postes BLU pour les plus longues distances. L'un d'eux était habituellement accordé sur la fréquence radio de la flotte. Le deuxième servait aux communications entre bâtiments soviétiques croisant dans la mer de Béring, ou pour contacter le quartier général de la flotte à Vladivostok et la compagnie de pêche de Seattle. Le reste du temps, la radio surveillait un canal d'urgence que tous les bateaux laissaient ouvert.

La cabine était également équipée d'un poste ondes courtes pour recevoir Radio-Moscou ou la BBC.

— Je vais vous montrer quelque chose, dit Nicolaï en sortant de sous le bureau un appareil pas plus grand qu'un roman historique. C'est un poste CB. Très courte portée, mais c'est avec cela que les chalutiers communiquent entre eux lorsqu'ils ne veulent pas qu'on les entende. Raison de plus pour en avoir un à bord.

Il alluma l'appareil, et la voix de Thorwald, le capitaine du *Merry Jane,* bourdonna dans le haut-parleur avec un accent norvégien : « ... putains de Russes qui ont massacré ce putain de George Bank. Ils ont tellement ratissé les putains de côtes africaines qu'il n'y a plus un putain de poisson là-bas. Au moins, on se fait un peu de putain de fric... »

Arkadi éteignit la CB.

— Parle-moi encore de Zina.

— Ce n'était pas une vraie blonde. Mais au lit, c'était un volcan.

— Je me fiche du sexe. De quoi avez-vous parlé tous les deux ?

— Des cassettes. Je vous l'ai dit.

Nicolaï avait l'air contrit de l'étudiant plein de bonne volonté mais qui n'arrive pas à saisir ce que veut son nouveau professeur.

— Du climat ? suggéra Arkadi.

— Pour elle, il n'y avait qu'en Géorgie qu'il ne faisait pas trop froid.

— La Géorgie ?

— Elle disait que les Géorgiens baisaient tout ce qui avait une croupe.

— Le travail ?

— Elle avait une philosophie, disons, non soviétique à propos du travail.

— Les distractions ?

— Danser.

— Les hommes ?

— L'argent. (Nicolaï pouffa.) Je ne sais pas pourquoi je dis cela, parce qu'elle ne m'a jamais demandé d'argent. Mais elle avait une façon de vous regarder parfois comme si vous étiez l'homme le plus séduisant, le plus désirable de la terre, ce qui était très excitant, et puis, une seconde plus tard, elle détournait les yeux comme si vous ne répondiez finalement pas à son attente. C'est dingue, mais j'avais l'impression qu'avec Zina l'amour et l'argent ne pourraient jamais aller de pair. Je disais : « Pourquoi me regardes-tu si durement ? » et elle répondait : « J'imagine que tu n'es pas un petit marin, mais un Afghantsi, un fier soldat soviétique partant combattre Allah et ses fanatiques, alors que tu sors tout juste d'un cercueil de fer, et cela me rend triste. » Elle disait des choses cruelles comme ça — et même pendant l'amour.

— Et les fusils dans l'appartement ? Elle y a fait allusion ?

— Non. Je ne voulais pas lui en parler, parce que je serais passé pour un jeunot qui n'a jamais quitté les jupons de sa mère. Elle disait que le type en question dormait avec un fusil sous l'oreiller. Je me suis dit alors : « Ça, c'est typiquement sibérien. »

— Elle t'a posé des questions ?

— Seulement à propos de ma famille, de chez moi, si j'écrivais souvent comme un bon fils et si j'envoyais des paquets de café et de thé.

— J'imagine que la marine a son propre système d'expédition afin que les colis n'arrivent pas éventrés au bout de plusieurs mois ?

— Oui, la marine se charge des siens.

— Et Zina t'a demandé d'envoyer un colis pour elle ?

Les yeux du technicien radio montraient un affolement quasi animal.

— Mais oui !

— Du thé ?

— Oui.

— Déjà tout emballé ?

— Oui. Mais à la dernière minute elle a changé d'avis, et je suis parti les mains vides. J'ai eu encore droit à l'un de ces regards comme si je n'étais pas à la hauteur.

— Lorsque tu l'as retrouvée sur l'*Étoile Polaire*, t'a-t-elle dit comment elle avait trouvé une place à bord ?

— Elle a dit simplement qu'elle s'ennuyait au restaurant, à Vladivostok, et en Sibérie. Lorsque je lui ai demandé comment elle avait eu une carte du syndicat des marins, elle m'a ri au nez en disant qu'elle l'avait achetée, tout simplement. Il y a des lois contre cela, mais elles ne semblaient pas s'appliquer à Zina.

— Elle n'était pas comme les autres ?

Nicolaï chercha ses mots puis admit son impuissance à la définir :

— Vous auriez dû plutôt la connaître.

Arkadi changea de sujet.

— Nos radios BLU, quelle portée ont-elles ?

— Cela dépend des conditions climatiques. Le capitaine vous le dira ; un jour nous pouvons joindre le Mexique, et l'autre jour rien du tout. Mais les membres d'équipage appellent souvent chez eux, parfois même jusqu'à Moscou, par radiotéléphone. C'est bon pour le moral.

— Les autres bâtiments peuvent-ils écouter ces conversations ? demanda Arkadi.

— S'ils surveillent le bon canal ils peuvent entendre l'interlocuteur, mais pas ce que, nous, nous disons.

— Parfait. Tu vas envoyer un message pour moi au quartier général de la milice à Odessa.

— Pas de problème, dit Nocolaï, trop heureux de rendre service. Bien sûr, tous les appels doivent se faire avec l'autorisation du capitaine.

— Tu n'as pas besoin d'autorisation pour cet appel ; tu n'as même pas besoin d'en faire état dans le journal. Reprenons depuis le début, dit Arkadi, voyant que le technicien radio était un jeune homme qui avait besoin qu'on lui mette les points sur les « i ».

« En tant qu'officier de la marine, le simple fait de laisser entrer Zina Patiachvili dans la station d'écoute sur l'*Étoile Polaire* signifie un grave manquement à tes devoirs. Étant donné la nature de tes relations avec elle, la possibilité d'une conspiration contre l'État peut être envisagée, ainsi que le chef d'accusation de haute trahison. Même si tu ne cherchais en toute innocence qu'à séduire une citoyenne, tu peux être accusé d'activités préjudiciables à l'honneur de la femme soviétique, d'avoir omis de signaler la détention illégale d'armes à feu, de détournement de biens de l'État

— les cassettes — et d'avoir aidé la propagande anti-soviétique — avec la musique. Dans tous les cas de figure, ta carrière d'officier de la marine s'arrête là.

En entendant ces mots, Nicolaï donna l'impression d'avaler un poisson avec ses arêtes.

— Pas de problèmes. Cela peut prendre une heure environ pour joindre Odessa, mais j'y arriverai.

— Au fait, puisque tu es amateur de musique, où te trouvais-tu durant le bal ?

— Je faisais mon autre travail.

Nicolaï baissa les yeux vers les cales, désignant la station d'écoute radio qu'Arkadi n'avait toujours pas découverte.

— C'est amusant que vous parliez de musique. Les cassettes que Zina avait chez elle à Vladivostok... Il y avait du rock, c'est vrai, mais la plupart était de la *magnatizdat*. Vous savez, les chansons de voyous : « Tranchez-moi la gorge, mais ne coupez pas les cordes de ma guitare. »

— Exactement ! Vous connaissiez donc Zina !

— Non, mais maintenant je la connais.

Sur le chemin du retour, Arkadi reconnut qu'il avait été plus dur que nécessaire avec le technicien radio. C'était le mot « grand-père » qui avait été l'erreur de Nicolaï. Involontairement, il passa la main sur son visage. Il semblait donc si âgé que cela ? Pourtant il ne se sentait pas si vieux.

23

Gouri avait caché sous sa couchette un sac de nylon rempli d'une précieuse pacotille industrielle : des baladeurs Sony, des montres Swatch, des haut-parleurs Aiwa, des WaterPiks, des Marlboro et un téléphone en forme de Mickey. Scotchés sur l'armoire, on voyait des Polaroïd d'Obidine, derrière une barbe propre et peignée, se tenant sur le seuil de l'église en bois d'Unalaska, avec l'humilité d'un homme posant sur un nuage aux côtés du Seigneur. L'armoire, quant à elle, laissait échapper les sempiternels effluves des mixtures faites maison, rehaussées par le parfum des fruits frais ou confits achetés dans le magasin de Dutch Harbour. Quiconque voulait prendre sa veste était aussitôt assailli par le parfum sucré des pêches, des cerises et des mandarines exotiques. Mais le haut lieu de la botanique, cependant, restait l'étagère de Kolia, qui croûlait sous les spécimens collectés sur l'île et rapportés dans les gobelets en carton : des mousses velues s'accrochant à un caillou avaient trouvé asile sur une feuille humide de la *Pravda* ; un buisson miniature avec de minuscules baies ; un iris nain avec ses feuilles en forme de faucille fines comme du papier ; une castillèje exhibant encore fièrement un pétale d'un rouge flamboyant.

Kolia racontait à Natacha ses pérégrinations ; sous le hublot couvert de glace, son coin ressemblait à une véritable serre. C'était la première fois qu'il suscitait un intérêt chez elle.

— Toute expédition scientifique rentrait au pays comme cela, expliquait-il. Les petits bateaux de Cook et de Darwin débordaient d'échantillons de plantes dans les cales, de collections de bulbes dans les armoires, d'arbres à pain sur le pont. Parce que la vie est partout. Sous la banquise, la glace est tapissée d'algues. C'est ce qui attire de minuscules créatures qui, à leur tour, font venir les poissons. Suivent bientôt les prédateurs : les phoques, les orques-épaulards, les ours polaires. Nous sommes entourés par la vie.

La botanique éveillait d'autres images chez Arkadi. Il était assis derrière la petite table et fumait avec délectation une cigarette de Gouri, en songeant au chanvre sauvage, aux milliers d'hectares de plantations de chanvre en Mandchourie, avec son pollen à l'effet narcotique, ses fleurs et ses feuilles poussant comme de la rocaille sur la terre déchiquetée d'Asie. Chaque automne, « la fièvre de l'herbe », comme disaient les Sibériens, s'emparait des habitants, et en rang, impatients comme des volontaires du Parti — plus impatients encore que des volontaires du Parti — ils se ruaient dans les campagnes. Bien souvent, il était inutile d'aller très loin, car l'herbe poussait partout — le long des routes, dans les champs de pommes de terre, entre les rangs de tomates. L'herbe, appelée *anacha,* était chargée dans des sacs puis envoyée par camions vers l'ouest, vers Moscou, où elle serait roulée dans des cigarettes ou bourrée dans le culot des pipes.

Il y avait également le *plan.* Le haschisch. Le *plan* arrivait d'Afghanistan et du Pakistan par briques d'un kilo. Elles cheminaient ensuite par divers moyens, certaines par camions de l'armée, d'autres par bateaux à travers la mer Noire ou Caspienne, puis en train par la Géorgie, avant de remonter vers le nord et Moscou.

— Les ours polaires parcourent des centaines de kilomètres sur la banquise, racontait Kolia à Natacha. Personne ne sait comment ils se repèrent. Ils ont deux techniques de chasse ; ils attendent devant un trou où les phoques viennent respirer, ou bien ils nagent sous la banquise et repèrent les phoques qui se découpent au-dessus d'eux en ombres chinoises sous la glace.

Il y a le pavot aussi, songea Arkadi. Combien de coopératives géorgiennes dépassaient-elles leur quota grâce à la fleur magique ? Combien de tonnes jetait-on sur les aires de battage, combien de tonnes étaient donc séchées, emballottées, combien de tonnes encore transformées en morphine puis emportées vers Moscou comme du pollen par le vent ?

Pour un inspecteur, Moscou semblait une Ève innocente, cernée de jardins dangereux, sans cesse séduite par les serpents trompeurs de Géorgie, d'Afghanistan, de Sibérie. Le « thé » que Zina voulait faire envoyer par Nicolaï était sans doute un paquet de chanvre ; de l'*anacha*. Elle s'était ravisée parce qu'il y avait probablement trop peu à gagner, mais cela signifiait néanmoins qu'elle faisait partie d'un réseau organisé.

— Vous avez trouvé toutes ces fleurs juste à côté de la route et du magasin ? demanda Natacha.

— Eh bien, il faut savoir regarder, dit Kolia.

— Les graines de la beauté sont partout. N'est-ce pas, Arkadi ?

Natacha portait ses cheveux tirés en arrière pour mettre en valeur ses boucles d'oreilles en cristal achetées à Dutch Harbour.

— C'est indéniable.

— Vous voyez comme le camarade Kolia Mer occupe son temps de façon constructive, au lieu de se soûler comme un ivrogne et de tomber à l'eau...

— Kolia, je m'incline devant ta rigueur scientifique.

Arkadi remarqua alors que le cahier à spirale de son compagnon de cabine, avec sa couverture grise imitant la peau de crocodile, provenait de la boutique du bateau. Il était identique à celui qu'avait Zina.

— Je peux ?

Il feuilleta les pages du cahier. Sur chacune d'elles Kolia avait collé une plante, annotée de ses noms commun et latin, avec l'endroit et l'heure où elle avait été prélevée.

— Vous étiez seul lorsque vous êtes tombé à l'eau ? demanda Natacha.

— C'eût été embarrassant sinon.

— Susan n'était pas avec vous ?

— Non. J'étais seul.

— Cela aurait pu mal finir.

Kolia en avait encore froid dans le dos.

— Ivre comme tu l'étais, dans l'eau glacée en pleine nuit.

— Je me demandais, dit Natacha à Arkadi, ce que vous comptiez faire à notre retour à Vladivostok. Lorsqu'il était encore en vie, le camarade Volovoï disait que vous risquiez de rencontrer quelques difficultés avec les gardes-frontière. Des rapports élogieux de la part de vos collègues et de gens du Parti pourraient vous être utiles. Et puis vous pourriez peut-être aller ailleurs. Il y a des chantiers de barrages hydroélectriques sur le Ienisseï qui sont très bien. Des primes arctiques, un mois de vacances où bon vous semble. Avec vos qualités, vous pourriez apprendre à piloter une grue en un rien de temps.

— Merci bien. Je vais y réfléchir.

— Combien d'inspecteurs pourraient se vanter d'avoir construit un barrage ? dit-elle.

— Pas beaucoup, en effet.

— Nous pourrions avoir une vache. Je veux dire,

vous pourriez avoir une vache à vous si vous le vouliez. Si quelqu'un veut vraiment avoir une vache, il le peut. Dans un endroit à vous. Ou bien un cochon. Ou même des poulets, quoiqu'il faudrait leur trouver un endroit chaud pour l'hiver.

— Des vaches, des poulets ?

Arkadi secoua la tête. Quelle mouche la piquait ?

— Le Ienisseï est une région très intéressante, dit Kolia.

— Très intéressante même, renchérit Natacha. Il y a une superbe taïga, des pins, des mélèzes. Des chevreuils, des lagopèdes.

— Des escargots succulents, ajouta Kolia.

— Mais vous aurez une vache si vous préférez. Et un garage aussi pour une moto. Des pique-niques sur les berges du fleuve... Une grande ville pleine de gens jeunes et d'enfants. Vous...

— Est-ce que Zina connaissait bien les bateaux ? l'interrompit Arkadi. Est-ce qu'elle connaissait la terminologie exacte, le nom des différentes sections ?

Natacha n'en croyait pas ses oreilles.

— Zina ? Vous remettez cela ?

— Qu'est-ce qu'elle entendait par « soute à poisson » ?

— Elle est morte. C'est tout ce qu'il y a à dire.

— La soute véritablement, ou quelque chose à proximité ? demanda Arkadi.

— Zina ne connaissait rien aux bateaux, rien non plus à son travail, rien en dehors de son propre intérêt, et elle est morte aujourd'hui, dit Natacha. Pourquoi cette fascination ? Lorsqu'elle était en vie, vous n'en aviez que faire. Mais cela a changé du tout au tout lorsque le capitaine vous a demandé de faire une enquête. Maintenant votre intérêt devient morbide. Cela a quelque chose de malsain.

Arkadi enfila ses bottes.

— Vous avez peut-être raison, dit-il.

— Je suis désolée, Arkacha. J'aurais mieux fait de me taire. Ne m'en voulez pas.

— Vous n'avez pas à vous excuser d'être franche avec moi.

Arkadi prit sa veste.

— Je hais la mer, dit Natacha amèrement. J'aurais dû partir à Moscou. J'aurais trouvé un travail dans une filature, et cherché un mari là-bas.

— Les filatures sont des bagnes, dit Arkadi, et vous auriez vécu dans un dortoir, avec un simple rideau pour isoler votre lit du suivant. On se sent trop à l'étroit, là-bas. Vous auriez détesté cela. Une grande fleur comme vous a besoin d'espace.

— C'est vrai.

Elle aimait s'entendre dire cela.

Dans les sous-ponts de l'étrave, l'*Étoile Polaire* semblait moins briser la banquise que labourer une terre invisible, écrasant sur son passage maisons et forêts, renversant des montagnes. Arkadi n'aurait pas été surpris de voir des lits ou des branches saillir de la peau rouillée d'acier. Qu'en pensaient les rats ? Ils avaient derrière eux des générations d'une existence terrestre. Quels souvenirs, quels étranges rêves ce vacarme éveillait-il dans le sommeil d'un rongeur ?

Zina avait parlé de « soute à poisson », mais elle devait sans doute indiquer le coffre qui se trouvait à côté de la soute. C'était l'endroit le plus bas et le plus en avant du bateau. Le coffre était de forme triangulaire, un débarras généralement encombré d'aussières et de chaînes, recoin obscur visité peut-être deux fois pendant une campagne par un maître d'équipage scrupuleux. Seul un hublot encastré dans le panneau étanche différenciait cette porte des autres. Alors qu'il s'apprêtait à frapper, le panneau s'ouvrit avec un bruit de succion, comme une bouteille que l'on débouche.

Sitôt la porte refermée derrière lui, il sentit ses tympans se comprimer.

Une ampoule rouge éclairait Anton Hess, assis dans un fauteuil à roulettes. Dans la lumière, ses cheveux hirsutes se tordaient comme des flammes. Il quitta des yeux trois moniteurs qui étaient reliés au sondeur de la passerelle ; sur les écrans, trois mers vertes glissaient sur trois fonds marins orangés ; Hess ressemblait à un magicien penché sur des chaudrons de potions colorées. Empilés contre la paroi, deux moniteurs Loran avec des réticules lumineux indiquaient la latitude et la longitude sur une carte fluorescente et rivalisaient de technicité avec les traceurs qu'avait aperçus Arkadi sur l'*Eagle,* surpassant de loin tout l'équipement de la chambre de navigation de Martchouk. Contre la paroi opposée se trouvait un oscilloscope éteint et une console qui ressemblait à une table de mixage de studio, munie d'un casque d'ingénieur du son. Au-dessus, un écran vidéo montrait en grisé l'étroit passage entre le coffre et la soute à poisson, où s'était tenu Arkadi quelques secondes plus tôt. Il remarqua également l'unité centrale d'un petit ordinateur et des racks d'autres appareils qu'il ne put identifier dans la pénombre rougeâtre, bien que tout cet équipement, ainsi que la chaise roulante et le lit de camp tinssent dans un espace aussi réduit qu'un placard. Un lieu qui n'aurait pas dépaysé un sous-marinier.

— Je suis étonné du temps qu'il vous a fallu pour me trouver, dit Hess.

— Moi aussi.

— Asseyez-vous, dit Hess en montrant le lit de camp. Bienvenue dans cette petite station. Je suis désolé mais on ne peut pas fumer ici car la ventilation est inexistante, mais c'est comme pour les parachutistes qui plient eux-mêmes leur parachute. C'est moi qui ai conçu cet endroit, alors je n'ai qu'à m'en prendre à moi-même.

Si ce lieu avait quelque chose de douillet, se rendait compte Arkadi, c'était à cause du capitonnage qui recouvrait toutes les parois ; il y avait même un double plancher pour assourdir les raclements incessants de la glace contre les tôles d'acier. À mesure que ses yeux s'acclimataient à la pénombre, il vit une autre raison à la présence de ce faux plancher : encastré dans le sol, là où les deux parois se rejoignaient, se trouvait un hémisphère blanc d'environ un mètre de diamètre. Le dôme semblait surmonter quelque chose de plus vaste, caché au tréfonds même du bateau.

— C'est surprenant, dit Arkadi.

— Pathétique, plutôt. Une tentative désespérée pour surmonter les injustices de la géographie et les aléas de l'histoire. Tous les grands ports soviétiques sont, ou bien étranglés par un goulet, ou bien pris par les glaces six mois par an. Pour quitter Vladivostok, notre flotte doit franchir l'arc des Kouriles ou le détroit de Corée. En cas de guerre, nous ne pourrions pas faire sortir un seul bâtiment de surface. Heureusement, il y a les sous-marins.

Sur les trois écrans, Arkadi regarda un réseau de lignes orangées se soulever comme une vague, indiquant un banc de poissons qui remontait vers la surface pour se nourrir. Personne ne savait pourquoi les poissons aimaient le mauvais temps. Hess tendit à Arkadi quelque chose qui scintillait dans sa main ; une flasque d'alcool. Du cognac chambré à la bonne température.

— Sous l'eau, nous sommes de force égale ?

— Encore faut-il oublier qu'ils transportent au moins deux fois plus de têtes nucléaires que nous. Et qu'ils peuvent garder en mission 60 pour 100 de leurs lance-missiles alors que nous pouvons à peine en maintenir 15 pour 100 en mer. Et que leurs sous-marins sont plus rapides, plus silencieux et descendent plus profond que les nôtres. Mais ce qu'il y a de vraiment drôle, Renko, c'est ce qui suit — et je sais que vous appréciez l'humour autant que moi : le seul endroit où nos sous-marins peuvent vraiment se cacher en toute sécurité, c'est sous la calotte polaire, et le seul passage que les Américains peuvent emprunter s'ils décident de lancer une attaque par le Pacifique, c'est la mer de Béring, avec traversée obligatoire du détroit. Pour une fois, *c'est nous* qui les tenons.

Hôte et invité trinquèrent aux aléas de la géographie. Lorsque Arkadi s'affala sur le lit de camp, les ressorts du sommier grincèrent et il songea à Zina qui s'était allongée sur ce même matelas. Il n'y avait eu alors aucun cours de stratégie militaire.

— Finalement, vous avez, vous aussi, un quota à respecter, dit-il.

— À part qu'il ne s'agit pas d'attraper quoi que ce soit, mais simplement d'écouter. Vous savez que l'*Étoile Polaire* était en cale sèche avant la campagne.

— Je me suis effectivement demandé quels travaux avaient bien pu être effectués. On n'a remarqué aucun nouvel aménagement ayant trait à la pêche.

— De nouvelles oreilles, répondit Hess en inclinant la tête vers le bulbe encastré dans le sol. Cela s'appelle une antenne filaire de traîne. C'est un système passif, un câble supportant un jeu d'hydrophones que l'on déroule au moyen d'un treuil électrique monté dans cette nacelle. Sur les sous-marins, nous installons la nacelle en poupe. Sur l'*Étoile Polaire,* nous l'avons placée sous l'étrave pour éviter que le câble ne se prenne dans les filets américains.

— Et vous rentrez le câble avant qu'on ne hisse un chalut à bord, dit Arkadi.

Voilà pourquoi Nicolaï avait le temps de folâtrer avec Zina : parce qu'un filet arrivait à bord.

— Ce dispositif n'est pas très efficace en eau profonde, mais nous sommes ici sur des hauts-fonds. Les sous-marins, même les leurs, détestent les eaux peu profondes. Ils foncent à toute allure dans le détroit, et plus ils vont vite, plus ils sont bruyants. C'est comme cela que nous les entendons. Chaque engin a un son qui lui est propre.

Hess fit rouler son fauteuil jusqu'à un ordinateur et une boîte de disquettes.

— Nous avons ici les signatures sonores de cinq cents sous-marins, américains comme soviétiques. Par comparaisons et recoupements, nous parvenons à déduire leur route et leur mission. Certes, nous pourrions arriver aux mêmes résultats avec l'un de nos sous-marins ou avec un bateau équipé pour l'hydrographie marine, mais ils s'arrangeraient alors pour rester hors de notre portée. L'*Étoile Polaire* n'est qu'un simple navire-usine au milieu de la mer de Béring.

Arkadi se souvint de la carte accrochée dans la cabine de l'ingénieur de la flotte.

— L'un des cinquante bateaux-usines soviétiques croisant au large de leurs côtes ?

— Exactement. L'*Étoile Polaire* est un prototype expérimental.

— En effet, cela semble être du matériel de pointe.

— Détrompez-vous, dit Hess. Je vais vous dire ce qui est du matériel de pointe en matière d'espionnage électronique. Les Américains larguent des systèmes de surveillance automatiques alimentés par énergie nucléaire au large des côtes sibériennes. Ces caissons contiennent six tonnes d'appareillage de reconnaissance ainsi qu'une réserve en plutonium qui leur assure une autonomie totale et leur permet de transmettre leurs données juste sous notre nez. Des sous-marins américains entrent jusque dans le port de Mourmansk et posent des hydrophones sur la coque même de nos sous-marins. Ils adorent en plus repartir avec des trophées. Mais, bien entendu, s'ils découvrent notre câble, cela ira jusqu'à Washington et ils monteront l'affaire en épingle à travers la presse, comme ils savent si bien le faire, feignant de n'avoir jamais vu de leur vie une boîte accrochée à un fil.

— C'est à cela que ressemble votre système ? À une boîte accrochée à un fil ?

— Grosso modo, oui ; ce sont des microphones fixés sur un câble long de trois cents mètres, convint Hess avec un demi-sourire. Mais le logiciel est très intéressant ; il a été initialement conçu en Californie pour suivre les déplacements des baleines.

— Cela ne vous est jamais arrivé de confondre une baleine et un sous-marin ?

— Jamais.

Hess leva le bras et toucha l'écran circulaire de l'oscilloscope comme s'il s'agissait d'une boule de cristal. L'appareil avait quelque chose d'artisanal, comme c'était souvent le cas des nouveaux systèmes mis au point par le ministère des sciences et des techniques.

— Le son des baleines et des dauphins ressemble à celui d'un signal dans le cosmos. On arrive à entendre des baleines se trouvant à mille kilomètres de distance, des notes très graves portées par les grandes ondes de basse fréquence. Mais il y a aussi d'autres sons. Les poissons, les phoques chassant, les morses labourant le sol avec leurs défenses. Et soudain, vous entendez un sifflement anormal.

— Vous êtes musicien ? demanda Arkadi.

— Quand j'étais petit, je rêvais de devenir violoncelliste. J'étais bien naïf !

Arkadi examina les moniteurs tandis que l'image répétée des poissons orange montait dans une mer d'un vert électrique. Le dôme blanc était maintenu par une série de loquets ; il était donc amovible. Si le treuil tombait en panne, quel autre recours aurait eu Hess ? Envoyer un plongeur ?

— Pourquoi à votre avis vous ai-je fait quitter la pataugeoire ? poursuivit Hess. J'avais appris quelque chose qui me chagrinait : cette fille, Zina Patiachvili, se rendait en poupe chaque fois que l'*Eagle* délivrait un filet. Pour faire signe à un type du coin ? Allons, ne soyons pas stupides. La seule raison possible est qu'elle signalait au capitaine Morgan si nous avions sorti ou non notre câble.

— On peut le voir de la surface ?

— Non, pas durant les essais, mais elle a dû remarquer quelque chose en plus du filet de Morgan.

— On dit que Morgan est un bon pêcheur.

— George Morgan a pêché dans le golfe de la Thaïlande, au large de Guantánamo et de la Grenade. Il devrait savoir pêcher. C'est pour cette raison que j'ai soutenu cette idée d'enquête. Mieux valait faire éclater la vérité le plus tôt possible, secouer l'arbre pour faire tomber le fruit pourri. Mais, Renko, je dois dire que trop de fruits sont tombés. D'abord cette fille, puis Volovoï et l'Américain. Et vous nagez dans tout cela comme un poisson dans l'eau.

— Je peux découvrir ce qui s'est passé avec Zina.

— Vous oubliez notre officier en second rôti ? Non, Renko, nous allons laisser tout cela à Vladivostok ; il y a trop de points obscurs à présent. Y compris votre degré d'implication dans toute cette affaire.

— On cherche à me tuer.

— C'est un peu maigre. Zina-Susan-Morgan, voilà la chaîne que je veux mettre à jour. Attaquez-vous à cela, et vous justifierez l'intérêt que je vous porte. Le reste ne m'intéresse en rien.

— Vous ne voulez pas savoir ce qui est arrivé à Zina ?

— En soi, aucunement.

— Est-ce qu'une affaire de contrebande vous intéresserait ?

Hess s'esclaffa, horrifié à cette idée.

— Mon Dieu, non. Vous voulez inviter le KGB à mettre son nez dans les affaires des services secrets ? Renko, essayez de voir plus loin que ce crime insignifiant. Donnez-moi quelque chose de concret.

— Concret dans quel genre ? s'enquit Arkadi.

— Susan. Je vous ai observé à Dutch Harbour. Renko, vous devez avoir un charme irrésistible, dans le genre homme blessé. Vous lui plaisez. Devenez plus intime avec elle. Servez votre pays et vous-même par la même occasion. Trouvez quelque chose sur elle et Morgan et je fais venir un cargo sur-le-champ pour vous faire sortir d'ici.

— Des lettres compromettantes, des codes secrets ?

— Nous pouvons réinstaller un micro dans sa cabine, ou bien placer un petit émetteur sur vous.

— Il y a bien d'autres moyens d'y arriver.

— Choisissez ce qui vous convient le mieux.

— Eh bien, je regrette. Je ne ferai pas cela, dit Arkadi après réflexion. En fait, c'était un autre sujet qui m'amenait.

— Et qu'était-ce donc ?

Arkadi se releva pour examiner les angles du coffre.

— J'étais simplement venu voir si le corps de Zina avait pu être entreposé ici.

— Et alors ?

La lumière était faible, mais le lieu était exigu.

— Non, impossible, conclut finalement Arkadi.

Les deux hommes se regardèrent un moment ; Hess avec la tristesse d'un homme dont les confidences et les aspirations n'avaient pas trouvé d'oreilles compatissantes.

— Les crimes insignifiants sont ma passion, s'excusa Arkadi.

La porte s'ouvrit de nouveau dans un bruit de succion.

— Attendez, lança Hess alors qu'Arkadi s'apprêtait à s'en aller.

Le petit homme fouilla dans un tiroir et en sortit un objet brillant. Cette fois, il s'agissait du couteau d'Arkadi. Il le lui tendit.

— Propriété de l'État, non ? Alors bonne chance.

Arkadi jeta un regard derrière lui avant de partir. Sous l'écran noir et blanc. Anton Hess avait les traits creusés par la fatigue. Les autres écrans de couleur semblaient anormalement gais, comme accordés sur quelque onde plus optimiste. Derrière leur faible lueur, le bulbe niché dans le sol ressemblait à la tête d'un œuf fragile que l'ingénieur de la flotte menait à travers le monde.

24

Une pluie battante cinglait l'*Étoile Polaire* de ses gouttes acérées qui se muaient aussitôt en grains de glace molle. Sous les feux des lampes, l'équipage chassait la glace à jets d'eau bouillante chauffée par les chaudières, tant et si bien que l'aire des chaluts fumait comme si elle avait été en feu. Des cordes avaient été tendues en travers du bateau et les hommes s'accrochaient aux filins, car le pont qui roulait sous la houle glissait comme une patinoire. Avec leurs casques de protection sous les capuches doublées de fourrure, les hommes ressemblaient à une équipe de chantier en Sibérie, à l'exception de Karp, qui ne portait toujours qu'un chandail, comme si le froid n'avait pas prise sur lui.

— Détendez-vous, dit Karp, grand seigneur, en tendant la main à Arkadi qui approchait. Un talkie-walkie pendait à sa ceinture. Profitez de l'air vivifiant du Béring.

— Vous n'avez pas cherché à me rattraper.

Arkadi compta les membres de la bordée pour s'assurer qu'ils étaient tous en vue. Sur un côté, un flot de lieus s'engouffrait dans les soutes. Dans un nuage de vapeur, vitrifié par l'air glacé, le poisson étincelait sous les lampes comme une armure d'argent.

— Vous n'aviez guère d'endroits où aller.

Karp tira à lui un bloc au bout de sa corde et, avec

le manche de son couteau, il martela la glace qui comprimait la poulie. Le pilote de la grue n'était pas dans sa cabine. Avec la glace qui les encerclait, aucun chalutier ne pouvait s'écarter du sillage de l'*Étoile Polaire.* Une épaisse vapeur obscurcissait le pont.

— Je pourrais en fait vous jeter par-dessus bord tout de suite et personne ne s'en apercevrait.

— Et si je tombe sur la glace, et non dans l'eau ? dit Arkadi. Vous devriez y réfléchir à deux fois. Vous êtes trop impulsif.

Karp partit d'un grand rire.

— Vous avez des couilles, il faut le reconnaître.

— Qu'a donc dit Volovoï de si particulier pour que vous lui tranchiez la gorge ? demanda Arkadi. Était-ce parce qu'il avait juré de mettre le bateau en pièces à notre retour à Vladivostok ? Le tuer ne changera rien à l'affaire. Le KGB ne va pas nous lâcher à notre retour.

— Ridley dira que je ne l'ai pas quitté de la nuit.

Karp fit sauter d'un coup de lame un dernier morceau de glace.

— Quoi que vous puissiez dire sur Volovoï, cela vous retombera dessus de toute façon.

— Oublions Volovoï pour le moment.

Arkadi prit une papirossa, une cigarette qui résistait à la pluie, à la grêle et aux flocons de neige.

— C'est Zina qui m'intéresse pour le moment.

Plongé jusqu'à la taille dans un bouillonnement de vapeur, Pavel venait vers eux, se frayant un chemin le long du bastingage à coups de jets d'eau bouillante. Karp lui fit signe de s'éloigner.

— Qu'est-ce que vous voulez savoir sur Zina ? demanda-t-il à Arkadi.

— Quoi qu'elle ait pu entreprendre, elle ne le faisait jamais seule. Elle n'a jamais procédé autrement. Je regarde autour de moi sur ce bateau, et la seule personne avec qui elle a pu travailler, c'est vous. Or vous avez dit à Slava que vous la connaissiez à peine.

— C'était une collègue de travail, c'est tout.

— Une modeste ouvrière, comme vous ?

— Non ; moi, je suis ouvrier modèle.

La distinction semblait amuser Karp. Il écarta les bras.

— Vous ne connaissez rien aux travailleurs, parce que vous n'en êtes pas un, pas un au fond du cœur. Vous trouvez que c'est dur à la pataugeoire ?

Karp posa la pointe de son couteau sur la poitrine d'Arkadi pour ponctuer son propos.

— Vous n'avez jamais travaillé dans un abattoir...

— Si.

— Un abattoir de rennes ?

— Oui.

— À patauger dans les boyaux, avec un ciré sur les épaules ?

— Oui.

— Sur l'Aldan ?

Il s'agissait d'une rivière de Sibérie orientale.

— Oui.

Karp marqua une pause.

— Le directeur de la coopérative était un Koriak nommé Sinaneft qui se baladait sur un poney ?

— Non, c'était un Bouriate nommé Korin et il utilisait une Moskvitch avec des skis sous les roues avant.

— Vous avez réellement travaillé là-bas ?

Karp était amusé.

— Korin avait deux fils.

— Deux filles.

— Dont une avec des tatouages, pourtant. C'est drôle, non ? Durant tout le temps où j'étais dans les camps, tout le temps où j'étais en Sibérie, je disais que s'il y avait une justice en ce monde je vous reverrais un jour. Et durant tout ce temps-là, le destin était avec moi.

Au-dessus d'eux, le grutier remontait dans sa cabine, un gobelet à la main. De l'autre côté du pont, l'Américain Bernie se dirigeait laborieusement vers la poupe. Emmitouflé dans une parka, s'accrochant à la corde de sécurité, il faisait penser à un alpiniste. La voix de Thorwald grésilla dans la radio de Karp, annonçant que le *Merry Jane* arrivait avec un filet. Le chef de bordée rengaina son couteau, et aussitôt le rythme de travail changea. Les lances à eau se turent, on tira les câbles sur la rampe.

— Vous n'êtes pas idiot, mais vous n'avez jamais vu plus loin que le bout de votre nez, dit Arkadi. Vous auriez dû rester en Sibérie, ou trafiquer des cassettes vidéo ou des jeans — des petites choses, mais rien d'important.

— Je n'ai pas de leçon à recevoir de vous, dit Karp.

Il chassa la glace qui recouvrait la veste d'Arkadi.

— Vous êtes comme un chien qu'on a chassé de la maison à coups de pied. Vous avez bouffé de la charogne dans les bois pendant un temps et vous pensez pouvoir courir avec les loups. Mais ce que vous avez en réalité derrière la tête, c'est de tuer un loup et le rapporter au bercail pour qu'on vous laisse revenir dans la maison.

Il ôta un grain de glace des cheveux d'Arkadi et murmura :

— Vous ne reverrez jamais Vladivostok.

Les gens devenaient des animaux polaires et gardaient leur veste même pour manger. Au milieu de la longue table trônait une marmite de soupe aux choux qui sentait la lessive et se mangeait avec des gousses d'ail servies dans des assiettes à part, accompagnée de pain noir et de goulasch. Les tasses de thé emplissaient la cafétéria d'une vapeur digne d'un sauna. Israel se glissa sur le banc d'Arkadi. Comme de coutume, la barbe du chef d'atelier était constellée d'écailles de poisson, comme s'il s'était traîné à plat ventre jusqu'au réfectoire de l'équipage.

— Vous ne pouvez délaisser votre devoir de travailleur socialiste, dit-il tout bas à Arkadi. Il faut que vous repreniez votre place sur la chaîne avec vos camarades, sinon je serai obligé de faire un rapport.

Natacha vint s'asseoir en face d'Arkadi. Elle portait encore la toque des ouvriers de la chaîne, une grande calotte blanche pour empêcher tout contact entre ses cheveux et le poisson.

— Écoutez ce que vous dit Israel Israïlevitch, insista-t-elle. J'ai cru que vous étiez malade. Je suis passée à votre cabine mais vous n'étiez pas là.

— Le chou est la spécialité d'Olimpiada, dit Arkadi en tendant une louche de soupe à Natacha.

Elle refusa son offre d'un mouvement de tête.

— Où est donc Olimpiada ? Je ne l'ai pas encore vue.

— Un rapport va être envoyé au capitaine, au syndicat, au Parti, dit Israel.

— Envoyez-le donc à Volovoï, voilà qui serait intéressant. Natacha, vous ne voulez pas de goulasch ?

— Non merci.

— Du pain alors ?

— Merci ; du thé suffira.

Elle en versa deux doigts dans une tasse.

— C'est sérieux, Renko, insista Israel en se servant lui-même de la soupe et du pain. Vous ne pouvez déambuler dans tout le bateau comme si vous étiez chargé d'une mission spéciale par Moscou.

Il croqua un clou de girofle et réfléchit.

— À moins que ce ne soit le cas.

— Vous êtes à la diète ? demanda Arkadi à Natacha.

— Je résiste.

— Pourquoi donc ?

— J'ai mes raisons.

Ses cheveux relevés sous ce bonnet laissaient apparaître la courbe de ses pommettes, et ses yeux sombres semblaient plus grands, plus doux qu'à l'accoutumée. Obidine s'installa à côté d'elle, remplit son assiette de goulasch et se mit à chercher les morceaux de viande.

— Nous ne devrions plus jamais prendre de poisson à l'endroit où l'on a repêché Zina, dit-il. Je trouverais cela normal. Par respect pour la défunte.

— C'est ridicule.

Le regard de Natacha se durcit à la seule pensée de Zina.

— Nous ne sommes pas des fanatiques religieux. Nous ne sommes plus au Moyen Âge. A-t-on jamais vu chose pareille ? lança-t-elle à Israel.

— Vous n'avez jamais entendu parler de Koureika ? lui demanda Israel à son tour.

Un petit sourire se dessina sous sa barbe.

— C'est là où Staline a été déporté par le tsar. Et quand Staline a pris le pouvoir, il a envoyé une armée de prisonniers à Koureika reconstruire sa vieille cabane et édifier tout autour un vaste hangar, bardé de projecteurs, qui illuminait vingt-quatre heures sur vingt-quatre la cabane ainsi qu'une statue de marbre à son effigie. Une statue colossale. Une nuit, des années après sa mort, on tira secrètement la statue et on la culbuta dans le fleuve. Tous les bateaux depuis font un détour parce qu'ils ne veulent pas passer au-dessus de sa tête.

— Comment avez-vous appris cela ? demanda Arkadi.

— Comment selon vous un juif devient-il un Sibérien ? répliqua le chef d'atelier. Mon père a participé à la construction du hangar.

Il mordit dans une tranche de pain.

— Je ne vais pas faire un rapport tout de suite, lui annonça-t-il. Je vous donne encore un jour ou deux.

Alors qu'il se rendait à la chambre radio, Arkadi entendit une voix qui ressemblait à celle de la cassette de Zina. La voix et le son d'une guitare, aux accents romantiques, filtraient de la porte de l'infirmerie. Ce n'était pas la voix du docteur Vainou.

Sur une mer lointaine en furie
Un brigantin pirate dresse ses voiles.

C'était une vieille chanson de randonneurs, quoiqu'il fallût être passablement ivre au point d'être incapable de faire le tour de sa tente pour apprécier des paroles aussi mièvres que celles-ci.

Le Joyeux Roger *claque dans la brise,*
Le capitaine Flint chante gaiement.
Et, cognant nos quarts, à notre tour
Nous entonnons notre petite chanson.

La musique s'arrêta dès qu'Arkadi entra dans l'infirmerie.

— Bordel, je croyais pourtant l'avoir fermée ! lança le docteur Vainou, en se précipitant pour bloquer le passage à Arkadi.

À l'autre bout du couloir, Arkadi aperçut le large postérieur d'Olimpiada Bovina, rouge comme du bortsch, disparaître dans la salle d'examen. Le médecin était en robe de chambre, à peine décoiffé, et s'était trompé de pied en chaussant ses mules. Arkadi n'aurait jamais imaginé que Bovina et Vainou puissent avoir une liaison. À ses yeux, ils auraient formé un couple aussi assorti qu'un rouleau compresseur et un écureuil.

— Vous ne pouvez pas entrer comme ça, protesta Vainou.

— Pourtant je suis bel et bien là.

Cherchant à repérer le chanteur, Arkadi entraîna le médecin vers la salle d'opération au bout du couloir. Un drap était étalé sur la table d'examen. Arkadi remarqua que la boîte contenant les effets personnels de Zina était encore posée sur un meuble.

— Ceci est un cabinet médical, dit Vainou en vérifiant sa braguette.

À côté de la table, un plateau d'acier montrait un pichet et des verres, remplis sans doute d'alcool de grains, à en croire l'odeur de vernis qui imprégnait la pièce. Il y avait aussi une tablette entamée de chocolat fourré à la crème. Arkadi posa la main sur le drap. Il était encore tiède, comme un capot de voiture.

— Vous n'avez pas le droit de faire irruption comme cela, dit encore Vainou avec de moins en moins de conviction.

Il s'adossa contre le meuble et alluma une cigarette pour se remettre de ses émotions. À côté de la boîte de Zina, il y avait un nouveau lecteur de cassettes japonais flanqué de ses deux enceintes miniatures. Arkadi pressa les boutons « retour rapide », puis « lecture » « ... *Roger* claque dans la brise. » Il enfonça le bouton « stop ».

— Toutes mes excuses, dit-il.

La voix ne ressemblait même pas à celle de l'autre chanteur sur la cassette de Zina.

La voix puissante du colonel Pavlov-Zaligine se frayait un chemin depuis Odessa par les lignes téléphoniques et les ondes hertziennes. Son timbre de baryton, avec ses inflexions riches et posées, rappela à Arkadi que si la banquise était déjà en train de gagner la mer de Béring, c'était encore les vendanges en Géorgie, et que des ferry-boats sillonnaient la mer Noire, emportant à leur bord les derniers touristes de l'année.

Le colonel était heureux d'aider un collègue perdu sur une mer lointaine, quoiqu'il allât devoir se plonger dans de vieux dossiers.

— Patiachvili ? J'ai entendu parler de son cas, mais dernièrement les chefs sont devenus très à cheval sur la loi. Les avocats mettent leur nez partout, nous accusent d'acte de brutalité, et réclament des peines d'une clémence ahurissante. Crois-moi, tu es bien mieux en mer. Je vais étudier son dossier et je te recontacte.

S'ils surveillaient le canal soviétique, se souvint Arkadi, les autres bateaux pouvaient entendre tout ce que disait son correspondant. Moins il y aurait d'appels, mieux ce serait, si tant est qu'il pût en passer d'autres. Nicolaï observait les cadrans de la radio BLU ; les aiguilles s'agitaient avec la voix du colonel.

— C'est à cause de la météo, expliqua-t-il à Arkadi. Je te reçois de plus en plus mal.

— Cela ne peut pas attendre, lança Arkadi dans le combiné.

— Les criminels ont leur nom maintenant dans les journaux, dit Pavlov-Zaligine. Même dans la *Gazette littéraire* !

— Elle est morte, dit Arkadi.

Le colonel se racla la gorge :

— Laisse-moi me souvenir un instant.

Il y avait un trou de quatre secondes entre chaque transmission, ce qui compliquait encore leur conversation. La radio n'était pas équipée de microphone standard, mais d'un combiné téléphonique, avec une grille en forme de marguerite devant le récepteur qui avait un charme suranné. Tout ce que l'*Étoile Polaire* comptait de moderne se trouvait au fond des cales, avec Hess.

— Le problème, c'est que nous n'avons rien eu de tangible contre elle, annonça avec regret Pavlov-Zaligine, aucune preuve pour saisir la justice. Nous avons fouillé son appartement, nous l'avons mise en garde à vue, mais nous n'avions pas de quoi l'inculper. Et en plus, l'enquête a été couronnée de succès.

— Quelle enquête ?

— On en a parlé dans les journaux, dans la *Pravda*, dit le colonel avec fierté. Une opération internationale. Cinq tonnes de haschisch géorgien ont été saisies sur un cargo soviétique qui partait d'Odessa à destination de Montréal. De la came de première qualité, tout en briques, dissimulée dans des containers étiquetés « laine vierge ». C'est la douane, chez nous, qui a découvert la drogue. D'habitude, nous arrêtons les coupables et nous détruisons la marchandise, mais cette fois, on a décidé de collaborer avec les Canadiens et d'arrêter les trafiquants aux deux extrémités.

— Une vraie coopération internationale.

— Absolument. L'opération a été un grand succès, tu dois être... courant de ça.

— Oui, Oui. À quel niveau Zina Patiachvili était-elle impliquée ?

— L'un de ses amants était le chef de la bande. Elle a travaillé six mois dans les cuisines d'un cargo ; en fait, c'est le seul cargo sur lequel elle ait jamais travaillé. On l'a vue sur le quai quand le bateau a chargé sa cargaison, mais...

Les interférences agitaient les aiguilles dans les vumètres de la radio.

— ... chez le procureur. Mais nous l'avons tout de même interdite de séjour en ville.

— Les autres inculpés sont encore dans les camps ?

— Dans des camps disciplinaires, oui, absolument. Je sais qu'il y a eu une amnistie, mais ce n'est pas comme celle de Khrouchtchev où on a laissé tout le monde partir. Non, lorsque...

— Nous sommes en train de le perdre, dit Nicolaï.

— Tu dis qu'elle a travaillé sur ce cargo pendant six mois, mais son livret fait état d'un travail de trois ans sur la flotte de la mer Noire, dit Arkadi.

— Pas vraiment aux cuisines. Elle... avec... recommandations et titres usuels..

— Qu'est-ce qu'elle faisait ? insista Arkadi.

— Elle nageait.

La voix du colonel surgit brusquement forte et claire dans la radio.

— Elle nageait pour les couleurs de la flotte de la mer Noire à toutes les compétitions. Avant, elle nageait pour son école professionnelle. Certains prétendent qu'elle aurait pu faire les Jeux olympiques, si elle avait eu un peu de discipline.

— Une petite, une brune teinte en blonde ?

Arkadi n'arrivait pas à croire qu'ils parlaient de la même personne.

— C'est bien elle, à part les cheveux qu'elle avait complètement noirs. Une jolie fille dans... vêtements étrangers... bon marché... Allô ?... Ren...

La voix du colonel s'évanouit comme un bateau dans un orage, sorti un moment d'un grain d'électricité statique pour replonger dans un plus violent encore.

— On l'a perdu.

Nicolaï regarda l'aiguille s'agiter en tous sens.

Arkadi coupa la radio et se rassit sous le regard anxieux du lieutenant. À juste titre. C'était une chose pour un jeune officier impétueux d'amener une honnête citoyenne dans une station d'écoute secrète dans le but de la séduire ; mais c'en était une tout autre de l'avoir montrée à une criminelle endurcie.

— Je suis désolé.

Nicolaï ne pouvait supporter plus longtemps ce silence angoissant.

— Je voulais vous faire venir plus tôt, lorsque la liaison était meilleure, mais on a eu plein d'histoires avec le chalut perdu, des appels pour Seattle et pour la flotte. C'était le dernier filet du *Merry Jane*.

— Thorwald ?

— Le Norvégien, oui. Il dit que c'est notre faute, mais il a essayé de transférer plus que le poids maximum autorisé. Il a perdu le filet avec les panneaux et le câble. Apparemment, il est impossible d'espérer le crocheter avec toute cette glace — et le capitaine doit retourner à Dutch Harbour.

— Il ne nous reste plus que l'*Eagle* ?

— La pêcherie a déjà demandé à trois chalutiers de nous rejoindre. Ils ne vont pas laisser un bateau-usine comme le nôtre travailler avec un seul chalutier.

— Zina t'avait dit qu'elle faisait de la natation ?

Nicolaï s'éclaircit la gorge.

— Elle a simplement dit qu'elle savait nager.

— À la Corne d'Or, le restaurant, tu as remarqué quelqu'un d'autre, quelqu'un de l'équipage ?

— Non. Écoutez, il faut que je sache pour votre rapport. Qu'est-ce que vous allez dire sur moi ? Vous savez tout à présent.

— Si je savais tout, je ne poserais pas de questions.

— Bien sûr, bien sûr, mais vous allez parler de moi dans votre rapport ?

Nicolaï arrondit encore le dos ; c'était le genre de garçon, songea Arkadi, à essayer de lire ses notes à l'envers sur le bureau du professeur.

— Je ne suis pas en mesure de demander quoi que ce soit, mais je vous supplie de penser à ce qui va m'arriver si vous mettez quelque chose contre moi dans votre rapport. Ce n'est pas pour moi que je dis cela. Ma mère travaille dans une conserverie. Je lui envoie depuis toujours des coupons de tissu de la Marine, et elle coud des chemises et des pantalons pour les vendre à ses voisines, c'est comme cela qu'elle s'en sort. Elle ne vit que pour moi, et s'il m'arrivait quelque chose, cela la tuerait.

— Tu cherches peut-être à insinuer que je serais responsable si ton manquement à tes devoirs tuait ta mère ?

— Bien sûr que non, je ne dis rien de tel.

Vladivostok écouterait les cassettes de Zina quoi que fasse Arkadi. Rien que pour l'avoir emmenée dans la station, le lieutenant risquait la cour martiale.

— Tu ferais mieux de tout avouer à Hess avant notre retour, dit Arkadi.

Il voulait quitter au plus vite la chambre radio.

— Nous verrons bien alors ce qui se passera.

— Je me souviens d'une chose encore, à propos de l'argent, dit Nicolaï. Zina ne m'en a jamais demandé. Elle voulait simplement que je lui apporte une carte à jouer, une dame de cœur. Pas d'argent, un...

— Un souvenir ?

— J'ai été voir l'officier qui s'occupe des distractions à bord et lui ai demandé un jeu de cartes. Vous n'allez pas le croire, mais nous n'avons qu'un seul jeu de cartes pour tout le bateau. Et il n'y avait plus de dame de cœur dedans ! Et j'ai vu à son sourire qu'il le savait.

— Qui était cet officier ? demanda Arkadi, bien que, ce poste étant la plus basse fonction qu'un officier puisse occuper, il n'y avait qu'un seul nom possible.

— Slava Boukovski.

Bien évidemment.

25

Arkadi trouva Slava assis dans la pénombre sur une couchette supérieure, un casque de baladeur sur les oreilles ; il soufflait dans le bec d'un saxophone et battait la mesure de ses pieds nus. Arkadi s'installa sans bruit derrière la table de la cabine, comme s'il arrivait au milieu d'un concert. Seule la lampe du bureau était allumée, il pouvait néanmoins distinguer dans la pénombre les aménagements dont jouissait la cabine d'un officier : un bureau, une bibliothèque, un réfrigérateur montant jusqu'à la taille et une horloge montée dans un coffret étanche, comme si la cabine de Slava risquait davantage d'être submergée que les autres. Mais il s'était promis de ne pas être trop désobligeant ; Slava n'avait pour l'instant tenté de dissimuler aucune information durant l'enquête sur Zina. La bibliothèque de l'officier chargé des distractions à bord contenait les manuels standards de jeux populaires et les livrets de chansons recommandées par le Parti, mais également les tomes interdits de la pensée de Lénine ainsi que des traités sur la propulsion diesel ; le lieutenant, le compagnon de cabine de Slava, briguait le grade de second.

Lorsque les joues de Slava se gonflaient, ses yeux se fermaient et tout son corps oscillait, bercé par les bêlements émus qui s'échappaient de l'embout du saxophone. Il y avait un calendrier sur un pennon, la photo d'un groupe de garçons autour d'un side-car, avec Slava assis dans le side, et une liste dactylographiée des slogans de l'année pour le 1er Mai ; le n° 14 était souligné : « Travailleurs du secteur agro-industriel ! votre devoir de patriotes est de nourrir le pays en un minimum de temps ! »

Le second lieutenant retira ses écouteurs. Il sortit une dernière plainte du bec, le laissa tomber sur le matelas et leva enfin la tête vers Arkadi.

— *Back in the USSR*, lança-t-il. Les Beatles.

— J'avais reconnu.

— Je peux jouer de n'importe quel instrument. Allez-y, citez-en un au hasard.

— La cithare.

— Un instrument traditionnel.

— Le luth, la lyre, les bidons de Trinidad, le sitar, la flûte de Pan, le cheng de Formose ?

— Vous savez bien de quoi je parle.

— L'accordéon ?

— Je sais en jouer, oui. Et du synthétiseur, de la batterie, de la guitare.

Slava examina alors Arkadi d'un air suspicieux.

— Qu'est-ce que vous voulez au fait ?

— Vous vous souvenez de cette boîte contenant les affaires de Zina ? Celle que vous avez prise dans sa cabine ? Avez-vous eu l'idée de jeter un coup d'œil dans son carnet à spirale ?

— Non, je n'ai pas eu le loisir. J'avais encore une centaine de personnes à interroger ce jour-là.

— La boîte est toujours à l'infirmerie. Je viens juste de finir de relever les empreintes. J'ai fait un examen plus approfondi cette fois que le premier. Il y a les empreintes de Zina ainsi que les vôtres. Je les ai comparées avec celles que vous avez laissées sur la lettre de suicide.

— Alors c'est que j'ai dû jeter un coup d'œil dans son stupide cahier. Dommage, vous auriez dû me poser la question devant témoins. De toute façon, qu'est-ce que vous faites à vous balader comme ça dans tout le bateau, sans même daigner vous montrer à l'usine ?

— Nous n'avons pas autant de poissons que cela à vider. Mon absence ne se fait pas vraiment sentir dans l'équipe.

— Pourquoi le capitaine ne vous arrête-t-il pas ?

Arkadi avait réfléchi à la question.

— C'est un peu comme *Le Revisor.* Vous vous souvenez de cette histoire ? Cet idiot qui arrive en ville et que l'on prend pour un envoyé officiel du tsar ? Le meurtre change toutes les données. Personne ne sait exactement quoi faire, d'autant plus que Volovoï n'est plus là. Tant que je ne discute pas les ordres, je peux les ignorer pendant un moment. Tant que les gens ne savent pas réellement ce que je sais ; parce que c'est cela qui les retient.

— Alors il suffit de vous faire abattre vos cartes ?

— C'est à peu près cela.

Slava se redressa.

— Je pourrais foncer tout droit en passerelle et dire qu'un certain marin de deuxième classe se soustrait à son travail et harcèle l'équipage avec des questions qu'on ne lui a pas ordonné de poser ?

— Mettez donc déjà vos chaussures.

— C'est comme si c'était fait.

Slava glissa l'embout dans la poche de sa chemise et sauta de la couchette. Arkadi attrapa un cendrier sur le bureau pendant que le second lieutenant enfilait ses bottes.

— Vous allez m'attendre ici ? demanda-t-il à Arkadi.

— Je ne vais pas bouger.

Slava saisit son ciré.

— Il y a autre chose que je puisse apprendre au capitaine ?

— Parlez-lui donc de vous et Zina.

La porte claqua. Slava était parti.

Arkadi prit une cigarette dans sa poche de pantalon et trouva une boîte d'allumettes dans le plumier du bureau. Il examina le dessin sur le dessus de la boîte : un ruban portait comme emblème le nom « Prodintorg ». D'après ses souvenirs, le Prodintorg s'occupait des exportations de biens de nature animale : poissons, crabes, caviar, chevaux de course, bétail et animaux pour zoo ; le commerce à échelle industrielle des merveilles de la nature. Il avait à peine entamé sa cigarette que Slava revint dans la cabine et referma la porte d'une pression du dos.

— Comment ça, Zina ?

— Zina et vous.

— Ce n'est encore qu'une supposition de votre part.

— Absolument pas.

Une vie passée à courber le dos devant le pouvoir marquait un homme. Slava s'assit sur une couchette et se cacha le visage dans les mains.

— Oh, mon Dieu. Quand mon père va apprendre ça.

— Il peut ne pas l'apprendre, mais il faut tout me raconter.

Slava releva les yeux, battit des paupières et prit de profondes inspirations, comme s'il manquait d'air.

— Il va me tuer.

Arkadi lui vint en aide :

— Je crois que vous avez essayé de m'en parler une ou deux fois, mais je n'ai pas été assez fin pour m'en apercevoir. Ce que je n'arrive pas à m'expliquer, par exemple, c'est comment Zina a pu se faire embaucher sur ce bateau. Avoir autant d'influence au siège de la flotte est pour le moins inhabituel.

— Oh, il a voulu me faire plaisir à sa façon.

— Votre père ?

Arkadi reprit la boîte d'allumettes.

— C'est un haut fonctionnaire du ministère.

Slava resta silencieux un moment.

— Zina voulait à tout prix embarquer pour être avec moi. Foutaises ! Dès que nous avons quitté le port, tout a été fini ; comme si nous ne nous étions jamais connus.

— C'est votre père qui vous a trouvé ce poste sur l'*Étoile Polaire,* et qui, à votre demande, a imposé également Zina ?

— Il n'impose jamais rien ; il téléphone à la capitainerie et demande s'il y a une raison s'opposant à ce qu'une certaine personne soit embauchée quelque part, ou à ce qu'une certaine chose soit faite. Il se contente de dire que le gouvernement est intéressé à l'affaire et tout le monde saisit. Pour tout c'est comme ça : la bonne école, le bon professeur, la voiture officielle pour me raccompagner chez moi. Vous savez, le premier signe du changement fut lorsqu'il n'a pu me faire entrer dans la flotte de la Baltique, mais seulement dans celle du Pacifique. C'est pour cela que Martchouk me déteste.

Slava scruta la pénombre comme si un fantôme était là, assis derrière le bureau avec une batterie de téléphones.

— Vous n'avez pas eu de père comme le mien.

— Si, mais je l'ai très rapidement déçu.

Arkadi chercha à le rassurer.

— Nous faisons tous des erreurs. Vous ne pouviez savoir que j'avais déjà regardé sous le matelas avant que vous n'y trouviez une lettre de suicide. Ou plutôt, devrais-je dire, avant que vous n'y placiez une lettre de suicide, une lettre provenant du cahier à spirale que vous avez pris dans sa cabine. J'aurais dû le deviner tout de suite ; je me fais vieux. Il y avait autre chose dans ce carnet que je n'ai pas vu ?

Slava laissa échapper un petit rire nerveux.

— D'autres lettres de suicide. Au moins deux ou trois sur une même page. J'ai jeté les autres. Combien de fois comptait-elle donc se tuer ?

— Alors vous étiez là, en train de diriger l'orchestre du bateau, tout en observant cette femme, que vous aviez fait venir à bord, danser avec les pêcheurs américains et vous ignorer totalement.

— Personne ne le savait.

— Mais vous, oui.

— C'était un vrai supplice. Pendant la pause, je suis parti fumer une cigarette aux cuisines, juste pour ne plus la voir en face de moi. Zina est entrée puis est ressortie sans même me jeter un coup d'œil. Puisque je ne lui étais plus d'aucune utilité, je n'existais plus.

— Vous ne l'avez pas mentionné dans votre rapport.

— Personne ne nous a vus. J'ai essayé une fois de parler avec elle, un jour au carré, et elle m'a dit qu'elle irait se plaindre au capitaine si je l'importunais de nouveau. C'était lorsque je me suis aperçu de ce qui se passait entre eux deux, entre Zina et le capitaine. Si jamais il apprenait la chose... Je n'étais pas sot au point de dire que j'étais peut-être la dernière personne à l'avoir vue vivante.

— C'était le cas ?

Slava dévissa l'embout du saxophone et examina l'état de l'anche.

— Elle est cassée. C'est déjà pas facile de trouver un sax à vendre, mais, quand vous en avez enfin un, il est pratiquement impossible de trouver des anches. Ils arrivent toujours à leurs fins, d'une façon ou d'une autre.

Il replaça l'anche avec précaution, comme s'il sertissait un rubis sur une bague.

— Je n'en sais rien. Elle a pris un sac en plastique dans une marmite. Le sac était hermétiquement scotché. Elle l'a glissé sous sa veste et est partie. J'ai retourné tout ça dans ma tête des centaines de fois. Je pensais que les gens sur le pont l'avaient vue après moi, mais ils n'ont parlé ni de veste, ni de sac. Je fais un piètre détective ?

— Quelle taille avait ce sac ? Quelle couleur ?

— Un grand sac. Tout noir.

— Vous voyez, vous vous souvenez déjà de cela. Comment avance votre rapport pour Volovoï ?

— J'y travaillais justement avant votre arrivée.

— Dans le noir ?

— Qu'est-ce que cela peut faire ? Il faut que je trouve quelque chose qui convaincra tout le monde. Comment voulez-vous que j'y arrive ? Ils sauront examiner les poumons, n'est-ce pas, et dire si Volovoï est réellement mort dans l'incendie ?

Slava rit avec aigreur.

— Martchouk dit que si je fais du bon travail, il appuiera ma candidature pour une école du Parti, ce qui est sa façon de dire que je ne serai jamais capitaine.

— Peut-être cela vaut-il mieux. Pourquoi pas un emploi au ministère ?

— Pour travailler sous les ordres de mon père ?

Cette question répondait amplement à celle d'Arkadi.

— La musique ?

Après un silence, Slava dit :

— Avant de partir pour Moscou, nous vivions à Leningrad. Vous connaissez Leningrad ?

Arkadi ne s'était jamais rendu compte à quel point Slava était terriblement seul. Ce doux jeune homme assis dans la pénombre était fait pour un bureau confortable avec une vue sur la Néva, pas pour le Pacifique Nord.

— Oui.

— Vous connaissez les terrains de basket à côté de

Nevski ? Eh bien, quand j'avais cinq ans je traînais sur les terrains et il y avait des Noirs américains qui jouaient au basket. Je n'avais jamais vu des gars comme eux ; ils auraient pu aussi bien venir d'une autre planète. Tout ce qu'ils faisaient était différent : leur façon de marquer des paniers, avec une telle facilité, et leur façon de rire — ils s'esclaffaient si fort que j'en avais mis mes mains sur les oreilles. Et ce n'était même pas une vraie équipe. C'étaient des musiciens qui devaient jouer à la Maison de la culture mais le concert avait été annulé parce que c'était du jazz. Alors ils jouaient au basket à la place, mais j'imaginais sans peine comment ils pouvaient jouer, comme des anges noirs.

— Quel genre de musique jouiez-vous ?

— Du rock. Nous avions un groupe au lycée. Nous écrivions nos propres chansons, mais nous avons été censurés par le Comité de la culture.

— Vous deviez donc être connus, dit Arkadi.

— C'était plutôt contestataire. J'ai toujours été un libéral. C'est ce que ces idiots sur ce bateau ne veulent pas comprendre.

— C'est comme cela que vous avez rencontré Zina, au cours d'un bal. Ou dans un restaurant ?

— Non. Vous connaissez Vladivostok ?

— Autant que Leningrad.

— Je déteste Vladivostok. Il y a une plage à côté du stade où tout le monde se presse en été. Vous voyez ce que cela peut donner, un ponton couvert de serviettes, de matelas pneumatiques, d'échiquiers, des giclées d'ambre solaire et un étalage d'anatomies à vous faire faire des cauchemars.

— Et ça, ce n'est pas pour vous ?

— Merci, non ! J'avais loué un bateau à voile, un six mètres, et je naviguais dans la baie. À cause du chenal réservé à la Marine, on est obligé de rester tout près de la plage. Bien sûr, la plupart des gens ne s'enfoncent dans l'eau que jusqu'à la taille, ou ne s'aventurent jamais au-delà des bouées et des barques des sauveteurs qui patrouillent devant la plage. Rien que le bruit vous rend dingue : les bavardages, le bruit des plongeons, les coups de sifflet des gardes... Avec le bateau, j'échappais à tout ça. Il y avait une fille qui nageait toute seule pourtant. Elle nageait avec une grâce, une aisance si étonnante que je ne pouvais pas ne pas la remarquer. Elle avait dû plonger pour passer sous les gardes, et parcourir une sacrée distance sous l'eau. J'étais tellement occupé à la regarder que je laissai les voiles se déventer et lofai. Il y avait un bout qui traînait dans l'eau sur le côté du bateau. Elle l'attrapa et grimpa à bord, comme si nous en étions convenus auparavant. Puis elle s'étendit sur le pont pour reprendre haleine et retira son bonnet de bain. Ses cheveux étaient bruns à l'époque, presque noirs. Vous savez comme l'eau peut scintiller au soleil... On aurait dit qu'elle était couverte de minuscules diamants. Elle se mit à rire, comme si c'était pour elle la chose la plus naturelle qui fût de jaillir ainsi de l'eau pour monter sur le bateau de quelqu'un qu'elle ne connaissait ni d'Ève ni d'Adam. Nous naviguâmes tout l'après-midi. Elle voulait que je l'emmène danser, mais je devais la retrouver devant la boîte de nuit ; elle ne voulait pas que je passe la prendre. Puis elle plongea dans l'eau et disparut.

« Après la boîte, nous sommes partis nous promener dans les collines. Elle ne m'a jamais laissé la prendre chez elle, ou la raccompagner jusqu'à son appartement. Je supposais qu'elle vivait dans la misère et qu'elle ne voulait pas que je le sache. Je savais, par son accent, qu'elle venait de Géorgie, mais cela n'avait aucune importance à mes yeux. Je pouvais tout lui dire et elle semblait si bien me comprendre. Avec le recul, je m'aperçois qu'elle ne parlait jamais d'elle, sauf pour dire qu'elle avait sa carte de la marine marchande et qu'elle voulait partir sur l'*Étoile Polaire* avec moi. Elle m'a complètement manipulé, comme l'idiot que j'étais. Elle manipulait tout le monde.

— Qui a pu la tuer à votre avis ?

— N'importe qui, mais je craignais que tôt ou tard une enquête sur un crime ne se retourne contre moi, alors, non content d'avoir été idiot, j'ai été lâche. Mes craintes étaient fondées, n'est-ce pas ?

— Oui.

Arkadi ne pouvait dire le contraire.

— L'eau de la baie, elle était plutôt froide, non ?

— Loin du bord comme elle était ? Oui, glacée.

Assis sur la couchette supérieure, Slava semblait flotter dans la pénombre.

— Vous m'avez dit que c'était votre seconde campagne de pêche ? dit Arkadi.

— Oui.

— Les deux avec le capitaine Martchouk ?

— Oui.

— Y a-t-il quelqu'un d'autre à bord avec qui vous avez déjà navigué ?

— Non.

Slava réfléchit un moment.

— Aucun officier, je veux dire. Autrement, il y a Pavel et Karp. Je vais avoir des ennuis ?

— Je le crains.

— Je n'ai jamais eu de vrais problèmes avant, je n'ai pas assez de cran pour cela. C'est tout nouveau pour moi ; tout un éventail de possibilités s'ouvre devant moi. Qu'allez-vous faire maintenant ?

— Aller me coucher.

— Il est un peu tôt.

— Vous savez, lorsqu'on a des ennuis, le simple fait de pouvoir aller se mettre au lit est déjà une grande joie en soi.

Sur le pont, Arkadi sentit que le bateau quittait le lit du vent, ce qui voulait dire que Martchouk, après avoir raccompagné le *Merry Jane* jusqu'à la lisière de la banquise, remontait maintenant au nord, pour s'enfoncer de nouveau dans la calotte polaire. Tout autour de l'*Étoile Polaire,* la pluie déposait sur la glace une pellicule bleutée aux scintillements électriques. Arkadi resta dans l'ombre, le temps pour ses yeux de s'acclimater.

Slava n'avait rien su de la Corne d'Or, ni de l'appartement où Zina avait emmené Nicolaï et Martchouk ; dès le départ, elle avait agi avec Slava d'une façon différente. Pas de restaurant bruyant de marins, ni d'appartement à l'arsenal illégal pour effrayer le délicat second lieutenant. Peut-être n'avait-elle jamais vu Slava avant de monter ce jour-là sur son voilier, mais le chef de bordée, lui, le connaissait.

À tout moment Karp pouvait sauter d'un hauban ou jaillir d'une écoutille. « Détendez-vous », avait-il dit. Pourquoi Karp ne l'avait-il pas encore tué ? se demandait Arkadi. La chance ou l'intelligence n'avait rien à voir là-dedans. Les officiers devisaient dans la salle de timonerie, dans ce donjon de l'ignorance, mais les coursives mal éclairées, les ponts glissants du navire-usine étaient le fief absolu du chef de bordée. Arkadi disparaîtrait quand Karp le voudrait. Chaque jour passé depuis leur départ de Dutch Harbour était un jour de sursis. S'il était encore vivant, s'apercevait Arkadi, c'était simplement qu'un troisième mort serait inacceptable pour Vladivostok. L'*Étoile Polaire* devrait immédiatement rentrer au pays. Et lorsqu'un bateau rentrait au port avec une sale histoire dans ses rangs, il se retrouvait aussitôt cerné par les gardes-frontière. L'équipage était alors confiné à bord tandis que le navire était mis en pièces et fouillé de fond en comble. Pourtant Karp devait trouver le moyen de se débarrasser de lui. Pour le moment, le problème du chef de bordée était d'envisager l'avenir avec Arkadi et l'avenir sans Arkadi. Karp soupesait encore cette question, prenait tout son temps puisque, quoi que pût dire Arkadi à Martchouk, cela ferait systématiquement de lui le premier suspect. Karp avait un témoin pour confirmer son alibi la nuit de la mort de l'officier en second. Toutefois, malgré ce « détendez-vous », Arkadi traversa le pont en suivant les flaques de lumières, sautant de tache en tache, comme quelqu'un reliant des points à coups de crayon.

Tout l'équipage était déjà couché ; seul Obidine n'était pas encore monté dans sa couchette.

— On dit qu'un cargo va venir te chercher, Arkadi. Certains racontent que tu es de la Cheka.

La tristement célèbre Cheka, rebaptisée aujourd'hui le KGB.

— D'autres disent que tu ne sais même pas toi-même qui tu es.

Le parfum des mixtures d'Obidine filtraient de sa barbe comme les senteurs de pollen d'un chardon.

Arkadi retira ses bottes et grimpa dans sa couchette.

— Et toi, que dis-tu de tout cela ?

— Ce sont des idioties, évidemment. Les mystères de l'action humaine ne peuvent être interprétés en termes politiques.

— Tu n'aimes pas la politique, dit Arkadi en bâillant.

— L'âme d'un politicien est d'une noirceur insondable. Bientôt le Kremlin rejoindra les autres démons.

— Quels démons ? Les Américains, les Chinois, les juifs ?

— Le pape.

— Fermez-la ! retentit la voix de Gouri. On voudrait dormir.

C'est cela, dormons, se dit Arkadi avec soulagement.

— Arkadi ? souffla Kolia une minute plus tard.

— Quoi ?

— Tu as observé Natacha dernièrement ? Je trouve qu'elle a de l'allure.

26

Dans son sommeil, Arkadi vit Zina Patiachvili s'éloigner de la plage de Vladivostok, comme dans la scène qu'avait décrite Slava, à la différence que ce n'était pas des gens qui se doraient au soleil, mais des phoques, levant la tête vers le ciel, avec leurs yeux d'Orientaux aux long cils. Elle portait le maillot de bain avec lequel elle avait paradé sur le pont le jour où il avait fait soleil. Les mêmes lunettes de soleil, les cheveux blonds jusqu'aux racines. C'était une journée éblouissante de lumière. De longues bouées comme des sucres candi délimitaient une aire de jeux pour enfants. Des madriers avaient dérivé des débarcadères et les gamins les chevauchaient comme des pirogues de guerre.

Plus loin dans la baie, Zina nageait, dépassant même les voiliers qui effleuraient la surface de l'eau, si bien qu'en se retournant elle apercevait les arbres verts de la ville qui s'inclinaient au-dessus de l'eau, les bâtiments administratifs et les arches romanes du stade. Le stade Dynamo. Toutes les villes avaient leur Dynamo, leur Spartak ou leur Torpedo. Pourquoi pas des noms plus appropriés comme Torpor ou Inertia ?

Zina plongea vers les eaux plus calmes et froides des profondeurs que la lumière frappait d'oblique, comme sous les stores d'une chambre, transformant le jour en une clarté à la fois translucide et ombragée, et nagea avec des mouvements de brasse énergiques vers le fond lisse et silencieux de la baie. Un poisson affolé frôla son visage. Puis des bancs entiers filèrent autour d'elle, des harengs brillants comme un flot de pièces d'argent, des ruisseaux de merlans bleus, et soudain l'ombre mouvante d'une raie, sortant de deux faisceaux de lumière, se rua vers elle avec le bruit assourdissant d'un train. Les panneaux d'acier du chalut labouraient le fond de la mer de chaque côté, soulevant des volutes tourbillonnantes de boue. Les lumières fixées au câble de tête étaient aveuglantes, mais elle voyait se soulever le fond de la mer sous l'avance des ralingues, en des geysers de vase et de vagues échevelées de poissons qui essayaient de remonter vers la surface pour échapper au chalut, avant d'être avalées l'une après l'autre, dans un rugissement. Un mur d'eau la repoussa tout d'abord puis l'aspira dans le tourbillon, dans une tourmente aux sons ténébreux, où s'agitaient des nuages de boue et d'écailles étincelantes contre les mailles vibrantes du filet.

Sortant du sommeil, Arkadi s'assit en sueur dans l'obscurité, trempé jusqu'aux os comme au sortir de l'eau. Il avait dit à Natacha qu'il suffisait d'ouvrir les yeux. Nul besoin d'être un devin. Comment faire de la contrebande en pleine mer ? Qui faisait l'aller et retour vingt fois par jour ? Et où un chef de bordée pourrait-il cacher la marchandise qu'il reçoit ? Alors une autre question évidente lui vint à l'esprit : où donc avait-il été attaqué sur l'*Étoile Polaire* ?

Cette fois Arkadi se munit d'une lampe électrique. Les rats fuyaient le faisceau de lumière, se faufilant entre les planches, et leurs petites pupilles rouges le fixaient tandis qu'il descendait l'échelle dans la soute avant. Le circuit de refroidissement fourmillait de galopades affolées. La descente fut heureusement plus rapide avec une lampe électrique.

Il posa doucement le pied sur le sol, se souvenant qu'à sa première visite il avait ramassé une planche et s'était mis à marteler les murs dans l'espoir de faire sortir un lieutenant des services secrets, alors que pendant tout ce temps il se tenait sans doute sur le couvercle d'un coffre à trésor. Le faisceau de lumière retrouva la planche, les boîtes de peinture et la couverture, ainsi que le squelette du chat. Mais la première fois la carcasse se trouvait au milieu de la soute ; à présent, elle était repoussée dans un coin. Il y avait des traces de semelles et des éraflures sur les planches du fond. Il approcha la main. Ce n'était pas des éraflures : c'était de l'eau.

L'écoutille de fond de cale s'ouvrit brusquement et Pavel, le matelot de la bordée de Karp, s'arrêta sur le seuil. Il portait un casque et une veste ruisselante de pluie, mettant sa main en visière devant le faisceau de lumière d'Arkadi qui l'éblouissait.

— T'es encore là ? demanda-t-il.

Reconnaissant alors Arkadi, il referma l'écoutille et la verrouilla de l'extérieur.

Arkadi remonta à l'échelle jusqu'au premier niveau. La porte était fermée. Il grimpa alors au niveau supérieur, par lequel il était entré dans la soute, le cœur battant comme un nouveau prisonnier se ruant sur les barreaux de sa cellule. Il ouvrit la porte d'un coup de pied et se rua dans les escaliers. Lorsqu'il arriva au niveau inférieur qui donnait accès au fond de la soute, Pavel avait disparu, mais des empreintes humides luisaient sur le pont de métal, véritables flèches indiquant la direction qu'il avait prise. Des traces de pas plus anciennes salissaient déjà la coursive et s'éloignaient par le même chemin.

Arkadi se mit à courir, voulant le rattraper. Les traces se dirigeaient vers la poupe, passaient devant la soute numéro deux, avant d'emprunter les escaliers à mi-pont qui débouchaient à côté de la grue sur l'aire de réception des chaluts. Il n'y avait plus aucune trace ni de Pavel, ni de personne d'autre. La pluie qui fouettait les planches du pont avait effacé toutes les empreintes. Arkadi rangea la lampe électrique dans sa poche et sortit son couteau. Le projecteur du treuil principal était éteint, les lampes du portique étaient prises dans la glace. De l'autre côté, l'entrée de la rampe arrière formait un trou noir.

Il n'avait plus besoin de flèches directionnelles à présent. Fait étrange, après un an passé à bord, il n'était jamais descendu sur la rampe. Les feux du portique faisaient luire les parois de cet antre inquiétant ainsi que les langues de glace qui venaient mourir sur la pente. Mais, à mesure qu'il avançait, pas à pas, la lumière s'évanouissait et l'angle de la rampe s'accentuait. De l'autre côté, loin en avant, l'étrave de l'*Étoile Polaire* écrasait la glace de tout son poids et était parcourue de frissons. Mais, dans les profondeurs de la poupe, dans la caisse de résonance que formait la rampe arrière, les frissons se muaient en plaintes. Une vague déferla sur la rampe et se retira dans un long soupir. Comme un coquillage qui recueille et amplifie les sons, l'oreille interne du bateau apportait les échos des battements d'un cœur.

Si Arkadi glissait à présent, il ne restait plus que la rambarde de sécurité entre lui et l'eau. Il s'accrocha du mieux qu'il put à la paroi, tandis qu'il sentait le sol fuir sous ses pieds. Au-dessus de lui, dans la cage d'escalier, tombait un rai ténu de lumière. Il vit que la chaîne retenant la rambarde de sécurité était accrochée à la paroi ; la rambarde avait été relevée et ne barrait plus la rampe. Il était trop tard pour agripper le crochet et Arkadi commençait déjà à glisser. À peine au début, les premiers millimètres annonçant à un homme sa fin inéluctable, et le mouvement s'amplifiait avec la pente de la rampe. Bras en croix, les ongles griffant la glace, il fixa la dentelle blanche d'une vague qu'il voyait monter vers lui, tandis que son couteau, s'échappant de ses doigts, tintait devant lui. La rampe s'ouvrait sur le noir du ciel et de l'eau, le bruit des hélices, et les deux ailes de glace qui bordaient le sillage de chaque côté. Alors que l'eau montait, sa main trouva un cordage le long de la paroi qu'il enroula autour de son poignet. Lorsqu'il s'immobilisa enfin, il aperçut un homme en contrebas, chaussé de bottes, debout contre la pente comme un alpiniste, tandis que les vagues battaient le pied de la rampe. Une corde de sécurité était nouée à sa taille.

Karp portait un chandail sombre et un bonnet de laine qui masquait son front bas ; il tenait à la main quelque chose ayant la forme d'un coussin.

— Trop tard, annonça-t-il à Arkadi.

Il lança l'objet à l'eau. Au son qu'il fit en heurtant la surface, le paquet devait être lourd.

— Une fortune, dit-il. Tout ce que nous avons acheté. Mais vous avez raison ; ils vont mettre le bateau en pièces à notre retour à Vladivostok.

Karp se pencha en arrière, maintenu seulement par la corde, et de ses deux mains libres il alluma une cigarette. Un homme soulagé, à son aise. L'aube faisait pâlir la nuit. Arkadi, poussant sur ses jambes, tenta de remonter la pente.

— Vous n'avez pas l'air rassuré, Renko.

— C'est vrai.

— Tenez.

Karp se pencha, tendit sa cigarette à Arkadi, et en alluma une seconde pour lui. Ses yeux brillants scrutaient l'entrée de la rampe.

— Vous êtes venu seul ?

— Oui.

— C'est ce que nous allons savoir.

L'attention d'Arkadi était fixée sur la pluie et une

lueur qui dansait au loin, comme une lampe dans la tempête. C'était l'*Eagle,* qui naviguait peut-être à deux cents mètres de là.

— Et si le filet récupère ce que vous venez de jeter à l'eau ?

— L'*Eagle* ne pêche pas en ce moment. Ils chassent pour l'instant la glace à jets d'eau. Cela fait un sacré poids pour un petit bateau comme ça. Comment avez-vous su que j'étais là ?

Arkadi préféra ne pas parler de Pavel.

— Je voulais voir l'endroit où Zina a été jetée à l'eau.

— Ici ?

— Elle a laissé sa veste et un sac, soit ici, soit sur le point d'embarquement lorsqu'elle est allée au bal. Quelle allure avait-elle dans le filet ? demanda finalement Arkadi. À quoi ressemblait-elle ?

Karp prit une longue bouffée sur sa cigarette.

— Vous n'avez jamais vu quelqu'un de noyé ? dit-il.

— Si.

— Alors c'est à cela qu'elle ressemblait.

Karp se tourna pour observer les feux de l'*Eagle* qui disparaissaient dans un nouveau grain. Le chef de bordée semblait prendre tout son temps, comme s'il attendait quelqu'un.

— La mer est dangereuse, mais je devrais vous remercier de m'avoir envoyé loin de Moscou. Je faisais le maquereau et du chantage, et puis quoi ? Pour vingt ou trente roubles par jour ? Mais pour le reste du monde, les roubles ce n'est même pas de l'argent.

— Vous ne vivez pas dans « le reste du monde ». En Union soviétique, un pêcheur gagne beaucoup de roubles.

— À quoi bon ? La viande est rationnée, le sucre est rationné. La réforme du Parti est une vaste blague. Le seul changement, c'est que maintenant la vodka aussi est rationnée. Qui est le criminel ? Qui est le trafiquant ? Des délégations vont à Washington et reviennent avec des vêtements, du parfum, des lampes à halogène. Le Secrétaire général fait collection de voitures de course, sa fille de diamants. C'est pareil dans les républiques. Un responsable du Parti a des palais de marbre ; un autre a des coffres tellement remplis d'or qu'on ne peut les soulever du sol ; un autre encore possède une flottille de camions qui ne transportent rien d'autre que du pavot, et les convois sont protégés par une escorte de police. Renko, vous restez un mystère pour moi. Vous êtes comme un médecin dans un bordel.

— Eh bien, disons que je suis un romantique. Donc vous vouliez quelque chose de plus, mais pourquoi la drogue ?

Les épaules de Karp étaient constellées de gouttes de pluie gelées ; les lignes qu'elles laissaient évoquaient aux yeux d'Arkadi les traces luisantes d'ions dans le nuage d'une chambre d'ionisation.

— C'est le seul moyen pour un ouvrier de gagner vraiment de l'argent, dit Karp, à condition d'avoir assez de cran pour ça. C'est pourquoi les gouvernements détestent la drogue, parce qu'ils ne peuvent contrôler le marché. Ils contrôlent la vodka et le tabac, mais pas la drogue. Regardez ce qui se passe en Amérique. Même les Noirs se font de l'argent.

— Vous pensez qu'il va se passer la même chose en Union soviétique ?

— C'est déjà fait. Vous pouvez acheter des bastos dans une base de l'Armée Rouge, leur faire passer la frontière et les vendre aux Afghans qui nous combattent. Le *douchmani* a des entrepôts de cocaïne pleins à craquer. C'est bien mieux que l'or. C'est la nouvelle monnaie d'échange. C'est pourquoi tout le monde a peur des vétérans de guerre — pas seulement parce qu'ils se droguent, mais parce qu'ils savent ce qui se passe réellement.

— Vous ne faites pourtant pas partie d'un vaste réseau afghan, dit Arkadi. Vous négociez un produit sibérien, l'*anacha*. Quel est le taux d'échange durant les va-et-vient du filet ?

Les dents en or de Karp luirent dans la nuit.

— Deux briques de chez nous, contre une cuillère de chez eux. Cela ne semble pas équitable, mais vous savez ce qu'un gramme de cocaïne rapporte dans un derrick de Sibérie ? Cinq cents roubles. Vous avez vu juste pour les filets ; vous avez du nez.

— Ce que je n'arrive pas à comprendre, c'est comment vous avez pu faire passer l'*anacha* au poste frontière et la charger à bord.

La voix du chef de bordée se fit à la fois plus douce et confiante, comme si, en d'autres lieux, ils auraient tiré les chaises et ouvert une bouteille. Mais Arkadi ne perdait pas pour autant de vue que le chef de bordée ne jouait qu'un rôle, savourant une situation dont il avait toute la maîtrise.

— Vous allez apprécier, dit Karp. Que peut donc demander un chef de bordée comme matériel ? Des filets, des navettes, des manilles, des cordages. Le dépôt vous donnera ce qu'il y a de pire, vous pouvez en être certain. Quels sont les cordages les moins chers ?

— Ceux en chanvre.

Le chanvre de Manchourie était cultivé légalement pour en faire des cordes et des sacs ; l'*anacha* n'était finalement qu'une version pollinisatrice particulièrement active du même arbuste.

— Vous avez inséré l'*anacha* dans les cordes, du chanvre dans du chanvre.

Arkadi ne pouvait qu'admirer l'astuce.

— Et voilà comment on transforme de la merde en or. Deux kilos égalent un million de roubles.

— Mais maintenant vous allez devoir repartir pour six mois afin de rapporter une nouvelle cargaison.

— C'est un coup dur, c'est vrai.

Karp regarda pensivement le haut de la rampe.

— Pas comme celui qui vous attend, mais un coup dur quand même. Vous dites que vous êtes venu ici, en pleine nuit et sous la pluie, juste pour voir où Zina est passée à l'eau ? Je ne peux pas le croire.

— Vous croyez aux rêves ?

— Non.

— Moi non plus.

— Vous savez pourquoi j'ai tué ce salaud à Moscou ? demanda Karp à brûle-pourpoint.

— Dans la gare de dépôt avec la prostituée ?

— Celui pour lequel vous m'avez épinglé, ouais.

— Alors ce n'était donc pas un accident, vous l'avez fait exprès ?

— Cela remonte loin ; plus de quinze ans. Vous ne pouvez pas m'inculper une seconde fois.

— Alors, pourquoi l'avez-vous tué ?

— Vous savez qui était la prostituée ? C'était ma mère.

— Elle ne l'a pas dit. Elle portait un nom différent.

— Ouais, eh bien ce salaud le savait, lui, et il menaçait d'aller le dire à tout le monde. C'est pour cela que je l'ai tué. Cela n'avait rien à voir avec de la démence.

— Vous auriez dû le dire à l'époque.

— Cela n'aurait fait qu'aggraver la sentence contre elle.

Arkadi se souvenait d'une femme outrageusement maquillée, avec des cheveux teints en rouge grenat. À cette époque la prostitution n'existait pas officiellement, mais on avait condamné la femme pour complicité de vol.

— Qu'est-ce qui lui est arrivé ?

— Elle est morte dans un camp de travail disciplinaire. Là-bas, elle confectionnait des vestes matelassées pour la Sibérie. Peut-être que vous ou moi avons porté une de ses vestes. Ils avaient un quota à respecter comme tout le monde. Elle est morte heureuse, pourtant. Il y avait plein de femmes avec des bébés et une crèche avec ses propres fils barbelés. Ils la laissaient s'occuper du ménage là-bas et elle disait qu'elle était devenue meilleure au contact de ces gosses. À part qu'elle est morte de pneumonie, refilée sans doute par l'un de ces mioches morveux. C'est drôle ce qui peut vous tuer.

Il sortit un couteau de sa manche.

Arkadi se retourna, entendant des pas dans son dos. Contre la faible lueur de la base des chaluts, il distingua une silhouette coiffée d'un casque qui descendait la rampe, se tenant à la corde menant à Karp.

— C'est Pavel, lança Karp. Il en a mis du temps pour arriver. Vous êtes donc réellement venu seul.

Arkadi commença à remonter la rampe, tirant des deux mains sur la corde. Karp fut plus rapide. Bien que la corde de sécurité fût nouée à sa taille, le chef de bordée semblait n'en avoir nul besoin car il escaladait le toboggan verglacé avec une facilité étonnante.

Au-dessus d'Arkadi, la silhouette s'immobilisa. Arkadi devrait s'écarter de la paroi pour espérer passer et il savait que, sitôt qu'il lâcherait la corde, il glisserait de nouveau le long de la rampe et tomberait à l'eau. Ses bottes n'avaient aucune prise sur la glace. Comment Karp parvenait-il à remonter la pente aussi rapidement, tel un démon effleurant les marches d'un escalier ?

— Cela valait la peine d'attendre, dit Karp.

Il secoua la corde et Arkadi glissa de nouveau. Puis il l'attrapa par la revers de sa veste.

— Arkadi ? appela Natacha. Vous êtes là ?

— Oui.

Ce n'était pas Pavel qui se profilait en haut de la rampe. Maintenant qu'ils étaient plus près, Arkadi vit qu'il ne s'agissait pas d'un casque de matelot mais en fait d'une écharpe nouée sur les cheveux de Natacha.

— Qui est avec vous ? lança-t-elle.

— Korobetz, dit Arkadi. Vous connaissez Korobetz.

Arkadi entendait presque les pensées qui se bousculaient dans la tête du chef de bordée. Pouvait-il tuer Arkadi *et* Natacha avant qu'elle n'atteigne la base des chaluts et n'appelle de l'aide ?

— Nous sommes de vieux amis, dit Karp en tenant toujours Arkadi. Nous évoquions le bon vieux temps. Venez nous donner un coup de main.

— Remontez sur le pont, lança Arkadi. J'arrive.

— Des amis ? dit Natacha d'un ton suspicieux. Vous deux, des amis ?

— Remontez, lui intima Arkadi en ne bougeant pas pour bloquer le passage à Karp.

— Qu'est-ce qui se passe, Arkadi ? demanda-t-elle en restant sur ses gardes.

— Ne bougez pas, lui lança Karp.

— Oui, ne bougez pas d'ici, renchérit Pavel qui descendait la rampe au-dessus de Natacha, une hache à la main.

Arkadi lança son pied dans la jambe de Karp. Le chef de bordée tomba sur le ventre et glissa sur toute la longueur de sa corde de sécurité. Arkadi espéra qu'il allait toucher l'eau, mais Karp s'immobilisa juste au-dessus du rai moutonnant que dessinait l'aube. Il fut aussitôt sur ses jambes et entreprit d'escalader de nouveau la rampe, mais Arkadi avait attrapé le crochet où la chaîne retenait la rambarde de sécurité. Il libéra les maillons. Dans un bruissement d'air, la rambarde coulissa et s'abattit avec un fracas métallique devant le visage de Karp, le bloquant au pied de la rampe.

Arkadi rejoignit Natacha. Derrière lui, Karp secouait la rambarde, comme s'il espérait déchirer le treillis métallique à mains nues. Puis les coups cessèrent. La voix du chef du bordée retentit alors dans la rampe :

— Renko !

Pavel hésita, voyant Arkadi remonter vers lui. Ses yeux étaient ronds de stupeur, plus effrayés par la fureur de Karp que par la présence d'Arkadi.

— Vous avez tout foutu par terre. Il avait raison.

Un rire sarcastique résonna dans la rampe.

— Et où espérez-vous donc vous cacher ? lança Karp.

Natacha se tourna alors vers Pavel :

— Toi, dégage, dit-elle.

À ses mots, Pavel battit en retraite, comme par magie.

27

— On fait une bonne équipe, dit Natacha.

Elle était encore surexcitée par leur aventure sur la rampe. Ses yeux brillaient et une longue mèche de cheveux lui tombait sur le visage. Arkadi l'entraîna vers la cafétéria qui avait été transformée à leur insu en salle de bal.

Il n'y avait eu aucune annonce faite par les haut-parleurs. Le second lieutenant Slava Boukovski, officier chargé des distractions à bord, soucieux du moral des hommes, avait spontanément rassemblé son orchestre et placardé une note sur les ponts inférieurs annonçant qu'un concert serait offert à l'équipage. Puisque aucun filet n'avait été chargé à bord, et qu'il faisait gros temps cette nuit-là, tout l'équipage du bateau avait été libéré, et les hommes étouffaient d'ennui dans leurs cabines. Maintenant, ils montaient en bandes joyeuses à la cafétéria. Il n'y avait pas d'Américains cette fois, pas même les représentants de la compagnie, et, curieusement, on ne jouait aucun morceau rock. La boule à facettes tournait, éparpillant ses reflets comme des flocons de neige sur les danseurs qui chaloupaient sur la piste avec une lenteur langoureuse. Sur scène, Slava faisait sortir de son saxophone un blues lascif aux accents mélancoliques.

Arkadi et Natacha se serrèrent sur un banc au fond

de la salle, aux côtés de Dynka et de Madame Malveza.

— J'aurais aimé que mon Mohammed soit là, dit la fille oubzek en frappant dans ses mains.

— J'ai entendu des vrais musiciens sur la flotte de la mer Noire, dit Madame Malzeva en remontant son châle sur ses épaules, soucieuse des convenances.

Elle était toutefois suffisamment détendue pour ajouter :

— Finalement, ils ne sont pas si mauvais.

Natacha souffla à l'oreille d'Arkadi :

— Nous devrions aller raconter au capitaine ce qui s'est passé.

— Qu'avons-nous à lui dire ? Tout ce que vous avez vu, c'est moi et Karp. Un chef de bordée a une foule de raisons pour descendre sur la rampe, moi aucune.

— Il y avait Pavel avec une hache.

— Ils ont cassé de la glace toute la journée. C'est peut-être même un héros du travail.

— Mais ils vous menaçaient.

— C'est moi qui ai lâché la barrière de sécurité sur Karp, et non l'inverse, et tout ce qu'il a dit en votre présence, c'est que nous étions amis. Cet homme est un saint.

Le morceau suivant était *Les Yeux noirs,* une sirupeuse histoire d'amour chez les tziganes. La fille au synthétiseur plaquait sur le clavier des accords de guitare tandis que Slava tissait une mélodie alambiquée aux sons cuivrés. La musique avait quelque chose d'impudique et d'envoûtant. La piste était une marée ample et houleuse de danseurs.

— Karp et vous, vous êtes comme le serpent et la souris. Vous ne pouvez partager le même trou.

— Il n'y en a plus pour très longtemps.

— Pourquoi êtes-vous descendu sur la rampe ?

— Vous voulez danser ? demanda Arkadi.

Une métamorphose s'opéra alors chez Natacha. Ce n'était plus seulement ses yeux qui brillaient, mais tout son visage à présent. Comme une femme arrivant sur une plage, elle ôta lentement sa veste de marin et son écharpe ; elle les confia à Dynka, puis retira la barrette de ses cheveux qui glissèrent alors en douces cascades sur sa nuque.

— Prête ? demanda Arkadi.

— Oui...

Sa voix s'était adoucie également.

Ils formaient un couple invraisemblable, Arkadi devait bien le reconnaître : un membre modèle du Parti avec un trouble-fête de la pataugeoire. Tandis qu'il la conduisait à travers les tables vers la piste de danse, elle répondait aux regards étonnés par des coups d'œil arrogants et sereins.

Les danseurs ne pouvaient espérer avoir beaucoup de place pour danser : on se pressait, on se bousculait de partout, comme des billes dans une boîte. C'était un aspect plaisant du bal, en particulier lorsqu'il avait lieu au beau milieu de la banquise et qu'un blizzard polaire couvrait les hublots de givre. Malgré sa taille et sa corpulence, Natacha semblait flotter comme une plume entre les bras d'Arkadi, et sa joue chaude venait de temps à autre effleurer timidement celle d'Arkadi.

— Je suis désolée pour mes bottes, dit-elle.

— Non, c'est moi qui m'excuse pour les miennes, répondit Arkadi.

— Vous aimez les chansons d'amour ?

— Je suis incapable de résister à une chanson d'amour.

— C'est tout comme moi, alors.

Elle poussa un soupir.

— Je sais que vous aimez la poésie.

— Qu'est-ce qui vous fait dire ça ?

— J'ai trouvé votre livre.

— Comment ça ?

— Lorsque vous étiez malade. Il était sous votre matelas. Vous n'êtes pas le seul à savoir chercher.

— Vraiment ?

Il s'écarta un moment. Il y avait une lueur de défi dans les yeux de Natacha.

— Ce n'est pas vraiment un livre de poésie, dit Arkadi. C'est un recueil d'essais et de lettres de Mandelstam.

Il ne précisa pas qu'il s'agissait d'un cadeau de Susan.

— Eh bien, les essais étaient trop intellectuels pour moi, admit Natacha, mais j'ai bien aimé les lettres qu'il a écrites à sa femme.

— Les lettres à Nadezhda ?

— Oui, Nadezhda, mais il l'appelait de mille autres façons, vous savez. Nadik, Nadia, Nadka, Nadenka, Nadiouchka, Nanouchka, Nadiouchok, Nanotchka, Nadenich, Niakouchka. Dix noms différents en tout. Ça, c'est un poète.

Elle posa sa joue un peu plus fermement contre celle d'Arkadi.

Slava et son saxophone s'abîmaient dans l'interprétation des *Yeux noirs,* tirant l'ambre de la sève. Les danseurs tournaient doucement avec la boule de miroirs. Le plafond bas et les lumières ondulantes donnaient à la salle des allures de grotte et réveillaient l'âme russe des convives.

— J'ai toujours admiré votre travail à l'usine, lui confia Natacha.

— J'admire aussi le vôtre.

— Votre façon de préparer les poissons, dit-elle, en particulier les plus difficiles à manipuler, comme le colin.

— Vous savez si bien retirer les arêtes. C'est... remarquable.

Arkadi avait du mal à trouver le ton juste.

Elle s'éclaircit la voix.

— Cette histoire que vous avez eue à Moscou... Il est possible que le Parti ait commis une erreur, non ?

Une erreur ? Pour Natacha, cela revenait à dire que le noir pourrait être blanc, ou du moins admettre l'existence du gris.

— Ce serait pour le moins curieux, dit-il. Non, pas cette fois-là.

— N'importe qui peut être réhabilité.

— Oui, généralement après sa mort. Ne vous en faites pas ; la vie existe ailleurs que dans le Parti. Vous ne pouvez vous imaginer à quel point...

Natacha devint songeuse. Le fil de ses pensées évoquait la ligne ferroviaire Baïkal-Amour, avec des sections entières inachevées, et des tunnels s'enfonçant dans des directions mystérieuses. La poésie, le poisson, le Parti. Arkadi se demandait ce qui allait venir maintenant.

— Je sais qu'il y a quelqu'un d'autre, annonça Natacha. Une autre femme.

— Oui.

C'était un reniflement qu'il venait d'entendre ? Il espérait bien que non.

— Cela devait arriver, dit-elle finalement. Je ne vous demanderai qu'une seule chose.

— Quelle chose ?

— Que ce ne soit pas Susan.

— Non, ce n'est pas Soussan.

— Ce n'était pas Zina ?

— Non.

— C'est quelqu'un à bord ?

— Non, pas à bord, et loin d'ici.

— Très loin d'ici ?

— Oh, très loin, la rassura-t-il.

— Alors, ça me suffit.

Elle posa sa tête sur l'épaule d'Arkadi.

Bon, songea Arkadi, Ridley avait raison. Il y avait

bien l'empreinte d'une civilisation, peut-être même la meilleure part de celle-ci, chez ces femmes et ces hommes qui valsaient en bottes sur la mer de Béring. Le docteur Vainou s'accrochait à Olimpiada comme un homme à un rocher. Gardant les bras tendus, à une distance convenable pour l'Islam, Dynka dansait avec l'un des mécaniciens. Certains hommes valsaient avec d'autres hommes sur la piste, des femmes avec d'autres femmes, juste pour ne pas perdre la pratique. Quelques-uns avaient pris le temps d'enfiler des tricots légers, mais la plupart étaient venus sans se changer, comme il se doit lors d'un événement exceptionnel et impromptu. Arkadi appréciait également le bal, parce qu'à présent il se représentait mieux ce qu'avaient pu être les dernières heures de Zina sur cette terre. Il y avait quelque chose d'irréel au fait de se retrouver là, avec Natacha, et il s'attendait presque à voir Zina danser sur la piste.

— Il est là, dit Natacha en se raidissant.

Karp longeait lentement les bancs au fond de la cafétéria, parfaitement serein, se contentant de dévisager tout le monde dans la pénombre. Arkadi entraîna Natacha vers la scène.

— Kolia aimerait bien danser avec vous, dit-il.

— C'est vrai ?

— Si vous le voyez, donnez-lui une chance. C'est un homme brillant, un scientifique, un botaniste qui a besoin de redescendre sur terre.

— C'est vous qui avez plutôt besoin d'aide, dit Natacha.

— Dans ce cas, attendez trente secondes lorsque j'aurai quitté la salle, et éteignez les lumières juste quelques instants.

— C'est encore à cause de Zina, n'est-ce pas ?

La voix de Natacha s'assombrit.

— Pourquoi cela vous tient-il autant à cœur ?

Arkadi devait lui donner une réponse.

— Parce que je hais le suicide.

Slava jouait à présent avec une liberté débridée, comme si le saxophone, telle une baguette de sourcier, venait de trouver l'âme cachée du musicien. Tandis que le second lieutenant poussait ses longues plaintes sans retenue, Arkadi et Natacha atteignaient la porte des cuisines.

— Elle ne s'est pas tuée ? demanda Natacha.

— Non.

— C'est Karp alors qui l'a tuée ?

— Aussi étrange que cela puisse paraître, je ne pense pas que ce soit lui le meurtrier.

Les cuisines étaient constituées d'une étroite rangée d'éviers en acier, avec des piles de plateaux cabossés comme des boucliers de fantassins, des tours de bols à soupe blancs, des cuisinières industrielles sous des poêles suspendues, larges comme des baignoires. Le royaume d'Olimpiada Bovina. Des choux cuisaient dans de l'eau bouillante, soit pour être servis au petit déjeuner, soit pour être réduits en une purée compacte. Une palette se dressait à la verticale dans une marmite de pâte à frire en train de prendre. Arkadi savait qu'il répétait les faits et les gestes de Zina au cours du bal précédent, sept jours plus tôt. Selon les dires de Slava, elle avait sorti un sac en plastique d'une marmite. Que contenait donc ce sac ? Pourquoi un sac en plastique ? Et puis, on l'avait vue ensuite sur le pont.

Arkadi ouvrit la porte donnant sur le couloir, le temps d'apercevoir Pavel qui fumait nerveusement une cigarette, surveillant les gens qui sortaient du bal. Un instant plus tard, *Les Yeux noirs* se termina par les cris : « Lumière ! » ou « Ôte ton pied de là, idiot ! » Aussitôt Pavel se pencha dans la salle de la cafétéria et Arkadi en profita pour s'échapper des cuisines et traverser le couloir.

Qui d'autre que Kolia Mer pouvait se trouver

accoudé à la lisse, contemplant avec extase la pluie qui tournait à la neige fondue et voltigeait sous de bas nuages ? Il saisit Arkadi par le bras, alors qu'il passait précipitamment à côté de lui.

— Il faut que je te parle des fleurs.

— Des fleurs ?

— De l'endroit où je les ai cueillies.

Les doigts nus de Kolia sortaient de ses mitaines.

— Les iris ?

— J'ai dit à Natacha que je les avais ramassés sur le bord de la route, à côté du magasin de Dutch Harbour. En fait, les iris poussent beaucoup plus haut. Je t'ai vu consulter mon carnet de notes, tu sais donc que je les ai cueillies sur la colline. Je t'ai vu suivre l'Américain.

Kolia prit une profonde inspiration pour se donner courage.

— Volovoï m'a posé des questions.

— Volovoï t'a rencontré sur la colline ?

— Il était à ta recherche. Il a même menacé de détruire tous mes échantillons si je ne lui disais pas ce que je savais. Mais je ne lui ai rien dit.

— Je n'en doute pas. Il était seul ?

Dis-moi « non », songea Arkadi. Dis-moi que Karp Korobetz était avec le second et nous montons tout de suite voir Martchouk.

— Avec le brouillard qu'il y avait, je n'en sais rien, dit Kolia.

Karp serait sur le pont d'un instant à l'autre, se disait Arkadi, à moins qu'il ne soit déjà en train de passer par les cales pour m'empêcher d'atteindre la passerelle.

Kolia leva les yeux vers le ciel.

— Il faisait un temps comme cette nuit. La neige va cesser de tomber et le brouillard va devenir vraiment épais. Mon sextant me manque.

— Il ne te servirait pas à grand-chose sans les étoiles, dit Arkadi. Rentre donc au chaud. Va danser.

Ce n'est que parce qu'il se trouvait loin de l'agitation du bal qu'Arkadi perçut le changement de régime. L'écho des hélices se fit plus sourd, ce qui signifiait que l'*Étoile Polaire* ralentissait. Mais les bourrasques de flocons scintillants donnaient l'illusion que le bateau-usine filait à toute allure dans la nuit comme un traîneau. Sous ses pieds, il percevait les vibrations des moteurs et les craquements de la glace sous le tablier de l'étrave. Au-dessus de lui, la neige recouvrait les mâts et les portiques, enveloppait les antennes, les anneaux directionnels et les barres du radar. Avec le brouillard qui formait un voile au-dessus du bateau et renvoyait les feux des projecteurs, tout brillait sur le pont. À en croire ses seuls sens, l'*Étoile Polaire* semblait voler entre deux océans, l'un au-dessus, l'autre dessous.

Des bruits de bottes précipités retentirent derrière lui. Devant, quelqu'un d'autre descendait l'escalier du pont avant. Arkadi se glissa sous un filet de pêche qui entourait le terrain de volley-ball. La neige accumulée entre ses mailles l'avait transformé en une tente diaphane de glace qui frémissait au vent. La lampe du pont n'était derrière elle qu'une tache confuse de lumière. À travers cet écran, il observa les deux silhouettes se rencontrer et s'entretenir pendant un moment. Il aurait dû prendre un couteau dans les cuisines. Le filet du terrain avait été démonté. Il ne pouvait espérer se défendre avec un poteau ; il ne restait même pas un ballon.

L'une après l'autre, les silhouettes pénétrèrent sur le terrain, sur les traces d'Arkadi. Il s'attendait à ce qu'elles se séparent, mais elles restèrent groupées tout en avançant lentement. Le bas du filet était noué aux taquets, noué et gelé ; aucune issue possible par ce côté. Peut-être pouvait-il escalader le filet, comme un singe ? Peu probable. Le pont était verglacé. Peut-être qu'en frappant le premier individu qui s'avancerait il ferait tomber les deux ?

— Renko, c'est vous ?

L'autre personnage gratta une allumette. À la lueur de la flamme jaillissante, Arkadi distingua deux visages avec des sourcils de gnomes, et deux sourires contraints aux dents d'or : Skiba et Slezko, les deux mouchards de Volovoï.

— Qu'est-ce que vous voulez ? demanda Arkadi.

— Nous sommes avec vous, dit Slezko.

— Ils vont essayer de vous avoir cette nuit, dit Skiba. Ils ne veulent pas que vous voyiez le jour se lever demain matin.

— Qui ça, « ils » ? demanda Arkadi.

— Vous le savez bien, répondit énigmatiquement Slezko selon la bonne vieille tradition soviétique.

Inutile d'en dire davantage.

— Nous savons toujours faire notre boulot, dit Skiba. Il n'y a simplement plus personne à qui faire nos rapports.

L'allumette s'éteignit. Sous le vent, le filet ondulait comme une grande voile de glace.

— Il n'y a plus de discipline, plus de surveillance, plus aucun moyen de communication, dit Slezko. À vrai dire, nous sommes un peu perdus.

— Vous avez dû faire quelque chose qui les mette vraiment hors d'eux parce qu'ils fichent tout le bateau sens dessus dessous pour vous retrouver. Ils iront vous trancher la gorge jusque dans votre cabine si besoin est. Ou bien au beau milieu du pont.

— Pourquoi me racontez-vous tout ça ? demanda Arkadi.

— Nous ne racontons rien, nous faisons notre rapport, dit Slezko. Nous ne faisons que notre travail.

— Et c'est *à moi* que vous le faites ?

Skiba prit la parole :

— Nous avons mûrement réfléchi à la question. Nous devons faire notre rapport à quelqu'un, et vous êtes le seul qui ayez assez d'expérience pour prendre sa place.

— La place de qui ?

— Celle de Volovoï, évidemment, lança Slezko.

— Nous pensons que vous pourriez bien venir du bon organe, à voir la façon dont vous vous êtes comporté dernièrement.

— Et de quel organe s'agirait-il ?

— Vous le savez bien, répéta Slezko.

Oui, je le sais, songea Arkadi. Le KGB. Cela dépassait tout entendement. Skiba et Slezko le voyaient comme un ennemi du peuple et étaient heureux de l'espionner du temps de Volovoï. Maintenant qu'il était mort, ils se retrouvaient comme des chiens de garde ne sachant plus que faire. Ils pleuraient moins leur maître que l'absence d'une laisse à leur cou. Certes, un fermier cultivait le blé, un cordonnier faisait des chaussures, et des informateurs avaient besoin d'un nouveau Volovoï. Ils avaient simplement fait passer Arkadi du statut de victime à celui de maître.

— Merci, dit Arkadi. Je tiendrai compte de vos conseils.

— Je ne comprends pas pourquoi vous ne les arrêtez pas purement et simplement, dit Skiba. Ce ne sont que des ouvriers.

— Vous ne serez pas en sécurité tant que vous ne l'aurez pas fait, ajouta Slezko.

— J'ai moi aussi un conseil à vous donner, dit Arkadi. Faites attention à vos gorges également.

Skiba acquiesça tristement dans l'obscurité.

— Par les temps qui courent, plus personne n'est à l'abri.

Sur la passerelle, la neige tombante brillait sous les feux de la proue et de la timonerie, de sorte que l'œil pouvait suivre la descente de chaque flocon, en choisir un ou deux parmi les millions qui tombaient de l'obscurité pour tapisser les baies vitrées qu'on avait lavées à la vapeur et qui s'étaient couvertes d'un lustre glacé. Les essuie-glaces repoussaient régulièrement la neige, mais la glace s'incrustait de nouveau aux coins des vitres.

À l'intérieur, le plafonnier dispensait une lumière falote. Les écrans du sondeur et du radar formaient des halos verdâtres. Le gyrocompas flottait dans sa sphère de lumière. Martchouk se tenait à la barre ; Hess derrière les baies vitrées. Aucun d'eux ne sembla surpris de voir Arkadi faire irruption en passerelle.

— Camarade Jonas, dit doucement le capitaine.

Il n'y avait aucun homme de veille et personne dans la chambre de navigation. Le transmetteur d'ordre était calé entre « vitesse réduite » et « arrêt total ».

— Pourquoi avançons-nous aussi lentement ? demanda Arkadi.

Le capitaine esquissa un sourire affligé. Alors qu'il tassait le tabac de sa cigarette, il semblait contempler le monde depuis la dernière marche d'un échafaud. Hess, sous les ombres mouvantes des essuie-glaces, semblait le suivre à peine une marche plus bas.

— J'aurais dû vous laisser où vous étiez, lança Martchouk. Vous auriez disparu dans la pataugeoire, dans le ventre de la baleine. Nous devions être devenus complètement fous pour vous faire sortir de là.

— Nous allons stopper les machines ? demanda Arkadi.

— Nous avons un léger problème, admit Hess. Parce que nous avons d'autres problèmes en dehors de vous.

La lumière qui filtrait de l'extérieur était pâle et froide, mais l'électronicien de la flotte semblait particulièrement livide, comme si toutes les lampes à rayons ultraviolets de la terre n'auraient pas suffi à lui redonner couleur humaine.

— C'est votre câble ? suggéra Arkadi.

— Comme je vous l'ai dit, expliqua Hess à Martchouk, il a découvert ma station aujourd'hui.

— Votre station est comme une perle dans une huître ; un homme de la trempe de Renko devait tôt ou tard la trouver. Une raison de plus encore pour le laisser où il était.

Le capitaine laissa échapper pensivement un filet de fumée bleue, avant de se tourner vers Arkadi.

— Je lui ai pourtant dit que les fonds que nous franchissons étaient trop accidentés, et pas assez profonds, mais il a fallu qu'il sorte son câble.

— Un câble à hydrophones ne doit pas s'emmêler, dit Hess. Les sous-marins le laissent tout le temps sorti.

— Bien sûr, mais quelque chose s'est pourtant pris dans le câble, rétorqua Martchouk. Peut-être une nasse à crabes, peut-être une tête de morse. Des défenses traînent partout sur le fond de l'océan. Nous ne pouvons plus rentrer le câble et la tension est si grande que nous ne pouvons aller plus vite.

— Quoi que cela puisse être, cela finira bien par se détacher, dit Hess.

— Mais pour l'instant, dit Martchouk, nous devons continuer à avancer tout doucement, alors que nous sommes en pleine banquise avec un vent de force 7. Les capitaines de la marine doivent être des magiciens.

Lorsqu'il inhala une bouffée, les yeux du capitaine réfléchirent la lueur de la braise incandescente.

— Excusez-moi, j'oubliais, c'est vrai : dans la marine, ce sont des sous-marins qui traînent ces câbles, et non des bateaux-usines pris dans la glace.

L'*Étoile Polaire* tremblait et se soulevait légèrement

avec la houle qui roulait sous la banquise. Arkadi n'était pas un technicien, mais il savait que pour espérer briser la glace, un bateau, quelles que soient ses dimensions, avait besoin d'avancer à une certaine vitesse. À force d'avancer lentement à bas régime, les diesels finiraient tôt ou tard par griller.

— Morgan est un bon capitaine ? demanda-t-il.

— Nous n'allons pas tarder à le savoir, dit Martchouk. Un bateau comme l'*Eagle* devrait voguer au large des cocotiers à pêcher la crevette, mais sûrement pas se frotter à la banquise. Les vagues maintenant se forment dans notre traîne, et la proue de l'*Eagle* et ses plats-bords ne sont pas assez hauts. Il ne devrait pas avancer face au vent, mais il doit rester derrière nous sinon il va être pris par les glaces. Il en est déjà recouvert, et commence à être en surcharge.

C'est alors qu'Arkadi remarqua le silence qui régnait sur la passerelle. Une chambre de timonerie avait toujours une radio ouverte sur le canal de détresse. Martchouk suivit le regard d'Arkadi jusqu'au poste BLU. Le capitaine quitta la barre pour monter le son, et l'on entendit alors des bruits métalliques d'électricité statique, comme des épingles tombant sur un plateau.

— Morgan n'a pas encore envoyé de message de détresse, dit Hess.

— Il n'a pas émis un seul appel, précisa Martchouk.

— Pourquoi ne l'appelez-vous pas ? demanda Arkadi. À Sakhaline, les bateaux restent en communication constante par gros temps.

— Il ne répond pas, dit Martchouk. L'une de ses antennes doit être morte.

Hess intervint :

— Morgan sait, à cause de notre vitesse, qu'il se passe quelque chose d'anormal, et il est probablement au courant que notre câble est sorti. Un morceau de notre câble, voilà après quoi il court. C'est nous qui sommes en mauvaise posture, pas lui. Ce temps lui sied à merveille.

Sur l'écran radar, le sillage creusé par l'*Étoile Polaire* dessinait une fine ligne de points verts ; la mer retournait les signaux du radar. Au milieu de cette ligne, environ cinq cents mètres derrière le bateau, apparaissait l'écho de l'*Eagle* ; le reste de l'écran était noir. Arkadi passa sur la gamme 50 kilohertz. Aucun autre bateau que l'*Eagle* aux alentours. Des chalutiers de Seattle devaient normalement les rejoindre, mais le mauvais temps les avait sans doute retardés.

— Morgan a aussi un radar, dit Hess. Et un sondeur directionnel. Si quelque chose s'est pris dans le câble, il va le détecter. C'est sans doute l'occasion qu'il attendait.

— S'il a perdu son mât radio, alors il a perdu aussi son radar.

Le pilote automatique tourna la barre d'un degré, se chargeant du travail.

— Capitaine, dit Hess. Je comprends la sympathie que vous pouvez éprouver pour un autre marin-pêcheur. Mais Morgan n'en est pas un. Georges Morgan est leur Anton Hess. Lorsque je l'ai rencontré, j'ai cru voir mon image. Il va rester silencieux et ne pas nous lâcher, en attendant que l'on commette une erreur, comme reprendre de la vitesse. Nous ne savons pas ce qui s'est accroché au câble, mais cela pourrait bien le faire remonter à la surface juste à côté de l'*Eagle*.

— Et si le câble se rompt ? demanda Arkadi.

— Il tiendra si nous conservons cette allure, dit Hess.

— Mais s'il lâche ? demanda Martchouk.

— Il ne lâchera pas, répondit Hess.

Quel était l'instrument dont jouait Hess ? Le violoncelle. Hess lui faisait penser à un violoncelliste voyant ses cordes se casser une à une sous son archet.

— Il ne lâchera pas, répéta Hess, mais, en supposant qu'il cède, le câble n'a pas de flottabilité. Il coulera. Le problème sera de rejoindre Vladivostok et la flotte du Pacifique en ayant perdu un câble à hydrophones. Notre voyage a été assez catastrophique comme cela, capitaine. Inutile de s'attirer d'autres disgrâces.

— Pourquoi Morgan ne répond-il pas à nos appels ? lança Martchouk.

— Je vous l'ai déjà dit. À l'exception de son silence radio, l'attitude de l'*Eagle* est absolument normale. Tout le reste est dans votre tête.

Hess perdait patience.

— Je vais redescendre ; peut-être parviendrai-je à enrouler le câble un petit peu.

Il se tourna alors vers Arkadi.

— Dites donc au capitaine que Zina n'allait pas à l'arrière, chaque fois que l'*Eagle* approchait, pour recevoir des baisers. Parce que j'ai appris qu'elle en avait autant qu'elle en voulait par mon radio. Si Zina était encore de ce monde, je la tuerais de mes propres mains.

L'ingénieur de la flotte sortit par la passerelle extérieure. Le temps que la porte se referme, des flocons de neige tournoyèrent dans l'obscurité, puis disparurent.

— Voilà qui ne manque pas de sel, dit Martchouk. On a passé un temps fou en cale sèche pour installer ce câble, et c'est la première chose qui lâche sur ce rafiot.

Le capitaine se pencha sur la console. Il laissa ses mains se promener sur le compas, ouvrant et refermant son couvercle.

— Je continue de penser que les choses vont changer, Renko, qu'on peut être franc et honnête dans la vie, et qu'il y a de la joie et de l'honneur à gagner pour quiconque veut s'en donner la peine. Je ne dis pas que les gens soient parfaits, je ne le suis pas non plus. Mais quoi ? Suis-je donc un idiot ? Dites-moi, lorsque nous serons rentrés à Vladivostok, vous allez leur dire pour Zina et moi ?

— Non. Mais ils montreront des photos des officiers et de l'équipage au restaurant où elle travaillait, et il y aura des gens qui vous reconnaîtront.

— Alors, je suis fini, quoi que je fasse.

Non, c'est moi qui suis fini, songea Arkadi. Karp et son équipe ne vont pas me lâcher tant que je n'aurai pas eu mon compte. Martchouk était perdu dans des problèmes autrement plus importants avec son câble. Comment le convaincre que Karp cherchait à le tuer, alors que les preuves de son trafic avaient disparu ? Au mieux, il passerait pour un fou ; plus sûrement encore, parler c'était se passer lui-même la corde au cou pour les meurtres de Volovoï et de l'Aléoutien.

— Vous savez dans quel état ce bateau a été livré ? demanda Martchouk. Vous savez dans quel état tous les bateaux sortent des chantiers navals ?

— Neuf ?

— Mieux que cela encore. L'*Étoile Polaire* a été construit en Pologne. Lorsqu'il est sorti des chantiers, il était en parfait état, avec tout l'équipement : vaisselle, linge, rideaux, lampes, tout pour prendre la mer aussitôt. Mais on ne prend jamais la mer tout de suite. Le KGB monte à bord. Des gens du ministère montent à bord. Ils prennent la vaisselle neuve et la remplacent par de vieilles assiettes, prennent le linge et les rideaux et remplacent les lampes neuves par des ampoules qui n'éclairent plus rien. Comme des pillards. Ils arrachent les tuyauteries pour en mettre de vieilles en plomb. Ils volent même les matelas et les boutons de porte. Ils prennent tout ce qui a de la valeur pour y mettre de la merde. Et puis ils le donnent aux pêcheurs soviétiques et disent : « Allez-y, camarades, prenez la mer ! » C'était un joli bateau, un bon bateau.

Martchouk baissa la tête, jeta sa cigarette par terre et l'écrasa.

— Maintenant, Renko, vous savez pourquoi ce bateau se traîne lamentablement. Vous aviez autre chose à me dire ?

— Non.

Le capitaine contempla les baies mangées par la glace.

— C'est dommage, ce qui se passe entre nous et l'*Eagle,* dit-il. La coopération internationale est une bonne chose. La refuser, c'est revenir à l'âge des cavernes, vous ne trouvez pas ?

28

Arkadi emprunta la coursive de la passerelle, ne sachant où aller. Il ne pouvait tout de même pas retourner dans sa cabine et attendre la suite des événements. Le bal ne lui offrait pas un meilleur refuge. Il se retrouvait comme dans une prison ; exactement le genre de situation où un *ourka* comme Karp excellait. Les lumières allaient s'éteindre soudainement, et, lorsqu'elles se rallumeraient, il aurait disparu, jeté au bas de la rampe dans un sac lesté. Ou encore, on le retrouverait mort dans une soute vide, un bidon de peinture à côté de lui, victime évidente des paradis artificiels. Et un édifiant sermon ne manquerait pas d'être prononcé.

— Nous n'avons pas terminé notre partie, lança Susan.

Arkadi fit un pas en arrière vers sa porte ouverte. Il était passé devant sans la remarquer car la cabine de Susan était plongée dans la pénombre.

— N'ayez pas peur, dit-elle.

Elle alluma un instant le plafonnier, le temps pour lui d'apercevoir une grappe de fils débranchés s'échappant du poste radio ainsi que du socle de la lampe de bureau. Elle était assise sur la couchette inférieure, ses cheveux mouillés et emmêlés comme si elle sortait de la douche. Elle était pieds nus, en jean, une chemise en coton passée sur ses épaules. Ses yeux marron semblaient avoir viré au noir. Elle tenait à la main un verre rempli à ras bord et une forte odeur de whisky planait dans la cabine. Elle éteignit la lumière avec l'interrupteur de sa couchette.

— Refermez la porte, dit-elle.

— Je croyais que vous ne fermiez jamais votre porte lorsque des Soviétiques venaient vous voir.

— Il y a toujours une première fois. Les bâtiments soviétiques, par exemple, n'organisent jamais de bal à l'improviste, mais j'ai cru comprendre qu'il s'y en déroule un en ce moment même. Tous mes gars y sont partis ; vous voyez, c'est la nuit des grandes premières.

Arkadi referma la porte et tâtonna dans la pénombre vers une chaise qu'il avait entrevue à proximité de la couchette. Elle alluma la lampe de chevet, une ampoule de vingt watts, guère plus lumineuse qu'une flamme vacillante de bougie.

— Vous savez, j'étais en train de me dire que je baiserais avec le premier homme qui passerait ma porte. Mais voilà, Renko, vous êtes là et j'ai changé d'avis. L'*Eagle* a des ennuis, n'est-ce pas ?

— Mais il y a de bonnes raisons de croire que la neige va s'arrêter.

— On a perdu le contact radio depuis une heure.

— Nous les avons encore sur le radar. Ils ne sont pas très loin derrière nous.

— Et alors ?

— Alors leur antenne radio est sans doute prise par la glace. Vous savez le temps qu'il fait là-haut.

Susan prit un verre et le remplit à ras bord de whisky.

— Vous vous souvenez des règles ? dit-elle. Le premier qui fait tomber une goutte se prend un coup.

Arkadi fronça les sourcils.

— Encore ce jeu norvégien.

— Oui. On ne les surnomme pas les Vikings pour rien.

— Il existe une version américaine ?

— Oui. Avec un revolver, dit Susan.

— Ah, c'est une version plus radicale. J'ai une meilleure idée. Et si le premier à faire tomber une goutte disait la vérité ?

— C'est la version soviétique ?

— Faisons comme si.

— Pas question, dit Susan. Vous pouvez demander ce que vous voulez, mais pas la vérité.

— Dans ce cas, dit Arkadi en buvant une gorgée, je triche.

Susan l'imita et avala à son tour une lampée d'alcool. Elle avait déjà beaucoup bu, mais elle ne semblait pas ivre. La lampe de la couchette soulignait son visage plus qu'elle ne l'éclairait. Ses yeux, quoique plongés dans la pénombre, ne s'étaient pas pour autant adoucis.

— Vous n'avez écrit aucune de ces lettres de suicide, n'est-ce pas ? demanda-t-elle.

Arkadi posa son verre par terre pour sortir une cigarette de son paquet.

— Vous m'en allumez une ? dit-elle.

— Écrire des lettres de suicide est tout un art.

Arkadi alluma deux Belomor avec une allumette et glissa une des deux cigarettes entre les doigts de Susan. Ils étaient doux, au contraire des siens, tout rêches et crevassés à force d'avoir vidé du poisson glacé.

— Vous parlez comme un spécialiste ?

— Comme un amateur. Les lettres de suicide représentent une branche de la littérature trop souvent négligée. Il y a la lettre de suicide méditative, la lettre pleine d'amertume, la lettre empreinte de culpabilité, la lettre comique, quoique très rare, car elles conservent toutes une certaine solennité. Généralement, les auteurs signent leurs lettres de leur nom, où apposent d'autres épitaphes telles que « Je t'aime », « Cela vaut mieux comme cela », « Considérez-moi comme un bon communiste ».

— Ce que Zina n'a pas fait.

— Et on laisse généralement la lettre à proximité de l'endroit où l'on va retrouver le corps. Ou bien on s'arrange pour qu'elle soit trouvée au moment où l'on remarque la disparition de l'individu.

— Zina n'a pas fait ça non plus.

— Et dans tous les cas, parce que ce sont ses dernières volontés, l'auteur ne va pas chercher à économiser le papier. Jamais il n'utilisera un bout de papier brouillon, ni une demi-page arrachée dans un carnet de notes — pas pour l'ultime lettre de son existence. Au fait, puisque l'on parle écriture, ajouta Arkadi en regardant les livres et la machine à écrire de Susan, comment avance votre roman ?

— Je suis bloquée. Je pensais qu'un bateau serait le lieu idéal pour écrire, mais...

Elle fixa la paroi comme si elle sondait quelque lointain et vieux souvenir.

— Il y a trop de gens. Trop peu d'espace. Non, ce n'est pas un bon endroit. Les écrivains soviétiques écrivent toujours dans des appartements communautaires, n'est-ce pas ? Moi, j'ai cette cabine pour moi toute seule. Mais cela revient finalement à avoir la possibilité d'écouter le son de sa propre coquille et de ne rien y entendre du tout.

— Sur l'*Étoile Polaire,* je crois qu'il serait difficile d'entendre le son de quelque coquillage que ce soit.

— Sans doute. Vous êtes étrange, Renko, vous savez ? Vous êtes quelqu'un de tout à fait étrange... Vous vous souvenez de ce poème, celui qui...

— « Dites-moi comment les hommes vous embrassent / Dites-moi comment vous les embrassez » ?

— Celui-là, oui. Vous vous rappelez la dernière strophe ? demanda-t-elle avant de réciter :

Car voilà sa force ; il sait,
Intimement, ardemment,
Que, ne voulant rien de moi,
Je ne peux rien lui refuser.

— Voilà comment vous êtes. De tous les hommes sur ce bateau, vous êtes le seul qui ne vouliez absolument rien.

— Ce n'est pas vrai, répondit Arkadi.

Il voulait rester en vie, songeait-il. Sortir de cette nuit vivant.

— Et que voulez-vous donc ? demanda-t-elle.

— Je veux savoir ce qui est arrivé à Zina.

— Mais que voulez-vous de moi ?

— Vous êtes la dernière personne à l'avoir vue avant sa disparition. J'aimerais savoir ce qu'elle vous a dit.

— Vous ne voyez donc pas ce que je veux dire ? dit Susan en riant doucement, comme pour se moquer d'elle-même. Bon, d'accord. Vous voulez savoir ce qu'elle m'a dit ? Honnêtement ?

— Essayez toujours.

Susan prit judicieusement une nouvelle gorgée de whisky.

— Je ne sais pas. Ce jeu devient trop dangereux.

— Je vais vous dire, selon moi, ce qu'elle vous racontait, dit Arkadi. Elle vous disait qu'elle savait ce que remorquait l'*Étoile Polaire* lorsque nous ne prenions pas de chaluts, et qu'elle pouvait vous donner des renseignements sur la station qui commandait le câble.

Susan haussa les épaules.

— Quel câble ? De quoi diable parlez-vous ?

— C'est pourquoi Morgan nous suit, et c'est pourquoi vous êtes ici.

— On croirait entendre Volovoï.

— C'est un jeu pénible pour tout le monde.

Le whisky était bon ; il rendait même une papirossa douce comme du miel.

— Après tout, vous êtes peut-être un espion ? dit Susan.

— Non, je n'ai pas une vision planétaire. Je me sens mieux sur une échelle plus petite, à dimension humaine. Et je dirais que vous n'êtes sûrement pas non plus une professionnelle, mais plutôt une novice. Mais vous êtes sur ce bateau, et si Morgan vous ordonne d'y rester, vous obéissez.

— Moi je vois les choses à l'échelle planétaire. Et je ne crois pas que Zina ait été désespérée au point de vouloir partir sur un bateau américain.

— Elle...

Arkadi s'interrompit et tendit l'oreille. Les bruits de bottes qui remontaient le couloir s'étaient soudainement arrêtés derrière la porte. Six cabines s'ouvraient dans la coursive. À chaque extrémité, un escalier descendait de la passerelle vers le pont principal. D'autres bottes dévalèrent les marches et s'arrêtèrent à leur tour.

La porte de la cabine voisine s'ouvrit, puis claqua. Une autre porte s'ouvrit sur la paroi opposée. Puis on frappa à la porte de Susan.

— Soussan, lança la voix de Karp.

Elle regarda Arkadi écraser sa cigarette. Était-ce de la frayeur qu'elle lisait dans ses yeux ? Arkadi en resta interdit : il y avait de la fascination dans le regard de la jeune femme.

On frappa de nouveau, cette fois plus fort.

— Vous êtes seule ? demanda Karp à travers la porte.

— Allez vous-en, dit-elle, en fixant toujours Arkadi des yeux.

Le bouton de porte se gauchit, résistant à la pression. C'était heureusement une porte en métal, se dit Arkadi. Dans les logements soviétiques, les portes et les cadres de fenêtres étaient si faciles à enfoncer d'un coup de pied que toute serrure était purement décorative. Susan se leva, s'empara de son magnétophone sur la banquette supérieure et y inséra une cassette de James Taylor pour la faire jouer en sourdine.

— Soussan ? appela de nouveau Karp.

— Ça suffit maintenant, ou ce sera rapporté au capitaine.

— Ouvrez ! lança Karp.

Il tenta à nouveau de forcer la porte, cette fois sans doute avec une simple pression de l'épaule, et le loquet, presque convaincu, faillit céder.

— Attendez, dit-elle en éteignant la lampe de la couchette.

Tandis qu'Arkadi se déplaçait avec sa chaise hors du champ de vision, Susan ramassa son verre et entrouvrit la porte. Le miroir du lavabo était tourné sur le côté, et Arkadi se rendit compte qu'il pouvait voir en réflexion le visage de Karp. Dépassant Susan d'une bonne tête, le chef de bordée scrutait pardessus son épaule l'intérieur de la cabine. Dans la faible lumière du couloir, les autres membres de son équipe se pressaient comme une meute de loups derrière leur chef. La cabine était suffisamment sombre, espérait Arkadi, pour que Karp n'aperçût pas son reflet dans la glace.

— J'ai cru entendre des voix, dit Karp en y ajoutant une pointe d'inquiétude. Nous voulions nous assurer qu'il n'y avait pas de problème.

— Il y en aura, dit Susan, si je vais raconter au capitaine que des hommes d'équipage ont forcé la porte de ma cabine.

— Excusez-moi.

Karp semblait regarder Arkadi droit dans les yeux alors qu'il parlait à Susan.

— C'était pour votre bien. Il s'agit d'une erreur. Veuillez nous excuser.

— Vous êtes excusés.

— C'est gentil, chez vous.

Karp laissait son pied contre le montant de la porte et écoutait la musique qui jouait en sourdine, un homme qui s'accompagnait à la guitare. Il baissa finalement les yeux vers Susan, et son sourire satisfait se mua en une expression de sollicitude.

— Soussan, je ne suis qu'un simple marin, mais il faut que je vous dise...

— Que vous me disiez quoi ?

— Que c'est triste de boire toute seule comme cela.

Lorsque Susan referma la porte, Arkadi resta immobile. Les bottes de l'autre côté s'éloignèrent toutes ensemble, toutes trop à l'unisson. Il écouta Susan traverser la cabine et monter le volume du magnétophone, quoique la chanson restât étrangement douce et dépourvue de sens. Il l'entendit reposer son verre ; au son, il semblait vide. Après six mois d'existence dans cet espace exigu, elle pouvait même s'y mouvoir dans l'obscurité. Elle traversa de nouveau la cabine et posa les doigts sur la tempe d'Arkadi, là où perlaient des gouttes de sueur.

— C'est après vous qu'ils en ont ? demanda-t-elle.

Il posa la main sur sa bouche. Il y avait encore quelqu'un devant la porte, il en était sûr. Elle saisit son poignet et conduisit sa main sous sa chemise.

Ses seins étaient menus. De sa main libre, il finit de défaire la boutonnière. Tandis qu'elle attirait son visage à elle, Arkadi sentit le corps de la jeune femme s'adoucir, et s'abandonner. Il embrassa son visage. et la souleva jusqu'à lui. S'il existait un instant où ils pouvaient revenir en arrière, jusqu'à ce moment à

Dutch Harbour où il l'avait brusquement quittée, c'était alors celui-ci.

Elle semblait légère comme une plume. Le reste du monde s'évanouit, comme si le minicassette jouait dans une autre pièce et que la sentinelle dans le couloir se trouvait sur un autre bateau, sur un autre océan. Chemise et pantalon tombèrent sans bruit aux pieds de Susan. C'était donc comme cela d'avoir une femme dans ses bras ? Ces cheveux humides sur la nuque ? Ces dents qui mordillaient et ces lèvres qui s'offraient en même temps ? Cela faisait donc combien de temps ?

La veste et les vêtements d'Arkadi tombèrent à leur tour, comme une vieille peau. C'était peut-être cela être vivant. Son cœur tambourinait dans sa poitrine, et un autre cœur lui répondait au-dehors, deux fois plus fort. Son corps était celui d'un autre homme qu'on avait mis dans un tombeau, et qui, maintenant délivré, renaissait à la vie. Tout son être était emporté dans un tourbillon. Susan s'accrochait à lui, se soulevait, l'entourait de ses bras, de ses jambes. Ils titubèrent contre la paroi, dans un vertige, puis il fut en elle.

À quel instant l'antagonisme s'inverse, se mue en désir ? La passion était-elle aussi multiforme, ou bien n'était-elle que masquée ? Pourquoi tous les doutes portaient-ils déjà en eux leurs réponses ? Comment savait-il qu'elle lui donnerait tout ça ?

— Je savais que j'allais avoir des ennuis, soufflat-elle, lorsque j'ai appris la nouvelle pour Volovoï et Mike, et ma première pensée a été : « Et Arkadi, est-ce qu'il est vivant ? »

Elle ondula contre lui, comme si elle s'abandonnait, alors qu'elle le tenait serré plus étroitement en elle. Il la soutint et accompagna ses mouvements. Ainsi debout en équilibre, ils étaient tous deux comme sur une corde raide, heureux d'avancer dans le noir, pour ne pas voir l'abîme qui s'ouvrait sous eux.

— Susan...

— Encore une première, dit-elle dans son oreille. Vous dites maintenant mon nom.

Ils tombèrent lentement à genoux, puis ils s'allongèrent par terre, Susan étendue sous lui. Il sentait ses grands yeux marron qui le fixaient. Des yeux de chats. Des yeux de nuit. Ses jambes s'ouvrirent comme des ailes.

Alors qu'il l'avait soutenue jusqu'à présent, maintenant c'était elle qui l'emportait, à la fois vers des sommets et plus profond en elle, vers le feu invisible de la nuit, comme si le métal glacé du pont était désormais de l'eau brûlante.

— J'aime ce nom, murmura-t-il. Susan. Soussan. Cela vient de Suzanne et les vieillards ?

— Une vierge, je crois. Vous avez lu la Bible ?

— C'est un bon roman, avec du voyeurisme, des complots...

Il s'interrompit pour allumer une cigarette avec celle de Susan.

— De la séduction, des vengeances.

Ils étaient étendus sur la couchette de Susan, adossés contre son oreiller et des couvertures roulées en boule. Malgré la fraîcheur de l'air, il n'avait pas froid. Le magnétophone à cassettes était à présent posé sur le sol, le haut-parleur dirigé vers la porte. À chaque fin de bande, elle retournait la cassette et relançait la musique.

— Tu fais un curieux détective, dit-elle. Tu t'intéresses vraiment aux noms ?

— Il y a Ridley. *Riddle* veut dire énigme. Ridley, c'est donc quelqu'un qui parle par énigmes. Morgan ? Il n'a pas existé un pirate nommé Morgan ?

— Karp ?

— Un poisson, un gros poisson.

— Et Renko ? Qu'est-ce que cela veut dire ?

— « Fils de. » Fedorenko serait le fils de Fedor. Je suis simplement fils de... quelque chose.

— C'est vague.

Elle laissa courir son doigt sur les lèvres d'Arkadi.

— Un détective plus étrange d'instant en instant. Et quant à moi, je fais une étrange vierge. À nous deux, nous faisons un couple parfait.

Du moins pour cette nuit, songeait Arkadi. La porte dessinait un fin rai de lumière dans l'obscurité. Même si Karp l'attendait encore dans le couloir, ses hommes se trouvaient probablement sur le pont. Ils pouvaient tenter de regarder par le hublot, mais ils ne verraient qu'un rideau tiré.

Arkadi prit son verre.

— Nous n'avons par terminé notre jeu.

— Le jeu de la vérité ? Regarde-moi, tu ne penses pas avoir assez de preuves comme cela de mon honnêteté ? Bon, je vais être encore plus franche. Ma porte n'était pas ouverte par hasard. J'espérais que tu passerais par là. Je n'avais pas la moindre idée de ce que j'allais te dire. Tu me mets hors de moi chaque fois.

D'une voix plus douce, elle ajouta :

— Tu me *mettais* hors de moi. Puis j'ai compris que cette animosité quasi rituelle entre nous provenait du fait que tu étais la dernière personne vers qui je voulais être attirée.

— Nous faisons peut-être un couple parfait de papillons de nuit.

Mais c'était bien autre chose, il le savait. Il était en train de renaître à la vie et, lorsqu'il l'avait tenue contre lui, il s'était senti pleinement vivant, comme si la chaleur de la jeune femme avait fait fondre une dernière gangue de glace en lui. Même s'ils étaient prisonniers d'une petit cabine d'acier au milieu de la banquise, il était vivant, ne serait-ce que pour une nuit. Peut-être était-ce ainsi que raisonnaient les papillons de nuit ?

— Il m'a recrutée à Athènes, dit Susan.

— Morgan ?

— George, oui. Je suivais des cours de grec ; c'était la passion de ma vie — du moins le croyais-je à l'époque. Il était le capitaine d'un yacht appartenant à un riche Saoudien. Celui-ci lui demandait par télégramme de venir le chercher ici ou là. Le Saoudien ne se montrait jamais, mais George devait déplacer le bateau de Chypre à Tripoli et puis revenir en Grèce. Il m'a recrutée lorsque j'ai compris finalement qu'il n'y avait pas de Saoudien.

« Les civilisations slaves étaient ma deuxième grande passion. George disait que j'étais douée pour les langues. Ce qui n'était pas son cas, même s'il se débrouillait pas trop mal en arabe. Il m'a payé mes études en Allemagne. Je l'ai vu à Noël et pendant une semaine durant l'été. Lorsque je suis sortie de l'école, il m'a dit alors qu'il s'était mis à son compte. Finies les embrouilles avec les gouvernements, disait-il.

« Il avait une petite compagnie de transport maritime à Rhodes, dont le créneau était de déjouer les embargos. Nous changions les étiquettes des arrivages de conserves d'Afrique du Sud, d'oranges d'Israël, de logiciels de Taiwan. Nous avions toujours des acheteurs en Angola, à Cuba ou en URSS. George disait que les communistes vous font confiance tant que vous faites de l'argent, et qu'ils vous font encore plus confiance si vous leur donnez des dessous-de-table.

« Cela semblait vrai. Il n'a plus jamais eu à justifier quoi que ce fût. Plus de comité suprême, plus de paperasserie ; juste déjeuner à Genève une fois tous les quinze jours avec quelqu'un de Langley. Et comme George devait passer à la banque de toute façon, cela ne posait aucun problème.

« George a du flair. Il a été le premier à avoir cru en ce type de collaboration dans le domaine de la pêche, et à remarquer les possibilités que cela offrait aux Soviétiques par ici, parce qu'il était sûr que vous faisiez la même chose de votre côté. Il a démantelé sa société en une semaine et s'est installé à Seattle. Il y avait plein de bateaux disponibles. Je crois qu'il a choisi délibérément un rafiot pourri afin de ne pas trop attirer l'attention. Il aurait pu sans problème avoir un meilleur équipage aussi.

« Voilà comment j'ai connu George il y a quatre ans ; je travaille pour lui depuis trois ans. J'ai été en Allemagne pendant un an, j'ai travaillé à Rhodes pendant un an encore, et j'ai été sur des bateaux soviétiques pendant toute la dernière année. En trois ans, nous n'avons pas été ensemble plus de six mois. Deux jours durant les dix derniers mois. C'est difficile de continuer à aimer un homme dans ces conditions-là. J'ai fini par attendre quelqu'un comme toi. Tu es convaincu maintenant de mon honnêteté ?

C'était les bateaux qui ressemblaient aux femmes ou était-ce l'inverse ? Quelque chose à quoi s'agripper durant un cauchemar ?

Des voix américaines, éraillées par l'heure avancée de la nuit et les tours de piste, retentirent dans le couloir avant de s'évanouir dans leurs cabines respectives. Il ne savait quelle heure il était.

Il fit glisser doucement son doigt sur le visage de Susan, du front jusqu'au menton, comme pour dessiner son profil. La première fois, son visage lui avait paru simplement fin et triangulaire, mais à présent il lui semblait être le cadre idéal pour une bouche aussi expressive et des yeux aussi largement espacés, le seul visage se mariant à cette coiffure d'enfant. Comme ses doigts effleuraient son ventre, elle se tourna vers lui — une barque chaude et enveloppante, avec une voile dorée.

— Zina t'a dit qu'elle voyait quelque chose dans l'eau ? dit Arkadi.

— Elle m'a parlé aussi d'un officier de la Marine qu'elle voyait à bord, le radio.

La tête de Susan reposait sur la poitrine d'Arkadi. Ils partageaient une des Winston de Susan.

— Tu as cru qu'elle jouait un double jeu.

— Au début, oui. Elle a effectivement été parler à Volovoï de Lantz et de son herbe, juste de quoi le titiller.

— Juste de quoi avoir une liberté totale sur le bateau, dit Arkadi.

Il lui rendit la cigarette et posa la main sous son menton, à la naissance du cou.

— Zina était trop sauvage pour faire semblant. Trop intelligente, dit Susan. C'est ce que les hommes n'ont jamais saisi.

— Elles les manipulait ?

— Volovoï, Martchouk, Slava. Je ne sais combien d'autres encore. Peut-être tous, à part toi.

— Elle t'a parlé de Vladivostok, de la vie qu'elle menait là-bas ?

— Non. Juste des tables qu'elle desservait, et des marins à qui elle soutirait de l'argent.

— Qu'est-elle donc venue faire sur l'*Étoile Polaire* ? demanda Arkadi. Elle n'y gagnait pas au change.

— Je me pose la même question. C'était son secret.

— A-t-elle parlé d'un homme à Vladivostok ?

— De Martchouk et de l'officier radio.

— Elle a parlé de fusils ? demanda-t-il.

— Non.

— De drogue ?

— Non.

— Alors, selon toi, que faisait-elle donc chaque fois qu'elle te rejoignait en poupe ?

Susan rit.

— Tu n'en as pas assez de poser cette question ?

— Non.

Il sentit le pouls de la jeune femme s'accélérer sous ses doigts.

— Je ne me lasse jamais des bonnes questions. Cela avait-il un rapport avec le poisson ? Et pourquoi ne s'intéressait-elle qu'au poisson provenant de l'*Eagle* ?

— Elle s'intéressait aux hommes, pas aux poissons, dit Susan. Mike se trouvait sur l'*Eagle*.

Arkadi se représenta Zina, contre la lisse arrière, faisant des signes au chalutier américain. Était-ce réellement important de savoir qui lui répondait ?

— Morgan aussi était sur l'*Eagle,* dit-il.

— Tout ce que Morgan demandait à Zina, c'était la confirmation qu'on avait sorti quelque chose comme le câble. Elle ne pouvait lui donner aucun détail. Elle n'avait pas d'autre utilité pour lui.

— Et elle, que lui réclamait-elle en échange ? demanda Arkadi.

— Beaucoup trop.

— C'est cela que tu as essayé de lui expliquer la nuit du bal ? C'est cela que tu lui as dit juste avant qu'elle ne disparaisse ?

— J'ai essayé de lui faire comprendre que, du point de vue de George, elle n'avait rien d'irremplaçable.

— Comment ça ? demanda Arkadi.

Voyant qu'elle ne répondait pas, il ajouta :

— À quoi pensais-tu lorsque tu disais qu'elle n'aurait pas voulu partir sur un bateau américain ?

— Elle voulait s'enfuir d'Union soviétique.

Il posa sa main sur l'épaule de la jeune femme. C'était l'endroit le plus doux, songea-t-il, comme un oreiller sur la lune.

— Tu veux quitter l'*Étoile Polaire* ? demanda-t-elle.

— Oui.

Il l'entendit reprendre sa respiration avant de dire :

— Je peux t'y aider.

Il tenait une cigarette dans une main, une allumette dans l'autre, mais sans l'allumer. Il écoutait le discret tremblement de son sein contre sa joue.

— Comment ça ?

— Il te faut une bonne fée. Je peux demander à Martchouk de te faire embaucher comme interprète. Tu perds ton temps à la pataugeoire. Et de cette façon nous pourrions nous voir plus souvent.

— Mais comment pourrais-tu m'aider à quitter l'*Étoile Polaire* ?

— Nous pourrions y travailler.

— Que devrais-je faire pour cela ?

— Rien. Qui est Hess ?

Il gratta alors une allumette ; une flamme jaune naquit dans sa main, puis il attendit que le soufre se soit consumé avant d'allumer sa cigarette.

— Il faudra s'arrêter de fumer ?

— Non.

Il inspira une bouffée. Une fumée âcre, du tabac soviétique cette fois.

— C'est notre Morgan, un autre marin-pêcheur.

— Tu as vu le câble, n'est-ce pas ?

— Seulement le capot qui le recouvrait. Il n'y avait pas grand-chose à voir.

— Mais tu étais à côté.

Avant de souffler l'allumette, il se pencha vers le sol pour prendre son verre. Il était à moitié vide.

— Il faudra s'arrêter de boire ?

— Non. Retourne jeter un coup d'œil là-bas.

— Hess ne me laissera pas entrer une seconde fois.

Il éteignit l'allumette et avala la moitié de son verre restant.

— Vas-y tout seul. Tu parais capable d'aller où bon te semble sur ce bateau.

Il lui donna le verre.

— Jusqu'à ce que Karp me mette la main dessus.

— Jusque-là... oui.

Elle vida le verre de whisky et détourna la tête.

— Nous t'aiderons alors à quitter ce bateau, ou à partir.

Il se redressa sur un coude, cherchant son regard. Ses cheveux étaient encore humides sous ses doigts. Il lui prit le menton et tourna son visage vers lui.

— Quitter ce bateau ou partir ? Qu'est-ce que cela sous-entend ?

— Rien d'autre que ce que j'ai dit.

La bouteille était vide et les Winston s'étaient toutes muées en une nappe ondulante de fumée. Comme si Arkadi et Susan y flottaient à sa surface.

— Je veux te savoir ici avec moi, pas ailleurs, dit-elle.

La veilleuse de la couchette ne dispensait qu'une lueur falote, mais il vit les yeux de la jeune femme se lever vers lui, et son propre visage en reflet. À l'intérieur d'elle et ailleurs à la fois.

— Hess a-t-il spécifié sa longueur ? demanda Susan. Le nombre d'hydrophones ? La portée ? Il a des ordinateurs et des logiciels. Ce serait bien si tu pouvais me rapporter une disquette, ou mieux encore, un hydrophone.

Arkadi alluma une Belomor.

— Tu ne trouves pas cela ennuyeux à la longue ? demanda-t-il. L'espionnage ne te semble pas comme un jeu sans fin ?

— George a vérifié ton authenticité à Dutch Harbour. Il a une ligne privée là-bas. Il voulait savoir si tu ne bluffais pas.

Elle prit une cigarette.

— Le FBI dit qu'on ne peut pas te faire confiance.

— Le KGB dit la même chose. Ils sont au moins d'accord sur un point.

— N'as-tu pas une bonne raison de vouloir partir ?

Les yeux de Susan s'élargirent, essayant de voir clair en lui derrière les braises de la papirossa, la cigarette des conspirateurs russes.

— À Dutch Harbour, tu laissais entendre que Morgan et moi pouvions avoir assassiné Zina. Les meurtriers t'attirent donc ? demanda Arkadi.

— Non.

— Pourquoi alors as-tu dit cela ? Et tu me demandes de faire confiance à cet homme-là ?

— Ce n'était pas la faute de George.

— C'était la faute de qui, alors ?

Voyant qu'elle ne répondait rien, il ajouta :

— Zina et toi étiez sur le pont arrière. Le bal n'était pas terminé. Le bateau oscillait dans l'obscurité, l'*Eagle* amarré à son flanc. À la lisse, tu lui as expliqué qu'elle demandait trop. Que t'a-t-elle dit alors ?

— Que je ne pourrais pas l'en empêcher.

— Quelqu'un l'en a empêchée pourtant. T'a-t-elle montré un sac en plastique ?

— Un sac ?

— Avec une serviette et des vêtements à l'intérieur. Elle a emprunté un bonnet de bain à une camarade de cabine. Elle ne lui a jamais rendu.

— Non, je n'ai rien vu. En plus, tu es un type à part, Arkadi. Nous savons qui tu es, et si tu parviens à me rapporter quelque chose de la station de Hess, nous pourrons réellement t'aider. Personne ne t'attend au pays, il n'y a pas de place pour toi là-bas. Pourquoi vouloir y retourner ?

— Tu pourrais vraiment m'aider ? Tu pourrais réellement nous faire diparaître d'ici d'un coup de baguette magique, et nous transporter à l'autre bout du monde, en train de marcher dans la rue, de s'installer à la terrasse d'un café, ou de nous étendre sur un lit ?

— Il faut y croire.

— Si tu veux réellement m'aider, dis-moi ce que faisait Zina derrière la lisse arrière toutes les autres fois. Avant qu'elle n'apprenne quoi que ce soit à propos de Morgan, du radio ou de ce câble. Que faisait-elle derrière la rambarde ?

Susan éteignit la lampe.

— C'est drôle, j'ai l'impression d'avoir passé la nuit sous le feu d'un projecteur.

— Dis-le-moi.

Susan resta un moment silencieuse dans l'obscurité.

— Je n'étais pas au courant, dit-elle enfin. Il n'y avait rien de sûr. Au début, j'ai cru qu'elle venait me voir pour bavarder, ou qu'elle était envoyée par Volovoï. Parfois tu remarques que quelque chose se passe autour de toi, mais tu n'arrives pas à dire exactement ce que c'est. Et puis nous sommes devenues amies, et je n'ai plus fait attention, parce que j'aimais bien être avec elle. Ce n'est que lorsque tu es apparu que j'ai recommencé à me poser des questions, et c'est à Dutch Harbour que j'ai su la vérité, lorsque j'ai appris que je devrais rester sur l'*Étoile Polaire* et veiller à ce que tout se passe bien. Nous devions rester soudés et affronter les problèmes au fur et à mesure. Les affronter et les vaincre. Voilà comment c'est lorsqu'on travaille dans le privé. Personne ne t'aide, personne ne te tire du guêpier. Au lieu de cela, tu dois composer avec ce que tu as, et les gens que tu embauches pour faire le sale boulot ont les mains encore plus sales que toi. George est un monstre d'autorité qui voit à présent les choses lui échapper. Il fera tout disparaître derrière lui. Il est indestructible, à l'inverse de nous. Il a compris avant moi ce que faisait Zina en poupe, et s'il pense pouvoir encore tirer son épingle du jeu, il le fera. Il ne l'a pas tuée, je peux te l'assurer.

— Pourquoi as-tu pensé que je pouvais l'avoir tuée ?

— Parce que tout sonnait faux chez toi. Un inspecteur sortant de l'usine ! Et puis aussi parce que, ce soir-là, elle disait qu'elle allait revenir.

— Revenir ?

Arkadi songea à la fille qui nageait dans la rade de Vladivostok, en train d'emprunter un bonnet de bain et de fermer hermétiquement un sac avec du ruban adhésif. Pour la énième fois, cela n'avait aucun sens. Il y avait deux Zina : la Zina qui rêvait à Mike et écoutait les Rolling Stones, et la Zina des cassettes secrètes. Si Zina avait voulu s'enfuir sur l'*Eagle*, elle aurait pris avec elle ses cassettes et laissé une fausse lettre de suicide, et non plusieurs pages de brouillons. Et elle savait qu'elle aurait fait croire d'autant plus facilement à un suicide si aucun bâtiment américain ne se trouvait à proximité.

— Revenir, d'où ça ?

Lorsque Susan reprit la parole, sa voix parut fatiguée.

— George disait qu'il avait besoin de davantage que de simples pêcheurs, et il a eu ce qu'il voulait. Il a surtout besoin de temps pour garder l'équipage sous son contrôle. Il ne savait pas pour Zina. Il ne pouvait rien faire pour Mike et Volovoï ; il a simplement été étonné de ne pas te trouver là-bas toi aussi.

Arkadi songea à Karp.

— Pourquoi ne pas en parler à Martchouk ?

— Je ne répéterai pas ce que je viens de te dire. Je nierai tout en bloc, et tu le sais.

— Oui, reconnut-il.

— Ce n'était qu'un jeu, dit-elle. Comme le jeu « Et si... »

— Par exemple : « Et si le matin ne venait pas » ? demanda-t-il.

La main de la jeune femme chercha la sienne.

— À toi maintenant de répondre à une question : Si tu pouvais t'enfuir tout de suite, disparaître de l'*Étoile Polaire* et aller en Amérique, tu le ferais ?

Arkadi écouta sa propre voix répondre, cherchant à savoir si ce n'était réellement qu'un jeu.

— Non.

Sur l'espace exigu de la couchette, leurs corps endormis s'enlaçaient avec les mouvements de l'*Étoile Polaire* qui se soulevait sur le plan incliné de son étrave, puis qui retombait, écrasant la banquise sous elle. Le bruit était assourdi, comme la simple rumeur d'un vent courant sur un corps, ou d'un grondement de tonnerre s'évanouissant au loin.

Arkadi tira les rideaux d'un hublot nimbé de gris. Ce n'était pas l'éclat de la neige, mais une lueur plus dense, plus douce. L'aube, un jour nouveau sur la mer de Béring.

— Nous avons stoppé, dit-il.

Les grincements de l'acier sur la glace avaient cessé, quoiqu'il sentît sous ses pieds les vibrations des machines. Il alluma un instant la lampe de la couchette ; l'arrêt ne provenait apparemment pas d'un problème électrique. L'*Étoile Polaire* semblait osciller dans le vide, pas réellement silencieuse, mais étouffée, encerclée par le silence.

— Et l'*Eagle* ? demanda Susan.

— Si nous n'allons plus nulle part, eux non plus.

Il ramassa son pantalon et sa chemise par terre.

— Ils suivent le bateau de tête, et finalement,

c'est vous, les Soviétiques, qui tenez les rênes ? dit Susan.

— C'est vrai.

— Toute la coopération marche comme cela. L'*Eagle* n'est pas fait pour la banquise, et Martchouk le sait.

Arkadi boutonna sa chemise.

— Va à la chambre radio, dit-il. Essaie de joindre Dutch Harbour ou bien utilise le canal d'urgence.

— Et toi, où vas-tu ?

Arkadi enfila ses chaussettes.

— Trouver une cachette. L'*Étoile Polaire* est un grand bateau.

— Combien de temps espères-tu tenir ?

— Je vais me dire que c'est une sorte de compétition socialiste.

Il chaussa ses bottes et prit sa veste sur le dossier d'une chaise. Susan se tenait immobile dans le clair-obscur qui filtrait du hublot comme d'une meurtrière ; seuls ses yeux suivaient les mouvements d'Arkadi qui se dirigeait maintenant vers la porte.

— Tu ne vas pas te cacher, devina-t-elle. Où vas-tu ?

Il lâcha la poignée de la porte et laissa retomber son bras.

— Je crois savoir où est morte Zina.

— Toute cette nuit, ce n'était que pour Zina ?

— Non.

Arkadi se tourna vers elle.

— Pourquoi as-tu l'air aussi heureux ?

Il eut presque honte.

— Parce que je suis vivant. Nous sommes tous les deux en vie. Nous ne sommes donc pas des papillons de nuit.

— D'accord, commença-t-elle.

Elle se pencha en avant et le jour la recouvrit d'une poudre blanche.

— Je vais te dire ce que j'ai dit à Zina. Je lui ai dit : « N'y va pas. »

Mais Arkadi était parti.

29

L'*Étoile Polaire* reposait au fond d'un puits blanc. Le brouillard pressait le navire-usine de toutes parts, et la lumière du soleil, réfléchie par la banquise puis piégée dans les nappes de brume, formait une clarté à la fois diffuse et aveuglante.

Le bateau tout entier rayonnait de lumière ; la glace en recouvrait la moindre surface. Le pont était une patinoire d'un blanc laiteux. Le filet de protection qui entourait le terrain de volley-ball scintillait comme un palais de cristal. La glace avait paré les hublots d'une lentille translucide et vernissait le bois des superstructures. Le bateau semblait être remonté comme un poisson des profondeurs de la mer Arctique.

— Ce câble, qui ne peut officiellement s'emmêler, s'est évidemment complètement entortillé sur les rochers du fond, dit Martchouk.

Le capitaine avait entraîné Arkadi à l'écart, pour ne pas être entendu de l'homme de veille derrière la barre. Martchouk n'avait pas dormi de la nuit. Sa barbe était broussailleuse et, lorsqu'il ôta ses lunettes de soleil, ses yeux étaient rouges de fatigue.

— Nous devons rester à l'arrêt, tant que Hess est en bas, à actionner son treuil en tous sens pour décrocher son foutu bidule.

— Et l'*Eagle* ? demanda Arkadi, répétant la question que lui avait posée Susan.

Les essuie-glaces chassaient vaillamment la glace sur les vitres en dessinant de grands arcs blancs. Mais le bateau n'allait nulle part, et il n'y avait rien à voir, sinon une brume aveuglante. Entre deux clignements de paupières, Arkadi évalua la visibilité à une centaine de mètres.

— Vous pouvez vous estimer heureux de vous trouver sur le bon bateau, Renko.

— Il n'y a eu aucun appel ?

— Leur radio est morte, dit Martchouk.

— Ils ont trois radios différentes et elles seraient toutes mortes ?

— Peut-être leur mât est-il tombé ? Nous savons qu'ils avaient des problèmes avec la glace et il y a eu pas mal de roulis. C'est possible.

— Envoyez quelqu'un là-bas.

Martchouk tâta ses poches, cherchant vainement une cigarette, puis il se pencha sur la console et se mit à tousser presque autant que s'il en avait allumée une réellement. Il s'éclaircit la voix.

— Vous savez ce que je vais faire à notre retour ? Une cure de repos. Pas d'alcool, pas de tabac. Aller quelque part dans les environs de Sochi, là où on vous décrasse de la tête aux pieds, où l'on vous plonge dans les vapeurs de soufre avant de vous recouvrir le corps avec de la boue bien chaude. Et je vais rester dans cette boue pendant au moins six mois, jusqu'à ce que je pue comme un œuf chinois ; c'est comme cela que vous vous savez guéri. Je vais ressortir de là rose comme un bébé. Ils pourront après me régler mon compte s'ils le veulent.

Il jeta un coup d'œil vers l'homme à la barre, puis vers la chambre de navigation, où le lieutenant travaillait paisiblement sur les cartes marines. L'*Étoile Polaire* était prise par les glaces, mais le bateau n'était pas pour autant immobile, parce que lentement, inexorablement, la banquise se déplaçait.

— Quand vous montez aussi loin au nord, il arrive de curieuses choses au matériel. Il existe des mirages qui ne trompent pas que nos yeux. Un signal radio part et revient comme un boomerang. Le magnétisme est si puissant que les signaux radiodirectionnels sont absorbés. Inutile d'aller dans l'espace pour rencontrer un trou noir — vous en avez un juste ici.

— Envoyez quelqu'un là-bas, insista Arkadi.

— Je ne peux pas tant que le câble n'est pas correctement rentré. S'il est pris dans quelque chose qui flotte, il risque de se trouver juste sous la glace ; on pourrait même l'apercevoir.

— Qui est le capitaine de bateau, vous ou Hess ?

— Renko...

Martchouk rougit de colère, commença à ôter les mains de ses poches, puis les remit avec humeur.

— Quel est le marin de deuxième classe qui devrait s'estimer heureux de ne pas être enchaîné à sa couchette ?

Arkadi s'approcha de la radio. Bien que l'*Eagle* ne fût qu'à deux kilomètres derrière l'*Étoile Polaire,* l'écho radar formait une confuse tache verte sur l'écran.

— Ils ne sont pas en train de couler, dit Martchouk. Ils sont juste couverts de glace et la glace ne vous donne pas un écho aussi net que du métal. Hess prétend que tout va bien pour eux ; selon lui, leur radio fonctionne parfaitement et ils surveillent son câble ; vous l'avez entendu, c'est nous qui avons des problèmes, pas eux.

— Et s'ils disparaissent complètement de l'écran, Hess vous dira que l'*Eagle* s'est transformé en sous-marin ? Susan va monter en passerelle d'un instant à l'autre. Qu'allez-vous lui raconter, à elle comme aux autres Américains à bord ?

— Je vais leur faire une analyse franche et exhaustive de la situation au carré des officiers, répondit sèchement Martchouk. L'important, c'est de les tenir éloignés de la poupe tant que le câble n'est pas rentré.

Le navire-usine comme le chalutier étaient pris dans les glaces, la proue orientée au sud-est, tournée vers les bateaux qui venaient de Seattle. Mais aucun écho radar de ces bâtiments n'apparaissait sur l'écran, quelle que soit l'échelle utilisée par Arkadi. Il revint alors à la portée minimale de cinq kilomètres afin de matérialiser l'écho de l'*Eagle* à trois cents degrés.

Martchouk murmura entre ses dents :

— Si dans une heure Hess n'a pas récupéré son câble, je le coupe de mes propres mains et je me tire de cette glace. Cela prendra du temps, parce que dans une eau aussi froide, donc très dense, le câble va couler lentement. Puis je fais demi-tour et vais porter secours à l'*Eagle*. Je vous le promets, je ne laisserai pas mourir d'autres pêcheurs. Je suis comme vous ; je veux les reconduire en pleine mer.

— Non, dit Arkadi. Moi, je préfère les savoir exactement là où ils sont.

Martchouk tourna le dos aux battements des essuie-glaces. En contrebas, l'épave dressait sa proue rouillée, autrefois peinte en vert, recouverte à présent de son manteau de glace translucide. Derrière le bastingage, il n'y avait que du blanc : pas d'eau, pas de ciel, pas le moindre horizon.

— Je ne peux autoriser quiconque à quitter le navire, dit Martchouk. D'abord je n'en ai pas le droit. Et deuxièmement, ce serait parfaitement inutile. Vous avez déjà marché sur des lacs gelés ?

— Oui.

— Ici, c'est différent. Ce n'est pas le lac Baïkal. La glace d'eau de mer est deux fois moins résistante que la glace d'eau douce, c'est davantage du torchis que du ciment. Regardez ça ! Avec un brouillard comme cela, vous n'avez aucun moyen de vous orienter. Au bout d'une centaine de pas, vous allez vous égarer. Il faut être complètement inconscient pour s'aventurer sur la banquise. Autant dire adieu à tout le monde avant de partir. Non, il n'en est pas question.

— Mais vous, vous avez déjà marché sur la banquise ? demanda Arkadi.

Martchouk, en silhouette devant la vitre, sembla se pencher vers son passé.

— Oui.

— Comment était-ce ?

— C'était...

Le capitaine ouvrit les mains...

— C'était beau.

Arkadi prit dans une armoire de secours deux gilets de sauvetage et un pistolet lance-fusées. Les gilets étaient faits de coton orange renfermant des pains de mousse, avec une poche qui contenait autrefois un sifflet d'appel, et des sangles qui se nouaient sur son chandail à hauteur de la poitrine. Le lance-fusées était un vieux revolver Nagant dont la culasse et le canon avait été remplacés par le trapus du porte-fusées.

L'aire de réception des chaluts semblait dégagée. En la traversant, il remarqua, trop tard, que quelqu'un l'observait des hauteurs de la grue. Pavel était une ombre derrière les vitres de la cabine, à l'exception de son visage qui se profilait dans l'interstice d'une fente triangulaire. Il ne montra toutefois aucune réaction. Ce ne fut que lorsqu'il pénétra dans le bâtiment arrière qu'Arkadi s'aperçut qu'avec sa capuche remontée et les gilets de sauvetage qui gonflaient sa veste, il était, du moins de loin, parfaitement méconnaissable.

— Arkadi, c'est toi ?

Gouri flânait dans le couloir à côté des cuisines,

jonglant avec un *pilmeni* brûlant. De la farine maculait les épaules de sa veste de cuir comme de grosses pellicules.

Arkadi sursauta ; c'était l'air décontracté de Gouri et les vapeurs de chou s'échappant des cuisines qui l'avaient surpris en fait. Maintenant qu'il n'y avait plus de poissons à conditionner pour occuper l'équipage, les gens passaient leur temps sous le pont, à jouer aux dominos ou aux échecs, à regarder des films, à faire de petits sommes. L'*Étoile Polaire* pouvait avoir stoppé pour de multiples raisons, toutes aussi mystérieuses les unes que les autres et qui avaient de fortes chances de le rester. On sentait simplement les machines tourner paresseusement dessous ; en attendant, la vie continuait à bord.

— Il faut que tu voies cela. Cette espèce de ravioli en forme de crotte est normalement fourré à la viande, et là...

Gouri avala d'une bouchée la moitié du *pilmeni* et agita la partie restante sous le nez d'Arkadi.

— Là quoi ? demanda Arkadi.

Gouri grimaça et approcha le *pilmeni* sous les yeux d'Arkadi, comme s'il montrait un diamant monté sur une bague.

— Il n'y a pas de viande. Je ne dis pas « pas de viande », comme s'il n'y avait que du gras et des os. Je veux dire « pas de viande *du tout* », parce que nous sommes, avec ça, à des années-lumière de tout ce qui peut ressembler, de près ou de loin, à un mammifère vivant. C'est de la farine de poisson et du jus, Arkadi.

— J'ai besoin de ta montre.

Gouri en resta un instant interdit.

— Tu veux savoir l'heure qu'il est ?

— Non.

Arkadi dégrafa la nouvelle montre safari du poignet de Gouri.

— J'ai simplement besoin de t'emprunter ta montre.

— Emprunter ma montre ? Tu sais, de tous les mots russes, y compris « baiser » et « tuer », « emprunter » est probablement le plus vil. « Louer », « investir », « faire fructifier », voilà les mots que nous devons apprendre.

— OK, alors je te vole ta montre.

La boussole encastrée était même graduée en degrés.

— Voilà qui est mieux.

— Tu vas dénoncer Olimpiada pour la viande ?

Il fallut quelques instants encore à Gouri pour reprendre le fil interrompu de leur conversation.

— Non, non. Je pensais à notre retour à Vladivostok ; peut-être vais-je ouvrir quelque chose, un restaurant par exemple. Olimpiada a du génie. Avec une associée comme elle, je pourrais faire fortune.

— Bonne chance, dit Arkadi en attachant la montre à son poignet.

— Merci.

Gouri fronça soudain les sourcils :

— Comment ça, « bonne chance » ?

Son visage se fit encore plus soucieux lorsque Arkadi prit la direction de l'aire des chaluts.

— Où vas-tu donc dans cette tenue ? Hé ! je la reverrai, cette montre ?

Arkadi emprunta la coursive vers le pont arrière, imitant volontairement la démarche pesante d'un homme corpulent. Il ne regarda pas derrière lui, au cas où l'un des hommes de Karp monterait la garde sur le pont des canots. Le pavillon rouge pendait à la rambarde, raidi par la glace. Des traces de pas rompaient la patine luisante du pont. À côté de la cage d'escalier qui menait sur la rampe arrière, deux hommes d'équipage portant le brassard rouge des volontaires de l'ordre public bravaient le froid :

c'étaient Skiba et Slezko, s'abritant derrière des lunettes de soleil et coiffés de toques de fourrure. Lorsque Arkadi s'approcha, les deux hommes le reconnurent. Alors qu'ils s'avançaient pour lui barrer le passage, Arkadi leur fit signe de s'écarter. C'était un geste qu'il avait vu faire bien souvent à Moscou, un mouvement brusque, plus de la main que du bras entier, mais qui suffisait à provoquer l'effet escompté ; chasser les piétons devant un défilé officiel, lâcher les chiens dans un camp, libérer des gardes ou disperser des prisonniers.

Slezko commença :

— Le capitaine a interdit...

— Personne ne doit..., poursuivit Skiba.

Arkadi prit les lunettes de Skiba.

— Attendez, dit Slezko.

Il tendit ses Marlboro à Arkadi.

— Camarades...

Arkadi les salua.

— Considérez-moi comme un mauvais communiste.

Il descendit l'escalier. Sur la plate-forme d'où les chefs de bordée surveillaient la remontée du filet, la corde était soudée à la rambarde par le gel et il dut l'en déloger à coups de pied. Il enjamba la rambarde de sécurité et enroula la corde autour de son bras. Descendre le long de cette corde revenait à descendre le long d'un pic de glace. Il atterrit sur les talons qui aussitôt se dérobèrent sous lui ; il lâcha le cordage et se laissa glisser sur la rampe jusqu'à la banquise.

Loin au-dessus de lui, Skiba et Slezko se pressaient contre la lisse arrière, comme deux hermines en haut d'une falaise. De nouveau sur ses pieds, Arkadi s'orienta grâce à la boussole montée sur la montre de Gouri. La glace était dure comme du marbre. Il se mit en marche.

Il aurait dû doubler ses sous-vêtements, ses chaussettes et ses bottes de feutre. Il avait toutefois de bons gants, un bonnet de laine sous sa capuche et les deux gilets de sauvetage qui, curieusement, le protégeaient du froid. Plus il marcherait, plus il aurait chaud.

Et moins il y penserait. Les lunettes atténuaient moins le brouillard qu'elles ne lui rendaient ses contours, si bien qu'il pouvait admirer la forme des nappes blanches qui flottaient autour de lui. Il avait déjà eu cette sensation en avion, en regardant par les hublots lorsque l'appareil traversait des nuages. La glace était solide, blanche comme la glace d'eau de mer peut l'être quand la salure se cristallise en surface. Étincelante comme un miroir, bien qu'il n'y pût y distinguer son image, mais seulement une ombre éthérée prise dans la glace. Derrière lui, le bateau dans le brouillard disparaissait de sa vue. Et du monde réel, songea Arkadi. L'*Étoile Polaire* n'était plus un bateau sur l'eau, mais une masse grise tombée du ciel.

Deux kilomètres à une allure soutenue. Vingt minutes, peut-être une demi-heure... Combien de gens ont-ils déjà marché sur la mer ?

Arkadi se demanda si Zina avait sorti la tête de l'eau pour regarder le ventre gris et bombé du bateau. C'était beaucoup plus facile pour lui ; l'eau était plate, gelée, lisse comme un parvis d'albâtre. Quand il regarda de nouveau derrière lui, l'*Étoile Polaire* avait disparu.

Il marchait toujours au trois cents, quoique l'aiguille de la boussole oscillât autour du zéro. Aussi près du pôle magnétique, la composante verticale était si forte que l'extrémité de l'aiguille semblait tirée de droite à gauche par des fils invisibles. Mais il n'y avait aucun autre moyen de s'orienter — aucun repère à l'horizon, pas même d'horizon, aucune coupure entre le brouillard et la banquise. Dans toutes les directions, le même blanc, y compris au-dessus et au-dessous. Une blancheur absolue.

Arkadi comptait inspecter tout d'abord les armoires des cabines, puis les coffres de rangement et la chambre des machines. On avait bien dissimulé Zina quelque part.

Martchouk avait raison à propos des mirages. Arkadi aperçut un vieux disque vinyl soixante-dix-huit tours tournant silencieusement sur lui-même au milieu de la glace. Il crut que son esprit avait voulu remplir ce néant blanc par le premier objet qui lui était venu à l'esprit. Il consulta sa boussole. Peut-être avait-il tourné en rond ? Cela arrivait parfois dans le brouillard. Certains scientifiques prétendent que les voyageurs s'égarent ainsi parce que une jambe est plus musclée que l'autre ; d'autres évoquent même l'action de la force de Coriolis due à la rotation de la Terre, supposant que les hommes ne sont pas plus maîtres de leurs mouvements que le vent ou l'eau.

Le disque tournait de plus en plus vite à mesure qu'Arkadi s'approchait, puis il se mit à s'agiter en tous sens ; quelques pas encore, et il se métamorphosa en un trou d'eau, noire comme du goudron, et bordée par une glace déchiquetée, maculée de sang.

Les ours polaires attrapaient parfois des phoques dans les trous où ils venaient respirer. Les ours en chasse pouvaient parcourir entre deux cents et trois cents kilomètres sur la banquise. Le bruit des brise-glace les faisait généralement fuir, mais l'*Étoile Polaire* était silencieuse depuis longtemps. Arkadi n'avait pas entendu le combat, peut-être datait-il de quelque temps ? En revanche, aucune trace de pas ou de sang ne partait du trou. L'ours avait emporté sa proie au fond de l'eau et n'était pas encore remonté. Ou bien il l'avait transportée vers un autre trou. La glace déchiquetée paraissait avoir explosé. À en juger par la quantité de sang qui entourait le trou, le phoque semblait avoir explosé aussi, à peine deux ou trois morceaux de glace flottaient encore sur l'eau, preuve des puissants courants qui sévissaient sous la banquise.

Voilà qui ferait une conclusion inattendue à cette affaire, songea Arkadi : finir mangé par un ours. Une première ? Pas en Russie toutefois. Le pauvre phoque n'avait pas eu le temps de comprendre ce qui lui arrivait. Il connaissait trop bien cette sensation. Il consulta de nouveau sa boussole et reprit sa marche.

Il entendit un craquement devant lui. Il crut tout d'abord qu'il pouvait s'agir de l'ours qui sortait de la glace, puis il pensa que la glace était peut-être en train de se fendre. En pleine mer, tiraillée par les marées et les courants, la banquise se soulevait, se brisait, se ressoudait. Il ne se sentait pas particulièrement en danger. L'eau transportait les sons plus vite et plus loin que l'air sec. Le brouillard n'assourdissait pas les bruits ; au contraire, il les amplifiait. Si une fissure était en train de s'ouvrir, cela se produisait sans doute très loin de lui.

Il aurait aimé que l'aiguille de la boussole cessât de s'agiter. Depuis combien de temps marchait-il ? Vingt minutes, lui apprenait la montre. Mais quelle était la fiabilité des montres japonaises ? Il ne voyait nulle trace de l'*Eagle*. Pourtant, il s'aperçut en se retournant que quelque chose le suivait, à l'extrême limite de son champ de visibilité, une silhouette si diaphane qu'elle semblait irréelle.

Un banc de glace grise se mit à s'affaisser sous lui. Il fit un saut de côté vers la glace plus blanche et reprit sa boussole. La banquise tendait à se fendre selon un axe sud-ouest/ nord-est, c'est-à-dire selon une direction perpendiculaire à son cap. Cela commença à l'inquiéter. La forme derrière lui continuait à avancer à une allure soutenue, comme un ours, mais elle se tenait debout et était toute noire.

Arkadi comprit alors qu'il s'était égaré. Ou bien il s'était écarté de sa route, ou bien il avait sous-estimé la distance à laquelle se trouvait l'*Eagle*. Le brouillard s'épaississait, tout en se déplaçant de la gauche vers la droite. C'est alors qu'il prit conscience du mouvement longitudinal du banc de glace qu'il supposait immobile, ce qui avait pu l'induire en erreur depuis son départ. La nappe de brouillard venait également vers lui, l'enveloppant. Derrière lui, à une centaine de mètres à présent, son poursuivant avait maintenant des jambes, des bras, une tête et une barbe. Martchouk. Skiba et Slezko avaient dû courir immédiatement chez le capitaine, et il devait paraître parfaitement normal pour un Sibérien comme Martchouk de venir chercher lui-même l'un de ses hommes. En quelques pas, Arkadi fut dans la nappe de brouillard. Martchouk s'évanouit derrière lui.

Le capitaine ne l'avait pas appelé. Tout ce qu'Arkadi voulait à présent, c'était monter sur l'*Eagle* avant que Martchouk ne le rejoigne et ne lui intime l'ordre de retourner sur l'*Étoile Polaire.* Ils pouvaient aussi monter tous les deux à bord, à condition que le capitaine le laisse inspecter le bateau. Il serait préférable en fait que Martchouk se trouvât à ses côtés, reconnaissait Arkadi ; car Ridley et Coletti travaillaient avec Karp. Probablement pas Morgan ; mais un capitaine ne pouvait être totalement ignorant de ce qui se passait sur son bateau.

Bien qu'il marchât à l'aveuglette dans le brouillard, il voyait en pensée ses propres pas s'imprimer sur la glace, le conduisant plus sûrement à l'*Eagle* qu'une flèche tracée sur la banquise. Ils avaient une précision, une force toute magnétique. À moins, évidemment, qu'il n'ait déjà dépassé l'*Eagle* et qu'il ne soit en train de se diriger vers le cercle Arctique.

Les craquements recommencèrent, plus distinctement cette fois. Ce n'était pas la glace qui se fendait, mais de la glace qu'on martelait, des impacts suivis par un écho de bruit de verre qui se brise. Arkadi tourna la tête, cherchant vainement à repérer l'origine des bruits. Les sons étaient trompeurs dans le brouillard car ils paraissaient plus proches qu'ils ne l'étaient, et Arkadi résista à l'envie de courir parce qu'il serait trop risqué de partir dans la mauvaise direction. Le brouillard s'abattait sur lui comme une vague cherchant à l'emporter au large. Il songea alors au courage dont il fallait faire preuve pour nager, ne serait-ce que quelques mètres, dans une eau presque aussi froide. Il avait vu des hommes tomber d'un chalutier et perdre connaissance presque instantanément avant d'être récupérés.

Les coups se firent soudain plus puissants. L'*Eagle* apparut alors dans le brouillard, à moins de dix mètres devant lui, soulevé et incliné par les glaces. Les nappes qui balayaient le bateau donnaient l'impression que le chalutier voguait sur une mer démontée.

En se frayant un passage dans la banquise, l'*Étoile Polaire* s'était tapissée d'une pellicule blanche comme neige. Mais, dans le sillage du bateau-usine, les embruns salés avaient recouvert l'*Eagle* d'une glace grise qui s'était agglomérée de façon anarchique, formant des stalactites vitrifiées par le froid. La glace semblait dévaler l'escalier de la passerelle et jaillir des dalots du pont. Les pics de glace qui pendaient des rambardes avaient rejoint le sol et pris racine dans la banquise. Coletti se tenait devant le kiosque de timonerie, une lampe à souder à la main, en train de faire fondre la glace, creusant de profondes orbites autour des hublots ; la flamme de la lampe éclairait son visage jaunâtre. La lumière dans la passerelle était aussi faible qu'une chandelle, mais Arkadi parvenait à distinguer une silhouette assise sur le siège du capitaine. Ridley martelait la glace qui encombrait les traverses du mât radio. Au sommet du mât, les dipôles avaient disparu et les antennes-fouet faisait un angle de quatre-vingt-dix degrés. La glace y pendait comme de vieux gréements ; tout ce que pouvait au mieux entendre Morgan, c'était du bruit de fond. Le brouillard s'épaissit, avala de nouveau l'*Eagle.* Personne ne l'avait remarqué. Il contourna le bateau pour l'approcher par l'arrière.

Où se trouvait Martchouk à présent ? À dix pas en arrière ? Vingt ? Le son avait dû attirer le capitaine aussi. Arkadi faillit mettre le pied sur la rampe arrière sans remarquer le filet hissé sur le portique, un sac de plastique orange et noir suspendu au-dessus de lui comme un linceul de glace. Le brouillard pressait tant le bateau qu'il ne laissait filtrer qu'un clair-obscur fantomatique, un tunnel sombre à l'extrémité duquel Martchouk pénétrait déjà. Aucune importance, le capitaine ne le renverrait plus maintenant sur l'*Étoile Polaire.* Il était trop tard.

Tandis que la silhouette sortait du brouillard, Arkadi s'aperçut qu'en fait de barbe il s'agissait d'un chandail remonté sur la bouche de l'homme. Karp rabaissa le col de son pull-over en arrivant. Mieux équipé qu'Arkadi, il avait de puissantes lunettes de soleil et des bottes de feutre de Sibérie. Dans une main, il tenait une hache.

Pendant un moment, Arkadi tenta d'évaluer les possibilités qui s'offraient à lui. Un saut à droite, vers le pôle Nord. Ou bien à gauche, un long sprint vers Hawaii ?

La rampe de l'*Eagle* était peu inclinée, mais glissante, et Arkadi dut s'y hisser à plat ventre. Sur le pont, des poissons et des crabes étaient pétrifiés dans la glace. Des dents de glace bordaient le pont couvert. Chevauchant le brouillard, tout en haut du mât, Ridley avait atteint l'antenne radar, prise dans un manchon de glace. Les longs cheveux et la barbe du pêcheur étaient givrés par son haleine. Avec les précautions d'un joaillier, il commença à retirer la glace du radar. Selon Arkadi, la passerelle se trouvait à une quinzaine de mètres de la rampe, mais les cinq premiers mètres à découvert qui le séparaient du pont abrité étaient les plus délicats à franchir.

Karp approchait. Sa hache sur l'épaule comme une aile monstrueuse, il semblait planer au-dessus de la glace.

30

Arkadi franchit en courant les quelques mètres qui le séparaient du pont couvert. Dès lors, il ne pouvait plus voir la passerelle, mais de la passerelle on ne le voyait plus non plus. Derrière lui, Karp escaladait la rampe avec le pas sûr d'un homme de pont.

Arkadi se faufila dans le bâtiment avant en traversant un vestiaire qui s'ouvrait sur la coquerie de l'*Eagle*. Il dut ôter ses lunettes dans la faible lumière qui filtrait de deux hublots incrustés de glace ; il avait l'impression de visiter les profondeurs d'un vaisseau englouti. Une banquette entourait une table couverte d'un tapis antidérapant. Des casseroles penchaient dangereusement sur la plaque de la cuisinière, retenues par les rails de sécurité. Devant lui se profilaient les portes de deux cabines, ainsi qu'un escalier reliant la passerelle à la salle des machines.

La cabine bâbord était équipée de deux couchettes, quoique seule la couchette inférieure semblât utilisée. Arkadi remarqua tout de suite qu'à l'inverse des cabines des bâtiments soviétiques les cabines américaines ne disposaient pas d'armoires susceptibles d'accueillir un cadavre. Un râtelier à fusil, vide, était accroché à la cloison. Arkadi passa la main sous le matelas à la recherche d'un pistolet, d'un couteau, ou d'une arme quelconque. Sous l'oreiller défraîchi, il trouva une revue érotique. Sous la banquette, il y avait un tiroir de linge sale, avec d'autres revues érotiques, ainsi que des magazines d'armes à feu et de techniques de survie ; une chaussette contenant un rouleau de billets de cent dollars ; une pierre à aiguiser bien profilée ; un carton de paquets de cigarettes, une boîte de balles de fusil, vide elle aussi.

— C'est à Coletti, lança Karp en entrant dans la cabine.

Il ressemblait à un forestier partant dans la taïga pour accomplir une revigorante matinée d'abattage. Pas de veste ou de gilet de sauvetage, mais simplement un chandail supplémentaire, de gros gants, un bonnet et des lunettes noires qui lui barraient le front. Il était à peine essoufflé.

— Vous me facilitez vraiment la tâche, dit Karp. Vous faire sortir du bateau était plutôt délicat. Et voilà que vous disparaissez de vous-même ; personne ne saura jamais que je vous ai suivi.

La hache provenait sans doute de la grande armoire anti-incendie sur le pont des canots de l'*Étoile Polaire,* et Arkadi suspectait Karp de l'avoir apportée à des fins tout à fait pratiques — pour casser la banquise afin de se débarrasser d'un corps. Comme d'habitude, le plan du chef de bordée avait les vertus de la simplicité. Au-dehors retentissaient les coups de la bataille qu'on livrait à la glace, des coups sourds, plus dignes d'une fonderie d'usine que d'un bateau. Les Américains ne s'étaient toujours pas aperçus qu'ils avaient deux intrus à bord.

— Qu'êtes-vous venu faire ici ? demanda Karp.

— Trouver des indices pour Zina.

Arkadi avait le pistolet lance-fusées dans sa poche ; une fumée plongerait la petite cabine dans une lumière aveuglante. Alors qu'il avançait la main vers sa veste, Karp repoussa le bras d'Arkadi d'un coup de hache.

— C'est une nouvelle enquête ?

— Non. C'est simplement à titre personnel. Personne n'est au courant. D'ailleurs tout le monde s'en fiche, à part moi.

Son poignet, qui avait reçu le coup de hache, était tout engourdi. Il avait l'impression cette fois d'être pris au piège, acculé par un loup.

Karp reprit la parole :

— D'habitude, chaque fois que quelqu'un meurt, vous venez m'accuser.

— Vous avez été surpris quand elle est arrivée dans le filet. Vous auriez pu décider de la faire tomber avec les poissons dans la soute et de la récupérer plus tard. Mais, au lieu de cela, vous avez ouvert le filet pour la sortir. Vous n'étiez pas au courant. Et hier soir, sur la rampe, vous ne saviez toujours pas ce qui était arrivé.

D'un coup sec, Karp éloigna négligemment la main d'Arkadi qui s'approchait de nouveau de la poche de sa veste. Il était très désagréable de mourir sans pouvoir tenter quoi que ce soit, mais la peur embuait son esprit.

— Vous cherchez à gagner du temps, dit Karp.

Arkadi avait eu pour l'instant trop fort à faire avec sa peur pour concevoir ce genre de pensées.

— Vous ne savez pas qui l'a tuée ? demanda-t-il. *Maintenant,* il cherchait effectivement à gagner du temps.

— Comment le saurais-je ?

— C'est vous qui l'avez fait venir ici, dit Arkadi. J'ai dû pas mal baisser depuis Moscou, car pendant longtemps je n'ai pu m'expliquer comment Zina avait pu se faire embaucher à bord de l'*Étoile Polaire.* Slava, bien sûr. Mais qui lui avait dit d'aller à sa rencontre lorsqu'il faisait du bateau sur la baie ? Qui avait déjà navigué avec Slava ?

— Tout un équipage.

— Mais seulement trois hommes sur l'*Étoile*

Polaire. Martchouk, Pavel et vous. Vous avez vu Slava de la jetée.

— Ce fils à papa sur son petit bateau. Seul son père pouvait le faire nommer sur un vrai bateau.

— Avec Slava, elle a joué l'innocente. C'est pour cette raison qu'elle ne l'a jamais emmené à votre appartement.

Karp retira ses lunettes.

— Vous saviez qu'elle était avec moi ?

— Quelqu'un qui avait de l'argent, des armes, et les nerfs pour passer de la drogue.

Arkadi parlait d'une voix rapide ; c'était extraordinaire comme l'adrénaline vous apprenait à ajouter deux plus deux.

— Vous étiez le seul sur l'*Étoile Polaire* qui correspondiez à cette description. Puisqu'elle se faisait de l'argent à la Corne d'Or, c'est qu'elle était venue chercher autre chose que des roubles. Vous vous êtes tenus loin l'un de l'autre à bord, mais pas autant que vous le prétendiez. Vous disiez que vous ne la voyiez qu'au réfectoire, mais, chaque fois que l'*Eagle* apportait un filet, vous la rencontriez sur le pont arrière. Avant même qu'elle ne connaisse qui que ce soit sur les chalutiers, elle venait à la lisse arrière attendre l'*Eagle*. Elle travaillait pour vous.

— C'est vrai, dit Karp avec fierté. Vous n'êtes pas si idiot que ça.

Arkadi songea aux Américains au-dessus d'eux, environnés par le bruit de fond de la radio, les coups de marteau-pilon sur la glace. Karp et Arkadi parlaient à voix basse comme des conspirateurs. Personne ne savait qu'ils se trouvaient à bord.

— La grande obsession de Volovoï, dit Arkadi, le cheval de bataille de toute son existence, c'est la contrebande. Il devait inspecter tous les paquets, y compris les paquets qui s'échangeaient entre bateaux soviétiques. Son mot clé, c'était ?...

— La viligance.

Karp sourit malgré lui. Puis il leva sa hache et la posa sur son épaule.

— Laissez vos mains devant vous.

— La seule chose qu'il ne pouvait empêcher, c'étaient les allées et venues du filet. Comment saviez-vous qu'un colis arrivait ?

— Par un moyen très simple, dit Karp. C'était Ridley qui faisait signe s'ils envoyaient quelque chose d'autre que du poisson et, dans le cas contraire, c'était Coletti qui levait les bras. Je regardais où se trouvait Zina en poupe, à bâbord ou à tribord. Puis je disais aux gars sur la rampe que le filet semblait gros ou non.

— S'il était gros, ils trouvaient un paquet étanche sur la corde, en tête du filet.

— Vous n'auriez pas été mauvais, comme trafiquant. Pavel alors le détachait et le glissait sous son gilet. Puis nous faisions signe à Ridley lorsque nous leur renvoyions en retour un colis. Renko, à quoi bon tout cela ? Vous ne sortirez pas d'ici vivant.

— C'est en arrivant à l'oublier qu'on peut en apprendre beaucoup.

— Ouais.

Karp reconnaissait le bien-fondé de ce raisonnement.

— Et je m'intéresse à Zina, ajouta Arkadi.

— Tous les hommes s'intéressaient à Zina. Elle était comme une reine.

Karp leva rapidement les yeux vers le concert de coups de marteau qui retentissaient sur le pont. Arkadi n'avait jamais vu quelqu'un autant sur le qui-vive.

— Vous auriez pu me rattraper sur la banquise ? demanda Arkadi.

— Si je l'avais voulu, oui.

— Vous auriez pu me tuer il y a une minute ou bien une demi-heure ?

— À tout moment.

— C'est donc que vous voulez savoir ce qui est arrivé à Zina, vous aussi.

— Je veux juste savoir ce que vous sous-entendiez hier soir, sur la rampe, lorsque vous prétendiez qu'on l'avait jetée à l'eau.

— Par simple curiosité, peut-être ?

Karp avait l'immobilité d'airain d'une statue. Au bout d'un long silence, il dit :

— Allez-y, camarade inspecteur. Zina était au bal et...

— Zina était au bal et elle a flirté avec Mike, mais elle ne lui a pas dit adieu quand il est retourné sur l'*Eagle,* parce qu'elle s'était rendue en poupe depuis déjà trois quarts d'heure. Martchouk l'a vue, Lidia et Susan aussi. Mais, une demi-heure avant que Mike ne retourne sur l'*Eagle,* plus personne n'a vu Zina sur l'*Étoile Polaire*. Et lorsqu'il est arrivé sur le chalutier, elle était morte.

Arkadi sortit lentement de sa veste un morceau de papier qu'il déplia devant Karp. C'était une copie de l'examen médical.

— Elle a été tuée par un coup à l'arrière du crâne. Puis on a transpercé son corps avec un couteau pour qu'il ne puisse pas flotter. Elle a été cachée quelque part sur ce bateau, dans un espace réduit qui a laissé ces traces régulières sur un des flancs. C'est pour cette raison que je suis venu — pour trouver cet endroit. Une armoire, un placard, une soute, un coffre.

— Ce n'est qu'un bout de papier, dit Karp en le repoussant de la main.

— Cet endroit ne peut être qu'ici. Il faut que je fouille l'autre cabine, dit Arkadi en se gardant bien de faire le moindre mouvement.

Karp joua pensivement avec le manche de sa hache. La tête de la hache au long tranchant avait les reflets d'une pièce de monnaie. Il ouvrit la porte brutalement.

— Allons-y ensemble.

Dans la cuisine, les coups de marteau étaient assourdissants, comme si les Américains tentaient de rentrer chez eux à coups de pioche. Il sentait la hache levée derrière lui et la sueur coulait dans son dos.

Karp le poussa dans la cabine tribord. Une véritable couverture de laine recouvrait cette fois la couchette. Une étagère munie de garde-fou contenait des livres traitant de philosophie, d'électronique et de moteurs diesel. Sur la cloison étaient accrochés un holster et la photo d'un vieil homme tirant la langue. L'homme était Einstein.

— Ridley, dit Arkadi pour lui-même.

— Elle a disparu de L'*Étoile Polaire*... et ensuite ? reprit Karp.

— Souvenez-vous, vous lui avez montré du doigt Slava sur son voilier.

Arkadi parlait de plus en plus vite. La commode de Ridley renfermait des vêtements propres, soigneusement pliés ; des bracelets de force en cuir et des clous d'oreilles en argent ; des photographies de lui, skiant avec deux jeunes femmes, trinquant avec une troisième ; des livres de prières hindous ; un jeu de cartes ; un jeu d'échecs électronique ; un badge de Minnie Mouse. Arkadi retourna le jeu de cartes, passa les cartes en revue, puis les posa sur le lit.

— Je voulais qu'elle soit sur le bateau, et Boukovski avait les relations pour ça. Alors ?

— Elle aimait rendre visite aux hommes sur leur bateau, et cela devait être possible pour une nageuse de sa trempe de faire quelques brasses jusqu'à l'*Eagle* lorsqu'il était arrimé à l'*Étoile Polaire*. Elle descendait simplement par la rampe arrière, avec le bonnet de douche de la camarade Malzeva sur la tête et des affaires de rechange dans un sac en plastique noir, attaché à son poignet. On ne pouvait sans doute pas la voir du haut de la lisse.

— Pourquoi aurait-elle fait cela ?

— C'étaient ses manières. Elle passait d'homme en homme, et de bateau en bateau.

— Non, cela ne répond pas à ma question, dit Karp. Elle n'aurait pas pris un tel risque pour voir un homme. Alors, camarade inspecteur, pourquoi aurait-elle fait cela ?

— Je me pose la même question.

— Et alors ?

— Alors, je n'en sais rien.

Karp se servit de sa hache comme d'un long bras pour pousser Arkadi contre le mur.

— Vous voyez, c'est là que vous vous trompez, Renko ; Zina ne m'aurait jamais quitté.

— Elle couchait avec d'autres hommes.

— Par intérêt ; cela n'allait jamais plus loin. Mais les Américains étaient des associés ; ce n'est pas la même chose.

— Elle se trouvait ici.

— J'ai beau regarder autour de moi, je ne vois aucun endroit où on aurait pu la dissimuler. Il n'y a pas la moindre trace d'elle.

Karp jeta un coup d'œil vers le tiroir ouvert de la commode.

— Si vous espérez trouver un revolver ici, vous allez être déçu. Sur ce bateau, personne ne se sépare jamais de son arme.

— Il faut continuer à chercher, dit Arkadi. Il se souvenait de son combat contre le chef de bordée dans le bunker ; le dernier endroit où il voulait se mesurer à sa hache, c'étaient bien les confins d'une cabine de chalutier.

L'attention de Karp se reporta sur les cartes à jouer étalées sur la couchette. Tenant toujours sa hache levée, il laissa courir son regard sur le jeu.

— Ne bougez pas, l'avertit-il.

Il posa sa hache pour ramasser les cartes, puis il

les passa une à une en revue. Quand il eut terminé, il en fit un paquet serré qu'il replaça dans le tiroir. Ses petits yeux se plissèrent de douleur sur son visage livide de jalousie. Pendant un moment, Arkadi craignit que Karp ne s'écroulât au sol. Mais il n'en fut rien ; il ramassa sa hache et lança :

— Allons dans la salle des machines.

Lorsqu'ils ouvrirent la porte, les échos du furieux combat qui se déroulait contre la glace reprirent au-dessus de leurs têtes. Le chef de bordée leva furtivement les yeux, n'accordant au brouhaha pas plus d'intérêt qu'à une grosse averse.

Les deux moteurs diesel de l'*Eagle* vrombissaient dans leur berceau d'acier, un moteur principal de six cylindres et un auxiliaire de quatre cylindres. C'était le domaine de Ridley, le ventre chaud du bateau sous le pont où il fallait se faufiler avec prudence entre les arbres de transmission et les volants d'entraînement, les générateurs et les pompes hydrauliques, les soupapes et l'enchevêtrement des tuyauteries. Les durites accessibles, les carters de courroies et toutes les autres pièces dangereuses étaient peintes en rouge. Le passage entre les deux moteurs était bordé de rambardes de sécurité.

Tandis que Karp furetait dans la salle des machines, Arkadi entra dans la pièce attenante, un atelier de réparation avec des outils, des courroies de rechange suspendues au mur, un établi équipé d'une taraudeuse et d'un étau, un rack avec des fraises et des mèches. Il remarqua également la porte apparemment d'une chambre froide. Pourquoi l'*Eagle* avait-il besoin d'un système de réfrigération puisqu'il confiait immédiatement ses prises à l'*Étoile Polaire* ? Lorsqu'il ouvrit la porte, il faillit pouffer de rire devant son ingénuité. Des piles de briques s'élevaient devant lui jusqu'à la ceinture ; des briques d'un kilo d'aspect résineux et couleur acajou. Du chanvre manchou. De l'*anacha*. Les grandes sociétés opéraient bien de cette manière. Puisque le rouble n'était pas une monnaie forte, les échanges internationaux se faisaient par le troc. Le gaz soviétique, le pétrole soviétique, pourquoi pas l'*anacha* soviétique ?

Contre le fond circulaire de la chambre froide, on avait logé une table et une chaise, des écouteurs, un oscilloscope, un amplificateur avec équaliseur, une unité centrale, un clavier de commande ainsi qu'une boîte de disquettes souples. Cela rappelait beaucoup la station de Hess, sauf que le matériel ici était plus rutilant et plus compact, avec des noms tels que EDO et Raytheon. Il y avait de fortes chances pour que sous la table il y ait un dôme en fibre de verre. Il prit une disquette dans le classeur ; l'étiquette indiquait : « Menu Béring. Fichier : SSBN[1]-Classe Los Angeles. USS *Sawtooth*, USS *Patrick Henry*, USS *Manwaring*, USS *Ojaï*, USS *Roger Owen*. » Il passa en revue les autres disquettes ; les étiquettes indiquaient : « SSBN-Classe Ohio », « SSGN[2] », « SSN[3] ». Sur la table se trouvait une planchette avec une feuille divisée en colonnes

« Date », « Bâtiment », « Position », « Heure émission », « Durée ». La dernière émission datait de la veille, le *Roger Owen*. Arkadi ouvrit le tiroir du bureau. À l'intérieur, il trouva une collection de manuels et de schémas. Il en feuilleta quelques-uns : « Simulateur acoustique... » « Câble acoustique de traîne avec gaine en polyéthylène et système antivibratoire... » « Montage tambour de treuil... » Il y avait un livre portant en lettres rouges l'inscription : « Ce livre doit impérativement rester dans ce bureau. » Le sous-titre en était : « Mises en réserve, Fins de mis-

1. Sous-marin nucléaire doté de missiles balistiques (N.d.T.).
2. Sous-marin nucléaire doté de missiles de croisière (N.d.T.).
3. Sous-marin nucléaire d'attaque (N.d.T.).

sion, Désarmements-1/1/83. » Dans la rubrique des sous-marins, il lut que le *Roger Owen* avait été désarmé un an auparavant, et que le USS *Manwaring* ainsi que le USS *Ojaï* n'étaient plus en service.

L'esquisse d'un gigantesque canular commençait à se dessiner dans son esprit. Le matériel électronique était semblable à celui de Hess, à une exception près : à l'extrémité du câble de Morgan il n'y avait pas d'hydrophones pour capter les sons sous-marins ; mais un émetteur acoustique qui envoyait des leurres sonores. Les disques contenaient des enregistrements de sous-marins qui tous avaient été désarmés ou retirés du service. Morgan et Hess tournaient en rond dans la mer de Béring, l'un envoyant de faux signaux que l'autre captait avec fierté. Hess devait penser qu'il y avait de véritables bancs de sous-marins américains dans la région. Arkadi rangea le livre, mais il glissa les disquettes dans sa poche. Dans la salle des machines, Karp ne se souciait plus d'Arkadi ; il semblait pour l'instant se désintéresser totalement de son cas.

Ils traversèrent de nouveau le vestiaire embrumé où dégouttaient bottes et cirés, avant de retrouver l'épais brouillard à l'extérieur. Sous le toit du pont couvert scintillaient des rouleaux de filets couverts de glace, des sacs de flotteurs, un poste de soudure avec un étau, des coffres de rangement et des barils d'essence remplis de pelles et de grappins. Les martèlements au-dessus d'eux s'étaient tus, mais rien ne pouvait arrêter Karp désormais. L'*Eagle* possédait des soutes de poissons qui n'étaient plus utilisées depuis que l'on transférait les chaluts sur les bateaux-usines. À coups de hache, le chef de bordée cassa la glace qui recouvrait l'écoutille, soulevant autour de lui une gerbe d'éclats scintillants. Il dut utiliser un grappin pour soulever le panneau d'acier. Mais tous ces efforts furent vains ; les soutes étaient vides.

Arkadi se dirigea rapidement vers les coffres du pont couvert. Du premier, il sortit des pelotes de cordes et des poulies ; dans le second, des cuissardes en caoutchouc, des gants, des cirés déchirés et des capuches. À un certain moment, on avait dû conserver dans ce coffre des filins métalliques, parce que le fond était couvert d'une mixture de lubrifiant et de rouille. Un cercueil. Il voyait distinctement les endroits où les genoux et les avant-bras de Zina avaient reposé. Sur un côté, il y avait six écrous, espacés de cinq centimètres les uns des autres, ceux-là mêmes qui avaient marqué son flanc.

— Venez voir, souffla Arkadi.

Karp plongea la main dans le coffre et en ressortit avec une touffe de cheveux blonds aux racines brunes. Alors qu'Arkadi s'apprêtait à les examiner de plus près, quelque chose heurta brutalement sa nuque.

— Qu'est-ce que vous faites ici ?

Ridley pressa davantage la gueule froide de son arme contre le crâne d'Arkadi alors que Coletti sortait de la buanderie avec un fusil de chasse à double canon dans les mains.

— C'est une visite d'ordre privé ?

Morgan se tenait à mi-hauteur sur l'escalier du kiosque de timonerie.

Ridley et Coletti ressemblaient à des bibendums avec leurs parkas qui gonflaient leurs cirés. Leurs mains gauches semblaient démesurément grandes avec leurs gros gants, comparées à leurs mains droites qu'ils avaient laissées nues, pour pouvoir glisser le doigt sous la gâchette. Leurs lèvres étaient à vif et incrustées de givre par leur haleine, des visages de marins à l'image de leur bateau tapissé de glace. En revanche, avec sa veste et son bonnet, Morgan donnait l'impression de venir d'un tout autre endroit du globe. À l'exception de ses yeux, qui avaient des reflets aussi cristallins que la banquise. Une arme automatique à canon scié se balançait à son épaule, une arme militaire, dont le chargeur était plus long que le canon.

— Vous cherchez de la vodka ? lança Morgan. Vous n'en trouverez pas ici.

— C'est l'*Étoile Polaire* qui nous envoie, dit Arkadi. Le capitaine Martchouk apprécierait sûrement qu'on l'informe que nous sommes arrivés sans encombres.

Morgan montra le mât du doigt. Malgré tous les efforts de Ridley, le radar était toujours figé, les antennes prisonnières de la glace.

— Nos radios sont mortes. Et on ne peut pas dire que vous ressembliez tous les deux à une expédition officielle de secours.

— Nous sommes là, dit Ridley, à nous geler les fesses pour délivrer ce rafiot de la glace et nous entendons des coups sur le pont. Nous venons voir ce qui se passe, et nous vous trouvons tous les deux en train de fouiner dans le matériel comme deux dames-poubelles. Vous voyez ce que je veux dire par « dames-poubelles » ?

Ridley tourna le canon de son arme dans la nuque d'Arkadi.

— Je crois deviner.

— Pour ma part, dit Morgan, je pense que personne sur l'*Étoile Polaire* ne sait que vous êtes partis. Et quand bien même le saurait-on, ils ne peuvent pas savoir ce que vous et le chef de bordée fabriquez ici. Qu'est-ce que vous cherchiez au juste ?

— Zina, dit Arkadi.

— Encore ? lança le capitaine.

— Mais cette fois nous l'avons trouvée ; ou plus précisément, nous avons trouvé la preuve de sa présence ici.

— On peut savoir quelle preuve ?

— Des cheveux. Découverts dans la boue au fond

du coffre, celle-là même, à coup sûr, qui a taché son pantalon. Je préférerais évidemment pouvoir inspecter le reste du coffre.

— Évidemment, dit Morgan. Eh bien, nous aurons nettoyé le coffre avant que vous ne regagniez l'*Étoile Polaire*, et ces cheveux ne prouvent rien, vous auriez pu les prendre n'importe où.

Arkadi parvenait à voir le barillet de l'arme de Ridley, c'était un gros pistolet, un pistolet de cow-boy. L'angle du canon contre sa nuque lui rappelait la technique utilisée sur Mike et Zina, quoiqu'ils eussent été tous les deux tués par un spécialiste des armes blanches. Il ne pouvait attendre aucune aide de la part de Karp ; le chef de bordée était cloué sur place, ses yeux s'agitant désespérément devant cette conversation en langue étrangère, et le grappin pendait mollement à sa main.

— Regardons les choses en face, lança Ridley à Morgan. Nous avons gros à perdre, et vous aussi.

— Vous parlez de l'*anacha* ? demanda Arkadi.

Ridley se tut, puis s'adressa à Coletti :

— Ils sont descendus sous le pont.

— C'est de là que je sors mon câble, expliqua Morgan à Ridley. Je ne vais pas te laisser tuer quelqu'un sous mes yeux.

— Mon très cher capitaine, lança Ridley. Nous sommes pris dans cette putain de glace. Renko va retourner à bord et raconter tout ce qu'il a vu, et la prochaine fois ce sera cinquante Soviétiques qui vont rappliquer ici pour jeter un coup d'œil. C'est un cas de sécurité nationale, non ?

— Tu ne penses qu'à protéger ta marchandise, dit Morgan.

— Je peux être plus personnel, si vous voulez, rétorqua Ridley. À Dutch Harbour, Renko s'est fait votre petite. Il vous l'a prise sous votre nez. Et depuis, il n'a pas dû se priver sur le gros bateau.

Morgan fixa Arkadi. Une expression de refus apparut sur son visage puis s'effaça.

— Que dites-vous de cela ? dit Ridley. Bingo ! Vous allez le laisser repartir maintenant, cap' ?

— C'est la différence entre toi et moi, dit Morgan. Je suis un professionnel, et toi tu n'es qu'une petite frappe qui ne pense qu'au fric.

— Nous avons le droit aussi de défendre nos intérêts.

— Pourquoi n'avez-vous pas déchargé l'*anacha* à Dutch Harbour ? s'enquit Arkadi.

— Mike était dingue de Zina, dit Ridley. Il était sur le point de parler. Après sa mort, avec tous ces Aléoutiens qui nous observaient, nous n'avions plus qu'une envie : quitter le port en vitesse. Nous nous débarrasserons de la came plus tard sur le continent.

Ridley se tourna vers Morgan.

— Pas vrai, capitaine ? Nous avons tous des intérêts différents, certains bassement matériels, d'autres purement patriotiques. La véritable question est (Ridley s'adressa à Karp en russe) : Dans quel camp es-tu ? Tu es avec Renko ou avec nous ?

— Vous parlez russe, dit Arkadi.

— Mieux que l'espéranto, répondit Ridley.

— J'ai suivi Renko pour lui régler son compte, dit Karp.

— Alors vas-y, dit Ridley.

— Laisse Renko partir, laisse-le s'en aller, ordonna Morgan.

Ridley poussa un long soupir et dit à Coletti :

— Qu'avons-nous besoin de ce capitaine Bligh de merde ?

Arkadi fut étonné par le temps de réaction de Morgan. Coletti se retourna, leva son fusil et fit feu, et ce ne fut que lorsqu'une vitre vola en éclats à côté de lui que Morgan sauta de l'escalier. Mais alors que Morgan était encore en l'air, Coletti fit de nouveau feu avec son second canon. La veste explosa. Le capitaine atterrit sur le pont, couvert de plumes et de sang.

— Comme un putain de canard.

Coletti cassa son fusil et rechargea l'un des deux canons.

Morgan se traîna contre le treuil, essayant de se remettre sur ses jambes et d'attraper son arme qui gisait sous lui. Son épaule et son oreille n'étaient plus que chair sanguinolente. Sa mâchoire était couverte de sang.

— À toi, dit Ridley en se tournant vers Karp. Tu voulais Renko ? Tu l'as.

— Qui a tué Zina ? demanda Karp.

Coletti se tenait au-dessus de Morgan, le canon de son fusil contre la tête du capitaine, mais il se redressa au son de la voix de Karp.

— Renko nous a dit qu'elle s'était noyée, dit Ridley.

— Nous savons que Zina était ici, dit Arkadi. Au bal, vous avez fait semblant d'être saoul. Vous êtes retourné plus tôt sur l'*Eagle* et vous avez attendu Zina, qui est venue à la nage.

— Non, dit Ridley. J'étais malade. Je vous l'ai déjà dit.

— Elle vous a suivi, continua Arkadi. Nous avons trouvé l'origine des marques sur son corps, ainsi que ses cheveux. Elle était ici, cela ne fait aucun doute.

— D'accord, je suis rentré et tout à coup elle était à bord.

Ridley était toujours derrière lui, mais il sentait le canon de son arme trembler.

— Écoute, Karp. Pour sauver notre affaire, il faut que tout le monde agisse normalement et reste à sa place : les Américains ici, les Soviétiques là-bas ; c'est ça, la coopération internationale.

— Zina était très séduisante, dit Arkadi.

— Qui l'a tuée ? répéta Karp.

L'arme de Coletti quitta la tête de Morgan.

— Personne, répondit Ridley. Zina a inventé ce plan de dingue. Elle avait ce sac et elle voulait remporter dedans l'une de nos combinaisons de survie, pour l'enfiler la prochaine fois qu'elle quitterait le bateau. C'était de la folie. Elle aurait sauté à l'eau lorsque nous aurions été loin, et nous l'aurions récupérée à des milles de l'*Étoile Polaire*. Elle disait qu'on la tiendrait pour morte si aucune combinaison de survie ne manquait à bord.

— Je suis sûr que vos combinaisons sont d'excellente qualité.

Arkadi admirait l'ingéniosité du plan de Zina. C'est cela qu'elle était venue chercher, évidemment.

— Cela aurait pu marcher.

— Karp, je m'en veux horriblement, dit Ridley. Je lui ai dit qu'elle était ta petite et qu'elle devait rentrer sur l'*Étoile Polaire* comme elle était venue. Je suppose que cela a été au-dessus de ses forces.

— Il te manque une carte, dit Karp.

Ridley marqua un temps d'hésitation.

— Une carte ?

— La dame de cœur, dit Karp. Elle en prenait une à chacun de ses amants.

Coletti ne tenait plus en place.

— Bon Dieu, qu'est-ce que Karp est en train de baragouiner ?

— J'en sais rien, mais je crois qu'on a un autre fruit pourri dans l'équipe, dit Ridley. Surveille le singe.

Il retira le canon de la nuque d'Arkadi.

— Il faut économiser les balles.

Il sortit de son ciré un pic à glace. Alors qu'Arkadi se retournait. Ridley plongea le pic dans sa poitrine.

La force du coup fit tomber Arkadi sur le pont. Il se redressa contre le coffre et glissa la main sous sa veste.

Ridley se tourna vers Karp.

— Elle m'a séduit. Qui aurait pu résister à Zina après quatre mois en mer ? Mais elle a voulu me faire du chantage pour que je l'aide à s'enfuir.

Il leva son arme.

— Vous autres, vous vivez dans un monde différent. Dans un putain de monde différent.

Arkadi fit feu avec son pistolet lance-fusées. Il avait visé le dos de Ridley, mais la fusée heurta le bonnet du mécanicien, l'enflammant instantanément comme une tête d'allumette.

Ridley chassa de son crâne le bonnet en flammes. Alors qu'il se retournait vers Arkadi, une araignée noire bondit par-dessus l'épaule du mécanicien et s'abattit sur son visage. C'était le grappin à trois dents qu'avait à la main le chef de bordée. Une dent traversa sa joue, tandis qu'une autre s'enfonçait dans son oreille. Karp noua la corde du grappin autour du cou de Ridley, étouffant son cri. Coletti cherchait un angle de tir, mais Karp et le mécanicien étaient trop proches l'un de l'autre. Karp finit d'attacher Ridley comme on cercle les douves d'un tonneau. Ridley fit feu avec son pistolet de cow-boy au hasard par deux fois, mais, à la troisième tentative, le chien heurta une culasse vide. Ses yeux se révulsèrent tandis que sa main lâchait le pistolet.

— Nom de Dieu, lança Coletti.

Arkadi retira le pic de sa poitrine. L'extrémité était rougie, mais le reste de la lame avait été arrêté par l'épaisseur des deux gilets de sauvetage.

— Tu n'as plus qu'une seule balle, dit Morgan en désignant du menton le fusil de Coletti.

Le capitaine avait finalement récupéré son arme et la pointait sur son matelot.

Ridley se débattait tandis que Karp le projetait à la renverse contre le bastingage, brisant les piques de glace qui tintaient comme du cristal. Parfois un bateau remontait un flétan, un poisson de la taille d'un homme qui pouvait se défendre avec la vigueur d'un homme et qu'il fallait tuer au plus vite en plongeant un pic dans le cerveau. Avec ses bras attachés le long du corps, Ridley ressemblait à un de ces poissons sortis de l'eau, mais Karp prenait tout son temps pour l'achever.

Arkadi se releva.

— Sa veste et son sac, où sont-ils ?

— On les a jetés à l'eau il y a longtemps, dit Coletti. Personne ne les retrouvera jamais. C'est vrai, quoi, quelle chance il y avait qu'elle remonte avec ce putain de filet ?

— Ridley a tué Zina. Et Mike aussi ? demanda Arkadi.

— C'est pas moi. J'étais au bar, j'ai des témoins, dit Coletti. Et puis, qu'est-ce que cela peut faire ?

— J'aime bien aller au fond des choses.

Karp lança la corde restante par-dessus le portique arrière, à quatre mètres au-dessus de lui, puis il attrapa l'extrémité libre et commença à hisser Ridley à la force des bras. Le mécanicien était de bonne taille, mais la corde glissait sans frottement sur la traverse gelée. Il cessa bientôt de se débattre.

— Comment ça va ? demanda Arkadi en se tournant vers Morgan.

— Rien de cassé. J'ai de la morphine et de la pénicilline.

Morgan cracha de la grenaille sur le pont.

— C'est de l'acier. C'est moins méchant que le plomb.

— Vraiment ?

Arkadi se rappela que Susan avait dit que Morgan était indestructible ; peut-être pas impénétrable, pensa-t-il, mais indestructible, en effet.

— Même un superman ne pourrait mener un bateau avec un seul bras.

— Le capitaine et moi, on pourra s'en sortir.

Coletti avait le visage tendu de quelqu'un révisant ses calculs.

— Je peux vous dire que j'ai plus de chances que vous de m'en tirer. Karp ne va pas vous laisser aller bien loin.

Karp attacha la corde autour des leviers de commande hydrauliques du portique, tandis que Ridley se balançait dans le vide. Sa tête avait fait un demi-tour complet, comme si elle s'était dévissée de ses épaules.

— Vous êtes à bord d'un bateau américain, sur les eaux américaines, dit Morgan. Vous n'avez aucune preuve ; rien de tangible.

Alors que Karp s'avançait, Coletti leva son fusil :

— Il me reste toujours une balle, lança-t-il à Arkadi. Éloignez donc ce dingue d'ici.

Karp observa Coletti, évaluant la distance qu'il lui faudrait parcourir à découvert et ses chances contre le tir divergent d'un fusil de chasse, mais la colère en lui était tombée.

Arkadi rejoignit Karp.

— Maintenant vous savez.

— Renko, lança Morgan.

— Oui, Morgan ? lança-t-il en retour.

— Retournez là-bas, dit le capitaine. Je vais réparer les radios et dire à Martchouk que tout va bien.

Arkadi considéra un long moment le bateau gelé, la vitre fracassée, le bonnet carbonisé de Ridley sur le pont, son corps qui oscillait sous la traverse du portique.

— D'accord, dit Arkadi. Et dites au capitaine Martchouk que deux de ses hommes sont de retour.

31

Arkadi sortit le paquet de cigarettes de Slezko et en offrit une à Karp. La marche prenait des allures de promenade.

— Vous connaissez la chanson *Ginger Moll* ? demanda Karp.

— Oui.

— « Pourquoi es-tu allée te faire épiler les sourcils, espèce de traînée ? Et pourquoi as-tu mis ton béret bleu, sale catin ? »

Karp avait en chantant une voix rauque de ténor.

— C'était comme cela entre Zina et moi. Elle me traitait comme moins que rien. « Tu sais que je serais toujours dingue de toi, que je serais content de voler toute ma vie pour toi, mais l'autre fois, tu as été trop loin. »

— Je vous ai entendu sur l'une de ses cassettes.

— Elle aimait mes chansons. C'est comme cela que nous nous sommes rencontrés. J'étais avec des amis à la Corne d'Or. On chantait, on prenait du bon temps, et je la voyais nous observer à l'autre bout du restaurant. Je me suis dit alors : « C'est elle qu'il me faut ! » Elle emménageait chez moi une semaine plus tard. Elle couchait avec n'importe qui, mais les hommes n'avaient pas d'importance à ses yeux, alors comment aurais-je pu être jaloux ? Elle vivait hors des normes. Le seul point faible peut-être de Zina, c'était sa vision de l'Occident ; pour elle c'était le paradis. C'était là son unique faiblesse.

— J'ai trouvé une veste avec les ourlets pleins de pierres.

— Elle adorait les pierres, approuva Karp. Mais je l'ai vue jeter son filet sur l'*Étoile Polaire*. Je n'aurai pas pu la faire venir à bord avec simplement de l'argent. Alors nous avons trouvé Slava, et elle s'est occupée de Martchouk. Une fois que nous avons quitté le port, elle a fait son chemin sur le bateau. Si elle avait eu besoin de vous, elle aurait su vous trouver.

— C'est un peu ce qui s'est passé.

Arkadi songea aux cassettes.

Selon la boussole, ils avançaient dans l'axe de l'*Étoile Polaire*. Un effet curieux du brouillard semblait annihiler toute impression de déplacement. À chaque nouveau pas, ils étaient environnés par la même sphère de brume, comme s'ils faisaient du surplace.

La douleur à la poitrine d'Arkadi s'était étendue à tout son corps. Vive le tabac, le sédatif du pauvre. Morgan pouvait annoncer à Martchouk par radio que deux hommes revenaient vers le bateau, mais qui pourrait prouver que l'un d'entre eux ne s'était pas perdu en route, ou n'avait rencontré un ours, marché sur un banc de glace instable et disparu du chapeau blanc de la terre ?

— Vous avez rencontré Ridley quand il est venu passer deux semaines à bord ? demanda Arkadi.

— La deuxième semaine, il m'a dit : « La religion est l'opium du peuple. » Il l'a dit en russe. Et il a ajouté : « La cocaïne fait sa richesse. » J'ai compris son message. Lorsque je suis rentré à Vladivostok, j'ai parlé à Zina de cette filière fantastique, et je lui ai dit que c'était vraiment dommage qu'elle ne puisse venir à bord. Mais elle a trouvé un moyen. C'est quoi, le destin ? Les oiseaux quittent un nid en Afrique pour rejoindre une branche sur un arbre de Moscou. Chaque hiver, ils retrouvent le même nid, chaque été le même arbre. C'est à cause du magnétisme ? C'est l'inclinaison du soleil qui les guide ? Toutes les anguilles du monde naissent dans la mer des Sargasses, puis chacune d'elles nage vers une rivière qui lui est destinée, parfois au bout d'un voyage de plusieurs années. Lorsque Zina est née en Géorgie, qu'est-ce qui l'a entraînée en Sibérie, puis vers la mer ?

— Les mêmes choses qui vous ont mené à moi, dit Arkadi.

— Quelles choses ?

— Le meurtre, l'argent, l'appât du gain.

— Non, c'est autre chose, insista Karp. C'est la recherche d'un endroit où respirer. Rien ne pourra jamais égaler ce sentiment de liberté que nous éprouvons en ce moment. Morgan ne fera rien pour Ridley ; parce que Ridley était prêt à le tuer aussi. J'ai jeté à l'eau ce que j'avais gagné. Maintenant, on ne peut plus rien me reprocher.

— Et Volovoï ? Lorsque Vladivostok va jeter un coup d'œil sur sa gorge, on va commencer à poser des questions.

— Merde ! Je ne peux pas marcher droit, même si je le voulais.

— C'est difficile, bien souvent.

Karp inspira une longue bouffée sur son mégot.

— Les lois, dit-il. C'est comme les lignes bleues qu'on voit sur les murs des écoles. Une ligne bleue sur un mur de plâtre pisseux. Dans toutes les salles, dans tous les couloirs, toutes les écoles. Elle vous commence aux épaules, et, à mesure que vous grandissez, elle descend à la ceinture, mais elle est toujours là. C'est vrai, on a l'impression qu'elle traverse tout le pays. Dans les camps de travail : la même ligne. Dans les bureaux de la milice : la même ligne. Vous savez où elle s'arrête ? Aux environs d'Irkoutsk je crois.

— À Norilsk, pour moi.

— Plus loin à l'est, il n'y a plus de ligne. Peut-être qu'ils n'avaient plus de peinture ; ou peut-être que la peinture ne tient pas en Sibérie. Vous savez, ce qui me fait mal, c'est de penser que Ridley a couché avec Zina. Elle prenait toujours une carte à jouer, la dame de cœur, comme un trophée. Vous avez regardé les cartes sur les couchettes de Ridley ? J'ai examiné tout le jeu. Pas de dame de cœur. C'est comme cela que j'ai su qu'elle était sur l'*Eagle.*

Arkadi glissa les doigts sous sa manche de veste et sortit une carte avec comme personnage une reine stylisée, vêtue d'une robe aux motifs en forme de cœur.

— Je l'ai retirée avant d'étaler le jeu sur le lit, annonça Arkadi en la tendant à Karp.

— Espèce de salaud !

— Il vous aurait fallu une éternité pour comprendre.

— Sale traître.

Karp s'arrêta pour fixer la carte avec des yeux incrédules.

— Tu étais le seul type que je croyais honnête.

— Non, dit Arkadi. Pas lorsque je suis acculé par un homme avec une hache. Et puis, de toute façon, cela a marché. Nous avons effectivement su qui a tué Zina.

— Tous de sales tricheurs, tous autant que vous êtes.

Karp jeta la carte au loin.

Ils recommencèrent à marcher.

— Tu te souviens du directeur des abattoirs ? demanda Karp. Ses filles avaient un renne comme animal de compagnie, et un jour il est allé dans le mauvais parc et elles ont fouillé les abattoirs de fond en comble pour le retrouver. C'était drôle. Comment pourrait-on distinguer un renne mort d'un autre ? L'une des filles est partie après cela. C'était celle que je préférais.

Devant eux, plus rapidement et plus distinctement que ne le prévoyait Arkadi, ils retrouvèrent le trou dans la glace. Sur cette étendue uniforme, le bassin formait une tache d'un noir d'encre cerclée par un anneau de glace rouge, un œil inquiétant dans la brume.

Par réflexe, Karp commença à ralentir et à regarder autour de lui.

— Nous aurions dû boire un coup ensemble de temps en temps, juste toi et moi.

Il jeta son mégot dans l'eau.

Arkadi fit de même. La pollution de la mer de Béring, songea-t-il, un délit de plus.

— Morgan a annoncé par radio à l'*Étoile Polaire* le retour de deux hommes, rappela-t-il à Karp.

— Si toutefois il a pu réparer sa radio. De toute façon, c'est un coin dangereux par ici. Son appel ne prouve rien.

Le trou dessinait un cercle plus régulier que dans son souvenir. Il ne mesurait que deux mètres de diamètre, mais cela donnait une nouvelle réalité au brouillard qui flottait autour d'eux. Ils avaient atteint un pôle de l'Inaccessible. Des morceaux de glace étaient maculés de sang, d'autres teintés de rose. L'eau noire venait y clapoter mollement. Il y avait sans doute un rythme interne, se disait Arkadi, un rythme qu'un observateur doté d'une grande patience pourrait parvenir à discerner.

— La vie n'est rien, dit Karp.

D'un coup de pied latéral, il faucha les jambes d'Arkadi, se jeta à califourchon sur son dos et chercha à rompre ses vertèbres cervicales en lui tordant la tête. Arkadi roula sous lui, et lui donna un coup de coude à la mâchoire, faisant culbuter Karp sur le côté.

— J'ai l'impression que j'ai passé mon temps à essayer de te tuer, dit Karp.

— Alors, laisse tomber.

— Je ne peux pas, plus maintenant, dit Karp. Et puis, j'ai déjà vu des gars se faire planter. Et je crois que tu es plus sérieusement touché que tu ne l'imagines.

Il frappa Arkadi à la poitrine, juste sur sa blessure, et ses poumons semblèrent se vider d'un coup sous le choc. Arkadi ne pouvait plus bouger. Karp le frappa de nouveau, et tout son air quitta alors son corps.

Le chef de bordée le retourna sur le dos, s'assit sur lui et plaqua les omoplates d'Arkadi contre le bord du trou.

— Désolé, souffla-t-il en enfonçant la tête d'Arkadi sous l'eau.

Des bulles d'air s'échappèrent de sa bouche. Il voyait le ciel argenté derrière ses cils et ses cheveux. L'eau était incroyablement froide, comme de la glace pilée, une salure acide mais claire, transparente, qui grossissait le visage de Karp arc-bouté sur lui, maintenant sa tête sous l'eau. Il semblait vraiment plein de remords, comme un homme baptisant un enfant à contrecœur. La main d'Arkadi jaillit de l'eau, attrapa le chandail de Karp, et le tira vers lui.

Grâce au mouvement de recul de Karp, Arkadi put sortir sa tête de l'eau, haletant, tenant dans son autre main le pic à glace avec lequel Ridley l'avait blessé. Il pressait sa pointe rougie contre le cou de Karp, tordant sa mâchoire, juste sous la veine qui saillait de son cou. Karp roulait des yeux pour tenter d'apercevoir le pic. Pourquoi ne pas en finir ? se dit Arkadi. Presser de tout son poids sur la hampe d'acier, percer la veine et enfoncer la lame jusqu'à la colonne vertébrale. Œil pour œil, c'était le moment ou jamais...

Karp roula sur le côté. Il était indemne, mis à part une égratignure, mais toutes ses forces semblaient l'avoir quitté, comme si le poids de toute une vie venait de s'abattre sur sa poitrine.

— Ça suffit comme ça, dit-il.

— Tu vas commencer à geler. Cela ne va pas traîner, dit Karp.

Il s'assit à côté de l'eau, les jambes en tailleur, savourant une cigarette comme un Sibérien faisant une pause.

— Ta veste est trempée. Tu vas marcher dans un bloc de glace.

— Alors, allons-y tout de suite, dit Arkadi qui ne savait déjà plus, entre les élancements de sa blessure et la morsure du froid, ce qui était le plus douloureux.

— Je réfléchissais, dit Karp sans bouger. À ton avis, qu'aurait été la vie de Zina si elle avait réussi à faire ce qu'elle voulait ? C'est le genre de chose auquel tu peux rêver tout le reste de ta vie. Tu connais quelqu'un qui est passé à l'Ouest ?

— Oui, mais je ne sais pas comment elle va.

— Au moins tu peux te poser la question.

Karp souffla un nuage de la couleur de la brume ; il semblait entouré par un monde noyé de fumée.

— Je me disais quelque chose. Pavel fait déjà dans son froc. Tu as raison, dès que nous serons à Vladivostok, ils ne nous lâcheront pas tant que quelqu'un n'aura pas parlé — Pavel ou un autre. Que tu rentres ou non à Vladivostok, de toute façon je suis fini.

— Reconnais le trafic de drogue, dit Arkadi. Raconte-leur tout et tu n'écoperas que quinze ans pour Volovoï ; tu seras dehors dans dix ans.

— Avec mon casier ?

— Tu as été le meilleur des chefs de bordée.

— Comme tu as été un ouvrier de la meilleure équipe de la pataugeoire ? Les champions de la compétition socialiste, toi et moi. Non, ce sera un meurtre qualifié. Je ne veux pas perdre mes dents dans un camp. Je ne veux pas être enterré dans un camp. Tu n'as jamais vu ces petits lopins de terre juste de l'autre côté des barbelés ? Quelques marguerites pour ces malheureuses âmes qui ne sont jamais parties. Je ne veux pas de ça.

Des cristaux blancs se formaient sur les cheveux et les sourcils d'Arkadi. Sa veste était imprégnée de glace et, lorsqu'il bougeait le bras, sa manche crissait comme du verre pilé.

— L'Alaska est un peu loin. Rentrons au bateau ; nous discuterons en chemin. Cela nous réchauffera.

— Attends.

Karp se mit debout et retira son chandail.

— Tu as besoin de quelque chose de sec.

— Et toi ?

Karp ôta la veste d'Arkadi et l'aida à enfiler le chandail. Le chef de bordée en portait un autre dessous.

— Merci, dit Arkadi.

Avec les gilets de sauvetage, le chandail pourrait suffire à le protéger du froid.

— Si nous marchons vite, nous pouvons y arriver tous les deux.

Karp chassa la glace des cheveux d'Arkadi.

— Quelqu'un qui a vécu aussi longtemps que toi en Sibérie devrait savoir que l'on perd la majeure partie de sa chaleur par la tête. Tes oreilles vont geler en une minute. Je te fais un échange.

Il posa son bonnet sur la tête d'Arkadi, et l'enfonça par-dessus ses oreilles.

— Contre quoi ? demanda Arkadi.

— Contre tes cigarettes.

Karp prit le paquet dans la veste d'Arkadi avant de lui rendre le vêtement.

— Tu vois, il m'arrive parfois de penser à ta santé. Il doit en rester une à peu près sèche.

Il cassa une moitié de cigarette intacte et l'alluma avec le mégot qu'il était sur le point de jeter. Alors qu'Arkadi sentait son sang tourner en glace, Karp ne montrait même pas le moindre frisson.

— Dans la joie, dit-il en soufflant un nuage de fumée. C'était l'une des pancartes du camp. « Travaillez dans la joie ! » Il y avait aussi « Le Travail : c'est votre liberté ! » Nous fabriquions des appareils photo, en fait — la « Nouvelle Gamme ». Ouvre les yeux, tu en verras sûrement.

— Tu viens ?

— Le dernier jour à Vladivostok, Zina et moi avions été pique-niquer à l'extérieur de la ville, sur les falaises qui dominent l'océan. Il y avait ce phare sur la pointe, qui ressemble à un château fort gris prêt à tomber à l'eau, avec une bougie rouge et blanche plantée tout en haut. Renko, c'était fantastique. Les vagues s'écrasaient au pied des falaises. Les phoques sortaient la tête de l'eau. Et sur le sommet des falaises il y avait des pins pliés par le vent. C'est à ce moment-là que j'aurais aimé avoir un appareil photo.

Tenant sa cigarette entre ses lèvres, Karp retira son autre chandail. Ses tatouages d'*ourka* qui lui couvraient le torse et les bras, jusqu'au cou et aux poignets, dessinaient sur son corps nu de nouveaux habits.

— Tu ne viens pas ? demanda Arkadi.

— On pouvait aller aussi dans les bois. Ce n'est pas la taïga ; ce n'est pas ce qu'imaginent les gens. C'est une forêt très variée — avec des sapins et des érables sur les collines, des rivières tranquilles avec des lis d'eau. Et si tu dors dans les bois, tu peux entendre un tigre. Tu n'en verras jamais un, et de toute façon ils sont protégés. Mais entendre un tigre rugir la nuit, c'est quelque chose qu'on n'oublie jamais de sa vie.

Karp retira ses bottes et son pantalon. Il pinçait toujours son mégot entre ses lèvres. Il fumait une braise. Ses tatouages ressortaient sur sa peau qui rosissait dans l'air froid.

— Ne fais pas ça, dit Arkadi.

— La seule chose qui compte, c'est que personne ne pourra dire que j'ai fait du mal à Zina. Pas une seule fois. Quand les gens s'aiment, ils ne peuvent se faire de mal, et ils ne peuvent se quitter. Elle ne serait jamais partie pour de bon.

Les tatouages semblaient retrouver une nouvelle jeunesse à l'air libre. Les dragons orientaux grimpaient sur les bras de Karp, les serres vertes s'ouvraient à ses pieds, les femmes bleu nuit s'enroulaient autour de ses cuisses, et, à chacune de ses inspirations, le vautour dévorait son cœur. Les cicatrices blanches étaient plus visibles encore, des bandes de peau morte en travers de sa poitrine, où l'on avait brûlé des propos hérétiques. Sur son front étroit courait un ruban blanchâtre. Le reste de sa peau rougissait, ses muscles tremblaient et se tétanisaient sous la morsure du froid, animant chacun de ses tatouages. Arkadi se rappela ses souffrances lorsqu'il s'était retrouvé, pourtant tout habillé, dans la chambre froide de l'*Étoile Polaire*. Chaque seconde, Karp faisait sans cesse plus d'efforts pour articuler un mot, ou même simplement pour penser.

— Viens avec moi, dit Arkadi.

— Où ça ? Pour faire quoi ? Tu as gagné.

Karp tremblait maintenant si fort qu'il tenait à peine sur ses jambes ; il inspira toutefois une dernière bouffée brûlante avant de jeter à l'eau un mégot qui n'était plus qu'une bluette mourante. Il leva les bras d'un air triomphal.

— Je grimace au nez de mes ennemis d'un sourire carnassier, découvrant, sur mes gencives, mes dents gâtées. Nous ne sommes plus des loups.

Il fit un sourire à Arkadi, prit une longue inspiration et plongea dans l'eau.

Arkadi vit Karp s'enfoncer à la verticale avec de vigoureuses brasses, suivi par un essaim de bulles aux reflets huileux. Les tatouages s'accordaient parfaitement à cette eau crépusculaire, et sous la banquise Karp semblait davantage recouvert d'écailles que d'une peau d'homme. À environ quatre mètres sous la surface, il sembla momentanément arrêté, mais il vida sa poitrine de tout son air et plongea dans une couche plus sombre encore de l'océan. Puis un courant l'attrapa et il commença à dériver.

Seule la plante de ses pieds n'était pas tatouée. Une fois que son corps eut disparu dans les profondeurs, Arkadi apercevait encore ses deux pieds qui fendaient toujours l'eau, deux poissons blancs dans l'eau noire.

32

Arkadi contemplait la large antenne radar du patrouilleur, la carapace grise de ses canons, ses tubes lance-torpilles. Toute la nuit, apparemment, des hommes de la flotte soviétique du Pacifique étaient montés à bord de l'*Étoile Polaire* pour emporter des caisses scellées de matériel. Maintenant que le jour allait se lever, il était temps pour Anton Hess de faire ses adieux, et, comme un acteur entre deux changements de costume, l'ingénieur électronicien de la flotte portait encore sa veste de pêcheur sur un pantalon militaire.

— C'est gentil de venir me dire au revoir. J'ai toujours su que vous pourriez montrer votre valeur, à condition de savoir vous y inciter, d'y mettre le prix. Maintenant, c'est chose faite.

— Dans l'ombre, dit Arkadi.

— Non, au grand jour.

Hess éloigna Arkadi du bastingage.

— Vous n'avez pas idée comme un échec des services secrets de la marine peut faire plaisir au KGB. On saura apprécier en haut lieu.

Son soupir se conclut par un rire.

— Vous avez vu la tête de Morgan quand nous avons délivré l'*Eagle* des glaces ? Bien sûr son bateau était en piteux état. Mais il savait ce que vous nous aviez rapporté.

Dès qu'il avait été arraché à la banquise, l'*Eagle,* mal en point, avait mis le cap sur l'Alaska, tandis que l'*Étoile Polaire* avait interrompu sa campagne de pêche. Le bateau avait déposé Susan Hightower avec Lantz et les autres représentants de la compagnie sur un bateau-pilote devant Dutch Harbour.

— La seule chose qui me reste incompréhensible, c'est la réaction de Susan à son départ, dit Hess. Pourquoi semblait-elle tellement amusée ?

— Nous venions de faire une plaisanterie. Je lui disais que son aide m'avait été fort précieuse.

Après tout, c'était elle qui lui avait suggéré de voler des disquettes, même s'il avait mis son conseil en pratique sur un tout autre bateau.

Nicolaï attendait dans la cage de transbordement en compagnie d'un militaire. Le soldat, un visage lunaire encadré par un treillis noir et un béret, portait à l'épaule un fusil d'assaut. Le jeune radio ne semblait pas particulièrement enjoué ; il pouvait cependant s'estimer heureux de n'avoir pas les menottes aux mains. Pendant un moment, Hess sembla réticent à l'idée de partir, comme tout homme voyant arriver la fin d'un long et heureux voyage.

— Renko, vous comprenez que votre nom ne peut pas être associé à ces disques. Nous ne voulons pas risquer d'en altérer la valeur. Mais j'aimerais pouvoir vous en faire partager le bénéfice.

— Quel bénéfice ? Pour des sons de sous-marins qui ont été désarmés voilà plusieurs années ? Vous écoutiez des sous-marins qui n'existent pas, dit Arkadi.

— Peu importe. Morgan est compromis. Et cette fois, c'est nous qui rapportons un trophée.

— Des disques sur rien.

— Parfaitement. Des fantômes et des spectres chuchotant dans le noir. Des carrières se sont faites sur moins que cela.

Hess grimpa dans la cage et accrocha la chaîne de sécurité.

— Je vais vous dire quelque chose, Renko. La roue a tourné, elle tournera encore. Cela ne s'arrête jamais. Je reviendrai.

— Susan riait pour une autre raison aussi, dit Arkadi. Parce qu'elle, elle savait qu'elle ne reviendrait pas.

L'optimisme de Hess était inébranlable.

— Sait-on jamais ?

Il tendit la main à Arkadi.

— Nous ne devrions pas nous disputer. Vous avez bien servi votre pays. Et vous vous êtes levé tôt ce matin pour me dire adieu.

— Ce n'est pas exactement pour cela.

— Sait-on jamais ? insista Hess.

— Bonne chance, dit Arkadi en serrant la main de Nicolaï.

Une fois le patrouilleur parti, l'*Étoile Polaire* augmenta encore sa vitesse de croisière. Le nombre des chalutiers de pêche côtière s'était accru au fil des heures sur l'horizon nocturne. À un kilomètre au loin, ils formaient une ligne scintillante de lampes de pêche, chaque bateau portant sa propre constellation, un spectacle bien différent que celui qui leur avait été offert pour leur départ de Dutch Harbour ; ç'avait été un après-midi humide, avec une sorte de crachin qui enduisait le corps d'une seconde peau, et tous les Américains s'étaient tassés dans le kiosque de timonerie pour faire à l'abri le voyage jusqu'au port — tous sauf Susan, qui s'était tenue sur le pont, sans faire un signe d'adieu, quoique ses yeux n'eussent pas cessé de fixer le bateau qu'elle quittait.

Une curieuse existence, songea-t-il, à toujours s'attacher aux choses au moment où il les perdait. Il avait senti son regard par-delà l'étendue d'eau grandissante plus intensément encore que lorsqu'ils s'étaient trouvés ensemble dans le même lit. Une fêlure quelque part éveillait en lui de vaines réflexions.

— Camarade Jonas, lança Martchouk en rejoignant Arkadi.

— Capitaine. (Arkadi sortit de ses pensées.) J'ai toujours aimé la pêche de nuit.

— Il va faire jour bientôt.

Martchouk s'accouda à la lisse. Le capitaine essayait de prendre un air détaché, quoique, pour la première fois depuis le voyage, il portât son uniforme bleu, avec quatre galons dorés sur les manchettes et un ruban d'or sur sa casquette — taches scintillantes dans le clair-obscur qui nimbait le pont.

— Votre blessure va mieux ?

— Elle s'est finalement révélée du degré de compétence de Vainou, dit Arkadi, bien qu'il évitât de prendre de profondes inspirations. C'est dommage pour votre quota.

— Nous avons révisé le quota, répondit Martchouk en haussant les épaules. C'est là toute la beauté d'un quota. Mais cela a été une belle pêche et nous aurions dû nous contenter de pêcher.

Avec l'aube, les lampes des chalutiers laissaient place aux silhouettes familières des portiques et des mâts devant le fond pâlissant de la nuit. Des chaînes cliquetaient sur l'eau tandis que la flottille de bateaux lançait ses filets. Dans le clair-obscur, des bandes de goélands affamés voletaient de bateau en bateau. Sur l'*Étoile Polaire,* l'équipage se rassemblait sur le pont. Arkadi s'en apercevait au nombre croissant de cigarettes qui brillaient sur le pont des canots et le long du bastingage.

— Vous n'étiez pas le Jonas de la légende, ajouta Martchouk. Vous savez, à la radio, ils recommencent à vous appeler *inspecteur* Renko, quoique l'on ne puisse savoir encore ce que cela signifie.

En contrebas, une ligne d'ombres anguleuses passa au ras de l'eau, becs entrouverts, moissonnant le creux de la houle derrière l'étrave — des pélicans en chasse.

— Cela ne signifie peut-être rien, dit Arkadi.

— C'est vrai.

Les chalutiers scintillaient derrière un voile gris. Ce n'était pas du brouillard, mais l'évaporation normale de l'océan. C'était un instant incertain où l'esprit devait compléter de mémoire la silhouette de chaque bateau, terminer ici une étrave, là une cheminée, repeindre leur coque, peupler leur pont, leur redonner vie. Arkadi leva les yeux vers le pont des canots, où Natacha avait tourné son visage vers le soleil qui pointait à l'horizon ; ses yeux brillaient, ses cheveux noirs étaient momentanément ourlés d'or. À côté d'elle, Kolia consultait sa montre, et Dynka se hissait sur la pointe des pieds pour voir l'orient. Le long de la lisse, Arkadi aperçut Israel, vêtu d'un gros chandail tout propre qui le faisait ressembler à un agneau dodu ; Lidia, avec son visage ruisselant de larmes ; Gouri qui sortait ses lunettes de soleil.

Arkadi ne s'était pas levé pour assister au départ de Hess ; et ce qu'il avait attendu toute la nuit ne se produisait que maintenant.

Les goélands filaient au-dessus de l'*Étoile Polaire*, poussés par la lumière qui balayait le bateau-usine comme le vent. Les nuages s'éclairèrent. Les hublots des chalutiers scintillèrent et enfin, sortant de la nuit, apparut la frêle ligne verte du rivage. Il rentrait chez lui.

Remerciements

Je tiens à remercier le capitaine Boris Nadein ainsi que l'équipage du *Sulak* ; le capitaine Mike Hasting et l'équipage de l'*Oceanic* ; Sharon Gordonn, Dennis McLaughlin et William Turner pour leur hospitalité dans la mer de Béring. Un soutien précieux m'a été offert par Martin Arnold, Kathy Blumberg, le capitaine D. J. (Jack) Branning, Knox Burger, le Dr Gerald Freedman, Beatrice Golden, le professeur Robert Hughes, le capitaine James Robinson et Kitty Sprague.

Je dois enfin toute ma reconnaissance à Alex Levin et au capitaine Vladil Lysenko pour leur patience.

Il existe un navire-usine soviétique nommé l'*Étoile Polaire*. Ni ce bâtiment ni le *Sulak* ne sont l'*Étoile Polaire* de ce livre, qui est un bateau purement imaginaire.

Achevé d'imprimer en juin 1999
sur les presses de l'Imprimerie Bussière
à Saint-Amand (Cher)

POCKET - 12, avenue d'Italie - 75627 Paris Cedex 13
Tél. : 01-44-16-05-00

— N° d'imp. 1423. —
Dépôt légal : juin 1999.

Imprimé en France